PLUS QUE VOUS N'EN SAVEZ...

Du même auteur

dans la même collection

Un dernier baiser, Payot (1997)

en collection de poche

Un dernier baiser, Pocket (1998)

Titres déjà parus
dans la collection « Payot Suspense »

Leslie Glass : *L'Heure du feu*
Leonard S. Goldberg : *Soins mortels*
Charles Higson : *Le Secret du bonheur*
Judith Kelman : *Un dernier baiser*
David Morrell : *Totem*
Judith Summers : *Crime et ravissement*

JUDITH
KELMAN

PLUS QUE VOUS N'EN SAVEZ...

Traduit de l'américain par
Marc Schirès

Ouvrage dirigé par
Thierry Marignac

PAYOT SUSPENSE

L'éditeur remercie Julie Groleau
pour son aimable collaboration.

Titre original : *More Than You Know*
Bantam Books, published by arrangement with
Peter Lampack Agency, Inc.

ISBN : 2-228-89168-1
ISSN : 1281-6817

PLUS QUE VOUS N'EN SAVEZ...

DANA

1

À son entrée sur le plateau, Dana hésita. Le sujet de l'émission d'aujourd'hui lui nouait l'estomac, lui donnait des palpitations. Comme les signes avant-coureurs d'une maladie inévitable.

Un tonnerre d'applaudissements s'éleva du public lorsqu'elle arriva sur le plateau. La foule impatiente avait été chauffée au préalable par Mickey Conway, un jeune homme aux épaules voûtées portant un sweat-shirt de l'université de Princeton. La productrice, une blonde boulotte nommée Lucy Breitmeier, avait défini les règles : pas de chewing-gum ou de regard fixe vers la caméra. Se mettre debout uniquement au signal vous y invitant et parler clairement dans le micro. Se contenter de questions et de commentaires courts. Déborder d'enthousiasme à la demande. Pas de jurons, de curage de nez ou de grattage de ses parties intimes à moins que vous ne désiriez que ces actes soient immortalisés. Ne pas quitter son siège. Tels étaient les dix commandements des talk-shows. En dehors de cela, tout était permis.

Les applaudissements se prolongèrent. Le public était bon, électrique.

Dana scruta les rangs de visages avides. Les trois rangées de femmes plus âgées, sur la droite, étaient des opératrices à la retraite de la compagnie Ma Bell de Jersey City, lui avait dit son assistante. Sur la gauche, il y avait une chorale venue de Munich qui devait chanter ce soir à la cathédrale St. Patrick. Cette émission était faite pour les mettre dans l'ambiance, pensa Dana gravement. De la lie du monde séculier aux sphères élevées de la spiritualité.

Les victimes, neuf femmes et trois jeunes filles, étaient installées dans les sièges situés le long de l'allée centrale. Dana croisa le regard effrayé d'une adolescente au cinquième rang et sourit chaleureusement. La fille était obèse. Cent cinquante kilos au bas mot. La pauvre essayait probablement de se cacher dans sa graisse, espérant y trouver un minimum de protection. La jeune fille laissa tomber son regard gêné et se rongea un cuticule. Sur un signe de la productrice, Dana se retourna pour lire le texte qui défilait sur le téléprompteur.

— Toutes les cinq minutes, dans ce pays, une femme est victime d'un viol. En fait, un quart des jeunes Américaines de seize ans ont déjà subi une agression sexuelle. Des statistiques effrayantes ? C'est indéniable. Mais nombre d'entre elles ont du mal à exprimer l'horreur d'un crime si violent et vicieux à la fois.

« Qui peut commettre un acte aussi terrible ? Pourquoi un violeur passe-t-il à l'acte ? Et, par-dessus tout, peut-il être guéri ?

« Aujourd'hui dans *Back Talk* nous examinerons ces questions ainsi que d'autres, plus controversées. Restez avec nous.

La voix de Dana se perdit dans les premiers accords du thème musical du générique. Le logo *Back Talk* envahit les moniteurs suspendus à l'arrière-plan. Le premier spot de trente secondes de la première plage de pub de deux minutes envahit l'écran.

Lucy Breitmeier guida les intervenants de l'émission vers le cercle de fauteuils sur la partie surélevée du plateau. Pendant que la production posait les micros-cravate, Dana s'approcha pour saluer ses invités. Pour maintenir le côté incisif de l'émission, Dana mettait un point d'honneur à éviter leurs loges. Avec un invité vedette comme celui d'aujourd'hui, elle aurait été plus que ravie de reporter le rendez-vous.

Dana tendit la main au docteur Marlène Mosher, une femme charmante de forte corpulence, aux références tout aussi solides. Au cours des dix dernières années, Mosher, professeur de psychiatrie à la faculté de médecine de Yale, avait étudié un bon millier de cas de délinquants sexuels. Elle en avait conclu que l'obsession latente était incurable. Son dernier livre, *Dans la peau d'un agneau : Le Mythe du violeur repenti*, avait engendré de sérieuses dissensions parmi les praticiens de la santé mentale. Cet ouvrage érudit avait également suscité un débat public d'une ampleur suffisante pour le propulser numéro un des ventes dans le *New York Times*.

L'homme à la droite du docteur Mosher était Patterson Graham, docteur, fondateur et directeur du Centre de traitement des délinquants de Cambridge. Le programme de Graham consistait en un séjour coûteux de trois mois dans une clinique privée à Greenwich dans le Connecticut. Les patients y étaient placés par décision de justice ou venaient de leur plein gré. Son « traitement » comprenait des repas de gourmets, un logement luxueux, et des doses quotidiennes de ce que Graham nommait « Relation transférentielle intensive ». D'après ce que Dana avait pu apprendre, la *relation transférentielle intensive* se réduisait à la version pour adultes du sale gosse que l'on laisse assis dans un coin à ruminer ses fautes.

Quoi qu'il en soit, Graham, qui avait un doctorat en botanique, s'était débrouillé pour vendre sa théorie fumeuse à un nombre impressionnant de gens d'ordinaire prudents. Bien que les violeurs soient les criminels les plus enclins à récidiver, son programme, en application depuis près de trente ans, se vantait d'un taux de réussite de quatre-vingt-quinze pour cent. Pour préserver l'anonymat de ses clients, Patterson Graham se refusait à ouvrir ses dossiers à la curiosité du public. Son éblouissant succès ne pouvait donc être ni corroboré ni démenti. En revanche, Graham avait promis de publier ses propres données.

L'apparence de Patterson Graham avait été étudiée de façon à renforcer sa crédibilité. Il portait un cardigan confortable, des cheveux blancs légèrement ébouriffés, et arborait l'expression fière et ébahie d'un grand-père de fraîche date scrutant la vitre de la crèche. Un maquillage hâlé, un saupoudrage généreux de fard à joues coloré lui donnaient l'aspect robuste d'un amoureux du grand air.

L'artifice, qui était invisible à l'écran, renforça la détermination de Dana à exposer la face cachée de ce faux jeton.

Elle salua brièvement Graham d'un signe de tête et continua vers les autres invités. À côté de lui se trouvait l'avocate de la vedette du show : Valerie Eckhard. Le personnel de *Back Talk* lui avait attribué le surnom peu affectueux de « Vantarde ». Rousse abrasive, exubérante, Eckhard avait pris part à l'émission à plusieurs reprises, défendant ardemment une variété de causes incompatibles. La dernière fois, elle avait joué la « superféministe » scandalisée par les clubs privés et les collèges qui refusaient d'admettre des femmes. Aujourd'hui, elle défendait le monstre à sa droite.

Enfin, Dana dut se forcer pour se tourner vers la crapule répugnante. Le visage du violeur avait été caché sous une perruque brune frisée, des lunettes miroir et un maquillage grossier ; il portait un gros nez rouge. Des ronds rouge vif grossissaient ses joues. Du fond de teint rétrécissait ses lèvres et une épaisse couche de crayon gras gris avait transformé ses sourcils en bouts de corde effilochés. Le tout lui donnait une allure presque comique. Mais, malgré le masque de clown, Dana frissonna.

Les conditions posées par Valerie Eckhard à l'apparition de son client étaient strictes. L'avocate ne révélerait l'identité de l'homme ni à Dana ni au conseiller juridique de *Back Talk*. M. X signerait la décharge, mais seulement si Vantarde en était témoin et conservait le document à l'abri dans son bureau. Le maquillage « camouflage » devait être appliqué avant même son arrivée.

À l'antenne on l'appellerait John. Dana ne pourrait poser aucune question qui puisse servir d'indice à son identification. Rien sur son lieu de résidence, sa profession, ses études ou sa situation familiale. Le public serait informé de ces mesures et on les leur rappellerait si nécessaire.

Les exigences de Valerie Eckhard étaient vexantes et inhabituelles. Dana détestait avancer à l'aveuglette. Mais son équipe avait accepté le principe et l'avait poussée à en faire autant. L'agression sexuelle était un sujet brûlant. De nombreuses émissions concurrentes avaient montré des violeurs connus enfermés dans leur cellule et d'autres ayant purgé leur peine. Ils avaient convaincu Dana que présenter un agresseur repenti, jamais inquiété par la justice, ajoutait un côté croustillant à la chose. Penses-y, Dana, l'avait pressée Lucy, cette créature masquée et anonyme révélerait l'existence d'une masse insoupçonnée de délinquants. Les téléspectateurs ne pourraient pas se soustraire à cette curiosité malsaine. Le violeur pouvait être n'importe qui : le voisin serviable, le médecin de famille respectable, le vieux pasteur de la paroisse locale, n'importe quel mari, père, frère ou fils.

Une campagne publicitaire prolongée avait généré un intérêt anticipé pour l'émission qui serait diffusée à la fin de la semaine suivante. On s'attendait à des records d'audience. L'avocat de l'émission n'avait émis aucune objection. Quelques secondes avant l'antenne, Dana ne pouvait qu'ignorer le signal d'alarme qui hurlait dans sa tête.

— Bonjour John, dit-elle sèchement. Merci d'avoir accepté de participer à cette émission.

— J'en suis ravi, mademoiselle Saunders.

Il parlait avec un sifflement qui donna la chair de poule à Dana. Le maquillage accentuait l'air grotesque et le teint cireux de John.

— ... Content d'être là !

L'image redoublée de son malaise se reflétait dans les lunettes de John. Des rides plissaient son front. Son sourire avait l'aspect raide et un peu passé d'un corsage qui sort du pressing. L'inquiétude ternissait ses grands yeux bruns.

Elle fut soulagée par l'intervention de la productrice.

— On est à l'antenne dans dix secondes. Tout le monde en place. Cinq, quatre...

Lucy mima les derniers chiffres du compte à rebours. Elle tendit trois doigts potelés. Deux, un. Le voyant rouge de la caméra clignota. Le logo blanc sur bleu de *Back Talk* réapparut sur la rangée de moniteurs suspendus à l'arrière-plan. Le thème musical de l'émission fut précédé d'applaudissements et le texte de Dana commença à défiler sur le téléprompteur. Elle fit un pas en avant, les yeux rivés sur la caméra et dit :

— Un violeur peut-il réellement être guéri ? Voilà la question. Pour nous aider à y répondre, nous avons invité un panel exceptionnel d'experts. Accueillez-les avec moi s'il vous plaît !

Dana s'efforça d'être équitable dans la présentation de chacun de ses quatre invités. Mais le public s'enthousiasma d'emblée pour le docteur Mosher. Patterson Graham et Vantarde furent accueillis par des applaudissements plus tièdes. John le violeur provoqua un brouhaha de murmures horrifiés et quelques huées.

Dana tenta de raisonner le public d'un signe de main.

— Okay, okay ! John est venu ici pour reconnaître ses crimes et exprimer ses remords. Je pense que nous devrions l'écouter. (Elle se tourna vers le visage déguisé.) Il y a vingt-cinq ans, vous avez violé une enfant d'une dizaine d'années, John. Vous n'avez jamais été arrêté pour ce crime. En fait, vous n'avez jamais été puni. Pourtant, vous avez suivi le programme de Cambridge de M. Graham, peu de temps après l'agression, et aujourd'hui vous êtes convaincu que vous ne commettrez jamais plus un viol. Exact ?

Valerie Eckhard se hérissa.

— John n'est pas au tribunal ici, Dana. Inutile de le harceler.

— J'essaie juste de clarifier les choses, maître Eckhard. Pourquoi ne laissez-vous pas John répondre lui-même ?

Vantarde était sur le point d'exploser mais John la devança. Baissant sa tête emperruquée et joignant ses mains dans un geste de prière, il se mit à parler :

— C'est exactement pour cela que je suis ici, mademoiselle Saunders. Vous n'avez pas idée à quel point je regrette ce que j'ai fait à cette petite. Je donnerais n'importe quoi, n'importe quoi pour revenir en arrière et modifier le cours des événements de cette terrible nuit.

Ses paroles sonnaient faux. Dana sentit la colère gronder en elle.

— Je suis sûre que nos téléspectateurs souhaiteraient savoir pourquoi vous êtes passé à l'acte, dit-elle.

— J'étais perturbé. Complètement abattu. Quand j'ai vu cette gamine, quelque chose s'est déclenché en moi.

John secoua la tête comme s'il essayait d'en chasser cet horrible souvenir.

Dana eut une vision. Elle vit très clairement le monstre s'avancer vers sa propre et si précieuse enfant. Une étincelle de rage fusa en elle. L'homme méritait de mourir. L'envie soudaine d'arracher la vie au violeur lui fit serrer les poings.

Reprenant son souffle, Dana s'efforça de retrouver son sang-froid. Elle réussit même à exprimer de la sympathie. Son job était d'entretenir le feu, pas de mettre ses invités sur le grill.

— John, je me rends compte que vous regrettez. Je suis sûre que tout le monde peut s'en apercevoir. Mais comment pouvons-nous être certains que vous n'allez pas déraper de nouveau et récidiver ? Comment pouvez-vous en être sûr ?

Le docteur Mosher renvoya la balle :

— En plein dans le mille, Dana ! Mes recherches ont clairement démontré que les délinquants sexuels sont des personnalités compulsives. Ils sont guidés par les circonstances. Même après des années sans incident, le violeur peut resurgir, réveillé par les mêmes stimuli qui ont provoqué ses attaques antérieures.

— Par exemple ? interrogea Dana.

— Pour certains ce peut être un film pornographique. Pour d'autres, l'alcool. Les choses les plus simples peuvent causer une rechute. J'ai eu des patients qui se disaient poussés au viol par une dispute avec leur femme ou une mauvaise journée au bureau.

Dana fronça les sourcils.

— Vous parlez d'une forme de stress tout à fait banale, docteur. Un stress lié au quotidien qui nous atteint tous plus ou moins.

— Précisément. Ce qui fait qu'on ne peut jamais être certain à cent pour cent qu'un agresseur ne récidivera pas, dit Mosher fermement.

— Ridicule ! objecta Patterson Graham. Avec tout le respect qui vous est dû, docteur Mosher, il semble évident que l'échantillon de délinquants auquel vous faites référence n'est pas passé par Cambridge. Mes clients, eux, sont soumis à une rééducation intensive et suivis sur le long terme par des experts.

— Alors pourquoi ne permettez-vous pas à des observateurs extérieurs de confirmer vos résultats ? demanda Dana.

— Parce que je refuse de compromettre mes travaux, voilà pourquoi ! Qu'on mette le nez dans mes recherches serait une ingérence intolérable. Mais j'ai tout expliqué dans mon livre, *La Route vers la Rédemption*, qui sortira en mai prochain. Notre taux de succès est au-dessus de 95 %.

— Mais ces chiffres restent officieux, persista Dana.

— Je les ai personnellement rendus officiels. D'autre part, notre succès parle de lui-même.

Le docteur Mosher consulta un listing informatique.

— Il se trouve, docteur Graham, que soixante-sept de mes sujets étaient des clients de Cambridge. Parmi ceux-ci vingt-deux ont récidivé, quinze ont failli et dix-sept parmi les trente restants ont montré des troubles et des fantasmes récurrents de violence sexuelle. La majorité de ces fantasmes impliquait des enfants.

Un certain malaise parcourut le public.

Graham ricana, en dépit de la colère qui lui marbrait le cou. Il se tourna vers Dana :

— Vous savez ce qu'on dit ? Il y a les mensonges, ces satanés mensonges, et il y a les statistiques.

— Alors comment expliquez-vous les résultats du dr Mosher, monsieur Graham ?

— Je n'ai pas à les expliquer. C'est à elle de le faire. D'ailleurs, c'est *docteur* Graham !

Dana ravala un sourire ironique.

— Vraiment ?… et quelle est exactement votre spécialité, docteur ?

Le visage de Graham avait cette jouissive expression de bête prise au piège, idéale en plan fixe avant la coupure publicitaire.

— Je suis titulaire d'un doctorat, je ne suis pas médecin.

— Je vois, donc vous êtes psychologue ?

Le charlatan lissa le revers de son cardigan en marmonnant une réponse inintelligible. À contrecœur, Dana lui permit de se sortir d'affaire. Il était bien trop tôt pour ferrer le poisson et le laisser se débattre sur la berge. Le public se chargerait sûrement de lui dans la partie questions-réponses de l'émission.

— Le programme de Cambridge fonctionne, interrompit John. J'en suis la preuve. Ils m'ont appris à considérer les choses du point de vue de la victime. C'est là toute la différence.

Dana se força à fixer ses yeux masqués.

— Êtes-vous en train de nous dire que vous n'avez eu aucun rêve tordu, aucun fantasme depuis que vous avez pris part à ce programme, John ? Même pas un seul instant où vous n'ayez eu peur de perdre le contrôle de vos émotions ?

John le violeur marqua un temps d'hésitation, comme Dana l'avait prévu. Avant qu'il ne puisse encaisser le coup et répondre, elle adressa à la caméra complice un sourire qui signifiait « je suis votre meilleure amie ».

— Restez avec nous les amis, *Back Talk* revient après cette page de pub.

Pendant la pause, Dana se glissa en coulisses. Là, elle se prêta à une rapide retouche de maquillage accompagnée de quelques railleries de son équipe.

— Vous savez, boss, quand vous avez mentionné cette statistique au début : « Une femme est violée toutes les cinq minutes... » ? Je vous parie qu'il y a bien un idiot dans l'assistance qui s'est demandé comment le gars faisait pour ne pas être fatigué..., dit Mickey Conway.

— Tu n'as pas intérêt à sortir cette blague pour chauffer le public de l'émission de demain, Mickey, l'avertit Dana.

Conway sourit humblement. Le mauvais goût était sa spécialité.

— Vous croyez ? Je parie que ça marcherait !

— Et toi tu prendrais la porte aussi sec ! répondit Dana d'un ton tranchant. Tu me suis ?

Ses dents mal alignées, ses cheveux courts et rebelles couleur sable donnaient à Mickey un air de Denis la Malice un peu âgé.

— Cinq sur cinq ! Le Q.G. politiquement correct a parlé.

Il claqua des talons et salua.

— Ne joue pas à ça avec moi, Mickey ! Il n'y a rien de drôle dans la violence sexuelle. Ça choque les gens.

— Oui, patron ! Tout ce que vous voudrez patron !

Roulant des yeux, Mickey s'éloigna en sautillant vers la salle de projection.

Dana le regarda s'en aller. Conway était un prodige de l'informatique en même temps qu'un chercheur hors pair. Dans ce domaine, il était indispensable à son émission. Il était souvent sollicité par la profession et se voyait régulièrement proposer du travail. Mickey était resté à *Back Talk* uniquement parce qu'il adorait jouer les comiques pendant le quart d'heure qui précédait chaque émission. Dana reconnaissait la nécessité de préserver la bonne humeur, mais elle aurait très bien pu se passer de l'humour douteux de Mickey.

— Ce John me fait l'effet d'un sacré monstre, commenta Julie Westerman, l'assistante de production et dernière arrivée dans l'équipe.

Jules, comme elle aimait se faire appeler, était intelligente, passionnée et impeccablement organisée. Prometteuse, pensa Dana. Mais la jolie petite tête blonde avait besoin de s'assagir. Sa voix était stridente, son attitude trop fonceuse. Par moments, l'enthousiasme débordant de Jules rappelait à Dana un jeune chien auquel des cours de dressage auraient fait le plus grand bien.

Mais Dana partageait sa répulsion à l'égard de l'invité vedette d'aujourd'hui.

— Difficile de ressentir autre chose quand on sait qu'il a violé une gamine de douze ans, dit-elle d'un ton sinistre.

Les autres se taisaient, gênés. Ce n'était un secret pour personne dans l'équipe que, hors caméra, l'univers de Dana tournait autour de sa fille de douze ans, Rebecca. Becky était une enfant formidable, à la fois optimiste, amusante, et dont l'intelligence et le prodigieux talent de violoniste n'étourdissaient pas.

De plus l'enfant semblait totalement indifférente à la célébrité de sa mère. Dana avait tout tenté pour la tenir à l'écart des ennuis qu'engendre la renommée. Becky portait le nom de son père. À l'école comme ailleurs, Dana se cachait derrière le nom de son ex-mari et portait un chapeau et des lunettes pour masquer son identité. Dana mesurait bien le risque qu'elle courait d'être suivie par des désaxés. Un nombre effrayant de gens étaient attirés ou fantasmaient sur les personnages publics.

Un dénommé Lester Yurie, personnage peu recommandable, avait poursuivi Dana pendant des années. Yurie était un criminel endurci qui s'était érigé en fan le plus fervent de Dana. À plusieurs reprises, alors qu'il avait réussi à tromper la vigilance des gardes du corps de Dana, ce salaud avait proposé ses services avec insistance. « Vous avez besoin d'un coup de main, Dana ? Quelqu'un à qui régler son compte ? Criez au secours et je m'en occupe. Laissez-moi ce privilège. »

Les membres du personnel, dévoués, comprenaient la nécessité de protéger Dana et Becky d'individus comme Lester Yurie. Ils maintenaient le black-out sur elle, refusant de céder aux offres juteuses de la presse de caniveau en quête de potins sur Dana ou sa famille.

— Trente secondes, lança Lucy.

— Okay tout le monde. On y retourne, dit Dana.

— Cinq...

Lucy compta à rebours pendant que la lumière des caméras clignotait sur les invités. Se tournant vers le public, Dana commença à lire la suite de son texte.

— Un violeur peut-il être guéri ? C'est la question à laquelle nous devons répondre aujourd'hui. Parmi nos invités, un agresseur d'enfant repenti.

Un gros plan de la tête de gargouille de John apparut sur le moniteur. La caméra le surprit avec un sourire narquois sur les lèvres.

S'approchant de lui, Dana dit froidement :

— Qu'est-ce qui vous amuse tant, John ?

Le violeur chercha une position plus confortable dans son siège.

— Rien. J'étais juste en train de...

— Vous dites avoir appris à considérer les choses du point de vue de la victime. Est-ce exact ?

— Le dr Graham appelle ça empathie avec la victime, dit John.

— Pouvez-vous honnêtement prétendre que vous êtes capable de comprendre ce que ressent une petite fille violée ? Est-ce que vous pensez réellement que nous allons vous croire ?

— Tout le monde peut se tromper, madame. Je ne suis pas quelqu'un de mauvais.

Le public répondit par des huées et des sifflets.

Dana les calma d'un geste de la main et regarda John droit dans les yeux.

— Selon vous, violer une enfant innocente est une erreur ?

Les gens avaient les yeux rivés sur le plateau. Dana les fascinait comme un charmeur de serpents son cobra.

— Eh bien, John. Je pense qu'il vous reste un certain nombre de choses à apprendre.

À la fin de l'émission, le public, debout, applaudit à tout rompre.

Alors que l'équipe remettait en place les caméras et le matériel et que le public quittait lentement les lieux, Lucy dirigea les principaux invités vers les coulisses. Dana les suivit, distribuant mercis et au revoirs. Lorsqu'elle parla au dr Mosher, elle ressentit un malaise. Le violeur avait retiré ses lunettes. Ses yeux étaient comme deux perles noires et dures. Ils la fixaient sans un seul battement de paupières. Dana tressaillit. Impatiente d'être débarrassée de lui, elle passa rapidement du dr Mosher à Graham puis à Eckhard. Elle ne pouvait se résoudre à croiser le regard perçant du violeur. Alors qu'elle lui adressait un signe de tête comme pour prendre congé de lui, Jules Westerman bondit hors de la régie.

— Devine la nouvelle ? Becky a remporté le prix Lassiter ! Félicitations Dana ! Qui aurait pu croire que ta fille… ? Je parie…

Le regard sévère de Dana imposa immédiatement le silence à la jeune femme. Mais les mots fatidiques avaient été lâchés. Rapidement, Dana se tourna pour saisir la réaction du violeur. Les lèvres de ce salaud se contractèrent. Était-ce une lueur d'amusement dans ses yeux ?

Les poings de Dana se crispèrent. Le prix Lassiter était un grand événement récompensant chaque année un jeune prodige du violon. La presse nationale ne manquerait pas de parler de la lauréate. Certains articles révéleraient, entre autres, le nom de son école. Un agresseur d'enfants avait à présent les moyens de traquer son bébé.

Il devait y avoir un moyen quelconque d'arrêter cela, de revenir en arrière, de gommer ces quelques mots fatidiques. Peut-être ce salaud n'avait-il pas entendu ce que Jules avait dit. Ou peut-être n'avait-il pas fait le rapprochement avec Becky.

— Bonne émission aujourd'hui, dit Lucy Breitmeier pour briser le silence pesant. Merci à tous et à toutes !

Les autres prirent congé. Vantarde Eckhard eut un signe de tête bref et hostile en guise d'adieu. John la suivait de près en traînaillant. Il tendit une main à Dana, la fixant de ses yeux inquiétants.

Ignorant les civilités, Dana tenta de percer son regard brillant et impénétrable.

— Merci de m'avoir reçu, mademoiselle Saunders. Ce fut vraiment un plaisir.

Suivant son avocate, le violeur tourna les talons et se dirigea vers la sortie.

La Route vers la Rédemption
par Graham Patterson, Docteur en Psychiatrie
(Manuscrit)

Le violeur peut être guéri. Au Centre de traitement des délinquants de Cambridge, les maniaques sexuels apprennent à analyser leurs pulsions, à se mettre à la place de leurs victimes et, à plus long terme, à modifier leur comportement destructeur.

Au cours de mes trente années en tant que fondateur et directeur du programme, des milliers de patients ont fait l'expérience du traitement et ont démontré la validité de notre approche. Le cas de John*, agresseur devenu ardent défenseur des jeunes enfants, est l'une des réussites dont nous sommes les plus fiers.

Comme il le décrit lui-même ci-dessous, son comportement déviant remonte à ses premières expériences sexuelles au sein de sa famille:

«Je voulais la gosse, donc je l'ai prise. C'était comme un joli paquet. Une boîte de friandises. Une chose. Rien du tout.

C'est comme ça que mes parents m'ont appris à penser. Je pouvais obtenir tout ce qui me tapait dans l'œil. Sans limites.

Dans la famille il n'y avait pas de règles éta-

* John est un pseudonyme utilisé pour préserver l'anonymat de notre client.

blies. Les lois, la vérité, le bien, le mal étaient réservés aux gens de basse extraction. “La lie”, comme disait papa.

Nous étions les meilleurs, les plus grands, audessus du lot.

Nous pouvions assouvir nos désirs, quels qu’ils soient.

Mon père avait faim de souffrance. Il brûlait d'infliger le martyre, des tourments répétés, intenses, à hurler.

Ma souffrance était devenue pour lui un vrai rituel, qu’il prolongeait à plaisir. Il voulait en savourer chaque instant.

En premier lieu il m’expliquait mes fautes. Il me citait les chefs d’accusation. Sa voix restait d’un calme imperturbable. Presque amicale. Au ton, on aurait cru qu’il me racontait une histoire pour m’endormir.

Habituellement, j’étais accusé de ne pas être assez sage, pas assez doué. Papa vénérait toutes les formes d’intelligence. Particulièrement chez un gosse. Que je sois intelligent mais pas un génie, ça le rendait dingue. Bon, mais pas exceptionnel. Pour mon père, c’était un péché terrible. Une raison suffisante pour mériter le pire châtiment.

Après avoir exprimé son mécontentement, il allumait un feu dans un cercle de pierres. L’anneau incandescent était censé attirer l’attention du Tout-Puissant, lui rappeler que j’avais été pris en défaut. Il fallait que je regarde le feu pendant que papa me battait. Détourner son regard était déjà un grave péché.

Plus je criais fort, plus mon père jubilait. Je me souviens très bien de la fois où il m’a cassé la jambe et trois côtes avec une de ses prises favorites. Il se trouva qu’un voisin passait par là et m’entendit hurler.

Il frappa à la porte et demanda si tout allait bien. Papa était resté parfaitement calme. Il prétendit que le bruit venait de la télé. Une fois le voisin parti, il termina sa besogne. “Plus fort”, répétait-il alors que je criais. “C'est ça mon garçon !” Je n'avais jamais vu cet homme aussi heureux. On aurait cru qu'il venait de gagner au loto. Il avait un regard paisible, un visage détendu quand il me faisait souffrir.

Vous avez déjà vu quelqu'un qui pleure en écoutant de la musique? ou quelqu'un qui est tombé amoureux fou? Me torturer provoquait la même chose chez mon père : l'extase.

Les goûts de ma mère étaient plus subtils. Quand j'étais gosse, je n'avais pas réalisé que tous ses actes étaient tournés vers son propre plaisir. Je pensais qu'ils m'étaient adressés.

Une fois que papa en avait terminé, maman arrivait toujours pour jouer l'infirmière.

Elle me déshabillait pour panser mes blessures.

“Tu as mal ici, chéri? Et là?”

Elle avait des mains de velours, les doigts les plus doux de l'univers. Je peux encore ressentir l'effet des touches d'antiseptiques qu'elle apposait ici et là, soulageant tendrement les endroits douloureux à l'aide d'un tissu humide, jusqu'à ce que je sente des picotements partout.

Ensuite elle me passait un pyjama chaud et doux, fraîchement lavé. Elle me regardait me brosser les dents. Elle supervisait mes prières du soir. Puis elle me mettait au lit et s'allongeait à mes côtés.

Ses mains douces savaient apaiser la douleur. Les mains de ma mère m'ont presque tout appris. »

LENNIE

2

Tandis que le camion de pompiers virait sur les chapeaux de roues dans Griscom Woods, Nick Marzullo coupa la sirène. De légers flocons de neige passaient dans l'éclair du gyrophare. La glace craquait comme du verre sous les énormes pneus du camion. Un vent froid sifflait, lugubre.

— Mais bon Dieu, où est le feu ? questionna Marzullo.

Petit et trapu, les traits écrasés et une moue belliqueuse, Nick était l'incarnation humaine du bouledogue.

— Ralentis, Zoulou. Je n'arrive pas à lire les numéros.

Le capitaine Joe Perriman jeta un œil, au travers de la brume poudreuse, vers la maison sur la droite, un mastodonte de style normand.

— Continue. L'appel venait du 213 Ledgebrook. Nous sommes encore dans les numéros à deux chiffres.

Ancien domaine privé, la propriété de Griscom s'étendait sur quarante hectares et avait été vendue aux promoteurs cinq ans auparavant. L'endroit avait été parsemé d'étangs artificiels et de jeunes arbustes de toutes sortes. Chaque lot de dix hectares abritait une maison gigantesque, gonflée et vulgaire comme un abruti gavé de stéroïdes.

Les larges trouées entre les maisons n'avaient pas gommé ce terrible fléau des banlieues résidentielles : l'opulence. Le voisinage puait l'abondance. Des voitures luxueuses étaient alignées dans les allées. Les piscines somptueuses et les courts de tennis foisonnaient au milieu des espaces verts parfaitement entretenus. Tout avait l'air surfait, trop neuf.

— C'est là ! aboya Perriman. Range-toi.

Le camion pila dans un crissement de pneus devant une maison de style Tudor. Pas de feu, juste un filet de fumée s'élevant dans les airs. Seul indice d'un quelconque incident, la présence, devant l'entrée, d'une femme affolée, sans manteau, dans la neige. La peur crispait son visage éclairé par la lumière du porche. Son regard et ses appels au secours s'élevaient en direction du toit.

De violentes rafales gonflaient sa jupe noire et son chemisier de soie couleur crème. Ses cheveux blond miel étaient saupoudrés de flocons. Elle avait l'air secouée. Il aurait fallu un cœur de pierre pour rester insensible à sa détresse.

Je sautai du strapontin.

— Kitty[1], s'il te plaît !

Le capitaine Perriman, l'officier le plus gradé de l'équipe, traversa la pelouse d'un pas vif et posa quelques questions à la femme. Il fit la grimace, tourna les talons et repartit aussitôt.

— Mon bébé, supplia la femme d'une voix plaintive. S'il vous plaît, il faut m'aider !

Perriman était furieux.

— Cette femme voudrait que je risque la vie de mes hommes pour secourir son chat. Elle est dingue !

Ses paroles fusèrent comme un jet de pierres.

Alors qu'il repartait vers le camion, je m'interposai.

— Laissez-moi y aller, capitaine.

Perriman avait un visage dur et anguleux : mâchoire carrée, nez d'aigle, le tout surmonté d'un duvet couleur foin tapissant son crâne.

— Laissez tomber, Finn. Si vous montez, vous allez vous faire griffer.

— Ça ira, capitaine, lui dis-je, les animaux domestiques, ça me connaît.

— Laissez tomber, j'ai dit ! Ce satané chat descendra bien assez tôt. Vous avez déjà vu un chat rester coincé dans un arbre ou sur un toit ?

— C'est à elle qu'il faut le dire.

1. Surnom affectueux souvent donné aux félins domestiques. *(N.d.T.)*

— Celle-là, lâcha sèchement Perriman, je devrais la faire boucler pour fausse alerte. Faut qu'elle apprenne la vie. Non mais ! Vous voyez ça ? Cette gourde pensait certainement que ça justifiait son appel.

Suivant son mouvement de tête, je remarquai les cercles de pierres au coin de la maison derrière la haie. Des volutes de fumée s'échappaient du centre d'un monticule de débris carbonisés.

Des cercles de pierres ? Des cendres brûlantes ? Cette image m'était étrangement familière. Mais impossible de mettre le doigt dessus.

Je me concentrai sur un problème plus immédiat. La vision de cette femme dans la neige me serra le cœur. Elle semblait désemparée.

— S'il vous plaît, capitaine. Elle est bouleversée. Laissez-moi redescendre son chaton.

Perriman rajusta son col d'un coup sec et cracha, exaspéré.

— Finn, vous n'écoutez donc jamais, bon sang ? Vous n'êtes pas payée pour jouer les héros sauveurs de mamies à chats.

— Ça prendra juste une minute...

— Les soldats du feu combattent les incendies et secourent les gens ! On est pas au cinoche !

— Allez, capitaine !

— J'ai dit non ! Si vous grimpez là-haut et que vous vous brisez le cou, c'est moi qui porterai le chapeau.

Perriman leva les bras au ciel, exaspéré.

— Vous êtes une vraie tête de mule, Finn. Allez-y, je m'en fous. Et grouillez-vous !

— D'accord. Merci !

Je retournai au camion pour prendre une échelle et demander un coup de main.

Je retirai mon casque et sentis avec plaisir le vent froid dans mes cheveux. Le casque pesait des tonnes.

Même en uniforme, je n'ai pas l'allure d'un pompier. Mesurant à peine 1 mètre 65, je suis franchement plus petite que le pompier moyen. Je ne pourrais pas figurer sur une affiche de recrutement. Mes yeux n'ont pas cette froideur de granit. Ma bouche est trop douce, mon teint trop clair. Une bonne partie de mes collègues ont également des doutes à mon sujet. Je suis trop frêle. Trop sentimentale. J'ai des seins.

J'avais été avertie de ces petits tracas éventuels lorsque j'avais signé dix ans auparavant. J'étais la première femme à entrer dans l'équipe de Stamford. Mais, honnêtement, je ne m'attendais à rien de bien méchant. Pendant ma pire période d'instabilité, j'ai vu l'annonce d'un concours d'entrée chez les pompiers. Je voulais changer de vie, et je l'accueillis comme un signe du ciel. Bien que plusieurs de mes amis jugeaient cette idée ridicule, je m'entêtais à écarter toutes les objections.

J'étais destinée à une carrière de soldat du feu. C'était physique, risqué, et cela m'offrait la possibilité grisante d'accomplir des exploits héroïques. Secourir les gens me paraissait l'entreprise la plus noble qui soit. La perspective d'être payée pour le faire, sans parler de la couverture sociale et d'un plan de retraite de rêve, tout cela frisait la perfection.

J'ai toujours été un garçon manqué ; j'en porte les cicatrices. La balle qui m'a heurtée au cours d'un match de championnat régional de base-ball au lycée m'a dévié la cloison nasale. Une incisive ébréchée et une cicatrice à peine visible, en forme de goéland en vol, au-dessus de mon sourcil droit sont l'héritage d'autres incidents mémorables sur et en dehors du terrain.

Mon corps est athlétique, formé de lignes droites plus que de courbes. Mes seins, disproportionnés par rapport au reste de mon corps, paraissent plus gros qu'ils ne le sont dans les esprits infantiles de mes collègues. L'uniforme d'urgence des pompiers de Stamford ne prévoit aucune courbe de ce genre : une veste brune trop grande ornée de bandes or fluorescentes, un large pantalon brun, et des bottes noires en néoprène montant jusqu'au genou.

Marzullo avait déjà regagné sa place dans la cabine surélevée du camion. La carcasse élancée et maigre de « Wild Bill » Hitsig, l'autre pompier de l'équipe, était appuyée contre la lance à incendie. Hitsig avait les joues creuses et louchait. Méchant comme une teigne. Je l'approchai en grinçant des dents.

Depuis le premier jour, Wild Bill était mon ennemi personnel, déterminé à me rendre la vie impossible. Sa vision du monde était aussi butée qu'idiote. D'après lui, la place d'une femme était à la maison. Les machines, le sport, les affaires et, par-dessus tout, les idées étaient réservés à ceux qui avaient du poil sur la poitrine. Pour Wild Bill, j'étais à peine un être humain, et surtout pas une collègue acceptable.

— Je monte chercher le chat, Hitsig. Aide-moi à prendre l'échelle.

— Bon Dieu, Finn. Il est trois heures du mat' !

— Perriman m'a donné son feu vert. Bon, tu peux me donner un coup de main, s'il te plaît ?

Hitsig me décocha un sourire polisson, laissant voir une rangée de dents jaunies à l'alignement imparfait.

— Bien sûr, bébé. Je te la mets où ?

Je retins un accès de colère et le regardai droit dans ses yeux de fouine.

— Imbécile.

— Fais gaffe à ta gueule, salope !

— Ça suffit, dit Perriman d'un ton sec. Allez-y, Finn ! Hitsig, aidez-la ! Maintenant !

Sous le regard attentif du capitaine, Wild Bill fit de son mieux pour avoir l'air civilisé. Nous avons posé l'échelle contre le rebord du toit. M'armant de courage pour affronter le vent glacial, je montai rapidement en me cramponnant à l'échelle. De là-haut, la voix de la femme était rauque.

— Kitty, je t'en prie !

Je scrutai minutieusement le toit plongé dans l'ombre. Des tourbillons de neige dessinaient des fantômes dans le vent. Mais aucun signe du chat sur la pente avant du toit. J'avançai prudemment sur les tuiles recouvertes de neige et jetai un coup d'œil aux gouttières. Des feuilles pourries, des branches et autres débris remplissaient les conduits. Un petit chaton pouvait avoir glissé à l'intérieur. Il était fort possible que la pauvre petite créature soit morte à présent. Mon cœur se serra.

Mais alors que je me rapprochai du bord avant du toit, je perçus un son étouffé provenant de l'autre côté. C'était une plainte très faible teintée de désespoir.

— Ne bouge pas, Kitty. J'arrive.

Agenouillée, j'escaladai la pente jusqu'au faîte et descendis doucement vers l'arrière du toit. M'arrêtant pour écouter, je perçus de nouveau le gémissement sourd. Avec le vent, il était impossible de localiser de manière précise la source de la plainte.

— Ici, Kitty ! Kitty ! Mais bon sang, où es-tu ?

Le froid me brûlait les mains. Debout, je descendis pas à pas. Malgré les crampons de mes bottes, ma progression était périlleuse. Des bourrasques glacées menaçaient mon équilibre. Mes yeux se mouillèrent de larmes.

— Viens, Kitty. Sois gentille. Ça gèle là-haut !

J'avançai avec précaution, calculant chacun de mes pas. Mais, arrivée à mi-pente, une plaque de neige se déroba sous mon pied droit. Je tombai lourdement sur le dos. Dans une glissade vertigineuse, je plongeai brutalement vers le bord du toit. Le ciel disparut de mon champ de vision. Je tournoyai. Je glissai vers le vide froid et noir.

Dans une tentative désespérée, j'enfonçai mes paumes et les talons de mes bottes dans la couche de neige. Mon corps se figea. Avec une lucidité déconcertante, je me vis dégringoler du toit. Plonger dans l'obscurité. M'écraser sur le sol de pierre en contrebas.

Non !

Soudain, le col de ma veste s'accrocha à quelque chose. Mes talons râclèrent la neige. À quelques centimètres du précipice, je m'arrêtai subitement.

Tremblante, je me rassis et frottai mes mains endolories. Mon pouls était très rapide. Par-dessus mon épaule, je repérai le clou qui avait stoppé ma chute. L'avertissement du capitaine Perriman résonna dans mon esprit : *Si vous grimpez là-haut, vous allez vous faire griffer.*

Je toussai, le souffle court.

— Est-ce que ça va ?

Abasourdie, je me retournai vers la voix timide. La silhouette mince qui me parlait avait surgi derrière une grosse cheminée. Une enfant adorable aux yeux pâles et à l'appareil dentaire étincelant. Ses joues étaient rougies par le froid, ses cheveux noirs ébouriffés. Vêtue d'une chemise de nuit à fleurs, de pantoufles en duvet rose, elle tremblait très fort.

— Comment t'appelles-tu ? demandai-je.

— Je suis désolée.

Drôle de nom pour une gamine, fus-je tentée de railler. Mais l'expression de douleur de l'enfant m'arrêta net. Et je compris tout à coup ce qui se passait.

— Tu t'appelles Kitty ? demandai-je.

Elle acquiesça avec raideur.

— Kitty Dolan.

— Je m'appelle Lennie Finn, Kitty. Que fais-tu là-haut, mon cœur ? Qu'est-ce qui ne va pas ?

— Rien. Laissez-moi tranquille !

— Que s'est-il passé ?

L'enfant se déroba comme si je l'avais frappée.

— Allez-vous-en, s'il vous plaît !

Je me levai et me rapprochai lentement, louchant à cause de la neige tourbillonnante. La petite fille fut prise d'un tremblement.

— Tu dois avoir froid ! Allez, laisse-moi te ramener à l'intérieur.

— Je ne peux pas. Maman va me tuer.

— Bien sûr que non ! Elle veut juste que tu sois à l'abri à l'intérieur.

— *Kitty, je t'en prie !* s'écria la femme en bas.

— Tu ne comprends pas. (Des larmes jaillirent de ses grands yeux.) J'ai *mal* agi. C'est pour ça que c'est arrivé. Je ne dois ouvrir à *personne*. C'est la *règle*.

J'étais hébétée.

— Qui était-ce, Kitty ? Quelqu'un que tu connais ?

Oh mon Dieu, faites que ça ne soit pas cela.

Ses sanglots redoublèrent d'intensité.

— Il disait que sa voiture ne démarrait pas. Il m'a dit qu'il avait besoin d'utiliser le téléphone pour appeler un dépanneur... Il avait l'air si gentil !

— Qu'est-il arrivé, Kitty ?

Mais je savais trop bien ce qu'elle allait me raconter.

L'enfant se raidit.

— Il reviendra si je raconte tout. Il me poignardera comme la fille sur la photo. J'ai vu le couteau. Il était plein de sang.

— Il ne reviendra pas ! C'était juste pour te faire peur.

Les violeurs sont incapables de compassion. Si le monstre avait été pris de frénésie de meurtre, l'enfant ne serait plus de ce monde.

— Pourquoi est-ce que je l'ai laissé entrer ? Je suis vraiment bête !

Elle s'effondra sur les tuiles enneigées et enfouit son visage dans ses mains. Je m'assis à ses côtés.

— C'est lui qui a mal agi, pas toi, Kitty. Laisse-moi te redescendre, d'accord ? Laisse-moi t'aider.

Ses pleurs s'apaisèrent. Il régnait un silence pesant. Quand la gamine le brisa, on distinguait à peine sa voix dans le vent.

— Il m'a jeté sur mon lit. Il m'a mis son… J'ai continué à me débattre. Mais je ne pouvais rien faire pour l'arrêter. Je ne *pouvais* pas !

Je passai ma main dans ses cheveux emmêlés.

— Je comprends, ma chérie.

— Il m'a dit de ne pas bouger, mais il fallait que je m'échappe. Je l'ai entendu dans la chambre de maman, alors je me suis sauvée.

— C'était très courageux de ta part.

— Je pensais qu'il allait me suivre, mais non. Il n'arrêtait pas de m'appeler. Il disait : « Viens. Je vais t'emmener quelque part. » Je suis restée très calme, et finalement il est parti. (Elle sanglota.) Je me sens si sale.

— Tu ne l'es pas, Kitty. Tu es une jolie petite fille. C'est lui qui est dégoûtant.

— Je n'aurais pas dû ouvrir la porte. C'est ma faute !

— Tu n'es pas responsable de ce qui est arrivé, chérie. Ce n'est pas de ta faute.

Je retirai ma gabardine et la drapai autour de ses épaules. Elle avait l'air si perdue et si fragile. Comme un oiseau blessé.

— Kitty, dis-je doucement. Viens, descends avec moi.

— Pas avec tous ces gens. Je ne veux pas qu'ils sachent.

— Tu ne peux pas rester ici pour toujours.

De gros flocons de neige tourbillonnaient dans le ciel devenu brumeux.

Elle réfléchit un instant, s'essuya les yeux et soupira. Montrant de la tête le rebord du toit, elle dit :

— Mon balcon est en dessous.

Marchant prudemment, je la conduisis vers le bord du toit. Sa mère continuait à l'appeler. M'agrippant solidement à la gouttière, je me laissai tomber sur une chaise en fer sur la terrasse. J'aidai Kitty, puis la portai à l'intérieur de la maison par la fenêtre ouverte. Les murs de la chambre étaient recouverts de papier peint à fleurs lavande, assorti à la dentelle qui ornait ses oreillers. Des trolls costumés et des ours en peluche étaient alignés le long du bureau en osier. Des livres d'enfant, des CD et des jeux vidéo étaient rangés par taille et par catégorie.

Alors que je conduisais l'enfant en bas, le reste de la maison me parut tout aussi propre et ordonné. Aucun désordre. Aucune peinture de mauvais goût ni de tache sur les murs. Malheureusement, je savais trop bien que le monde des Dolan était sur le point de basculer dans le chaos.

Ouvrant la porte d'entrée, j'appelai la mère de Kitty. Deux autres camions étaient arrivés et quelques voisins curieux s'étaient rassemblés sur le gazon. Wild Bill se pavanait, aboyant des ordres.

— Le spectacle est terminé, les amis ! Circulez, maintenant ! Rentrez chez vous !

Mme Dolan, échevelée, semblait ahurie. Une mèche de cheveux couleur cuivre pendait de son chignon. Des traînées de mascara cernaient ses yeux noisette injectés de sang. Ses vêtements étaient trempés et ses bas filés. Lorsqu'elle vit sa fille, le peu de calme qui lui restait disparut instantanément.

— Kitty Dolan, qu'est-ce qui t'a pris au nom du ciel ? Tu as perdu la tête ou quoi ?

En entendant la voix de sa mère, Kitty sursauta.

— Je suis désolée, maman.

La femme sembla soudain réaliser que j'étais là. Elle se tourna vers moi.

— Mon mari est en voyage d'affaires. J'étais en bas de la rue, en train de jouer au bridge chez des voisins. Quand je suis rentrée, il y a quelques heures de cela, le lit de Kitty était vide et la porte donnant sur son balcon était grande ouverte. Je l'ai appelée de la terrasse, mais elle a refusé de répondre. Ensuite, j'ai grimpé là-haut pour essayer de la redescendre moi-même. J'ai failli me casser le cou mais elle n'a pas voulu rentrer avec moi. Elle m'a menacée de sauter si je ne la laissais pas tranquille. De *sauter* ! Vous vous rendez compte ? Kitty, bon sang, qu'est-ce que tu as ?

— Ne sois pas en colère après moi, maman, s'il te plaît.

— En colère ? Tu parles. Qu'est-ce qui t'a pris de jouer à la cascadeuse comme ça ? Si je ne me retenais pas…

Se rapprochant doucement, l'enfant me prit la main. Elle s'y cramponna comme à une bouée de sauvetage.

Je ne pus trouver aucun moyen pour amortir le choc de la révélation.

— Kitty a été attaquée, madame Dolan. Quelqu'un est entré dans la maison et l'a agressée.

Les mots s'incrustèrent un à un dans son esprit.

— Quoi ?

— Elle a survécu. C'est le plus important.

Les yeux de la femme s'écarquillèrent de stupeur.

— De quoi parlez-vous ? C'est impossible.

— Il faudrait l'amener aux urgences, conseillai-je. Ils recueilleront les indices et prendront soin d'elle.

— Mais qu'est-ce qu'elle raconte, Kitty ? Qu'as-tu fait ?

— Votre fille n'a rien *fait*, Mme Dolan. Mais quelque chose lui est *arrivé*.

— Kitty, j'exige la vérité, immédiatement.

La petite fille s'effondra en pleurs sur le canapé et se recroquevilla comme une fleur fanée. Je m'accroupis devant elle et levai son menton jusqu'à ce que ses yeux rencontrent les miens.

— Reste ici, Kitty ! Il faut que je parle à ta maman une minute, lui dis-je.

J'attrapai la femme par le coude, l'entraînai dans la pièce d'à côté et fermai la porte.

— Kitty a besoin de votre amour et de votre soutien, madame Dolan. Elle a été agressée. Il ne faut *pas* la blâmer ou la culpabiliser. Ce *n'est pas* sa faute. C'est elle la *victime*.

Mme Dolan recula.

— Écoutez, j'apprécie que vous l'ayez secourue, mais je ne considère pas que la suite vous regarde, mademoiselle...

— Finn. Lennie Finn. Tout ce qui importe à présent c'est que Kitty s'en sorte.

— Je prendrai soin de ma fille, dit-elle fâchée.

— J'en ai bien peur.

— Qu'est-ce que vous insinuez ?

— La colère, les reproches. Si vous croyez qu'elle va s'en sortir comme cela, vous faites totalement fausse route.

Elle se raidit. La femme avait l'arrogance d'une diplômée de fraîche date. Sans ses vêtements détrempés par la neige et son air menaçant, elle aurait pu passer pour une reine de beauté vieillissante. Parfaitement manucurée, les mèches soignées, elle était mal fagotée dans des vêtements sans doute très chers. Je ne pouvais m'empêcher de me demander si cette personne était capable d'aider une enfant blessée à remonter la pente.

Tout à coup, elle se radoucit. Elle secoua lentement la tête.

— C'est incroyable. Ce n'est qu'un bébé...

— C'est dur, je sais.

— Les urgences, vous avez dit ? C'est vraiment nécessaire ? Nous avons un excellent pédiatre.

Patiemment, je lui expliquai. Il était indispensable d'examiner l'enfant pour rechercher d'éventuels dommages physiques ou des traces d'exposition à une maladie sexuellement transmissible, mais aussi pour recueillir des indices. Le personnel des urgences ferait appel à des bénévoles du Centre d'aide aux victimes de viol. Ils étaient mieux équipés pour dispenser les tests appropriés, un traitement préventif, ainsi que les conseils et le soutien requis.

— Kitty ne doit pas se changer, se laver, ou prendre un bain avant d'être examinée, madame Dolan. Elle le réclamera certainement mais vous devez l'en empêcher. C'est important.

Son arrogance s'était complètement dissipée. Des larmes coulèrent le long de son visage majestueux.

— Comment savez-vous tout cela ?

— Cela fait partie du travail du Service médical d'urgence. Malheureusement, le viol n'est pas une urgence rare.

— Mais l'hôpital est un endroit si froid, si effrayant...

— Ils lui porteront une attention toute particulière. J'aimerais bien pouvoir venir avec vous mais je suis encore de service.

Elle se tamponna les yeux avec un mouchoir brodé. Son mascara souillait la dentelle.

— Je l'amènerai.

— Bien !

Je jetai un coup d'œil à ma montre. Plus d'une demi-heure s'était écoulée depuis notre intervention. Le capitaine Perriman était probablement sur le point de partir. Sans parler de Wild Bill, qui était aussi patient et intelligent qu'un pitbull.

— Je dois m'en aller maintenant, madame Dolan. Si je peux faire quoi que ce soit, n'hésitez pas à m'appeler.

Je lui donnai mon numéro à la caserne ainsi que celui de mon domicile.

— Kitty est capable de s'en remettre. Tenez-moi au courant.

Mme Dolan me fixa d'un air triste. Elle ne répondit rien.

L'enfant était assise là où nous l'avions laissée. Je m'accroupis devant elle.

— Je dois m'en aller, ma chérie. Prends soin de toi.

— T'es obligée ?

— Oui, Kitty. Mon travail n'est pas terminé. Je passerai plus tard voir si tout va bien. D'accord ?

Elle baissa les yeux. L'enfant avait l'air abattue, comme si une lumière intérieure venait de s'éteindre.

La voir dans cet état me remplit de fureur. Le salaud qui avait fait ça devait être pourchassé et puni. Il devait payer pour avoir blessé cette petite fille, pour avoir trahi sa confiance et volé son innocence.

Avec une aide et un soutien appropriés, Kitty Dolan pourrait se remettre. Mais les événements monstrueux de cette nuit la changeraient à jamais. Le cours de sa vie serait irrévocablement perturbé. Elle serait forcée d'affronter de terribles tempêtes.

La douleur de l'enfant m'apparaissait avec une clarté atroce. Je ne pouvais pas nier l'évidence. Quand j'avais l'âge de Kitty, la même chose m'était arrivée.

LENNIE

3 Cette nuit-là, j'étais sortie pour tendre un piège à un ange. Une année s'était écoulée depuis la mort de ma mère. Une année depuis que ma famille dispersée s'était réunie autour de la tombe où son corps avait été mis en terre. Elle reposait à présent aux côtés de mon père, mort trois mois plus tôt d'une crise cardiaque.

La version officielle concluait à une asphyxie. Elle avait laissé tourner le moteur de notre break Buick dans le garage. Lorsque j'étais rentrée de l'école ce jour-là, je l'avais trouvée étendue sur le siège. Son visage était blanc comme de la craie et ses lèvres avaient la couleur d'une vieille ecchymose. Sa tête était renversée à un angle impossible.

On lisait sur ses traits une sérénité perdue depuis la mort de mon père. Ses doigts étaient écartés et ses cheveux étalés telle une auréole de dentelle. Un rictus espiègle se dessinait sur ses lèvres, comme si on lui avait confié un ultime secret grivois.

Aucun message n'ayant été retrouvé autour du corps, le médecin légiste avait conclu à une mort accidentelle. Cette version me convenait bien plus que toute autre hypothèse. Depuis la mort de mon père, ma mère était à la dérive. Elle ne m'entendait pas toujours lorsque je lui parlais. Certains soirs, elle oubliait même le dîner, le bain de bébé ou l'heure de me mettre au lit, rituels qu'elle observait d'ordinaire avec une ferveur quasi religieuse. Il était donc plausible qu'elle ait quelque peu négligé le danger des gaz d'échappement dans un garage clos. Je l'imaginais, perdue dans ses pensées, tandis que ses poumons s'emplissaient du poison mortel. Au plus profond de mon cœur, je ne pouvais croire qu'elle nous avait abandonnés à dessein. J'étais sûre qu'elle nous aimait beaucoup trop pour agir de la sorte.

Un an plus tard, les moindres détails de son enterrement étaient encore présents dans mon esprit. Je pouvais respirer l'odeur de terre grasse fraîchement retournée, sentir ma robe du dimanche compresser ma taille et ma poitrine naissante. Le grincement désagréable de la poulie résonnait toujours à mes oreilles, tout comme les pierres jetées sur le couvercle du cercueil. L'allure voûtée et la voix sinistre du père Cleary me revenaient en mémoire : *Ouiii, bien que je marche à travers la vallée dans l'ombre de la mort, je n'aurai aucune crainte du mal...*

Ensuite, le cortège funèbre nous avait suivis à distance jusqu'à notre maison de Peoria dans l'Illinois. Des bénévoles de la paroisse avaient préparé un dîner composé de bœuf en tranches et de dinde, de paniers de petits pains et de monceaux de cookies faits maison. Les hommes remplissaient leurs assiettes et déambulaient dans le salon, où ils s'envoyaient des lampées de whisky et se resservaient copieusement, gonflés d'un soulagement égoïste : Mary et Dennis Finn étaient morts, pas eux. Ils pouvaient encore savourer les petits fours, les pâtisseries et leurs ragots d'ivrognes.

Je me baladais parmi eux, traînant mon petit frère tel un jouet sur roulettes, ignorant leurs regard apitoyés et leurs murmures retenus.

« Que va-t-il advenir des enfants ? »

« Je suppose qu'ils vont aller vivre chez la sœur de Mary. »

« Cette pimbêche du Connecticut ? »

« Il semble que ce soit tout ce qui leur reste, pauvres petits... »

Un an plus tard, je me refusais toujours à accepter l'impossible réalité de la mort de ma mère. Pour ce qui est de mon père, la pilule avait été plus facile à avaler. Bien sûr j'avais souffert. J'avais pleuré toutes les larmes de mon corps. Mais papa était un voyageur de commerce, représentant pour tout le Midwest de collections de chaussures et baskets pour enfants. Il était plus souvent sur les routes qu'à la maison. Après sa crise cardiaque, je pouvais facilement faire comme s'il était en déplacement, en train de faire l'article.

Le père Plunkett, pasteur de l'église de Westport dans le Connecticut, église que nous fréquentions depuis que nous étions venus vivre avec tante Selia, avait juré que l'âme de ma mère était encore intacte. Son esprit vivait, avait-il déclaré ; elle était toujours là pour réconforter ceux qu'elle avait laissés derrière elle.

Après la messe du dimanche, je harcelais le prêtre bedonnant pour obtenir des précisions. Existait-il des mots spécifiques pour faire apparaître l'âme de ma mère ? Comment la reconnaîtrais-je une fois qu'elle serait là ? Et comment pourrais-je être sûre que ma mère était au courant du déménagement de sa sœur Selia ? Elle avait quitté Norwalk pour une maison coloniale à trois chambres, méticuleusement entretenue, sur Lark Spur Lane. Existait-il un formulaire céleste de changement d'adresse ?

En dépit de mon obstination de moucheron — je revenais sans cesse à la charge — le père Plunkett se refusait à me fournir des réponses tangibles. Berçant délicatement son énorme panse tel un ballon de plage, il s'en tenait à ses radotages sur la foi, la patience et le pouvoir de la prière.

Au début, j'avais essayé de suivre ses préceptes. J'étais croyante. J'attendais. J'implorais sans vergogne. Bien que cela me paraissait étrange d'agir ainsi, je chantais des psaumes et lisais d'interminables passages de la Bible chaque jour de la semaine.

Lorsque tout échouait, je concluais des pactes plus que tentants avec le diable. Mon âme et mon skateboard. Âme, skateboard, la photo dédicacée du jeune espoir Mickey Mantle que mon père m'avait offerte. Chaque jour, je montais les enchères, finissant par mettre en jeu mon gant de base-ball porte-bonheur, patiné à souhait et d'une valeur inestimable.

Quel démon digne de ce nom aurait pu résister ?

Mais rien ne marchait. Après une dernière discussion infructueuse avec le prêtre, j'en avais conclu qu'il me fallait chercher dans une direction diamétralement opposée.

Durant toute la semaine, j'eus un sommeil agité. Éveillée en pleine nuit, le cœur battant à grands coups. Je me rongeais les sangs. Quel était le meilleur moyen d'appeler l'âme de ma mère ?

Si ce n'était pour combler ma propre solitude, maman devait revenir pour le bien de mon frère. Pour l'état civil, il était Hubert

Jamieson Arthur Eamonn Finn, ce qui était bien trop long pour n'importe quel garçon, quelle que soit sa taille. À cause de notre nom de famille, quelqu'un l'avait surnommé Huck peu de temps après son baptême. Ça lui était resté.

Avec sa peau blanche couverte de taches de rousseur et ses cheveux fins couleur cannelle, mon petit-frère Huck était un enfant extrêmement beau. Mais énigmatique. Il était trop gentil. Trop tranquille et silencieux. Mère essayait souvent d'attirer son attention avec des grimaces et des chansons, attendant en réponse un sourire ou des gazouillis. Mais comme rien ne venait, elle haussait les épaules, feignant de ne pas être affectée. « Il semble que le petit ange soit au pays des fées », me disait-elle en souriant.

À l'époque, je me contentais de cette explication réconfortante. Avant la mort de ma mère, je considérais mon bébé de frère comme un jouet idéal : adorable et amusant. Durant dix longues années, j'avais attendu un petit-frère. Couchant poliment ce vœu sur chacune de mes listes de Noël.

Quand Huck était finalement arrivé, il correspondait à mes espérances. Il avait peu d'exigences. Pleurait rarement. Mieux, il m'autorisait à faire ce que je voulais de lui. Je pouvais peigner sa chevelure soyeuse, l'habiller dans toutes sortes de tenues, le mettre dans n'importe quelle position ou endroit qui jaillissait de mon imagination débridée. Comparé aux autres enfants que j'observais, braillards et entêtés, Huck était un enfant de rêve. Je ne me souciais pas de savoir si ma complaisante poupée humaine manquait de quoi que ce soit.

Mais depuis la mort de ma mère, le comportement de Huck s'était indéniablement dégradé. Mon petit frère, s'il avait tendance à s'accrocher à moi avec l'acharnement du désespoir, fuyait obstinément le reste de l'humanité. Il parlait peu et, lorsqu'il lui arrivait de dire quelque chose, je me demandais toujours s'il avait vraiment parlé ou m'avait directement transmis ses pensées. Sa voix, me semblait-il, était bizarrement adulte et ferme. Elle avait une tonalité étrange et rauque, comme le son de la porte d'une maison depuis longtemps abandonnée.

Mais ses paroles, ou plutôt son manque de parole, était loin d'être la chose la plus préoccupante. Par moments, sans raison apparente, Huck explosait, en proie à de violentes crises de hurlements. Dernièrement, il en était arrivé à mordre son petit poing jusqu'au sang. En le voyant si enflé et écorché, mon cœur s'était brisé.

Huck dérivait comme un cerf-volant dont la corde se serait cassée. Si je ne trouvais pas un moyen de l'arrêter, je craignais de le perdre à jamais.

Les excentricités de mon frère déconcertaient et choquaient tante Selia. Elle nous avait recueillis par devoir. La sœur de ma mère n'avait pas la fibre maternelle. Je suppose que, à sa manière, froide et distante, elle nous aimait. Mais les enfants sont turbulents et bruyants. Imprévisibles. Toujours dans les jambes.

Selia aurait préféré ignorer les problèmes de Huck. Elle avait l'habitude de ranger tout ce qui lui semblait désagréable et ennuyeux au placard. Elle voulait chasser les bizarreries de mon frère hors de sa vue et de son esprit.

Pourtant, six mois plus tôt, fatiguée par mes questions incessantes, elle avait fait examiner Huck par un spécialiste recommandé par l'ami d'un ami. Les honoraires du médecin étaient élevés et nous avions attendu des semaines pour obtenir un rendez-vous. Pour Selia, la parole de cet homme valait de l'or. Aussi, c'est avec soulagement qu'elle avait accepté les prévisions selon lesquelles Huck guérirait en grandissant, même si le mal dont il était atteint n'avait jamais été expliqué. Par la suite, ma tante refusa d'aborder le problème. Je n'avais plus le choix : je devais m'en occuper moi-même.

Il était évident que ce qui manquait à Huck, c'était notre mère. Sa présence réconfortante. Les intonations mélodieuses de sa voix. Ses yeux rieurs. Ses hanches solides et ses épaules carrées. L'odeur de la maison au moment du souper, dense, épicée et chaude.

Même sous la forme d'un spectre, j'étais absolument sûre que Mary Finn pouvait guider sa sœur. L'instinct maternel de Selia ne s'étendait pas au-delà de ses orchidées et de ses amis du Philharmonique. Ma tante ne pensait pas à mal, mais tout le monde voyait bien qu'elle ne savait pas s'y prendre. Chaque matin, lorsque je descendais Huck pour le petit déjeuner, elle battait des paupières comme si nous étions des grains de poussière irritant son œil.

Notre mère devait revenir, c'était la seule solution. Et les conditions cette nuit-là semblaient idéales. La lune était ronde et brillante. Dans l'après-midi, une brève averse avait lissé le ciel et parsemé l'allée de petites flaques d'eau. Vêtue de ses habits de soirée ornés de dentelle et chaussée de talons hauts, tante Selia était partie retrouver une amie à Manhattan pour une soirée riche en mets succulents, en conversations raisonnables et couronnée par un spectacle. Elle m'avait confié la responsabilité de la maison, assortie d'une liste d'instructions très strictes. Elle était sortie à grands pas en claquant la porte derrière elle.

Le dîner de ce soir était composé de restes de cassoulet. Selia ne comprenait rien à la nourriture pour enfants. Je me forçai à avaler quelques bouchées de bouillie de haricots et d'une viande mystérieuse. Si l'excitation ne m'avait pas coupé l'appétit, le plat aurait pu passer. Certaine que Huck ne toucherait pas à ce ragoût épicé, je découpai un morceau de fromage en cubes et les disposai à l'intérieur d'un cercle de crackers.

Huck aimait que sa nourriture soit disposée d'une manière symétrique. Il mangeait également avec application : fromage, cracker, cracker, fromage. Le regarder manger était fascinant. Chaque bouchée était mâchée six fois et avalée avec un signe de tête approbateur, un vrai poème.

Impatiente de commencer, je passai son pyjama à Huck et lui lus la version abrégée d'une histoire intitulée *Le Jambon et les Œufs verts.* De toute façon il n'écoutait pas. Une chose invisible sur le mur avait totalement accaparé son attention.

— Bonne nuit, citrouille !

J'embrassai son front duveteux et tirai les couvertures jusqu'à son menton. Les yeux bleu marine de Huck restèrent rivés au mur. Il n'avait pas du tout l'air fatigué.

M'éloignant à pas feutrés, j'ouvris la porte de notre placard. La vieille valise de ma mère était sur le sol, dans le fond, derrière mon équipement de football. Je la tirai doucement. La garniture en faux cuir était craquelée et écaillée, et les initiales estampées trop usées pour être lisibles.

Mais pour moi cette valise était sans prix. Elle contenait tout ce qu'il restait de mes parents, à l'exception des souvenirs.

Après la mort de ma mère, tante Selia avait rangé les affaires de mes parents dans des cartons et en avait fait don à une œuvre de bienfaisance. Elle avait juste mis de côté quelques souvenirs pour Huck et moi. Parmi ceux-ci, il y avait la montre Bulova de mon père, un portefeuille en cuir brun, une pince à billets en argent en forme de dollar gravée de ses initiales. Quant à moi, j'héritai de l'alliance en or de ma mère, son camée en broche et le mouchoir azur en dentelle du mariage de mes parents. De plus, la valise contenait une bible, des tas de lettres larmoyantes que mon père avait écrites à ma mère pendant son service militaire et une pile d'instantanés.

Ce soir-là, en guise d'appât, je choisis la bague de mariage de ma mère, la lettre d'amour la plus banale de papa et une des rares photos de Huck en train de sourire. Rassemblant le tout avec empressement, je me glissai hors de notre chambre.

Dans le salon, je m'arrêtai pour mettre la chanson favorite de ma mère sur le pick-up. Il me fallut un courage considérable pour m'aventurer dans cet espace sacré. Le salon de tante Selia n'était pas conçu pour y séjourner. Chaque semaine, ma tante passait l'aspirateur aux mêmes endroits et chassait la poussière. En dehors de ces moments-là, personne n'y pénétrait, comme si la pièce avait abrité des chauves-souris et des vipères.

Des têtières en crochet servaient de protection au dossier et aux bras du sofa verdâtre et aux chaises sur lesquels personne ne s'asseyait jamais. Les bibelots étaient disposés avec une précision géométrique. La chaîne stéréo, de grande valeur, n'avait jamais été utilisée. Retenant ma respiration, je pressai le bouton de mise en marche et regardai le bras se poser sur le disque, esquissant une caresse hésitante.

La musique enfla et une voix rauque de femme fredonna ces mots familiers. *Plus que vous n'en savez*... J'entendais encore ma mère chanter de sa voix douce et profonde.

Parmi les consignes dactylographiées par tante Selia, il était strictement interdit de laisser qui ou quoi que ce soit entrer ou sortir de la maison en son absence. Cette consigne se trouvait entre l'interdiction formelle d'utiliser ses cosmétiques et celle de ne pas regarder autre chose que des programmes éducatifs à la télévision.

(Heureusement, la définition du mot éducatif était laissée à mon entière discrétion.)

Malgré mon sentiment de culpabilité, je m'aventurai dehors en chemise de nuit. Écoutant attentivement la musique venant de l'intérieur, je plaçai mon appât céleste entre deux flaques miroitantes. La photo de Huck se reflétait aux côtés de la lune dans la deuxième flaque. Son image brillait et ondulait, comme un doigt qui fait signe d'approcher.

Irrésistible.

« Cher Dieu — je fermai mes yeux et priai le plus fort que je pus —, je Vous en prie, envoyez-nous notre mère. Huck a tellement, tellement besoin d'elle. » Ensuite, de retour dans l'obscurité du salon, je restai debout à attendre dans un silence absolu.

Il ne se passa rien durant près d'une heure. Le désespoir était en train de me gagner lorsqu'une nuée de lucioles apparut. L'insecte luminescent au milieu était deux fois plus gros que les autres, d'une taille anormale. Mais sa taille n'était pas le seul indice. Tandis que l'énorme insecte battait des ailes, je reconnus l'air préféré de ma mère : *Plus que vous n'en savez-ez.*

Remplie de joie, je fonçai dehors, emportant au passage le bocal vide de compote de pommes que j'avais préparé pour l'occasion. Je l'avais lavé six fois, séché chaque trace d'humidité et percé plein de trous d'aération dans le couvercle à l'aide de la pince à épiler de tante Selia. Heureusement, il n'y avait rien dans sa liste qui m'interdise de *manipuler* ses ustensiles.

À mon premier essai, une des plus petites lucioles suivit l'ange à l'intérieur du bocal. En essayant de relâcher l'insecte, je libérai accidentellement l'esprit. Au cours des cinq minutes qui suivirent, je traquai désespérément le spectre lumineux. Mais, chaque fois, il m'échappait. Mes pieds étaient trempés, mes espoirs s'assombrissaient. La cruelle taquinerie de l'insecte me fit prendre conscience que j'avais malencontreusement attiré le mauvais ange. Il était probable que nombre de femmes décédées avaient eu des alliances en or, de romantiques soldats pour fiancés et des bébés aux yeux bleus.

Je m'efforçai de rester calme, attendant que la luciole se pose et s'approche de moi. Au moment où le désespoir commençait à m'envahir, l'insecte s'approcha et s'immobilisa en suspension juste en face de mon visage. Doucement, je plaçai le bocal à sa hauteur, et l'insecte luminescent y pénétra. Explosant de joie, je revissai le couvercle du bocal et le serrai très fort.

Avec une extrême précaution, je transportai ma prise à l'intérieur, terrifiée à l'idée de laisser tomber le bocal et de perdre ainsi à jamais cet ange précieux. Tout irait bien à présent. L'esprit de ma mère pouvait accomplir n'importe quoi. Me libérer de ma tristesse, extraire Huck de son cocon étouffant.

Soudain, des sons effrayants retentirent dans mon dos. Le battement sourd de pieds en train de courir. Des clapotis. Des grognements de colère.

Avant que je ne puisse poser l'ange, des bras d'acier m'enlacèrent. Je sentis un souffle sur ma nuque. Ma tête s'emplit d'une odeur étrange : un mélange de bois et de produits chimiques.

Les doigts agrippés au bocal renfermant mon ange précieux, je me débattis avec acharnement, essayant d'échapper à l'étreinte et à la peur qui me tenaillaient. Je me tordis et me tortillai. J'essayai de mordre. Mais l'intrus se mit hors de portée avec facilité. Son emprise était puissante. Une crampe brûlante contracta mes doigts et le bocal tomba à terre.

Mon cœur et ma volonté cédèrent en même temps que le verre brisé. À bout de forces, je succombai à la terreur. Comme une grosse vague noire, elle m'emporta vers l'inconnu. La peur me conduisit vers des endroits sinistres, des vérités hideuses et des questions impénétrables.

J'ai mis des années à m'en remettre.

La Route vers la Rédemption
par Patterson Graham, Docteur en Psychiatrie.
(Manuscrit)

Le violeur sadique souffre d'une confusion pathologique entre douleur et plaisir. Au Centre de Cambridge, l'examen de l'étiologie de cet état est une étape déterminante dans le processus de guérison.

John

Maman disait qu'elle le faisait pour me soulager. Elle commençait par me masser le cuir chevelu et descendait progressivement. Le long de ma nuque et de mes épaules. De mes bras jusqu'au bout de mes doigts. Elle me caressait nonchalamment, décrivant des cercles qui partaient de ma colonne vertébrale. Plus loin. Plus profond.

Ses mains étaient indescriptibles. Du velours électrique. Je bandais à la seconde même où elle commençait. Parfois même par simple anticipation. Une fois, alors que j'étais agenouillé à côté de mon lit, demandant à Dieu de nouveaux patins à roulettes ou que sais-je encore, ma petite queue s'était soudainement dressée.

À ce point-là, ma mère feignait toujours l'étonnement, la mine surprise et soucieuse. «Tu as mal, chéri ? Est-ce que ce vilain vieux papa a frappé ton zizi aussi ?»

Dans ces moments-là, j'étais incapable de répondre. Mon esprit était empli d'espérance. Je respirais difficilement.

« Tu veux que maman te le frotte, mon cœur ? Là, maintenant. Maman va te guérir. »

Je comprends maintenant comment tout cela m'a perturbé. Comment douleur et plaisir se sont confondus, me poussant à prendre cette petite fille. À la prendre de force.

La compréhension est la clé. La porte de sortie. Il suffit de la trouver.

LENNIE

4 La nouvelle de mon soi-disant acte d'héroïsme chez les Dolan s'était répandue dans la caserne comme un feu de brousse.

Peu après la relève, je m'étais extraite de mon lit de camp. Durant le service de nuit, lorsque nous n'étions pas sur le terrain, nous dormions dans de grandes salles divisées en boxes.

L'endroit me faisait penser à une ruche d'abeilles ouvrières au repos. En tant que seule abeille femelle, mon espace était symboliquement isolé des autres par un rideau. Je disposais de toilettes séparées ainsi que d'une cabine de douche. Cet aménagement me procurait une intimité acceptable, sans pour autant me garantir une protection à toute épreuve.

Je descendis dans la cuisine commune au deuxième étage. Je n'avais qu'une envie : un bon café accompagné du journal du matin. Au lieu de cela, je fus accueillie par une douzaine de visages moqueurs et un chœur de « miaous ».

Un bol rempli de nourriture pour chats m'attendait sur la table et un sac de litière de cinq kilos occupait mon siège habituel. Une caricature grossière à mon effigie était placée sur le tableau d'affichage. Je pouvais reconnaître mes cheveux bruns et courts, mes yeux confiants, mon nez tordu et ma dent ébréchée. Les seins avaient la taille de l'Alaska. À cet endroit précis, quelqu'un avait griffonné le mot : CATWOMAN.

En dehors des inhalations de fumée, les surnoms constituaient le risque le plus important du métier. Celui de Nick Marzullo, Zoulou, n'était qu'une variante de son nom de famille.

D'autres attiraient l'attention sur une caractéristique physique. Wild Bill Hitsig avait gagné son sobriquet parce que l'alcool qu'il ingurgitait sans modération le transformait en un grossier personnage.

Jusqu'à présent, je m'étais débrouillée pour passer au-travers. Mais le sauvetage présumé de félin allait devenir ma marque de fabrique. Déterminée à ignorer mes collègues, j'enlevai le sac de litière du siège, m'assis et enfouis mon nez tordu dans le *Times*.

— Qu'est-ce qui ne va pas, Finn ? ricana Nervy. C'est pas ta marque préférée ?

Hitsig renifla.

— Catwoman a l'air en rogne, vous trouvez pas les gars ? Peut-être qu'elle a une boule de poils coincée dans le gosier.

Je ne répondis pas. Ils se fatigueraient de la plaisanterie à un moment ou un autre. En outre, je n'étais pas d'humeur. Mes pensées revenaient inlassablement vers Kitty Dolan et ce que la pauvre gamine avait probablement enduré.

Il se pouvait qu'elle soit encore à l'hôpital. La recherche d'indices et les tests médicaux à la suite d'un viol prenaient un temps infini, surtout quand la victime était une enfant. La classe des débutants, dont je faisais partie, avait reçu une formation accélérée aux procédures usuelles du Service des urgences médicales. L'année passée, j'avais suivi des cours dans l'unité de sauvetage de ma compagnie, où j'en avais appris encore davantage. À présent, j'imaginais la petite fille dans sa robe de papier, étendue sur le dos comme une tortue incapable de se rétablir sur ses pattes.

À chaque nouvelle étape, un bénévole du Centre d'assistance aux victimes de viols lui expliquerait ce qui allait lui arriver et solliciterait avec douceur son consentement. Le viol est un acte hideux, une atteinte à la dignité. Toute personne douée d'une once de sensibilité aurait à cœur de ne pas aggraver les choses sur la table d'examen.

Hitsig piocha un beignet dans la boîte à côté de la fontaine à café. Lorgnant le bol de nourriture pour chats, il eut un sourire narquois.

— Qu'est-ce qui ne va pas, Finn ? T'as pas faim ?

— Comme c'est mignon, Hitsig !

— Non, vraiment. Je serais ravi de te commander un souris-burger si ça te fait plaisir !

La blague déclencha l'hilarité générale.

Larry « Red » Snapper, un type charmant et un ami, prit galamment ma défense.

— Ça suffit, bande d'abrutis. La plaisanterie a assez duré.

Ce fut pour moi le signal de départ. Je pris ma tasse de café et me levai. Comme je quittais la cuisine, Red m'assura silencieusement de son soutien. Ses yeux émeraude rayonnaient de compassion. Je lui adressai un clin d'œil reconnaissant. Indubitablement, Red était une perle. Il savait précisément à quels moments me soutenir et à quels autres se replier.

Ronronnements et sifflets me suivirent jusqu'à la voiture, une petite Toyota blanche d'aspect peu engageant. J'avais acheté cette caisse six mois auparavant à une de ces adjudications publiques où sont mis aux enchères des véhicules utilisés lors d'affaires de drogue ou autres délits. Elle ne m'avait presque rien coûté, mais avec tout ce que j'avais casqué en petites réparations, j'aurais pu me payer la voiture garée à côté, une belle petite Mustang 65 décapotable de couleur rouge. Ma bagnole était esquintée. Les impacts de balles et les taches de sang venaient en prime.

Me glissant au volant de la Toyota, j'obligeai le capricieux moteur à se réveiller. Depuis ma chute sur le toit des Dolan, mon dos et mon postérieur étaient endoloris. L'horreur vécue par Kitty m'avait empêchée de fermer l'œil et toute la nuit je m'étais retournée dans mon lit.

J'avais toujours gardé le silence sur le viol que j'avais subi. Si tante Selia avait été au courant je savais qu'elle nous aurait expédiés, Huck et moi, dans un orphelinat digne de Dickens. J'avais enfreint le sacro-saint règlement. J'étais souillée. Je devais enfouir ce cauchemar sous des tonnes de mensonges et d'oubli.

Le temps avait émoussé la souffrance. Il avait fallu des années pour effacer ce souvenir répugnant. Adolescente, je m'étais comportée de manière terriblement prévisible pour une fille violée. Je n'en avais pris conscience que plus tard. Mais durant plusieurs années, en dehors de ma fascination pour les faits divers morbides, je m'étais considérée comme tirée d'affaire.

Aujourd'hui, après la confession de Kitty, ce souvenir m'était de nouveau revenu en mémoire, bouleversant. J'étais redevenue cette gamine de douze ans, obsédée par mon insupportable solitude et les sortilèges que j'inventais pour y échapper.

Enfin, j'avais capturé l'ange. L'âme de ma mère scintillait dans la pénombre de l'entrée. Mon propre esprit s'élevait. Tout irait pour le mieux. Maman allait guérir Huck. Ensuite, elle rapiécerait mon cœur brisé.

Puis, l'instant d'après, j'étais prisonnière de l'intrus. Des bras m'avaient coupé la respiration et emportée dans la chambre. Une force cruelle me clouait sur le lit, écrasant mes joues contre l'oreiller. La terreur me submergeait.

Me débattant, je tentai de me retourner pour apercevoir mon agresseur. Mais je m'arrêtai sur les yeux pâles de mon bébé de frère, écarquillés et fixes. Dans le berceau à côté de mon lit, Huck était allongé, immobile et silencieux comme une créature de la forêt dans la nuit. Piégé par l'étonnement et la peur.

Son regard glacé me tenaillait. Avant que je puisse me libérer, mon agresseur arracha le drap et m'enveloppa la tête. Tout s'obscurcit. Je restais muette. Si Huck m'avait entendue et s'était mis à pleurer, la bête sans visage aurait pu le blesser lui aussi. Plus tard, alors que mon agresseur était parti depuis un bon moment, je sortis Huck de son berceau et le portai jusqu'à sa chaise. Fredonnant, les joues mouillées de larmes, je le berçai jusqu'à ce qu'il s'apaise et que ses paupières tombent telles des feuilles d'automne. Était-il possible qu'un tel monstre puisse coexister au sein du même monde que ce petit garçon si angélique ? Peut-être que si j'en effaçais tous les signes, l'horrible vérité disparaîtrait.

Oublie ça, Lennie.

Des heures plus tard, j'installai Huck dans son berceau et descendis les escaliers sur la pointe des pieds. À l'aide d'un chiffon je nettoyais les traces de pas boueux. Les empreintes du monstre avaient deux fois la taille des miennes. Celles-ci, en revanche, se volatilisaient au milieu de la pièce. À l'endroit où il m'avait attrapée. Mon estomac se noua. Son étreinte m'oppressait à nouveau, je me débattais, en vain.

Oublie tout ça.

Avec amertume, je ramassai le verre brisé et le jetai dans la poubelle, dehors, derrière la porte de la cuisine. L'idée de faire un seul pas dans la nuit me glaçait les sangs. Le danger rôdait dans l'ombre.

À bout de souffle, je fermai la porte à double tour et mis la chaîne de sécurité. Puis je commençai à chercher l'ange perdu. Aucun signe de l'esprit dans l'entrée. Quand je regardai par la fenêtre du salon, mon cœur flancha. Le cercle de lucioles avait disparu. Le ciel avait une couleur maussade qui rappelait l'argent terni. D'épais nuages avaient avalé la lune.

Surmontant ma peur, je sortis pour reprendre mon appât à ange. Tout était abîmé. Une empreinte de talon boueuse souillait la photo de Huck en train de sourire. La lettre d'amour de mon père était trempée, l'encre brouillée coulait comme des larmes froides et noires. L'alliance de ma mère n'avait pas souffert mais semblait avoir perdu de son éclat. Dans l'allée, je repérai un scintillement de verre rouge. Un rubis, pensai-je. Je le ramassai avec soin. Sanglant vestige. Je ne pouvais pas le regarder.

Je restai dans le bain jusqu'à ce que l'eau refroidisse et que les bouts de mes doigts blanchissent et se fripent. Une fois séchée, je mis mon pyjama et une robe de chambre. Après quoi, je cachai la pierre cassée et l'appât à ange.

Oublie ça, Lennie. Oublie à jamais.

Épuisée, je me forçai à rester éveillée jusqu'à ce que tout soit remis en ordre ; ainsi ma tante ne s'apercevrait de rien. Étonnamment, en apparence, je demeurais inchangée.

Revivre l'odieuse agression dont j'avais été victime à travers Kitty Dolan m'avait vidée. Je mourais d'envie de prendre une longue douche bien chaude et de faire un somme.

Mais cinq minutes plus tard, je garais la Toyota près de l'entrée des urgences de l'hôpital de Stamford. Si je n'étais pas rassurée sur l'état de Kitty, je serais incapable de fermer l'œil.

En quelques mots, je me débrouillai pour passer le gardien de sécurité aux yeux vides de la réception. À l'autre bout du couloir, Mme Dolan avait une discussion animée avec une femme à lunettes portant un sweat-shirt gris et une jupe plissée. Je lui fis un signe de la main mais elle ne me vit pas.

Je trouvai Kitty assise seule dans un des boxes fermés par un rideau. L'enfant portait un pantalon trop ample en velours côtelé et une chemise écossaise en flanelle. Certainement les vêtements prêtés par l'hôpital, pensai-je. On analysait encore sa chemise de nuit. Tout comme ses liquides séminaux, les prélèvements et les échantillons scellés dans le sachet posé sur le comptoir. Si l'agresseur avait laissé derrière lui du sang, un cheveu ou des traces de sperme, le profil génétique faciliterait son identification. Ces examens donnaient des résultats aussi fiables que les empreintes digitales.

— Eh, à la bonne heure !

Elle fit une grimace de douleur mais esquissa un petit sourire courageux.

— Salut, Lennie !

— Comment ça va ?

Sa détresse me serra le cœur.

— Maintenant ils veulent que j'aille regarder des photos stupides.

— C'est important. Tu peux peut-être reconnaître l'homme qui t'a fait du mal.

Sa lèvre tremblota.

— Pourquoi on me laisse pas rentrer chez moi ?

— Bientôt, mon cœur.

— Mais je suis fatiguée.

L'enfant avait l'air si affligée, j'en aurais pleuré.

Les deux femmes revinrent. La mère de Kitty avait retrouvé ses esprits avec un certain brio. Une coiffure impeccable, une veste beige de marque, un manteau brun en cachemire et des ballerines de chez Chanel.

Mme Dolan me présenta la femme en sweat-shirt et jupe plissée. C'était Cynthia Hebert, une bénévole du Centre d'assistance aux victimes de viols. Les yeux verts de la femme semblaient nager, tels des poissons dans un bocal, derrière d'épaisses lunettes aux montures en argent. Sa voix me faisait penser à de la purée, à la fois onctueuse et rassurante.

— Kitty m'a dit que vous l'aviez aidée à descendre du toit, mademoiselle Finn. Vous l'impressionnez beaucoup.

— Je ne savais pas qu'il y avait des femmes pompiers, dit Kitty respectueusement.

Je lui adressai un sourire.

— Il n'y en a pas beaucoup.

— Est-ce que tu entres dans les immeubles en feu et tout ça ?

— Quelquefois oui.

— C'est cool ! Je pense que je serai pompier quand je serai grande.

— Il est temps d'aller jeter un œil à ces photos maintenant, Kitty, dit Cynthia Hebert d'une voix charmeuse.

— Je veux que Lennie vienne. Tu veux bien ? Allez !

La bénévole, jusque-là aimable, me foudroya du regard. Sans tenir compte de sa réaction, je pris la petite main que Kitty me tendit. Nous suivîmes Mme Dolan et la femme à l'extérieur. Kitty prit place à côté de sa mère et je les conduisis au commissariat central.

C'était un bâtiment en brique de deux étages, d'aspect récent, aux fenêtres sombres et étroites, avec un dédale de bureaux kafkaïen. À l'entrée, la bannière étoilée claquait dans un vent glacial.

Le personnel avait été alerté. Un agent nous fit passer devant une longue file d'attente. Nous nous dirigeâmes vers une petite salle d'interrogatoire à l'arrière du bâtiment.

Harry Kresky, un sergent un peu trop beau, s'occupait du dossier de Kitty. Il avait des yeux bleu nuit, des cheveux noirs épais et ondulés. Il portait un jean usé, un col roulé en coton blanc dont la bordure vert sapin mettait en valeur son physique de sportif. Kresky nous salua d'un signe de tête. Il installa Kitty devant une table en formica. Il s'excusa et revint avec trois gros albums remplis de clichés de criminels.

La description que Kitty avait donnée de son assaillant était très vague. Homme blanc. De corpulence moyenne, à peu près de la taille de son père, environ un mètre quatre-vingt-cinq. Une casquette à large visière enfoncée sur sa tête masquait son visage. Jusqu'ici, le choc avait oblitéré tout autre détail. Kitty se souvenait seulement des menaces horribles proférées par l'homme. Il parlait très lentement. Pas de signe distinctif ou de cicatrice sur son visage ou son corps. Rien de vraiment particulier dans sa tenue si ce n'était la casquette, sombre, avec une visière plus grande que la normale.

Les tentatives de Kresky pour rafraîchir la mémoire de l'enfant la poussaient dangereusement à bout. Kitty était livide et avait du mal à supporter les questions les plus anodines. L'agression était encore trop récente.

Kresky espérait que Kitty réagirait mieux avec les photos sous les yeux. Selon le sergent, tous les hommes répertoriés dans ces volumes étaient des maniaques sexuels connus, de race blanche pour la plupart, qui résidaient dans le secteur. Leur nombre était alarmant. En ajoutant ceux qui n'étaient pas répertoriés, on ne voyait pas comment échapper à une agression sexuelle.

Lorsque Kitty ouvrit le premier album, le sergent nous ordonna d'attendre dans le couloir. Il ne voulait pas que la gamine soit dérangée.

Je craignais que la présence de Kresky ait un effet bien plus nocif sur Kitty que la nôtre. Vu les circonstances, il eût été plus judicieux de confier l'affaire à une femme policier. Mais la compagnie du beau Harry semblait parfaitement convenir à Kitty.

Sa mère se dirigea immédiatement vers le téléphone public. La bénévole du centre d'assistance me fixait avec un sourire bienveillant. Ce qui ne l'empêcha pas de me remettre à ma place.

— C'est très gentil de votre part de prendre cette histoire à cœur, mademoiselle Finn. Mais s'occuper d'une enfant dans la situation de Kitty demande une formation spéciale.

Son ton pompeux et ses insinuations me crispèrent.

— Je ne suis pas ici pour m'occuper d'une enfant, mademoiselle Hebert. Tout ce que je désire c'est apporter mon aide à Kitty.

— Je n'en doute pas. Mais il s'agit d'un moment très délicat pour l'enfant. Elle est extrêmement vulnérable.

— Je le sais.

— Bien. (Elle jeta un œil à sa montre.) Il faut que je m'en aille. On va charger quelqu'un du centre de s'occuper du suivi de Kitty. C'est une solution pour éviter les attachements affectifs inopportuns. Au revoir, mademoiselle Finn.

Je lui tirai la langue alors qu'elle descendait le couloir tranquillement. Mlle Hebert avait accompli sa « formation spéciale », et j'avais eu la mienne. *Je suis passée par là*, brûlais-je de lui dire. *Je n'ai pas besoin de vous pour savoir.*

Une paire d'uniformes approcha de la salle d'interrogatoire. Les deux hommes frisaient le mètre quatre-vingts. L'un d'eux avait une tête lunaire et les joues roses d'un enfant de chœur. L'autre se donnait un air important. Son sourire sarcastique me rappelait un vieil imbécile essayant de dissimuler sa lubricité.

— Kresky est là ? grogna-t-il dans ma direction.

— Oui, mais il est avec un témoin.

Le sarcastique entra quand même. Son partenaire me lança un sourire confus et le suivit.

Je pus entendre Kresky présenter les deux flics à Kitty.

Ils s'appelaient Garraty et Schmidt.

Ankylosée, je décidai de me dégourdir les jambes. Au bout du couloir, la voix de Mme Dolan en pleine conversation téléphonique m'arrêta net. Sa colère était manifeste.

— Je ne suis pas en train de te pourchasser, Mark. Je pensais juste que tu serais intéressé d'apprendre que pendant que tu étais parti baiser ta pute du jour, quelqu'un a agressé ta fille.

Son ton se fit plus ferme.

— ... J'étais en train de faire une partie de bridge Mark. Que... avec qui étais-tu toute la nuit ?

Je m'éloignais furtivement. Le viol de Kitty semblait destiné à sceller la fin du mariage mouvementé de ses parents.

Sale temps en perspective.

Je retournai vers la salle d'interrogatoire, m'assis sur le banc du vestibule et feuilletai mon agenda. Les deux flics en uniforme sortirent. Le mielleux souriait humblement. Le sarcastique s'en alla sans m'adresser un regard. Il laissa derrière lui une odeur de crasse.

À la caserne, j'avais un emploi du temps continu. Normalement, j'étais censée travailler par roulement de trois jours de dix heures, suivis de trois nuits de quatorze heures, après quoi j'avais trois jours de repos. Cette semaine-là, j'avais échangé une nuit avec Six Fingers qui voulait se rendre à la représentation théâtrale de l'école de sa fille, et une nuit avec Nervy qui avait un problème dentaire et une vidange à faire. J'étais aussi de garde pour remplacer Vito Antinori dans l'éventualité où sa femme se décide à accoucher. La femme devait en être à son dixième ou onzième mois, du moins semblait-il. Vito n'était ni surpris ni préoccupé. Il affirmait que sa femme faisait toujours tout traîner.

En dépit de tous ces changements, le roulement me laissait largement le temps de travailler au noir. Avec une partie des bénéfices, je faisais des petits dépôts hebdomadaires sur mon compte «rêve». Mon rêve était d'acheter une maison à moi un de ces jours. Pourvoir aux besoins de Huck, qui étaient coûteux, repoussait sans cesse mon accession à la propriété. Mais je continuais à me persuader que j'approchais du but. Récemment, je m'étais mise à étudier les annonces immobilières du journal du dimanche, me familiarisant au passage avec le jargon et les abréviations. C'était tout ce que je pouvais me permettre.

L'éducation de mon frère à l'école Whitechapel de Bridgeport me coûtait une fortune. Avant ses vingt et un ans, la loi fédérale avait obligé notre école locale à régler la note. Il y a cinq ans, quand Huck avait passé la limite d'âge, son assistante sociale suggéra un placement dans un établissement d'État. D'après sa description enjouée, il serait entouré de gens très compétents. Le bâtiment était propre et bien dirigé, avait-elle avancé, les patients s'entraînaient continuellement à se débrouiller tout seuls et poursuivaient des travaux d'intérêt général. Huck était mûr pour un tel changement, avait-elle affirmé. Trop beau pour être vrai. Il n'en fut rien.

Lorsque j'avais rendu visite à Huck après sa première semaine passée à la Green Meadow House à New Haven, il était désorienté. L'assistante sociale m'avait assurée qu'il traversait une période d'adaptation tout à fait normale.

La semaine suivante, Huck était mûr pour les soins d'urgence. Son poing, qu'il avait cessé de mordre des années plus tôt, ressemblait à un steak tartare. Il avait perdu près de trois kilos et ses minces progrès chèrement gagnés. Je fis sa valise. Dès que nous nous éloignâmes, le visage de Huck s'éclaira.

Après recherches, je découvris qu'un certain nombre de programmes gouvernementaux pouvaient prendre en charge une bonne part des frais exorbitants de Whitechapel. Plutôt que de le voir glisser inexorablement sur la mauvaise pente, payer le reste de la somme me paraissait une broutille.

J'aime Huck de tout mon cœur bien que, de temps à autre, j'avoue avoir souhaité qu'il disparaisse d'une manière tranquille et douce. Sa vie est remplie de tant de douleurs et de frustration. Sa place dans le monde semble si étriquée, si précaire. Pire que tout, son futur m'a toujours paru problématique. Trouvera-t-il un jour la paix intérieure ? Où ira-t-il le jour où Whitechapel décidera qu'il est trop vieux ?

Qui se souciera de lui quand je ne serai plus là ?

À l'âge de cinq ans, après maintes fausses pistes et diagnostics autorisés, Huck avait été déclaré autiste. Les résultats ne laissaient aucun doute. Outre ses difficultés à communiquer et à s'entendre avec les gens, sa maladie réduisait considérablement sa faculté à s'adapter aux situations nouvelles.

Pour Huck, la constance était synonyme de confort. Il ressentait toute chose étrange ou inattendue comme une menace intolérable. Son visage se décomposait ; ses épaules se voûtaient, il se recroquevillait comme un passager à bord d'un avion sur le point de s'écraser. Impossible de l'apaiser. Les mots étaient impuissants face au carcan d'acier qui emprisonnait son âme.

Je trouvais terriblement injuste que mon frère soit dépourvu des armes naturelles dont tout humain dispose pour se défendre. Il n'avait pas une once de méchanceté ou d'ironie. Il était incapable de comploter ou d'user de subterfuges. Il ne savait même pas comment infléchir le cours de son destin ou s'en prendre à ses oppresseurs.

Le monde n'est pas fait pour quelqu'un d'aussi innocent et de pur. Les gens comme mon frère sont des miroirs déformants. Dans leurs grands yeux émerveillés, on ne peut s'empêcher de lire notre propre laideur. Certains répondent par des regards durs ou des commentaires acerbes. La plupart choisissent de détourner les yeux, simplement.

De retour à Whitechapel, où Huck avait vécu depuis l'âge de cinq ans, il avait regagné le terrain perdu et avançait pas à pas. Le personnel de Whitechapel est attentionné et créatif. Ils cherchent sans relâche de nouveaux moyens pour communiquer avec Huck, tâche virtuellement impossible. Mon désir secret a toujours été qu'un jour ils réussissent à aider mon frère à communiquer. Je rêve alors de le prendre chez moi, dans ma maison, durant les vacances et les week-ends.

La porte de la salle d'interrogatoire s'ouvrit ; le visage trop beau gosse du sergent Kresky réapparut.

— Kitty a fait du bon boulot, mais elle en a assez maintenant, madame Dolan. Pourquoi ne pas la ramener à la maison et revenir une fois qu'elle aura pris un peu de repos ?

— Je suis Lennie Finn. Mme Dolan est en train de téléphoner.

Son erreur était compréhensible. La silhouette mince et la pâleur de Kitty rappelaient les miennes. Réprimant un sentiment d'angoisse, j'imaginai ma propre petite fille dans cette situation.

L'enfant apparut derrière lui. Je lui souris.

— Salut, Kitty. On y va ?

Elle baissa brusquement les yeux.

— Où est maman ? dit-elle doucement.

— Elle téléphone, Kitty. Je vais t'amener auprès d'elle. Attends-moi juste une minute. Sergent ? Je voudrais vous parler.

— D'accord. Je t'attends.

Lorsque j'entrai, le flic me regarda avec étonnement, puis eut un large sourire.

— Finn, vous avez dit ? Il me semblait bien que votre visage m'était familier. Nous nous sommes rencontrés au match d'ouverture de la saison, l'année dernière. Ça vous dit quelque chose ?

Ça me disait tellement quelque chose que je me sentis rougir. La caserne des pompiers de Stamford jouait contre l'équipe de la police. Je couvrais la première base. Le score était à égalité six partout. Fin du neuvième tour, toutes les bases occupées, deux points d'écart. Harry Kresky était à la batte. D'un coup puissant, il effleura une balle lancée trop bas et la fit rebondir le long de la ligne de base. Dans mon zèle obstiné à la rattraper et la mettre hors jeu, j'avais accidentellement donné un coup de genou dans le nez du sergent.

Naturellement mes gamins de coéquipiers étaient aux anges. Ils croyaient à la victoire à n'importe quel prix. Le temps que j'échappe aux embrassades et aux félicitations, l'homme que j'avais blessé avait cessé de se contorsionner de douleur et il était parti.

— Désolée, murmurai-je un peu tard.

Son sourire s'élargit.

— Ça va. Je m'en suis remis. Plus ou moins.

— Je vous jure que j'avais l'intention de vous appeler pour voir si tout allait bien...

— Il n'est jamais trop tard.

Je me suis toujours méfiée des hommes excessivement séduisants. En fait, je me méfie de la plupart des hommes. Mais mon expérience m'a appris que les plus mignons sont les pires. Ils ont tendance à être imbus d'eux-mêmes. Le sergent Kresky collectionnait certainement les cœurs brisés. Pas question de figurer sur son tableau de chasse. Quoi qu'il en soit, j'envisageais ces derniers temps la possibilité d'entamer une relation avec quelqu'un.

Enfin, je n'en étais pas si sûre.

Je pris un ton sérieux.

— Je voulais vous demander en combien de temps vous pensiez dénicher le violeur de Kitty, sergent.

Son sourire s'éteignit.

— Aussi vite que possible.

— Je veux dire, combien de temps cela prend-il d'ordinaire ? Un jour, une semaine, une année ?

— Impossible à dire. Nous ferons de notre mieux, mademoiselle Finn. C'est tout ce que je peux vous promettre.

L'angoisse qui m'habitait ne se relâchait pas.

— Comment procédez-vous pour enquêter sur un crime comme celui-ci ? questionnai-je.

Il soupira et ses yeux bleu nuit se durcirent.

— En un mot, nous allons fouiller le lieu du délit à la recherche d'empreintes et d'indices. Envoyer le tout aux experts pour analyses, en espérant en tirer un profil génétique. Nous tenterons d'obtenir des précisions de la part de Kitty et les comparer aux descriptions d'agresseurs connus du secteur. Nous interrogerons les voisins. Rechercherons des témoins. Tout ça.

— Et si cela ne donne rien ?

— Nous prendrons les mesures qui s'imposent le moment venu, mademoiselle Finn.

Il parlait d'une voix sans timbre.

Je pris une longue respiration.

— Désolée. Je n'ai pas l'intention de vous ennuyer.

— Alors ne le faites pas, dit-il avec un sourire commercial… Essayez de vous détendre, okay ?

— Oh, j'en aurai besoin, sergent. Et je ne me sentirai bien et détendue que le jour où vous enverrez l'animal qui a blessé Kitty où il le mérite.

— Nous le serons tous, dit Kresky.

Je n'avais plus rien à ajouter. Je me retournai.

— À bientôt, sergent.

— Oui, mademoiselle Finn. J'en ai bien peur, dit Kresky comme je m'éloignais à grands pas.

LENNIE

5 Je rentrai à la maison morte de fatigue. Mon chez-moi se trouve à New Canaan, à quinze minutes et mille lieues de l'angoisse du centre-ville de Stamford.

New Canaan est une petite ville aux allures de carte postale de Nouvelle-Angleterre. Malgré son côté tentaculaire, l'agglomération ne compte pas plus de dix-sept mille habitants. Pour la plupart d'entre eux, leurs origines, leurs idées politiques et leur style vestimentaire remontent à l'époque du Mayflower. La vie quotidienne est rythmée par la prière et la tradition, à l'abri de la criminalité et de la misère.

Dans les vieilles maisons de style anglais, la série télévisée *Father Knows Best* se rejoue chaque jour ; la plupart des mères de famille restent au foyer pour surveiller leur demeure impeccable et leurs enfants prodiges. Un nombre incalculable de pères font la navette entre leurs résidences et leurs sièges confortables à la bourse ou dans les bureaux de direction de compagnies telles que AT&T ou IBM.

Cependant, le côté propret du quartier n'est qu'un leurre. Les rangées de haies soignées et les pantalons madras ne protègent pas des dettes, du divorce ou de la litanie des problèmes sociaux actuels. Mais, de l'extérieur, l'endroit semble figé dans les années cinquante. À l'approche du voisinage, j'ai souvent pensé qu'on allait m'arrêter et me demander de rebrousser chemin.

La maison O'Callaghan occupe la moitié d'un pâté de maisons près du centre-ville, sur la South Avenue. À l'origine, cette maison victorienne pleine de coins et de recoins servait d'hôtel à des clients de passage, de sanatorium, de central téléphonique, ainsi que d'école spécialisée. Il y a quarante ans, le clan O'Callaghan, une famille nombreuse, était arrivé de Mallow en Irlande et avait fait valoir ses droits.

Aujourd'hui, les huit enfants ont grandi et sont répartis aux quatre coins du pays. Mme O', elle, est veuve. Incapable de se séparer de sa vaste et antique demeure, elle a choisi de continuer à y faire vivre en bonne intelligence locataires, squatters et gens de passage.

Ma chambre est au troisième ; cet étage abrite aussi l'atelier de couture de Mme O' ainsi que la pièce, baignée de soleil, où elle pratique sa méditation quotidienne et, enfin, celle qui abrite son Stair-Master, son rameur ergonomique et ses haltères. En échange d'une multitude de corvées mineures, mon loyer est ridiculement bas. Mais cela ne suffit pas à décrire ma propriétaire.

Jane O'Callaghan est un cas vraiment à part. Pour son quatre-vingtième anniversaire, elle s'était mis en tête d'apprendre les claquettes. À quatre-vingt-cinq ans, elle prévoit de s'offrir soit un voyage gastronomique en Toscane, soit un safari photo en Afrique. Connaissant Mme O', je serais prête à parier qu'elle se débrouillera pour faire les deux.

Cette femme a plus d'amis qu'un gagnant de la super-cagnotte du loto, plus d'énergie qu'une centrale électrique et un nombre considérable de passions. À ses yeux, la vie est un divertissement inépuisable et elle garde son esprit ouvert à toutes les innombrables possibilités qui s'offrent à elle. Sa dernière récolte de passions saugrenues inclut le yoga, la cuisine macrobiotique et la réincarnation.

Avec Huck et ma plus ancienne et meilleure amie Miranda, Mme O' fait un peu partie de ma famille. Quand j'ai eu dix-huit ans, tante Selia s'est émancipée en même temps que moi. Depuis lors, elle m'appelle à peu près une fois par mois pour me faire croire qu'elle se soucie de moi. Plusieurs fois par an, lorsque chacune de nous souffre d'un sentiment de culpabilité ou d'un débordement d'optimisme, nous nous retrouvons pour dîner. La soirée tourne invariablement au fiasco : appétit coupé, conversation indigeste. Souvenirs malheureux resurgissant pour lézarder les apparences, succession de regards vides et interminables.

J'avais pu rentrer à l'université grâce à des petits boulots, des bourses et des prêts qui m'avaient été accordés. Lors d'un de ces petits boulots, j'avais rencontré Mme O'.

J'avais travaillé tout le semestre pour Elmer's Pantry, un traiteur. Après avoir passé deux nuits blanches à préparer un examen de physique, j'avais été envoyée par Elmer à une soirée organisée par Mme O' au profit de l'hôpital pour enfants du coin.

Dans un état semi-comateux, j'avais commencé par carboniser un infortuné troupeau de porcs en tranches. Plus tard, alors que j'essayais de servir les champignons farcis, je m'étais cognée dans deux invités de marque et dans un mur. Enfin, après que j'eus renversé un plateau de boissons sur son tapis oriental, Mme O' avait conclu que j'avais un besoin urgent d'être prise sous son aile protectrice.

Au cours des années qui suivirent, tandis que je testais et abandonnais un bon nombre de modes de vie et de carrières qui ne me convenaient visiblement pas, Mme O' était entrée progressivement dans ma vie. Mme O' ne cache pas son profond désir de me voir un jour au milieu d'une couvée bruyante d'animaux domestiques et d'enfants. Elle s'obstine à m'organiser des rendez-vous avec toutes sortes de fiancés. Elle n'est toujours pas parvenue à ses fins, mais elle n'est pas femme à baisser les bras.

Je garai la Toyota le long de l'allée centrale. Alors que je coupais le contact, le moteur émit un bruit de rafale de mitrailleuse. Je lançai un regard furibond à la voiture et le bruit cessa.

À mon arrivée, par la porte de derrière, je fus assaillie par Remus et Romulus, les labradors de Mme O', et par Maniac, la chienne bâtarde. Une de mes responsabilités dans la maison est d'acheter la nourriture des animaux, d'où leur enthousiasme débordant à mon égard. Le trio, tout en muscles, remua la queue, aboya et se jeta sur moi, jusqu'à ce qu'ils réalisent que j'arrivais les mains vides. Maniac me regarda d'un air hautain et conduisit les deux autres vers le grand réduit où les trois chiens dorment et préparent leurs coup d'États.

Un feu crépitait dans l'âtre de la cuisine. Une mixture crémeuse mijotait sur le poêle. Je mis la bouilloire sur le feu pour me préparer un thé. Tout à coup, Mme O' bondit au bas des escaliers dans un sweat-shirt gris et des chaussures d'aérobic.

Une débauche de boucles blanches encadraient son visage ridé. Ses yeux de jade étincelaient. Sa gymnastique du matin l'avait dopée et lui avait donné des couleurs : trente minutes d'exercices qu'elle baptisait selon l'humeur « Jane Fonda Gériatrique » ou « Miches de Veau ». Mme O' était d'une bonne humeur à toute épreuve. Mais à ma vue, elle fronça les sourcils.

— Qu'est-ce qui ne va pas, mon enfant ? On dirait que tu reviens de l'enfer !

L'inquiétude faisait ressortir son accent irlandais et sa voix avait les sonorités d'une cornemuse.

— Allez droit au but, madame O'. Approchez-vous et dites-moi ce que vous avez sur le cœur.

— Ce n'est pas de moi qu'il s'agit, Lennie Finn. Il est clair que quelque chose ne tourne pas rond.

— La nuit a été dure ! Je suis fatiguée, c'est tout.

Elle s'activa alors pour me préparer un bol de porridge et une tasse fumante de thé aromatique. Comme elle portait la tasse et le bol sur la table, elle se renfrogna soudain.

— Lennie, ce n'est pas bon de garder tout ça pour toi. Je parierai que tu étais un Sphinx dans une vie antérieure. Ou alors ce singe à la bouche cousue !

— Je vous l'ai dit, il n'y a rien de grave, madame O'. Vous ne devriez pas vous faire tant de bile pour moi. Je n'ai pas vraiment faim.

Mais le fumet odorant qui se dégageait du bol de porridge était vraiment irrésistible. L'arôme épicé du thé ne l'était pas moins. Par politesse je pris une cuillerée et une gorgée. Sans m'en rendre compte, j'engloutis les céréales et le thé en un temps record. Une délicieuse chaleur irradiait mon ventre.

— Pas faim et en forme, dit-elle d'un air entendu. Un jour tu apprendras à dire ce que tu as sur le cœur et les choses te paraîtront tellement plus claires, ma jeune amie !

— Il n'y a rien à raconter, mentis-je. De plus, votre cuisine guérit de tout. Qu'avez-vous mis dans ce porridge ? Je n'ai jamais rien mangé de meilleur. Et le thé !

Elle agita un doigt accusateur dans ma direction.

— N'essaie pas de changer de sujet, ma fille. Les esprits curieux ont besoin de savoir.

J'ouvris le robinet à fond, rinçai mes couverts et les plaçai dans le lave-vaisselle. Puis je m'essuyai les mains sur mon jean.

— Merci pour le petit déjeuner, madame O'. Je suis de service ce soir, donc je vais dormir un peu.

— Tu dormirais mieux l'esprit tranquille, Lennie.

— Je ne pense à rien d'autre qu'à ce délicieux petit déjeuner. Non, vraiment, vous devriez commercialiser ce porridge. « Le Porridge en Or de Mme O' » ! Ça sonne bien, non ?

Je détalai vers les escaliers avant de subir un autre interrogatoire.

Ma chambre reflète l'engouement de Mme O' pour la lumière et la fantaisie. Les murs sont jaune soleil, le plafond bleu ciel. La moquette, dense et verte, ressemble à une pub pour *Maisons et Jardins*. Sur le lit trône un énorme ours en peluche portant deux boutons en guise d'yeux et un nœud papillon rouge écarlate. Mme O' l'a confectionné elle-même et me l'a offert à l'occasion de mon trente-sixième anniversaire, fêté il y a peu. La carte qui l'accompagnait affirmait qu'il était grand temps que je dorme en compagnie de quelqu'un. Avec sa subtilité sans pareille, Mme O' m'avait suggéré de baptiser le nounours « Hubby [1] ».

Alors que je saluai Hubby ce matin-là, le téléphone sonna. Mon humeur s'éclaira en entendant la voix rauque de Miranda Connolly. Parmi une myriade de dons, mon amie avait le pouvoir quasi surnaturel de m'appeler chaque fois que j'en avais le plus besoin.

— Un grand bonjour du jardin le plus glorieux de notre Nation : Buffalo.

— Je pensais que tu accordais cette distinction à Hoboken.

— Il est en deuxième position pour le moment, répliqua Miranda. C'est la première et la dernière fois, je l'espère, que je me tape cinq cents kilomètres pour chanter sous un mètre de

1. Petit mari.

neige et par une température de quarante en dessous de zéro. Sans compter le vent glacial. Ni la foule.

— Mais ce n'est pas là-bas qu'ils font ces énormes cheeseburgers ?

— Non, ça c'est à Philadelphie, ma chère, pas à Buffalo. Ici ils entretiennent ton ulcère avec des ailes de poulet à te faire danser le cha-cha-cha. Naturellement, avec mon terrible penchant pour les suicides gastronomiques, j'ai commandé un en-cas consistant après la représentation, soupira-t-elle. Erreur fatale ! J'ai passé le reste de la nuit à me battre contre une armée de poulets sans ailes, férocement déterminés à prendre leur revanche. Mais assez parlé de ma vie prestigieuse d'aspirante rock star sur le retour. Quoi de neuf de ton côté ?

— Pas grand-chose.

— Comment ça se passe sur le front des incendies ?

— Chaud, enfumé, dangereux et éreintant. Un peu comme chanter dans un groupe.

Je lui racontai le sauvetage chez les Dolan et ma rencontre cauchemardesque avec Kitty sur le toit. Miranda m'écouta avec attention comme à son habitude. Il passait entre nous deux comme un courant électrique, un flot de matière, d'énergie et d'affection presque palpables.

Depuis notre rencontre au lycée, elle était mon âme sœur, mon plus sûr antidote contre des maladies variées, de la plus grande tristesse à la solitude la plus étouffante. Même à l'heure actuelle, alors qu'elle est en tournée dix mois par an, Miranda reste très proche.

— On dirait que la rencontre avec cette gosse t'a secouée, Len.

— Nooon. Je suis claquée, c'est tout.

— C'est toi tout craché ! Retranchée dans ta citadelle. Quel mal y a-t-il à avoir des sentiments, Len ? Je ne dirai rien à personne, tu peux me faire confiance !

— Je ne dissimule pas mes sentiments.

— D'accord, et moi je me fous de mes albums de platine.

— Ça, j'en suis sûre. Tu n'as jamais eu l'esprit de compétition.

Son petit rire sarcastique me fit sourire. À peu près tout chez Miranda me faisait cet effet. Je la revoyais au moment où je l'avais rencontrée en terminale : un grand échalas vaporeux. Grâce à sa vitalité, elle était devenue une star dans le circuit des concerts. Cette jolie femme tout en jambes, vêtue de ses sempiternels habits noirs, servait de référence à nombre d'espoirs de la guitare.

— Tu ne m'as pas parlé de ton nouveau petit ami, dit-elle.

— Ce n'est pas mon petit ami.

— Pas encore, tu veux dire.

— Tu devrais économiser ta voix pour le concert de ce soir, Miranda.

— Peut-être bien ma chérie. Mais tu m'as l'air d'avoir grand besoin de te rouler dans le foin. Il y a combien de temps que ça ne t'est pas arrivé ? Un siècle ?

— Qu'est-ce qu'il y a de mal à être célibataire ?

— Allons, Len ! Un peu de sexe ferait des merveilles sur ton humeur. Sans parler de ton teint.

— D'accord. N'en parlons plus. Et comment va Tex ? Ou est-ce Sam cette semaine ? Ou bien encore Pete ?

— Il se trouve que le nom de mon flirt du moment est Clint. Il est à se flinguer.

— Eh bien, espérons que tu n'iras pas jusque-là cette fois, Connolly. Et, s'il te plaît, ne noie pas ton chagrin dans les boulettes de Szechuan quand ce sera fini.

— Mmmm ! Des boulettes chaudes…

— Oublie ce que je viens de dire !

— Je t'aime aussi ma chérie. On s'appelle bientôt.

Je raccrochai et m'affalai sur le lit à côté de Hubby. Mais le sommeil ne venait pas. Mon esprit ne cessait d'aller et venir entre le souvenir de ma propre agression et celle de Kitty, de l'une à l'autre, jusqu'à ce que les deux drames s'embrouillent de manière désespérante. La même image m'oppressait : des cercles de pierres.

Pourquoi cet étrange anneau de feu chez les Dolan me paraissait-il si familier ? Est-ce que j'avais lu ça quelque part ?

Me traînant hors du lit, j'ouvris les portes de ma table de nuit en érable. À l'intérieur, je gardais la collection Lennie Finn de « Manuscrits pour obsédés incorrigibles ». L'endroit était rempli de coupures de presse ayant trait au viol.

Je feuilletai rapidement mon macabre trésor à la recherche de la moindre référence à un anneau de pierre. Le viol est un acte souvent ritualisé qui reflète les fantasmes sexuels détraqués de l'agresseur.

La diversité des crimes ne manquaient jamais de m'horrifier ou de me stupéfier. Je parcourus les comptes rendus poignants d'actes de violence urbaine dans lesquels des tas de jeunes bêtes vagabondes attaquaient au hasard, frappant et violant par plaisir. Je relus les histoires de viols collectifs commis par des soldats pendant les guerres à l'étranger.

J'avais même archivé des articles qui mentionnaient des violeurs âgés d'à peine dix ans. Les victimes, elles, étaient de tous âges, toutes tailles et origines. Des jeunes attardées mentales, des patientes dans le coma, des nonnes en habit et même des femmes de quatre-vingts ans. Pour un violeur, rien n'est sacré. Rien ne compte que l'urgence maladive et son assouvissement.

Aucune limite non plus aux excuses données par les accusés. Une star de football avait prétendu que sa victime meurtrie avait implicitement consenti au viol en lui demandant un autographe. Un sénateur, accusé par six employées traumatisées, avait affirmé que les femmes souffraient d'hystérie collective. Un prêtre pédophile, dont les victimes étaient si nombreuses qu'elles auraient pu remplir son église, avait attribué la responsabilité de ses crimes à une autre partie maligne de sa personnalité, inspirée par Satan.

Rien au sujet de cercles de pierres.

Je me mis à lire les différents avis d'experts à propos des motivations profondes des viols. Dans la plupart des cas, les délinquants avaient été maltraités sexuellement au cours de leur enfance. Une majorité d'entre eux étaient pourvus d'une intelligence en dessous de la moyenne et de peu d'amour-propre. Dégoûtée, j'écartai ces théories. Aucune d'entre elles ne m'avait convaincue. Pour chaque gosse maltraité, il y avait des centaines d'agresseurs qui s'en étaient bien tirés.

Le débat, quant aux sanctions les plus efficaces et adéquates, est houleux. On a tout essayé : des médicaments jusqu'aux humiliations publiques. Mais les violeurs sont les criminels les plus enclins à récidiver, et cela me rend malade.

Nombre d'experts défendent les solutions les plus radicales. Je suis particulièrement intriguée par ceux qui suggèrent la castration comme unique solution réellement efficace pour stopper les criminels sexuels. Cette idée, hautement controversée, est taxée par beaucoup de punition cruelle, mais je doute qu'aucun de ces nobles esprits aient subi un viol.

J'arrivais à la fin de ma pile d'articles. Peut-être m'étais-je imaginée que l'anneau fumant dans la neige m'était familier. Plusieurs coupures évoquaient un lycée du New Jersey où une fraternité commandait à ses membres, en guise d'initiation, de forcer une camarade de classe. Un certain nombre de pères des violeurs prétendirent que l'affaire avait pris des proportions exagérées. « Les garçons ont toujours obligé les filles à passer à l'acte depuis la nuit des temps », avait déclaré l'un d'entre eux. « C'est tout naturel ! »

Des cercles de pierres ?

Pas moyen de retrouver où, dans quoi j'avais entendu parler de cela. Peut-être était-ce dans un article que j'avais lu et oublié de découper. J'avais déjà croisé cet anneau de feu. Je ressentis avec une certitude funeste que j'étais encore loin d'avoir tout vu.

LENNIE

6

Après une journée sans sommeil ni répit, je me mis en pilotage automatique et rejoignis la caserne pour le service de nuit. La vue de Red Snapper dans le vestiaire me redonna une énergie considérable et éclaircit mon horizon.

Red dégage un charme d'enfant. Je ne peux m'empêcher de sourire à la vue de ses cheveux bouclés poil-de-carotte, ses yeux bleus chaleureux et son expression malicieuse. Beaucoup le décriraient comme irrésistiblement mignon mais cela ne donne qu'une petite idée de l'aura et de la profondeur véritables de Lawrence William Snapper III.

Red est intelligent et drôle et il compte beaucoup pour moi. Il est perspicace, fin psychologue et sait faire preuve de compréhension si nécessaire. Il n'est jamais dupe de mes prétentions à être une personne indépendante, coulée dans l'acier, capable de vivre en autarcie. Quand je sors une de ces tirades idiotes, Red me sourit gentiment et secoue la tête.

À sa première tentative pour devenir mon ami, il y a quelques années, j'étais restée distante. Je pensais que Red pouvait être une sorte de Hitsig déguisé. Mais, peu de temps après, j'en étais arrivée à apprécier l'homme. Aujourd'hui, il est devenu un véritable ami, avec qui je partage énormément de choses.

Nous rions des mêmes absurdités, dénonçons les mêmes injustices, nous nous méfions des politiciens aux dents longues et de leurs belles paroles. Nous avons aussi en commun la passion des bons repas et de la musique douce. Par-dessus tout, nous sommes des fans de vieux classiques du cinéma.

Nous avons vu *Casablanca* si souvent que des extraits de dialogues viennent émailler nos conversations. J'adore voir l'air hébété d'Hitsig lorsqu'il nous surprend à jouer Rick et Ilsa ou Ilsa et Sam. Je parie que Wild Bill se limite aux films remplis de créatures des marécages et d'hommes nus en chaussettes noires. Des mecs dans son genre, quoi !

— Je ne pensais pas que tu travaillais ce soir, Red.

— Dumbo a eu un problème familial. Je le remplace.

— Avec tes petites oreilles ?

Il plissa les yeux.

— T'es sûre que ça va ?

— Ouais, pourquoi ?

Il prit un air désapprobateur et chassa une mèche de cheveux de mon front.

— T'as l'air crevée. Pourquoi est-ce que tu n'essayes pas de te reposer un peu, hein ?

— Il faut que je vérifie mon équipement, Snapper. Plein de choses à faire, des gens à voir…

— Je m'occupe de tout. Va te reposer.

— T'es sûr ?

— Vas-y, je te dis !

Comme d'habitude, le diagnostic et les prescriptions de Red se révélèrent parfaits.

À peine allongée sous les couvertures dans mon compartiment au deuxième étage, je tombai comme une pierre au fond d'un puits. Lorsque la voix résonna dans le haut-parleur quelques heures plus tard, je dus lutter pour sortir de ma couchette.

— Camion un, lance un, échelle un, camion deux, rendez-vous à l'angle de…

Le sinistre était situé dans une zone commerciale du centre connue sous le nom de « Tête de Taureau », à cause de sa forme. L'incendie avait démarré dans un restaurant chinois situé dans l'« œil gauche » du Taureau et s'était propagé à la librairie mitoyenne. Lorsque nous arrivâmes, toutes sirènes hurlantes, les flammes commençaient à menacer le petit immeuble d'à côté. En voyant la plaque apposée devant la porte, mon estomac se noua : « Centre médical vétérinaire du district sud ».

Une fois descendue du camion, j'entendis les aboiements et miaulements qui s'élevaient de l'intérieur. Les animaux ont le pouvoir de sentir le danger. Ils réagissaient à la température et à la fumée.

Perriman assigna Studs et Nervy à l'extinction de l'incendie qui faisait rage dans le restaurant chinois. Lattimer et Glassband, de la caserne du « Méandre de la Rivière », entrèrent quant à eux dans la librairie. Red, un bleu nommé Malloy et moi fûmes déployés dans le centre vétérinaire.

Après avoir branché la lance sur la bouche d'incendie au coin de la rue, Red et moi endossâmes nos masques à gaz avant de nous diriger vers l'entrée du bâtiment. Nous avions pour mission de détremper le mur intérieur mitoyen de l'immeuble en feu pendant que Malloy inondait l'extérieur depuis la ruelle qui séparait les deux constructions.

Arrivée la première à la porte d'entrée, je retirai machinalement un gant pour tâter la clenche. Les flammes étant une porte plus loin, je m'attendais à ce que le métal soit froid.

Mais avant même que je puisse la toucher, la chaleur intense qui se dégageait de la poignée me fit reculer d'un bond. Le feu s'était propagé à l'intérieur de l'hôpital pour animaux.

Les glapissements qui s'échappaient du chenil, à l'arrière du bâtiment, se faisaient de plus en plus déchirants. Le hurlement perçant d'un jeune chiot me rappelèrent les vagissements d'un bébé.

— Refroidis-moi ça, Malloy. On doit absolument entrer et sauver ces animaux !

Red acquiesça avant de lever sa hache pour fracasser une fenêtre de la salle d'attente. Il se baissa pour éviter de justesse une boule de feu jaillie dans l'appel d'air provoqué par la brèche. Pour ma part, je cassai une vitre de l'autre côté, esquivant les flammes féroces qui mugissaient au-dessus de ma tête.

En quelques secondes, elles s'affaiblirent et reculèrent. Un peu plus tard, inspectant minutieusement la pièce, je ne vis rien d'autre que des flammèches jaunes qui rasaient le sol et quelques volutes de fumée éparses, telles des marguerites dans un champ sous un ciel nuageux. Mais je ne devais pas me laisser endormir par des apparences trompeuses.

Chaque sortie peut rapidement tourner à la catastrophe, comme un rendez-vous arrangé par une entremetteuse. Au cours de mon année de formation, mon instructeur favori m'avait appris à étudier attentivement chaque feu, à en comprendre la personnalité et l'humeur avant d'échafauder des conclusions hasardeuses.

J'essayai de prendre la mesure de chaque flamme, comme j'évaluais chaque prétendant que me présentait Mme O'. L'apparence ne renseigne pas sur le reste. Il faut flairer les alentours. Rester sur ses gardes. Se fier à ses tripes et à son intuition.

Ce feu me fit l'impression d'être d'un type particulièrement dangereux. Sournois. Plein de mauvaises surprises. Ne m'inspirant vraiment rien qui vaille.

— Couvre-moi avec la lance, Lennie. J'entre !

— Fais gaffe, Red. Ce feu est franchement mauvais !

Red ouvrit la porte à l'aide de son gant ignifugé. La cacophonie des cris d'animaux terrifiés enfla. Suivant Red à la trace, je dirigeai la lance sur les petites flammes crépitantes. Elles s'éteignirent en un éclair.

Mais elles resurgirent aussi vite qu'elles avaient disparu, se dirigeant vers Red et moi, nous surprenant comme une pluie d'uppercuts et de coups droits.

— Fils de pute !

Le feu refusait d'obéir aux règles établies. À travers le nuage de fumée noire, je scrutai une nouvelle fois la pièce, cherchant à comprendre.

À première vue, rien de suspect. Des chaises et des divans, une cage à oiseaux vide, un large bureau couvert de téléphones et d'ordinateurs. Des présentoirs de colliers, laisses, nourriture pour animaux, vitamines et shampooings étaient disposés de part et d'autre. Les murs étaient tapissés de posters d'animaux domestiques et de photos de clients quadrupèdes, tous plus mignons les uns que les autres. Les bords de quelques clichés commençaient à se racornir sous l'effet de la chaleur.

Les plaintes des animaux devinrent plus stridentes. Je ne pouvais supporter la terreur crue de leurs plaintes. Red s'approcha de la porte qui donnait sur le chenil. Mais, alors qu'il s'apprêtait à l'ouvrir, une spirale enflammée fit irruption, lui barrant l'accès.

Effrayé, Red se replia.

— Mais putain qu'est-ce qui... ?

Terrorisée, je vis les flammes déchaînées fondre sur mon ami pour finalement l'encercler. Arc-boutée, j'orientai la lance sur Red, l'aspergeant à pleine puissance. Les flammes s'élancèrent vers le plafond avec avidité.

Mais pourquoi cette saloperie de feu ne voulait-il pas s'éteindre ?

Battant en retraite, Red essaya de repousser les assauts du feu, mais les flammes persistaient à le lécher. Elles lui sautaient au cou, au visage.

Je laissai tomber la lance, arrachai Red à la force de l'incendie, puis le projetai à terre.

Ensuite je saisis un extincteur mural et étouffai les flammes obstinées sous une bonne couche de mousse.

— Ça y est, c'est éteint, Red. Ça va ?

Il se remit sur ses pieds et bredouilla :

— Grâce à toi, ça va. Merci !

— De rien !

— Mais bordel, qu'est-ce qui se passe avec ce putain de feu ?

— J'ai une idée. Tiens la lance une minute, s'il te plaît !

Pendant qu'il me couvrait, je me frayai un chemin vers le bureau. Les flammes, tels des pétards, faisaient pleuvoir des étincelles autour de moi.

Je m'approchai du présentoir sur la droite tout en gardant un œil prudent sur les tours que le feu me réservait. Red avait orienté le canon à eau dans mon dos. Je lui fis comprendre de le diriger droit sur moi.

Au moment où le jet puissant me frappa, une nouvelle flambée jaillit de l'étagère. J'empoignai le présentoir, le traînai jusqu'à la porte d'entrée et le jetai sur la pelouse au-dehors.

— Noie-moi ces boîtes, Malloy ! Si ça suffit pas, utilise de la mousse !

Je n'avais pas besoin de regarder les étiquettes pour savoir que ces aérosols antiparasites étaient hautement inflammables. Surtout à cause de leur teneur en combustible. Quelle que soit leur composition, l'eau ne suffirait certainement pas.

Mais Malloy et Perriman se chargeraient de ces matériaux dangereux. Tout ce qui m'importait à présent c'était de mettre ces animaux hors de danger.

En compagnie de Red, je traînai les cages deux par deux, transportant les créatures terrorisées à l'extérieur, près du camion. Le transfert nous prit une bonne demi-heure, le même temps qu'il avait fallu aux bombes aérosol pour se vider complètement sur la pelouse.

Moi aussi j'étais vidée. Mes muscles m'élançaient ; la fumée m'irritait la gorge et les yeux. Je ressemblais à un toast carbonisé.

Au moment où je chargeais un chat siamois dans le camion, une camionnette de la Société protectrice des animaux arriva. Deux solides gaillards en sortirent et s'occupèrent de nos rescapés. Je fis mes adieux aux cages étiquetées qui passaient d'un véhicule à l'autre.

— Au revoir, Cuddle Abernathy ! Salut Piewacket Pitrowski ! Au revoir, Renoir Schwartz !

Perrimann s'approcha et réajusta son casque.

— Bien joué, Finn.

Je fis semblant de ne pas réagir à ce compliment exceptionnel.

— Merci, capitaine.

Red me rejoignit et, entourant mes épaules fatiguées de son bras, il prit son mystérieux ton à la Bogart.

— Le ciel te regarde, mon enfant.

J'étais trop épuisée pour esquisser davantage qu'un faible sourire.

LENNIE

7

Maniac et les labradors m'accueillirent en me sautant dessus et en tirant sur mes vêtements telles les groupies qui s'acharnaient sur Miranda. La maison O'Callaghan paraissait déserte.

Pas surprenant. Les journées de Mme O' sont remplies de cours qu'elle dispense çà et là, de travaux bénévoles et de visites à ses amis. Stanley, le sculpteur borgne vivant en ermite dans une chambre du deuxième étage, part tôt le matin et rentre tard le soir de son atelier de Bedford. Ivan et Bob, le couple gay qui occupe l'appartement au-dessus du garage, passent de longues heures dans leur boutique d'antiquités du centre-ville. Les autres locataires ne sont que des courants d'air : ils entrent et sortent.

Mon esprit, hanté par les atrocités de la veille, s'accommodait à merveille du silence ambiant. Après avoir rempli les gamelles des chiens, je me préparai un sandwich au thon et m'assis sur le tapis pour l'engloutir au beau milieu du trio à fourrure.

Remus et Romulus mâchouillèrent délicatement leur pâtée puis s'installèrent l'un en face de l'autre, de chaque côté de la cheminée, pour regarder le feu crépiter. Comme à son habitude, Maniac s'était montrée vorace. La chienne avait englouti tout son repas. Une fois sa gamelle vidée et reléchée, elle était allée jeter un œil sur celles des deux molosses, puis avait bondi pour venir me donner des coups de museau dans le bras et appuyer ses flancs robustes contre moi tel un presse-livre. Alors que je la grattais derrière l'oreille, elle ferma les yeux et émit de petits gémissements.

Maniac et moi sommes des esprits complices. Nous démarrons toutes les deux au quart de tour et avons de vieux souvenirs en commun. Nous jouons les réservées mais sommes débordantes d'affection. Par moments, nous parvenons à oublier notre timidité. Mais l'instant d'après, notre tempérament de jeune chiot effrayé remonte à la surface.

Les névroses canines sont plus comiques et inventives que les miennes, mais tout aussi révélatrices. Bien que stérilisée depuis une bonne dizaine d'années, Maniac fait tous les ans une grossesse nerveuse. Dans les semaines qui suivent la naissance fictive, elle garde férocement la balle de tennis, la paire de chaussettes ou la pomme qu'elle a adoptée comme progéniture imaginaire. Pour finir, elle abandonne le bébé fantôme avant de se morfondre.

Mme O' avait découvert Maniac, il y a une douzaine d'années, en train de fouiller dans les poubelles derrière la maison. Efflanquée et capricieuse, la jeune chienne avait probablement été battue et abandonnée. À présent, elle est arrogante, grasse et bonne comme le bon pain, mais je vois toujours en elle l'enfant battue d'autrefois.

— Alors ma fille, quoi de neuf?

Elle bâilla et laissa tomber son museau galeux sur mes genoux.

— Tu t'ennuies? Crois-moi Maniac, il y a bien plus malheureux que toi. Pense à cette pauvre gamine qui s'est fait violer. Elle mettra des années avant de s'ennuyer de nouveau.

La chienne déglutit.

— Comment peut-on commettre une chose pareille? Il faut être un monstre.

Le cauchemar de Kitty m'écrasait. Je tombais de sommeil. Mais, alors que je me dirigeais vers les escaliers, les plantes du hall d'entrée attirèrent mon attention. Elles commençaient à se faner. J'arrosai les fougères de Boston, étêtai et humidifiai l'hibiscus et soufflai un encouragement à l'amaryllis mal en point.

Mme O' affirme qu'elle n'a pas la main verte, ni aucune patience avec les animaux, mais elle persiste à en acquérir par wagons entiers. Je soupçonne que cela fait partie d'un plan destiné à m'initier au mariage et à la vie de famille. Je suis plutôt mal partie. Mais Mme O' n'est pas du genre à renoncer facilement.

Une ombre passa. Surprise, j'eus un brusque mouvement de recul, arrosoir en main.

— Hé, fais attention, petite Lennie ! T'en mets partout !

La forme visqueuse et le teint apoplectique de Franck Murphy me faisaient face.

— Bon Dieu, Franck ! Combien de fois t'ai-je demandé de ne pas rôder dans mon dos comme ça ? Tu peux pas siffler, je sais pas moi ?

— Je ne rôdais pas du tout. T'avais la tête ailleurs, perdue dans tes rêves.

Il était pieds nus, l'air béat. L'homme était apparu dans l'entrée de la maison O'Callaghan en mai dernier, il était dans une mauvaise passe et à deux doigts de la dépression. Franck est un cousin éloigné de feu M. O', d'une branche de la famille partie vivre à Chicago. Bien entendu, Mme O' avait accepté de le prendre en charge jusqu'à ce qu'il retrouve ses marques. Si vous voulez mon avis, il ne les cherchait pas plus que cela.

D'ordinaire j'approuve, ou du moins je comprends pourquoi Mme O' ouvre sa porte aux visiteurs. Mais pas à Franck Murphy. Il pue le bouc. Il mène une vie oisive. Il passe ses nuits au pub. Il dort la moitié de la journée et gaspille le reste devant des feuilletons, avant de se remettre à courir la ville. Sa contribution à la vie collective est inexistante, mis à part le désordre qu'il laisse sur son passage. La tendance qu'il a à surgir à l'improviste me rend folle de rage.

Je pris un torchon déchiré et le lui jetai.

— C'est de ta faute, Franck. Alors, tu nettoies !

— Tu plaisantes ou quoi ?

Me tournant le dos, il fila dans le salon. J'entendis le bourdonnement de la télévision. Le coussin sur le canapé laissa échapper un soupir.

Après avoir épongé les éclaboussures et arrosé la plante en pestant, je montai dans ma chambre. En sous-vêtements, je me blottis bien au chaud sous les couvertures. Je n'avais jamais autant apprécié mon lit. Des draps frais, un édredon douillet, un gros oreiller bien moelleux.

Je réglai le réveil avant de me laisser voguer vers l'inconscient. Mon rendez-vous pour le dîner n'était pas avant dix-neuf heures, mais je me sentais prête pour un sommeil marathon. L'express de deux heures dix pour l'oubli est au départ. Dernier appel. Tous à bord.

Drrriing !

La sonnerie suraiguë s'immisça dans mon rêve naissant. Crissements métalliques sur la voie ferrée. Bruits de freins stridents. La voix du contrôleur au loin, d'un ton monotone :

« Tickets. Ti-ckets ! »

Drrriiinngg !

Le train du sommeil ralentit avant de s'arrêter subitement. M'expulsant tel un vagabond.

Maudit téléphone !

Tâtonnant pour décrocher, je m'efforçai de retrouver ma voix.

— Oui ! dis-je d'une voix enrouée.

— Lennie Finn ?

— Plus ou moins.

— Je vous réveille ?

Je sentis dans ces mots une touche d'amusement qui m'exaspéra.

— Mais bon sang, qui est-ce ?

— Kresky. Désolé de vous importuner mais j'ai besoin de vos services.

Le brouillard se levait doucement.

— Qui ça ?

— Harry Kresky. Police de Stamford. L'affaire Dolan, hier matin, et la saison dernière première base, vous vous rappelez ?

— Maintenant, oui. Que se passe-t-il ?

— Votre petite amie Kitty refuse de revenir ici pour regarder les clichés de suspects.

Dans un sursaut, je me sentis soudain solidaire de la résistance de l'enfant. Il était naturel qu'elle cherche à oublier.

— Si Kitty désire rester en dehors de ça, c'est son droit, sergent.

— Vous avez raison. Mais je ne peux pas la laisser faire. Je pense qu'elle pourrait nous aider à percer le mystère.

— Alors pourquoi m'appeler moi ?

— Toutes ces questions que vous m'avez posées ce matin, je pensais que cela vous intéressait.

— En effet.

— Bien. La mère de Kitty a essayé de la convaincre... sans succès. La directrice du Centre d'aide aux victimes de viols n'a pas eu plus de réussite. Mon petit doigt me dit que vous pouvez peut-être lui faire changer d'avis.

— Votre petit doigt se trompe, sergent. Je n'ai rencontré Kitty qu'une seule fois, et dans les pires conditions qui soient. Pourquoi croyez-vous que je pourrais avoir une quelconque influence sur elle ?

— Appelons ça un pressentiment.

— En admettant que vous ayez raison, la décision appartient tout de même à Kitty. Si elle en a assez, ainsi soit-il !

— Ce n'est pas aussi simple que cela. Vous ne comprenez pas.

— Éclairez ma lanterne, sergent.

Il le fit à contrecœur. Un nouveau viol avait été commis. La terreur se propageait. Mon estomac se noua.

— D'accord. Je vais voir ce que je peux faire, dis-je sans enthousiasme.

— Merci. Je vous en suis très reconnaissant.

— Nous sommes quittes, sergent.

Je raccrochai, cherchai le numéro des Dolan et le composai. Kitty répondit. Elle semblait heureuse de m'entendre. Mais en écoutant ma requête, elle s'énerva.

— Pas question. Je ne retournerai jamais dans cet endroit, jamais !

Dix minutes d'arguments enjôleurs ne vinrent pas à bout de sa résistance.

Pour des raisons que la petite fille ne pouvait, ou ne voulait expliquer, elle était incapable de se résoudre à retourner au commissariat de police.

Je rappelai Kresky, jetai un coup d'œil plein de regret sur mon lit défait, me rhabillai et fonçai vers la porte.

DANA

8

L'horloge sur le bureau indiquait 15 h 36. Anxieuse, Dana fixait la porte d'entrée de l'appartement depuis son cabinet de travail. Où donc était Becky ?

Elle avait six minutes de retard, voilà tout !

« Du calme », se réprimanda Dana. Mais les conditions de l'enregistrement de ce matin l'avaient rendue nerveuse.

Back Talk était une émission dont le but était de réveiller les passions. Ses thèmes controversés et les affrontements d'experts provoquaient immanquablement des montagnes de lettres d'insultes et des tonnes d'appels de menace, la plupart desquels restant sans suite. Mais on ne pouvait pas écarter le risque qu'un téléspectateur dérangé ou un invité en colère passe à l'acte.

Dana se montrait extrêmement prudente. Même dans son immeuble, elle gardait ses lunettes fumées, son chapeau, et portait le nom de son ex-mari. Elle laissait Dana Saunders, cible célèbre et attrayante, à la porte du studio. Elle évitait soigneusement d'apparaître en public et déclinait des tas d'invitations.

De plus, elle modifiait constamment ses itinéraires pour déjouer les plans d'éventuels suiveurs comme ce cinglé de Lester Yurie. Dana ne s'expliquait pas pourquoi elle l'attirait. Mais il s'était accroché à elle. Elle frissonna en pensant à la manière soudaine dont il avait surgi de derrière les rideaux dans sa loge, il y a deux semaines :

« Doit bien y avoir quelque chose que je peux faire pour vous, Dana ? Vous avez besoin que je vous soulage d'un poids ? Que je vous débarrasse de quelqu'un ? Je suis votre homme. »

Le service d'ordre l'avait expulsé sur-le-champ, mais les apparitions répétées de Yurie l'encourageaient à rester constamment sur ses gardes.

Son chauffeur la déposait et revenait la chercher devant la porte de service du studio et s'assurait systématiquement qu'il n'y ait aucune présence indésirable avant que Dana ne monte ou ne descende de voiture. Son adresse et son numéro de téléphone étaient tenus secrets ; ainsi que sa vie privée.

Jusqu'à présent du moins.

La gaffe commise par Jules Westerman au sujet du prix décerné à Becky avait ébranlé la muraille que Dana avait bâtie autour de sa fille. Les excuses de la jeune femme en pleurs n'avaient pu réparer les dommages. Rien ne le pourrait. Becky était apparue au grand jour. En danger.

Huit minutes de retard !

Dana était remontée à bloc. Elle traversa précipitamment la pièce jusqu'à l'interphone. La voix enjouée du concierge se fit aussitôt entendre.

— Bonjour Jerry. C'est Mme Meade. Pourriez-vous jeter un œil pour voir si Becky est dans les environs ?

— Tout de suite, madame Meade. Une petite minute.

Souvent, des groupes enfants s'attardaient dans le hall d'entrée. Dana espérait que Becky se trouvait près des boîtes aux lettres ou dans le couloir. En pleine discussion. En sécurité.

L'interphone la ramena à la réalité.

— Désolé, madame Meade, je ne la vois nulle part.

— Vous en êtes bien sûr ?

— Tout à fait sûr.

— Bien. Merci, Jerry. Si elle arrive, dites-lui de monter immédiatement, s'il vous plaît.

— Certainement, madame Meade.

Que faire d'autre ? La police ne la prendrait sûrement pas au sérieux si elle les appelait pour leur dire que sa fille était en retard de douze minutes. Elle aurait pu aller à sa recherche elle-même. Mais par où commencer ? Et puis, l'appartement serait vide si Becky rentrait ou essayait d'appeler.

Résolue à tout tenter, Dana téléphona à Juilliard, l'école pour petits prodiges de la musique dans laquelle Becky suivait ses cours. À sa demande pressante, la secrétaire alla interroger ses collègues. Elle reprit la ligne quelques minutes plus tard. Becky Meade était partie à la fin des cours et était montée dans le minibus qui la ramenait d'habitude chez elle. Oh, et félicitations ! Tout le monde était tellement enthousiaste à propos du prix Lassiter !

« Pas tout le monde », pensa Dana amèrement. Elle-même aurait presque souhaité que la maudite distinction soit décernée à quelqu'un d'autre.

Becky avait maintenant presque quinze minutes de retard.

Le sang lui battait aux tempes. Elle se représenta une rue déserte baignée dans l'ombre. John le violeur en chasse dans les alentours. Elle imagina Becky marchant nonchalamment, insouciante face à la menace. D'un pas léger. Chantonnant. Libre et adorable.

Un appât vivant.

Dana s'imaginait des légions de vers grouillants et voraces grignotant peu à peu la raison du violeur.

« Arrête, Dana ! Ressaisis-toi ! »

Son ex-mari, Adam Meade, s'était absenté du bureau qu'il occupait dans une firme d'import-export au centre de Manhattan. Impossible de le joindre, selon son idiote de secrétaire.

De toute façon, on ne pouvait jamais le joindre.

— Pouvez-vous lui dire de m'appeler dès qu'il rentre, s'il vous plaît, Jeannette ?

— D'accord, Dana. Mais je ne l'attends pas avant des heures.

La voix suraiguë de la femme fit grimacer Dana. Le ton de la secrétaire jurait avec son corps grassouillet, sa passion pour les robes moulantes et voyantes, son maquillage excessif et ses accessoires tape-à-l'œil. Il lui semblait hallucinant que « M. Adam Cul-Serré III » puisse la juger apte à occuper la réception. Il affirmait que Jeannette avait d'excellentes aptitudes. Mais il avait toujours été plus attentif à l'emballage qu'au contenu.

Bizarrement, c'est la froide réserve toute britannique d'Adam qui avait attiré Dana. Avec un père au tempérament chaud et une mère exubérante, elle avait grandi au sein d'une véritable tornade émotionnelle.

Aux yeux de Dana, Adam Meade était une créature exotique. Il était totalement imperturbable. En apparence, il était aussi solide et lisse que de la glace. Malheureusement, elle n'était jamais parvenue à l'ébranler. Après dix longues et frustrantes années de mariage, elle y avait renoncé. Lorsqu'elle s'aperçut qu'elle était devenue aussi distante que lui, Dana jeta l'éponge et divorça.

La procédure fut expéditive. Sans heurts, ni insultes, ni une quelconque animosité. Dana s'était attendue à un cataclysme mais le changement se révéla insignifiant. D'époux distants, ils étaient devenus des amis lointains.

Adam prenait Becky le week-end. Les vacances et les fêtes étaient réparties entre eux de manière équitable. Quand un problème professionnel ou une affaire familiale le rendait nécessaire, ils prenaient rendez-vous pour dîner.

Rien de plus civilisé. Et exaspérant à la fois. Dana fantasmait encore sur la possibilité d'obtenir un élément de réponse de la part d'Adam. Trouver la mèche et l'allumer.

Comment réagirait-il à l'annonce de la menace qui pesait sur leur fille ? Mieux : aurait-il seulement une réaction ? Il n'y verrait qu'un emportement exagéré, trait typique de Dana. Néanmoins, elle devait lui demander de redoubler d'attention.

Elle pensa un instant contacter l'avocate du violeur, Vantarde Eckhard, puis écarta l'idée. L'accablante prédiction du docteur Mosher revint en mémoire à Dana : « N'importe quoi peut pousser l'agresseur à frapper de nouveau. »

Le rictus de John se figea dans son esprit. Son regard fiévreux. Cette lueur diabolique dans ses yeux lorsqu'il avait appris qu'elle avait une fille n'était-elle que le fruit de son imagination ?

— Hé, Mimsy ! Devine quoi ?

Becky était debout dans l'entrée, arborant un large sourire. Son visage auréolé de boucles auburn et couvert de taches de rousseur était radieux.

Dana la serra dans ses bras avec vigueur.

— Dieu merci, soupira-t-elle.

— Hé, mais tu m'écrases !

L'enfant émit un petit rire et se délivra de l'étreinte en se tortillant.

— Où étais-tu, Becky ? J'étais morte d'inquiétude.

— À l'école ! Où veux-tu que je sois ?

L'enfant avait l'air déconcertée.

— Il est presque quatre heures moins dix, lança Dana sèchement. Je t'attendais vers la demie.

— Tu n'as qu'à t'en prendre aux embouteillages ! (Des larmes inondèrent ses doux yeux verts.) Tu te fiches de ce que j'ai à t'annoncer !

Dana se calma et respira profondément.

— Je suis désolée, ma chérie. Bien sûr que non, je ne m'en fiche pas. J'étais très inquiète, voilà tout. Tu me connais.

Séchant ses larmes du revers de sa manche, Becky fit la timide.

— Devine qui a remporté le prix Lassiter ?

— Hmm, je ne vois pas. Est-ce quelqu'un que l'on connaît ? Ne me dis pas que c'est cette petite nulle qui se cure tout le temps le nez que nous avons rencontrée au concours à Minneapolis.

Becky grimaça.

— T'es déjà au courant !

Dana l'étreignit à nouveau.

— Oui, je sais tout, ma fille adorée ! Et je suis trop fière pour le cacher. Le prix Lassiter est une affaire très, très sérieuse, tout comme toi. Où allons-nous fêter ça ? Honneur à la lauréate !

— Je peux choisir ? N'importe où ? C'est vrai ?

— Où tu veux, à part la lune !

— Parfait ! Le Hard Rock Café, alors !

Dana esquissa un sourire. Cette gosse était tellement merveilleuse. Optimiste, inspirée, mais incorrigiblement pragmatique.

— D'accord, mon cœur ! J'appelle tout de suite pour réserver.

— Lisa peut venir ?

— Bien sûr !

Lisa Kaplan était la meilleure amie de Becky. Une sœur spirituelle envers laquelle Dana était plus que reconnaissante. Avant leur séparation, elle et Adam avaient tout tenté pour essayer d'agrandir leur famille. Mais trois fausses couches et un enfant mort-né les avaient convaincus de renoncer.

— Super ! Je vais la chercher.

Les Kaplan vivaient dans le coin, sur la 67e Rue. Ce n'était qu'à deux pas, dans des rues passantes, mais soudain, l'idée de laisser Becky s'y aventurer seule fit frissonner Dana.

— Passe-lui un coup de fil, Beck.

L'enfant prit une mine renfrognée.

— Pourquoi je pourrais pas aller chez elle ?

— Pour rien, répliqua Dana avec un empressement trop perceptible. Je voudrais que tu me racontes tout sur le prix. Qui te l'a annoncé ? Qu'ont dit les gens à l'école et tout ça ?

— Ça ne prendra que quelques minutes. Je te raconterai tout ça plus tard, d'ac' ?

Dana garda ses craintes pour elle et regarda la petite fille s'en aller. Après tout, il n'y avait pas de quoi s'inquiéter. La nouvelle du prix n'avait pas encore été rendue publique par les journaux.

Même après leur parution, Dana savait qu'elle ne pourrait pas retenir sa fille prisonnière. Heureusement, l'école, les devoirs, les cours et les répétitions de violon laissaient peu de temps libre à Becky pour traîner sans surveillance.

Pour parer à toute éventualité, Dana décida que, dorénavant, son chauffeur la conduirait à toutes ses activités. Becky avait beaucoup d'affection pour cet homme, un gentil géant noir du nom de Nimrod Pierce. Roddy était un flic à la retraite, à l'œil exercé. Il veillerait sur Becky sans que cela éveille le moindre soupçon.

Pour la première fois depuis que la langue de Jules avait fourché, ce matin, Dana se détendit un peu. Roddy Pierce était l'antidote parfait aux appréhensions qui l'empoisonnaient. Elle ne voulait pas déstabiliser sa fille. Elle ne voulait pas que Becky perçoive le monde qui l'entourait comme un endroit plein de menaces.

Dana ne laissait pas traîner de journaux traitant de la violence urbaine. De toute façon, Becky était trop occupée à regarder les innombrables émissions évoquant les vices de l'humanité, *Back Talk* inclus.

Elle n'avait aucun besoin de voir des corps couverts de sang, des sacs de cadavres et des survivants hébétés, ni d'entendre toutes ces histoires horribles et ces mises en garde effrayantes. Elle devait pouvoir rester une enfant aussi longtemps que possible.

PLUS QUE VOUS N'EN SAVEZ...

À travers la fenêtre, Dana fixa la foule grouillante soixante-dix étages plus bas. De son regard perçant, elle réussit à identifier la forme menue de Becky qui remontait Park Avenue en sautillant. Elle l'observa avec attention jusqu'à ce qu'elle tourne au coin de la rue et disparaisse.

LENNIE

9

À l'approche de la maison des Dolan, la Toyota eut des ratés et cala à trois reprises. Pour une fois, je ne pouvais pas m'en prendre à la voiture. J'étais moi-même tentée de caler ; je cherchais à gagner du temps.

La rencontre avec Kitty Dolan m'avait renvoyée brutalement à mes propres démons. Une fois encore, j'avais dû affronter les pierres branlantes et les épitaphes vides de sens. J'avais senti le sol s'effriter sous mes pieds et remonter à la surface mes sentiments refoulés, émergeant tels des ossements séchés dans le désert. Ma hardiesse n'était qu'une illusion. Bâtie sur un sol instable.

Je n'avais qu'une hâte : ensevelir nos souffrances communes dans la boue du passé. J'avais la ferme intention de m'y atteler dès que je trouverais une porte de sortie.

Une jeune femme bourrue, vêtue d'un pantalon en cuir et d'un blazer bleu marine, m'accueillit à la porte des Dolan. Sa chevelure gris souris était si longue qu'elle devait relever le menton pour regarder à travers sa frange. Ses yeux étaient d'un brun boueux, sa bouche austère. La pauvre arborait son air des mauvais jours.

— Vous êtes Lennie Finn ?

— Oui.

— Clarissa Pratt. Attachée du procureur pour les affaires de mœurs.

Elle m'attrapa la main et me la serra une fois, ce qui s'avéra être plus que suffisant. Mes tendons écrabouillés s'en remettraient avec le temps. Rien de moins sûr en ce qui concernait mes os.

— Le bureau du procureur fédéral ? demandais-je.

— C'est bien cela.

— Est-ce que cela signifie que vous tenez un suspect ?

— Malheureusement non. Kitty a insisté pour vous attendre. Dites-lui bonjour en vitesse car il faut s'y mettre, d'accord ? Ensuite, je prendrai votre déposition.

Cette femme de petite taille avait des traits anguleux. Elle me faisait penser à une tenaille. Je me pris à espérer qu'elle avait oublié l'aspect avenant de sa personnalité au bureau. Je détestais l'idée que des rois du porno ou des pédophiles puissent être remis en liberté parce que les jurés les avaient trouvés bien plus sympathiques que le procureur lui-même.

Dans un silence sinistre, Mme Pratt me conduisit au salon. Le sergent Kresky était assis sur le canapé aux côtés de Kitty. Vêtue d'une combinaison rouge moulante, Mme Dolan sortit de la cuisine avec un plateau chargé de verres et d'une cruche en céramique. Malgré ses efforts, la tension était lisible sur son visage aristocratique. Ses paupières étaient gonflées et ses yeux injectés de sang. L'enfant avait l'air minée elle aussi, voûtée et abattue, telle une poupée de chiffon. Une chemise froissée, un jean délavé, ses cheveux ébouriffés et mal coiffés comme au saut du lit ; tout cela intensifiait l'impression de tristesse qui émanait d'elle. Ma gorge se noua.

En me voyant, l'expression de Kitty s'illumina.

— Salut, Lennie !

— Salut toi ! Tu te sens mieux ?

— Oui, je crois.

— Eh bien, elle s'en sort pas mal, dit Kresky. J'aimerais que tous mes témoins se montrent aussi intelligents et observateurs.

Le compliment fit bomber le torse à l'enfant. Mais cela fut de courte durée.

Posant le plateau sur la table basse aux pieds chromés, Allison Dolan remplit deux verres de limonade. Elle en tendit un à Kitty. Pour le beau Harry, elle le posa sur une serviette en tissu couleur pêche et lui lança un regard accompagné d'un battement de cils complice. Elle nous dédaigna, l'assistante du procureur et moi-même, comme si nous faisions partie des meubles.

En guise de réponse, Harry esquissa un sourire suffisant qui me rendit malade.

Les hommes de son espèce, tout spécialement dans l'entourage de femmes meurtries, devraient porter une étiquette portant la mention « coureur de jupons ». Je brûlais de m'asseoir à côté d'Allison Dolan et de lui faire un court exposé sur les principes de base de l'instinct de conservation. Pour moi, répéter les mêmes comportements en espérant un résultat différent relève de la folie. J'aurais bien aimé lui prodiguer ce conseil.

Malgré cela, je répondis au signe que m'adressai Clarissa Pratt et suivis l'assistante du procureur dans la cuisine. Tout en marchant, elle gribouillait quelque chose sur son bloc-notes.

— Asseyez-vous, mademoiselle Finn. Que vous a exactement raconté Kitty sur le toit avant-hier ?

— Elle m'a raconté son agression.

Ses lèvres se pincèrent.

— Pourriez-vous être un brin plus précise ?

— Pourquoi ne pas le demander à Kitty ?

— C'est déjà fait. Ce que je veux maintenant, c'est votre version.

Son stylo était suspendu au-dessus de son bloc-notes, telle l'épée de Damoclès.

— Je suis sûre que Kitty vous a dit la vérité.

« La » procureur effectua un hochement de tête désapprobateur. Sa frange accompagna avec retard son mouvement.

— Votre coopération volontaire serait plus que bienvenue, mademoiselle Finn.

Mon air menaçant ne la déconcerta pas. Apparemment, cette femme avait l'habitude de mener les débats. Clarissa Pratt était de la même taille que moi, mais elle donnait l'impression d'être plus corpulente.

— Je n'ai pas été témoin de l'agression, madame Pratt. Je ne vois vraiment pas ce que je peux ajouter au compte rendu de Kitty.

Elle me répondit par un silence glacial destiné à me mettre mal à l'aise. Je la fixai à mon tour.

— Écoutez, mademoiselle Finn, dit-elle, sentant qu'elle avait échoué. Il semble que nous soyons en présence d'un violeur en série. Nous sommes intimement convaincus que ce type est le même que celui qui a frappé une première fois au cours du printemps dernier dans le comté de Putnam et à deux reprises dans le nord de l'État de New York. Malheureusement, le cours des événements s'accélère. La première a eu lieu il y a huit mois, les deux suivantes à deux mois d'intervalle. Puis la fréquence est passée à deux semaines. Il ne s'est écoulé que dix jours entre la dernière agression et celle de Kitty.

Elle repoussa sa frange d'un geste vif. La colère avait transformé ses yeux en deux petites fentes.

— Dans ce genre d'affaire, l'homme est comme n'importe quel camé : l'acte sexuel violent est sa drogue. Plus il nourrit son désir, plus son appétit devient démesuré. Au rythme où il va, on peut s'attendre à ce qu'une autre petite fille comme Kitty soit attaquée avant la fin de la semaine. Peut-être même plus tôt.

Je repensais à la confession larmoyante que Kitty m'avait faite. Le monstre qui l'avait violentée portait un couteau sanglant et avait menacé de s'en servir.

La procureur semblait avoir lu dans mes pensées.

— Tôt ou tard, l'acte de viol seul ne lui suffira plus. Le couteau qu'il porte et la photo morbide qu'il a montrée à Kitty nous ont permis d'établir une relation entre l'histoire de Kitty et celle des autres. Ce salopard pourrait avoir des fantasmes bien plus sanglants, à moins que la fille sur la photo soit son œuvre personnelle. Vous vous rappelez du cas Sharon Sue Davis ?

— Bien sûr.

L'affaire n'était pas de celles qu'on oublie. Il y a six mois, cette fille de Long Island avait été kidnappée sur le chemin du lycée. Des milliers de bénévoles avaient placardé des affiches à travers tout le pays et avaient récolté des fonds en vue de payer la rançon et de la libérer. Les appels poignants de ses parents avaient été diffusés à maintes reprises sur les ondes locales, nationales, et dans la presse.

Si une situation aussi horrible ne pouvait qu'attirer l'attention générale, de plus, Sharon Sue Davis était un cas à part. L'adolescente avait été actrice dans plusieurs spectacles à Broadway, notamment dans *Annie*, une pièce à succès. Peu de temps avant son enlèvement, elle était pressentie pour jouer un grand rôle dans un film. Une campagne de presse l'avait présentée comme une superstar en devenir, une Liz Taylor ou une Natalie Wood. Mais, au fil des mois, l'espoir de la retrouver avait cédé la place à de sinistres rumeurs.

— Vous pensez que le cas de Kitty est lié à l'enlèvement de Sharon Sue Davis ? demandai-je à Clarissa Pratt.

La procureur fronça les sourcils.

— Disons qu'il y a quelques... similitudes.

— Lesquelles ?

— Je ne peux pas divulguer les détails au public, mademoiselle Finn.

— Je vous demande juste de me le dire à moi.

Son air menaçant était un mélange d'arrogance et de fiel.

— Nous avons à faire à un salaud en cavale, extrêmement dangereux. Nos petites filles sont ses proies. Vous voulez vous rendre utile ou pas ? Parce que je n'ai pas vraiment le temps de m'emmerder avec toutes vos conneries.

Sa tirade acérée eut l'effet recherché. Je n'appréciais pas Clarissa Pratt mais j'étais prête à répondre à ses attentes. Je me sentais si petite que j'aurais pu me glisser dans un trou de souris. À cet instant précis, ça m'aurait parfaitement convenu.

Tous les viols précédents avaient eu lieu dans des juridictions différentes, m'avait expliqué la procureur. On n'avait donc pu établir aucune corrélation entre les agressions précédant celle de Kitty. Si un seul et même homme était coupable, il restait à coordonner les diverses enquêtes et à dresser l'inventaire des informations, les plus insignifiantes soient-elles, rassemblées de part et d'autres.

Selon Mme Pratt, une force spéciale interjuridictionnelle avait été mise en place, mais la définition du rôle de chacun n'avait pas encore été clairement définie à ce jour. En attendant, l'enquête menaçait de s'embourber dans les sables mouvants de la paperasserie et les conflits personnels.

Ignorant le regard fixe et inquisiteur de Clarissa Pratt, je retournais en mémoire sur l'échelle posée sur le rebord du toit enneigé des Dolan. Je revécus mon escalade périlleuse et ma glissade terrifiante vers le vide. Les bourrasques glaciales. L'apparition quasi spectrale de Kitty. Je me souvins du son de voix et des mots plaintifs de l'enfant. Je racontai tout à la procureur, du mieux que je pus.

Lorsque j'en eus terminé, elle me regarda d'un air étrange.

— Avez-vous l'intention de devenir comédienne, mademoiselle Finn ?

— Non.

— Vous n'avez pas suivi de cours d'art dramatique ?

— Non, pourquoi ?

Elle haussa les épaules.

— Vous mettez beaucoup de vous-même dans le récit. (Son ton se fit plus froid.) J'en ai assez entendu pour l'instant. Si quelque chose d'autre vous revient, voici ma carte. J'ai votre numéro.

J'aurais bien voulu en dire autant. Cette femme avait réussi à me tirer les vers du nez et j'eus envie de lui faire subir le même sort.

— Combien y en a-t-il eu d'autres ?

— Beaucoup trop.

— Vous avez des pistes ?

— Vous posez beaucoup de questions.

— Vous aussi, madame la Procureur !

Elle esquissa un sourire mais sa bouche se rebella contre cette expression inconnue.

— Je serais ravie de vous en dire plus.

— Bien. Je voudrais connaître le nombre de victimes recensées et les pistes dont vous disposez. J'ai aussi besoin de connaître la façon d'agir de ce type. Pour quelles raisons pensez-vous que le viol de Kitty soit en rapport avec le cas Sharon Sue Davis ? Cet anneau de pierres à la maison des Dolan était-il une signature ?

Le viol du comté de Putnam me rappelait quelque chose. Avais-je pu lire un entrefilet à ce propos ou à propos des anneaux de pierres dans les journaux ?

— Je ne peux pas entrer dans les détails, mademoiselle Finn. Je suis sûre que vous comprenez que cela risque de compromettre nos recherches. J'apprécierais que vous n'en parliez à personne. Jusqu'à ce que nous soyons sûrs qu'il s'agit d'un maniaque, nous devons éviter la panique générale. Sans parler de ceux que ces crimes pourraient inspirer. S'il y a la moindre fuite, je saurai très exactement d'où elle vient.

Au moins, elle ne cherchait pas à dissimuler la menace.

— Y a-t-il des liens entre les victimes? Avez-vous vérifié cela?

— Pourquoi ne pas mettre toutes ces questions par écrit et les poster à l'intention de notre boîte à idées?

— J'essaye seulement de vous aider...

— Vous appelez cela nous aider! Je qualifierais plutôt cela d'indiscrétion.

— J'espère qu'on vous a fait une ristourne sur votre caractère, madame Pratt.

Elle grimaça puis porta son attention sur l'épais dossier qu'elle avait sorti de son attaché-case. Alors qu'elle compulsait ses fiches, sa frange tomba comme un rideau de scène. Je venais de recevoir mon congé.

Mais plusieurs choses qu'il me brûlait de savoir me torturaient l'esprit. De quel droit le destin avait-il lâché cette bombe à retardement sur moi? À quelle fin exhumer ces démons depuis si longtemps enfouis? Pire encore, quel moyen pouvais-je trouver pour m'en débarrasser à jamais?

Pourquoi la petite Kitty Dolan m'avait-elle choisie comme bouée de sauvetage, moi le plus improbable des espoirs? Il n'y avait aucune chance que je chasse de ma mémoire son regard éteint et implorant. Son sourire fragile et hésitant. Derniers battements d'ailes d'un espoir juvénile qui s'étiole.

Si Kitty se sentait mieux en ma compagnie pendant qu'elle regardait ces clichés de criminels, je resterais. Mais je ne pouvais pas faire grand-chose pour elle. Le choc émotionnel m'avait déjà entraînée dangereusement en dessous de la surface.

La procureur de choc était absorbée dans son dossier. Récupérant un siège autour de la table de la cuisine, je me préparai à attendre.

LENNIE

10

Le temps que je quitte la maison des Dolan, le jour avait cédé sa place au morne crépuscule. Les imposantes maisons de Griscom Woods flamboyaient comme des scènes de théâtre. Les spots de sécurité illuminaient les pelouses enneigées. Une voiture bourrée d'adolescents passa en trombe, toutes vitres baissées, musique à fond. Le heavy metal qui s'échappait de l'autoradio me frappa de plein fouet.

Le silence revenu, une extrême fatigue s'abattit sur moi. Pourtant habituée à des horaires bizarres, ainsi qu'au manque de sommeil, je ne pouvais me rappeler la dernière fois où j'avais été victime d'une telle torpeur.

Afin de rester éveillée, je mis de la musique. Malgré plusieurs réparations, le capricieux autoradio de la Toyota ne captait que deux stations, toutes deux country-western de la pire espèce. La platine cassettes fonctionnait, mais la seule cassette à bord m'avait été offerte par Miranda avant son départ. L'entendre chanter maintenant ne ferait qu'amplifier ma mélancolie. Et sa tournée ne prendrait fin que dans quatre mois.

Maudite soit-elle d'être si douée et d'avoir autant de succès ! Pourquoi n'était-elle pas une artiste ratée comme quatre-vingt-dix-neuf pour cent des chanteurs-compositeurs ? Adolescente, je nous avais imaginées poussant nos landaus ensemble, passant de longs et chouettes moments. J'étais persuadée que mon projet de devenir la première femme à jouer la troisième base pour les Yankees n'altérerait en rien mes plans, et encore moins l'ambition de Miranda d'être vétérinaire, de préférence sur les champs de courses. Nos maris se chargeraient de compenser les manques : merveilleux cuisiniers, spécialisés dans les pâtisseries françaises et la cuisine chinoise, ils seraient tout bonnement fabuleux avec les enfants.

C'est drôle la tournure que prennent parfois les événements.

Sur la route de la maison, j'écoutai les quatre couplets de ce classique indémodable : « Je pensais que mon cœur était brisé, mais ce n'était qu'un malaise passager », suivi de ma phrase favorite : « Impossible de faire pousser des roses dans la boue. »

Il s'écoula une éternité avant que je n'arrive dans l'allée et me gare. À travers la fenêtre, je vis Mme O' et Frank Murphy bien au chaud dans la cuisine. À l'instar du trio canin, le nez de Frank était toujours à flairer le moindre fumet de repas potentiel. Cet imbécile usait de tout son charme — et Dieu sait qu'il en a bien peu — sur Mme O'.

Quelques silhouettes se profilaient derrière les stores du salon, où se réunissaient généralement divers invités et pensionnaires avant le dîner. Mme O' encourageait ces mondanités à l'aide de biscuits d'apéritif et d'un bar bien fourni. En bonne Irlandaise, elle était convaincue qu'une bonne causerie contribuait à éclaircir les idées.

Ne me sentant pas d'humeur très sociable, je contournai discrètement la maison et montai par l'escalier de secours délabré. Mes pas laborieux écrasaient les amoncellements de neige sur les marches. Chaque fois que je m'y agrippai, une fine poudre givrée se détachait de la rampe. Je parvins au deuxième étage en haletant comme une locomotive à vapeur.

Le hurlement enragé de Maniac se fit entendre, bien que tout le monde se soit habitué à l'ignorer. En plus de sa progéniture fantôme, le bâtard avait un problème avec les intrus imaginaires. La paranoïa de la chienne lui avait ôté toute crédibilité. Les deux labradors, eux, étaient trop amorphes pour s'embêter à veiller sur autre chose que leurs gamelles. C'est pourquoi je n'éprouvais généralement aucune difficulté à entrer ou sortir discrètement.

La maison O'Callaghan offrait de tout à profusion, à part la solitude, qui y était rare. Un jour, lorsque j'aurais assez d'argent pour acquérir mon chez-moi, je passerais des mois à me délecter de la vie en solitaire ; m'habillant ou pas selon l'humeur, me comportant comme il me plaît, ne parlant à personne pendant plusieurs jours d'affilée si l'envie m'en prenait. Être sympa et sociable, ça allait un temps, mais je n'avais aucune envie d'en faire une habitude.

Sur le palier du troisième, je tapai des pieds pour débarrasser mes chaussures de la neige et secouai mes gants pour déloger les perles de glace incrustées. Comme toujours la porte était fermée de l'intérieur. Heureusement, la profession que j'exerçais m'avait permis de recevoir une formation accélérée dans l'art d'entrer par effraction.

À dessein, j'avais laissé un vieux pied-de-biche rouillé derrière la jardinière, sur le rebord de la fenêtre : tout cambrioleur digne de ce nom se devait d'en posséder un. Plongeant ma main sous la neige tassée et l'enchevêtrement des géraniums gelés, je sentis la lourdeur réconfortante du métal.

La porte était un véritable défi : massive et solide, entourée d'un chambranle rainuré. Par chance, le temps avait déformé le bois, laissant un léger interstice au niveau de la serrure. J'y glissai le levier et crochetai le loquet pour le tirer lentement hors de la gâche.

Il y avait deux messages de Jack Chambless sur mon répondeur. Je composai son numéro tout en réfléchissant à une excuse. J'avais horreur d'annuler à la dernière minute. Mais il me restait à peine assez d'énergie pour mâcher. Être obligée de me mettre sur mon trente et un, de me tenir droite, le tout en public, me semblait au-delà de mes forces.

Aucune réponse. Après la sixième sonnerie, je raccrochai. Jack n'avait pas mis son répondeur, ce qui signifiait qu'il était occupé dans son atelier ou bien encore sous la douche. Je me déshabillai, ne gardant que mes sous-vêtements. Je décidai de me reposer les yeux et de réessayer plus tard.

Dans mon rêve, l'atelier de Jack était attenant à une vaste salle de conférences à laquelle j'étais invitée. Arrivée en avance, j'avais pris place parmi le millier d'étudiants avides et passionnés qui attendaient l'apparition du maître. Dix minutes après l'horaire prévu, il n'y avait toujours aucun signe de lui. Le murmure de déception se transforma en une clameur lorsqu'il arriva enfin. Tandis qu'une foule de jeunes beautés envieuses le suivaient du regard, il s'était dirigé droit vers moi.

Un peu embarrassée, je m'étais levée et avais pris le chemin de la sortie. Mais mon amie Miranda bloquait le passage, grattant sa guitare, et interprétant une chanson dont les paroles parlaient d'aller se rouler dans le foin avec un moine.

Je sentis soudain une fraîcheur saisissante. Mes yeux s'ouvrirent sur un Frank Murphy rougeaud qui tirait sur mes couvertures.

— Mais qu'est-ce qui te prend ?

— Ton ami le gentleman est en bas ! Mme O' m'a demandé de monter te prévenir.

— Rends-moi mes couvertures et fous-moi le camp, Frank ! T'es drôlement gonflé !

— Tu dormais comme un bébé, ma petite Lennie. J'ai essayé de t'appeler, de te secouer. C'était la dernière solution pour te réveiller, crois-moi !

Il avait les yeux rivés sur ma poitrine. Je portais un soutien-gorge et un slip en coton. Des lavages peu soigneux les avaient déteints en un rose pâle. L'ensemble me rendait aussi sexy qu'un poisson pané, mais cela n'empêchait pas Murphy de me passer en revue de son regard libidineux.

— La couverture, Frank ! Tout de suite !

Il lâcha les couvertures sur le sol avec un sourire désinvolte.

— Oups !

— Espèce de fils de pute. Sors de ma chambre, *immédiatement* !

Il resta immobile. Son sourire forcé semblait me défier.

— Dégage, Frank ! Je plaisante pas !

— Mais ton professeur chéri t'attend. Il est tiré à quatre épingles. Il a l'air impatient. Je peux pas lui en vouloir, ma petite Lennie. Tu es tellement mignonne tout en rose !

— FOUS-MOI LE CAMP !

Je lui balançai l'oreiller. Il sortit et claqua la porte derrière lui, laissant l'oreiller retomber dans un bruit sourd.

Complètement réveillée et furieuse, je me glissai hors du lit. Un jour, je tuerai cette petite ordure. Mais pour le moment, j'avais d'autres chats à fouetter. Je me brossai les dents et pris une douche rapide.

Le miroir n'était pas assez embué pour dissimuler la navrante réalité. J'appliquai du fard ombré sur mes yeux. Une couche de fond de teint pour transformer le gris pâle de ma peau en un charmant vert maladif. Ma main était trop tremblante pour lui confier un eye-liner ou du mascara. Ma coiffure était une véritable catastrophe. Je ratissai mes cheveux d'un coup de peigne et les laissai tomber comme ils étaient.

Dans le grand miroir derrière la porte, je jetai un œil au bleu qui, tel un hortensia, fleurissait sur ma fesse gauche. J'avais eu de la chance que mon col se soit raccroché à ce clou. Enfin, étant donné l'effet qu'avait produit sur moi la petite Kitty Dolan, j'aurais peut-être dû finir ma chute en vol plané.

Cette gosse s'était incrustée dans mon esprit. J'avais encore en mémoire son air mélancolique après qu'elle eut regardé les photos. Avant que je ne la quitte, elle avait exprimé son angoisse à l'idée de n'avoir pu identifier son agresseur.

« Et si l'homme revient ? J'en mourrais, Lennie ! J'en suis sûre !

– Il ne reviendra pas, ma chérie. N'y pense plus. »

Je n'avais pu lui faire que des promesses bidon, lui communiquer un optimisme feint. Des années durant, j'avais été hantée par les mêmes horreurs qui, aujourd'hui, tourmentaient Kitty.

La créature qui m'avait attaquée se trouvait quelque part dans les environs. Et s'il était là, à m'observer ? Et s'il attendait dans l'espoir de venir rechercher des trucs qu'il avait laissés derrière lui ?

J'enfilai un pantalon noir, un chemisier en soie, une ceinture ornée d'une boucle en or, un collier de fausses perles et des boucles d'oreilles du même acabit. Au dernier coup d'œil dans la glace, je me sentis soudain reconnaissante de l'intérêt apparent que Jack me portait. Après tout, si l'amour était aveugle, je pouvais bien susciter un petit béguin.

Bien que je me refuse à l'admettre, j'en pinçais pour lui. Après une longue série de relations catastrophiques, j'avais juré de renoncer à toute aventure amoureuse pour quelque temps. J'en avais avisé Mme O', mais elle restait déterminée à me voir appariée, comme si j'avais été une chaussure.

Elle était tombée sur Jack, quelques mois plus tôt, à un concert de charité du Philharmonique de Stamford. Avant la fin, elle s'était arrangée pour apprendre les moindres détails de sa biographie. Si j'avais moi-même été un sphinx dans une vie antérieure, Mme O' était probablement cet esprit intelligent chargé de faire réapparaître les hiéroglyphes gravés dans la pierre.

Veuf, Jack Chambless approchait la cinquantaine. Il avait un fils adulte, père d'une petite fille. Né, élevé et éduqué dans le Sud, il avait récemment été transplanté à Stamford.

À Charleston, sa ville d'origine, son père avait fondé une chaîne de magasins de vêtements. Jack était pressenti pour reprendre l'affaire, mais plusieurs étés passés à y travailler l'avaient convaincu que le gène des affaires ne lui avait pas été transmis. Il avait suivi son penchant pour les études et avait passé un doctorat en philosophie. Par la suite, il avait réussi à obtenir un poste de professeur à l'université de Virginie. Il y a quatre ans, il avait pris un congé pour accompagner sa femme dans sa longue et fatidique bataille contre un cancer des ovaires.

Deux ans après la mort de celle-ci, il avait déménagé plus au nord pour se rapprocher de son fils, qui habitait à la frontière de l'État de New York, dans le comté de Westchester. Jack, dont les écrits et les qualités d'enseignant étaient largement reconnus et respectés, s'était vu offrir plusieurs chaires dans la région. Il avait fini par accepter une place à l'université de New York pour la flexibilité et la disponibilité qu'elle lui offrait.

Il consacrait également son temps à diverses causes personnelles et charitables. Son père avait laissé un héritage considérable, et Jack était déterminé à utiliser cet argent de manière constructive. Sa plus grande passion était d'aider les gosses de la ville à éviter les ennuis et à suivre une scolarité normale. À Charleston, il avait été l'un des premiers à parrainer une classe de lycée, réglant les frais d'entrée à l'université à tout élève reçu avec une note égale à la moyenne. Lorsqu'il était arrivé dans le Nord, il avait pris en charge un autre groupe de cinquante enfants dans le besoin, à Norwalk Sud. Pour rendre leur avenir plus radieux, il avait acheté une grande maison en centre-ville, dans le but de la transformer, avec l'aide des jeunes, en centre de loisirs.

C'était un homme intelligent, séduisant, charmant et accompli. Selon Mme O', il ne lui manquait qu'une âme sœur, qu'elle s'était immédiatement mis en tête de lui trouver. Usant de sa tactique favorite, l'embuscade, elle avait invité Jack à dîner à la maison.

Notre premier rendez-vous avait eu lieu six semaines auparavant. Depuis lors, Jack et moi nous étions retrouvés dès que nos emplois du temps de dingues nous l'avaient permis. À chaque fois, il s'était montré attentionné et intéressant. Il me portait de la considération. Dès lors qu'il l'avait promis, il appelait ou il venait. Il avait un sens de l'humour fin et plaisant. Il était de très bonne compagnie et savait mener une conversation. Parfaitement adaptable aux caprices de mon tempérament, il avait accepté ma nature irritable et ma tendance à rabâcher. En ce qui concerne le sexe, il avait remarqué mon manque d'enthousiasme mais ne s'était jamais montré insistant.

Avant de le rencontrer, je me considérais comme perdue pour les relations romantiques. Tous les hommes que j'avais connus étaient trop « quelque chose ». Trop chaleureux, trop froids, trop entre les deux. Trop égoïstes ou l'inverse. Totalement fêlés ou bien fades comme le tapioca. Des années durant, j'avais été hantée, des nuits entières, par une ribambelle de nains émotionnels : Endormi, Grincheux, Vieux jeu, Égoïste, Accapareur, Vulgaire et Ennuyeux.

Une grande partie des hommes avec qui j'étais sortie étaient des dépravés. Je ne cherche pas à cacher mes défauts, mais devoir faire face à mes propres plaies et bosses était déjà bien assez pour moi. Mettant les désirs de Mme O' de côté, j'en avais conclu qu'il était préférable que je reste seule.

Puis Jack était arrivé.

À présent, l'idée de le voir me réjouissait. À la hâte, je chaussai mes bottines en daim et attrapai mon manteau de laine noir. En bas, je trouvai Mme O' et Jack en grande discussion dans le salon.

Ma propriétaire et lui ont beaucoup de choses en commun. Ils partagent le même engouement pour la musique classique, l'art culinaire et la danse. Ils savent tous deux s'y prendre avec les gens et sont doués de leurs mains.

Enfant, Jack avait appris à travailler le bois avec un de ses oncles préférés. Dernièrement, il avait retapé de ses mains sa maison en pierre de taille, rendu leur éclat d'origine aux moulures, aux planchers en chêne, aux rampes d'escalier et aux balustrades. Il avait enduit et repeint, remplacé les fenêtres pourries, restauré les frises. Il avait même modernisé la cuisine et la salle de bains vétustes, se chargeant de tout, excepté de l'électricité.

Une fois la maison terminée, il s'était attaqué à la demi-douzaine de dépendances qui parsemaient sa propriété boisée. Il était en train d'en transformer une en maison de jeu idéale pour Cara, sa petite-fille de cinq ans.

Quelques semaines plus tôt, Jack m'y avait emmenée. L'unique pièce, ensoleillée, avec parquet et rideaux de dentelle, abritait une table à dîner couverte d'un chandelier imitation cristal et d'une douzaine de petites lampes tempête équipées de bougies roses. La cuisine comportait un réfrigérateur dont la lumière s'allumait, comme un vrai, lorsqu'on ouvrait la porte. Le coin des poupées était bien fourni, et le coffre à jouets rempli d'une incroyable palette de jeux.

Je fus immédiatement attirée par la penderie et ses très tentantes rangées de costumes, ses piles d'habits étincelants et ses bijoux fantaisie. En un clin d'œil, j'avais rajeuni de trente ans. Je m'étais enveloppée dans un boa rose et avait revêtu un chapeau de feutre mou orné d'un nœud fuchsia. Sur le plateau à bijoux, il y avait assez de bagues pour chaque doigt, un magnifique solitaire et une bague de lycéenne, cassée, à laquelle il ne manquait qu'une chaîne et un fiancé imaginaire.

Je me sentais très bien à cet instant précis, mais un sentiment étrange, déplaisant, s'était emparé de moi. Remettant les bagues et les costumes à leur place, j'espérais que le malaise ne fût pas apparent. Si Jack se doutait de quelque chose, les questions pleuvraient et, honnêtement, je n'étais pas en mesure d'expliquer ma soudaine saute d'humeur.

J'étais probablement en train de m'apitoyer sur moi-même, pleurant les parents et l'enfance dont j'avais été prématurément dépossédée. Comme la petite fille solitaire qui était en moi aurait adoré avoir un grand-père aussi débordant de tendresse que Jack, et un endroit de rêve où jouer comme celui-là ! Les choses viendraient-elles à ne pas marcher entre nous que je ferais don de moi-même pour qu'il m'adopte. Mais d'abord, je devais passer la soirée sans piquer du nez dans mon assiette.

— Désolée de t'avoir fait attendre, dis-je.

Jack leva les yeux et son sourire fit étinceler son regard.

— Penses-tu ! J'étais en la charmante compagnie de Mme O' Callaghan ! Et puis c'est toujours un plaisir de t'attendre, Eleonore. Tu es ravissante !

En temps normal, je déteste être appelée par mon nom de baptême. Dans la plupart des bouches, Eleonore sonne comme une accusation. Mais l'indolence du ton de Jack faisait flotter le nom tel un nénuphar sur un étang.

— Merci. Toi aussi tu es resplendissant !

Jack a cette prestance que j'affectionne tant. Une carrure solide, une bouche généreuse, des rides profondes qui attestent de sa propension à communiquer ses émotions. Ses cheveux foncés blanchissent par endroits. Tout chez lui respire la classe et la sobriété. Il est incontestablement sexy, mais dénué de ce côté sûr de soi et vaniteux qui transforme certains hommes en têtes à claques. En réalité, il semble entièrement insensible aux innombrables beautés en fleur qui le draguent dans les couloirs de l'université.

Au sortir d'une de ses conférences à laquelle j'avais assisté, plusieurs fans avides avaient essayé de me supprimer en me jetant des regards pareils à des fléchettes empoisonnées. Mais Jack n'y avait guère prêté attention. Des moments comme ceux-là suffisaient à lui accorder la suite présidentielle dans mon cœur.

Ce soir, il portait un blazer bleu marine et un pantalon gris clair, une cravate bleue et argent à motifs géométriques, et une pochette de soie assortie. Sa chemise blanche unie tranchait avec son teint basané et ses yeux ébène.

— Voudriez-vous vous joindre à nous pour le dîner, madame O'Callaghan ?

— Vous êtes un chou de m'inviter Jack, mais non, merci. J'ai un rôti dans le four et une maisonnée remplie de bouches à nourrir. Filez, tous les deux. Amusez-vous bien !

La jeep vert gazon de Jack était garée au bout de l'allée circulaire.

— Dure journée ? demanda-t-il.

— Ça va. Je me sens juste un peu fatiguée.

Il releva une mèche qui tombait sur mon front et caressa du doigt les contours de ma cicatrice.

— Pour te dire la vérité, je passerais bien une soirée au calme, Eleonore. J'ai traîné la moitié de la nuit dans mon atelier. Que dirais-tu d'un bon dîner « Chez Jack » ?

— Je ne voudrais pas te déranger.

— Ça ne me dérange pas du tout, bien au contraire. Une bonne bouteille de vin. Un bon feu bien chaud. Ma spécialité : poulet au riz sale, accompagné de salade et d'ignames glacés. Qu'est-ce que tu en dis ?

— Merveilleux, à part pour le riz sali.

— Du riz *sale* ! C'est un plat traditionnel de Caroline du Sud. Ne t'inquiète pas. Comme c'est la première fois que tu y goûtes, je ne mettrai que très peu de boue.

Vingt minutes plus tard, j'étais installée, telle Cléopâtre, dans le douillet canapé en cuir du salon tout en boiserie de Jack. Pieds nus sur l'accoudoir, tête posée sur une pile de coussins brodés, je dégustai un verre de vin rouge gouleyant.

La maison de Jack se trouve à Wilton, à seize kilomètres au nord de la ligne de chemin de fer dont le terminus est New Canaan. Vieux de deux cents ans, l'endroit est aussi bien conservé et élégant que son propriétaire. Au beau milieu d'une demi-douzaine d'hectares boisés, cet endroit est à mille lieues de ce cirque à trois pistes qu'est la maison où je réside. Les lumières étaient tamisées. Le silence profond et grisant.

Des arômes délectables flottaient de la cuisine. Une chaleur parfumée émanait de l'âtre où Jack avait allumé un feu crépitant.

Il avait décliné mon aide. Pendant que le dîner mijotait, j'acceptai un massage de pieds. Ses doigts étaient magiques. Les yeux fermés, je ne pus m'empêcher de me demander quel effet ils auraient sur d'autres parties de mon anatomie. J'anticipai les sensations. La chaleur.

Enfin, Jack se pencha sur moi et pressa ses lèvres contre les miennes. Un baiser tendre, aussi doux qu'un soupir. Le reste de mon corps réclamait à grands cris la même attention. Mais la sonnerie brusque et aiguë de la minuterie du four me ramena à la réalité.

Le dîner prolongea cette symphonie sensuelle : un poulet moelleux, un délicieux mélange d'herbes et d'épices, et un excellent vin rouge.

Repue, je terminai son incroyable tarte aux noix de pécan. Comme il s'obstinait à refuser mon aide, j'allai me relaxer sur le canapé pendant qu'il s'occupait de la vaisselle.

Plongée dans un demi-sommeil, je fixai le ballet des flammes.

Lorsque je me réveillai, quelques temps plus tard, le feu n'était plus qu'un tas de cendres froides et blanches. Jack avait éteint les lumières et m'avait recouverte jusqu'au menton d'une couette parfumée à la lavande. La maison baignait dans un calme absolu. À l'horloge de la cuisine, il était plus d'une heure du matin.

Une idée espiègle mais irrésistible me vint à l'esprit. Je montai à pas feutrés au deuxième étage. Il y avait quatre chambres. Toutes inoccupées. Le lit de la suite du maître de maison était défait, mais vide.

Dommage.

Tous mes instincts de protection étaient temporairement hors service. Je ne ressentis aucune crainte. Aucun de mes doutes habituels à l'horizon, ma carapace de glace avait fondu.

J'avais envie d'être enlacée. Caressée.

Je regardai à travers la fenêtre de la chambre et remarquai la lumière allumée dans le garage, là où Jack travaillait le bois. Insomniaque invétéré, il disait que son hobby le détendait. Mais ce soir, j'avais d'autres idées sur la manière dont il pourrait dépenser son énergie. Armée de séduction, je bravai la fraîcheur de la nuit.

Sans un mot, j'ouvris la porte de son atelier. Jack leva les yeux de son établi et m'adressa un sourire. Le jean et le sweat-shirt qu'il avait enfilés pour travailler mettaient en valeur son corps attirant. Des épaules larges, un torse mince, de longues jambes se terminant en un petit derrière charmant. Des poignées d'amour naissantes.

Plus d'un mètre quatre-vingts de possibilités insoupçonnées autant qu'intrigantes.

— Désolée de t'interrompre, Jack. Je crois qu'il est temps d'aller se coucher.

Il étudia mon visage à la recherche d'indices.

— Tu es sûre, Eleonore ?

— Certaine.

Son sourire s'intensifia. Son regard sombre était si pénétrant que je ressentis un frisson.

— Retourne à l'intérieur avant d'attraper la mort, chérie. Je te rejoins dès que je me serai lavé les mains.

Dans sa chambre, je me déshabillai rapidement et me glissai sous les draps. Heureusement, j'avais laissé de côté mes sous-vêtements habituels au profit d'autres, en soie, bordés de dentelle. C'était idéal. J'étais prête.

Je me répétai ces phrases comme un mantra, et tentai de repousser les objections qui jaillissaient. Et s'il y avait de la laideur sous l'artifice ? Et si mon jugement était erroné ? Combien de fois avais-je fermé les yeux pour embrasser un prince, et m'étais retrouvée face à un crapaud en les rouvrant ?

Des pas lourds résonnèrent dans l'escalier. Jack se tenait dans l'ombre de la porte. Mes réserves s'évaporèrent lorsqu'il s'approcha lentement du lit.

— Tu veux que je te masse le dos, Eleonore ?

— Mmmm.

Je me mis sur le ventre, inhalant le parfum d'eau de Cologne ambré qui imprégnait la taie d'oreiller. De ses mains expertes, il me massa la nuque et les épaules. Il descendit doucement et me liquéfia la colonne vertébrale. Avec délicatesse, il me caressa le bas du dos, apposant ses lèvres, sa langue, dans le sillage de ses doigts. Ses mains firent lentement glisser mon slip jusqu'en bas des pieds.

Noyée de bien-être, j'étais électrisée par le désir.

Il s'arrêta et se mit debout. J'entendis le bouton de son jean se défaire, le son de la fermeture éclair de sa braguette et du tissu qui tombe sur le sol.

Avant que je ne puisse me retourner, il s'allongea sur moi. Il me serra fort dans ses bras. Je sentis son étreinte oppressante. Son souffle chaud battit ma nuque. Son poids sans visage était terrible, suffocant.

— Jack...

L'oreiller assourdissait mes mots. Gémissant, il se fit plus pressant.

— Oh, chérie ! C'est si bon !

C'était comme un piston qui me pénétrait.

— NON !

Je me retournai avec fureur et me libérai de son emprise. Étendu sur le dos, Jack était pantelant. Estomaqué. Embarrassé.

— Que se passe-t-il, Eleonore ? Je pensais...

Ma panique s'estompa, faisant place à un terrible sentiment d'humiliation.

— Je suis désolée. Vraiment désolée... ce n'est pas de ta faute.

Ses yeux fixaient les miens, interrogateurs et confus.

— Pas de problème. Ce n'est pas grave.

— Si, c'est grave. Tu dois penser que je suis folle...

— Allons, je ne pense rien de tel. Repose-toi maintenant, ma chérie. N'y pense plus. Je vais aller dormir dans la chambre d'amis.

Il était tellement adorable et attentionné. Alors qu'il se détournait pour partir, je m'allongeai brusquement sur lui et embrassai sa joue. Il me tira vers lui et posa ses lèvres sur les miennes.

Le désir amoureux fondit sur moi tel un raz-de-marée. J'écartai mes lèvres à la recherche d'un baiser plus profond.

C'est à ce moment précis que je sentis l'effluve bizarre de son souffle ; le bois et les produits chimiques, l'odeur infecte de mes cauchemars, la senteur du mal : l'eau de Cologne de mon violeur.

La Route vers La Rédemption
par Patterson Graham, Docteur en Psychiatrie
(Manuscrit)

Le programme de Cambridge met en avant l'empathie avec la victime à travers un processus unique appelé « Relation transférentielle intensive ».

Afin de se préparer à ce mécanisme hautement émotionnel, l'agresseur se plie à une série d'exercices destinés à stimuler sa sensibilité et sa compassion. Ces traits sont souvent refoulés et atténués chez le sadique sexuel, mais les graines d'humanité peuvent encore être semées et nourries. Ci-dessous, John refait le parcours de son agression de façon à ce qu'un transfert empathique s'opère vis-à-vis de la victime.

« J'ai vu cette petite fille en me baladant. J'étais perdu dans mes pensées. J'avais fumé un joint, mais je n'étais pas défoncé ou dans les vapes. Je me sentais relativement mélancolique, ou du moins j'en avais l'impression. Quand j'y repense, ma mélancolie était d'un genre ordinaire, une mélancolie de jour férié.

La vie était dure. Ma femme et moi ne nous entendions plus très bien. Le bébé avait la colique. L'enfant pleurait des nuits entières. Je détestais mon boulot, l'endroit où je vivais, j'avais la haine de tout. J'avais besoin d'un changement, d'une issue de secours.

Quand j'ai vu cette gamine, je l'ai perçue comme une invitation. À ce moment-là, c'est ce qui s'est passé dans ma tête. « Quelle douce coïncidence », ai-je alors pensé. « Elle est là. Je suis là. »

J'étais à la recherche d'un soulagement, d'une échappatoire. Je comprends maintenant que j'étais à la recherche de cette fusion entre douleur et plaisir que mes parents m'avaient inculquée. Le prétexte n'était pas tant le sexe. Le sexe était le moins important dans tout cela.

Vous me demandez de voir ce souvenir à travers les yeux de cette petite fille, et cette nuit revient instantanément à ma mémoire. Aussi claire et réelle que le moment présent.

Je deviens la fille. Je peux ressentir sa terreur, ses tremblements intérieurs. La chaleur qui m'envahit.

"Qui est cet homme ? Mais que veut-il donc ?"

"Arrêtez", m'écrié-je. "Non, s'il vous plaît."

Il n'écoute pas. Il me maltraite et m'étend sur le lit. Je me débats du mieux que je peux sans parvenir à me soustraire à son emprise. Il m'arrache mes vêtements.

"Au secours ! Arrêtez !"

Je peux ressentir la souffrance de cette pauvre enfant, maintenant, tout ce qu'elle a subi. Comment ai-je pu faire une chose pareille ? Comment la réparer ? »

PLUS QUE VOUS N'EN SAVEZ...

LENNIE

11

Interdite, sous le choc et encore toute tremblante, je regardai Jack se diriger vers la chambre d'amis. Sa porte se referma avec un petit « clac ». L'obscurité s'installa tel un linceul.

Le flot de mes pensées s'accéléra.

Jack était-il la bête sans visage qui avait fait intrusion dans ma maison et dans mon corps vingt-cinq ans auparavant ?

Impossible.

Pourtant...

Il émanait de lui la même odeur de bois. Elle brûlait ma mémoire. Tout comme son approche soudaine par-derrière. Sa force. Son poids. Tout me rappelait mon cauchemar le plus noir.

L'apparence de Jack Chambless était-elle un leurre ? Ses manières courtoises, ses attentions pleines de sollicitude, le respect de gentleman face aux caprices de mon caractère exaspérant et versatile ?

Peu probable.

Ce pauvre Jack subissait les conséquences de mes doutes exagérés. Même en cherchant minutieusement, je ne trouvai rien qui puisse l'accuser. Pas un seul détail suspect ou inquiétant.

De toute façon, pourquoi un homme qui m'avait violée un quart de siècle plus tôt choisirait-il de réapparaître dans ma vie ?

Il n'avait sûrement pas pu organiser le rendez-vous au concert de Mme O'. Et puis même, comment aurait-il pu savoir qu'elle l'inviterait à dîner à la maison pour me rencontrer ?

Était-il doué de pouvoirs surnaturels ?

Il en aurait eu besoin. Le nom de famille de tante Selia était Malone, pas Finn. L'homme qui m'avait violée ne pouvait en aucun cas découvrir qui j'étais, encore moins où j'avais déménagé. Tout cela n'avait aucun sens.

Malgré mes soupçons, je trouvais des tonnes de preuves incontestables en faveur de Jack. Il avait passé la moitié de sa vie dans le Sud. Un doctorat prenait quatre ou cinq ans minimum, ce qui signifiait qu'au moment de mon agression il était encore étudiant, mais déjà marié et père d'un petit garçon. Je pouvais difficilement l'imaginer partir un soir de pleine lune, s'envoler à tire d'aile vers un trou perdu du Connecticut à la recherche d'une jeune victime insouciante.

Jack ne correspondait en rien à l'image de mon agresseur, que j'avais gravée au plus profond de mon âme depuis des années. Cet homme-là était doux et prévenant. Aimable et généreux. Un papa fier et attentionné. Un grand-père passionné. Un mentor et un professeur dévoué, qui appréciait l'éducation et le respect de ses étudiants.

Je pensai tout à coup à la maisonnette. Un monstre n'aurait pas pu créer autant de féerie. Un monstre n'aurait pas pu tapisser le mur de son salon avec des photos de famille et sourire en passant devant comme il arrivait à Jack de le faire.

L'emprise de la peur se relâcha. La foule de doutes reflua. Ce n'était pas la première fois que mon imagination morbide avait raison de mon bon sens.

J'eus un sommeil agité, hanté de rêves étranges. Dans l'un d'eux, j'étais pourchassée par un nuage grouillant d'abeilles. Je courais à perdre haleine. Je trébuchai sur une pierre et tombai à terre, blessée et en pleurs, les abeilles tournoyant au-dessus de ma tête. Méchantes. Plongeant une par une pour me piquer.

Original, Lennie. La famille Freud pourrait porter plainte pour plagiat.

Je fus réveillée par le bruit de l'eau qui coulait dans la salle de bains. La lumière du petit matin se répandait sur mon lit défait. Pendant que Jack se douchait, je passai un peignoir et me précipitai au rez-de-chaussée pour préparer le petit déjeuner. Quand il apparut, habillé et rasé, le café passait, un festin de céréales, du lait écrémé et du jus d'orange l'attendaient sur la table de la salle à manger. J'aurais voulu faire une omelette ou des pancakes mais je ne suis pas vraiment douée pour la cuisine. Pour lui plaire, j'avais sorti la belle vaisselle et plié les serviettes en éventail.

Toujours gentleman, Jack fit comme si rien ne s'était passé la veille. Assise en face de lui, mangeant dans un silence poli, j'étais désormais persuadée que mes doutes d'hier soir n'étaient pas fondés.

Par je ne sais quel miracle, notre relation naissante semblait avoir survécu à mon coup de folie stupide : quand je fus prête à partir pour l'agence d'intérim où je travaillais lorsque j'avais un peu de temps libre, Jack m'accompagna à la porte.

— On dîne ensemble, ce soir, Eleonore ?

— Je ne sais pas. Il faut que je voie si l'agence a besoin de moi. Il y a toujours du boulot le samedi soir.

— Peut-être qu'ils t'enverront garder un vieil homme solitaire ?

— Possible, mais je ne pense pas que tu correspondes au signalement !

Son baiser me redonna de l'entrain. Mais une pensée sinistre revint me hanter. Je reculai d'un pas.

— Je t'appelle, Jack.

Créa-Temps est installée à New Canaan dans une maison coloniale, bleu-gris, sur Park Street. La propriétaire, Shelby Burkhardt, avait hérité de la maison et de l'affaire lorsque ses parents avaient pris leur retraite et avaient déménagé pour Boca Raton.

Du temps des parents Burkhardt, c'était une agence de travail temporaire normale, proposant des emplois de secrétaires, factotums et réceptionnistes. Shelby s'en était vite lassée. Elle avait donc cherché des postes moins conventionnés. Aujourd'hui, Créa-Temps répondait à un flot régulier de demandes aussi classiques qu'excentriques, et pouvant provenir d'aussi loin que le Massachusetts. Depuis trois ans que j'avais signé chez eux, j'avais remplacé, entre autres, une prof d'aérobic, un clown de fêtes, un chauffeur de limousine et un chef traiteur. Ma mission la plus fréquente était « démonstratrice de produits pour Salsa Suprême de Sacrée Suzanne ».

Arrivée dans l'obscur hall d'entrée, je me demandai ce que cette chère Shelby me réservait aujourd'hui. Depuis le lycée, où on nous avait attribué des casiers voisins, nous étions des alliées circonspectes. Telles des bêtes dans un zoo aux cages contiguës, Shelby et moi passions notre temps à nous observer. À nous tourner autour.

En terminale, un dur de dur avait essayé d'amuser ses copains en soulevant la minijupe de Shelby. Cette dernière, n'ayant pas apprécié la plaisanterie, s'était mise à crier à l'aide et à proférer des obscénités. J'avais frappé l'abruti en pleine figure avec mon sac d'école rempli de livres.

Le livre d'histoire pesait un bon kilo à lui tout seul. Ajoutez à cela ceux de littérature contemporaine, maths, physique, mes baskets, mon gant de base-ball, mon déjeuner, le roman *De grandes espérances*, un classeur à trois anneaux plein à craquer : ce fut comme si un arbre lui était tombé sur la tête. J'y gagnai l'affection de Shelby. Et ce fut réciproque lorsque, ayant promptement retrouvé sa dignité, elle sortit de l'école, émietta un muffin qui lui restait de son déjeuner et le fourra dans le réservoir de la Harley-Davidson du gros balèze.

Le talent de Shelby pour rendre la monnaie dépassait de loin le mien. Le nez cassé de l'abruti s'était guéri avec le temps. Sa moto, elle, ne s'en était jamais remise.

Le souvenir de l'anecdote me fit sourire. J'accrochai mon manteau de laine dans le placard du vestibule de Créa-Temps, traversai le salon/salle d'attente et me dirigeai vers le bureau/chambre à coucher de ma patronne.

Lorsque j'entrai dans le bureau de Shelby, celle-ci était au téléphone. Elle portait son tailleur brun, celui qu'elle avait acheté lors d'un de ses régimes exclusivement à base de liquide. Ses chaussures orange, son sac à main, ses ongles et son rouge à lèvres de la même couleur rayonnaient comme des cônes de signalisation. Elle couvrit de sa main le combiné et murmura quelque chose que je ne pus déchiffrer.

— Quoi ?

Elle essaya de nouveau, mais je n'avais toujours rien compris. Sentant mon étonnement, elle se leva et agita ses hanches généreuses. Cette fois, le message était passé, enfin, presque :

quelqu'un avait besoin soit d'une danseuse du ventre soit d'un camion à ciment.

Shelby abrégea sa conversation.

— Oui, monsieur Bronzini. Je m'en occupe immédiatement. Je devrais pouvoir vous trouver quelqu'un d'ici midi. *Ciao* !

Elle raccrocha puis rejeta ses cheveux noirs en arrière. Tout en feuilletant ses ordres de mission du jour, elle alluma une Kool. Les cigarettes lui donnaient une certaine contenance. Shelby n'avalait pas la fumée, juste les gens. Me jetant un coup d'œil espiègle, elle s'adressa à moi dans un nuage mentholé.

— Dis donc, chemisier en soie, perles, bottines « Baise-moi ». On n'est pas rentrée à la maison se changer, hein, copine !

— C'est pas vraiment tes oignons, mais mettons que j'étais fatiguée. Je me suis endormie sur le canapé chez Jack et il ne m'a pas réveillée.

Son sourcil se leva.

— Sur son canapé, ben voyons ! Tu ne me l'avais jamais sortie, celle-là. Et il est grand comment, son canapé ?

Elle s'essaya à une estimation avec ses mains.

— Jack et moi sommes amis, Shelby. C'est tout.

— Des amis très proches, j'imagine. Ça te fait du bien, poupée. Tu es franchement rayonnante.

— Et toi tu as tout faux.

Dissimulant son sourire narquois de la main, elle fixa une boule de cristal imaginaire.

— Madame Shelby voit tout, sait tout, dit tout. Voilà. Cela devient plus clair, maintenant. Je vois l'homme de votre vie. Grand, ténébreux. Du type Rhett Butler mais sans la mauvaise haleine légendaire de Clark Gable.

M'attendant à un long sketch, je m'assis. Shelby n'était pas équipée d'un interrupteur marche/arrêt.

— ... Cet homme en pince pour vous, très fort. Et vous pour lui. (Elle fronça les sourcils.) Mais attendez un peu. Je vois un nuage se former. Mlle Scarlett n'est pas sûre de vouloir s'engager. Oui, je la vois courir ! Effrayée ! Ralentis, Scarlett ! Arrête-toi ! Saisis ta chance et, Dieu m'en soit témoin, tu n'auras plus jamais à te faire de soucis.

— À part des conseils que je n'ai pas sollicités, as-tu autre chose à me proposer aujourd'hui, madame Grande-Gueule ?

Elle prit un air sévère et expira un panache de vapeur mentholée.

— Sérieusement. Qu'est-ce qui cloche avec ce type ? Il est riche. Célibataire. Intelligent. Il est franc du collier. Qu'est-ce que tu veux de plus ?

— Rien. Je ne veux surtout pas brûler les étapes, voilà tout.

Elle me fixa avec son regard de diseuse de bonne aventure.

— Tu as peur, Lennie. Avoue.

— Et alors, Shelby ?

— Allez, dis-le.

— Okay. J'ai peur.

Elle leva les mains au ciel.

— Mais bon sang, de quoi as-tu peur ?

— Par quoi dois-je commencer ?

Elle se mit à marcher de long en large derrière son bureau, fumant telle une locomotive.

— Ça me coûte de le dire, mais c'est vraiment tout toi. Fille rencontre garçon. Garçon aime fille. Fille met ses chaussures de randonnée et s'en va. Je t'ai observée depuis le lycée préparer l'appât puis abandonner. Tu ne crois pas qu'il serait temps de changer de rengaine ?

— N'oublions pas que ce conseil en or vient de quelqu'un qui s'est retrouvée cinq fois devant monsieur le curé et qui en est revenue à chaque fois.

Shelby lâcha une série de ronds de fumée. Un pour chaque mariage raté.

— Il se trouve qu'il n'y en a eu que quatre. Celui avec Brian a été annulé. De toute façon, ce n'est pas moi le centre des débats. Quel est le problème, Lennie ? Tu as peur qu'il soit tricheur, radin, homosexuel, drogué, coureur de jupons, quoi encore ?

— Rien en particulier. Je te l'ai déjà dit. Qu'est ce qu'il y a de mal à être prudente ?

Elle se pencha vers moi en prenant appui de ses coudes dodus sur le bureau.

— Et si je le faisais suivre ?

— Tu veux dire, enquêter sur lui ?

— Absolument ! Depuis Brian, je le fais systématiquement. Ce privé que j'embauche est très discret, très consciencieux. Tu n'as qu'un mot à dire et je l'appelle. C'est moi qui régale.

— La réponse est non.

— Je croyais que tu voulais être prudente ?

— Trop prudente pour m'adonner à la danse du ventre. Qu'as-tu d'autre pour moi ?

Dix minutes plus tard, j'étais debout derrière le comptoir voisin du rayon delicatessen du magasin Food Emporium. Vêtue d'un tablier de cordonnier et d'une toque de chef, ma mission était de distribuer des taco-chips allégés, fourrés d'un succédané de guacamole, de crème légère et de sauce « Salsa Suprême de Sacrée Suzanne ».

M'envoyer chez « Salsa » au centre commercial était, pour Shelby, une façon de me donner un coup de règle sur le bout des doigts. Par conséquent, c'était une de mes missions les plus fréquentes. Bien sûr, je ne laissais jamais paraître que je trouvais le boulot plutôt agréable. Des clients du supermarché affamés, reconnaissants de se voir offrir un snack gratuit, me couvraient de mercis et de compliments. Ce boulot était stupide mais me laissait un temps illimité pour réfléchir. D'ordinaire ça me convenait, mais pas aujourd'hui.

Chaque gamine que je voyais me rappelait Kitty. Chaque homme brun et grand ravivait mes inquiétudes au sujet de Jack. Je ne pouvais pas supporter les couples heureux, les amis en grande conversation, la parade ininterrompue des reines de beauté à la retraite entourées d'enfants splendides et pleines d'entrain derrière leurs caddies débordant de nourriture.

J'avais trente-six ans. J'étais célibataire, sans enfant et vouée à rester dans cette situation. Pas de maison que je puisse appeler mon chez-moi, pas de précieuse petite famille. Dans le boulot que j'avais choisi, la plupart de mes collègues me considéraient plus comme une plaisanterie que comme une professionnelle. J'aurais probablement déçu mes parents, pensai-je, aussi je me mis à espérer que le paradis ne serait pas équipé de miroirs sans tain.

Un petit garçon rondelet fonça sur le comptoir et subtilisa une poignée de tacos. Il les fourra dans sa bouche et mâcha furieusement. Sa mère hurla :

— Billy, ceux-là font grossir !

Comparé à la femme, l'enfant paraissait émacié. Sous le col roulé rouge et blanc et les bas rouges de la mère de famille, des bourrelets de chair ondulaient telles des vagues.

— Mmm. Maman ! Regarde ! Allégé !

— Tout ce que tu mets dans ta bouche te fait grossir, Billy Wolkowitz, dit-elle, cherchant mon soutien du regard. J'ai pas raison ?

— Tout est marqué sur le paquet, répliquai-je avec la diplomatie recommandée par la compagnie.

Le reste de la journée se déroula sans incident. À la fin de mon service, j'en avais assez. Je décidai de ne pas rappeler Créa-Temps pour une mission en soirée. Dîner avec Jack était bien plus attrayant. Peut-être pourrais-je me rattraper de ma folie passagère de la veille. Nous nous retrouvâmes à New Canaan, dans un petit café d'Elm Street éclairé à la chandelle. Jack avait appelé pour réserver un coin isolé au fond de la salle ainsi qu'une bonne bouteille de Merlot.

À mon arrivée, il m'attendait à la table. Il se leva, m'enveloppa dans une embrassade pleine de tendresse et posa un doux baiser dans mon cou. Chacun de ses mouvements me donnait des picotements. On l'aurait cru relié à mon système nerveux. Soudain, les jambes coupées, je prétendis vouloir étudier le menu et m'assis.

Je dînai, troublée, comme immergée dans un épais brouillard. Le regard sombre de Jack faisait bégayer mon cœur. La pression de ses genoux irradiait une chaleur qui brûlait mon corps.

— Un dessert, Eleonore ?

Je le fixai droit dans les yeux.

— Rien de ce qui est sur la carte.

Son visage devint grave.

— Tu es sûre ?

— Certaine. Je voudrais demander grâce à la cour pour hier soir, Votre Honneur.

— C'est inutile. Tu vaux la peine d'attendre, chérie. Et je ne veux pas que tu précipites les choses pour moi.

— Je le veux, Jack. Sincèrement. Allez, viens, partons d'ici !

Le trajet jusqu'à sa maison me parut interminable. Chaque partie de mon corps qu'il touchait — joue, bras, genou, épaule — se transformait en brasier.

Dès qu'il eut fermé la porte d'entrée, je tendis les lèvres pour recevoir son baiser. Il effleura à peine ma bouche, mais son simple contact me remplit de plaisir. Ses doigts tracèrent les contours de mes yeux, descendirent le long de mon cou, m'entraînant vers une explosion de désir.

L'instant d'après, je me laissai glisser dans une extase onirique. Je ne ressentis aucune trace de mes regrets habituels. Le sexe ne m'avait encore jamais produit un tel effet. Jamais je n'avais approché d'aussi près ce torrent de sensations exquises.

— C'était bien, Jack. Tellement bien, murmurai-je dans le creux de son oreille.

Il soupira et me tira vers lui.

— Tout ce que je souhaite, Eleonore, c'est te faire plaisir. C'est la seule chose qui m'importe.

LENNIE

12

Dès que j'eus recollé tous les morceaux de mon corps, je me levai et m'habillai.

— Tu t'en vas ?

— J'ai du sommeil en retard, Jack. J'ai l'intention de faire des rêves peu recommandables à ton sujet.

— Pourquoi ne restes-tu pas ici ?

— Ça ne serait pas pareil.

— Il n'y a vraiment rien qui puisse te faire changer d'avis ?

Ses doigts se mirent à tracer des signes dans mon dos. Mon corps fut saisi d'un grand frisson.

Rassemblant mes habits éparpillés, je battis en retraite vers le fauteuil.

— Il y a des tas de choses qui pourraient me faire changer d'avis. Mais il vaut mieux que je m'en aille. Je t'assure.

Son sourire canaille s'estompa.

— Tout ce que tu voudras, chérie.

Ma voiture était encore garée sur le parking du café. Lorsque Jack freina pour me laisser descendre, je fus très surprise de constater que l'endroit était encore ouvert. En deux heures, le monde, le mien en tout cas, avait changé à un point tel qu'il était méconnaissable.

Le viol dont j'avais été victime n'avait nullement barré la route qui mène au sexe, mais il l'avait jalonné de virages périlleux et de nids-de-poule. Adolescente, je répondais volontiers à toutes les avances. Dire oui signifiait pour moi que personne ne m'y forçait.

Quoi qu'il en soit, j'étais de la marchandise d'occasion. Que me restait-il à sauver ?

Entendre mes amies se lamenter à propos de leur virginité m'était insupportable. La mienne était un fantôme, une espèce disparue, une douleur inaccessible.

En général, au lit, je me sentais minuscule, voire inexistante. Mes sens étaient de marbre et ma peau, du caoutchouc séché. Mon esprit pouvait quitter mon corps à volonté. Il s'élevait, décrivant des cercles dans le ciel immaculé et vaste où, haut perché, il observait, sans grand intérêt.

Quelques années plus tard, une fois sortie de ma léthargie et ayant retrouvé un semblant d'estime envers moi-même, je jurai de renoncer complètement au sexe. Pour moi, il n'était qu'embarras, souillure et menace. Il compliquait les relations simples et rendait encore plus complexes celles qui l'étaient déjà. Il était facteur de perdition, d'égarement. Sans parler des risques de blessures ou de destructions.

Mais avec Jack, les choses étaient sensiblement différentes. Je me sentais bien. À l'aise. Comme Miranda l'avait prévu, mon humeur s'était améliorée du tout au tout. Mon teint aussi.

Il me prit la main alors que j'ouvrais la porte.

— Allons prendre un dernier verre quelque part.

— Jack, j'ai les jambes en coton !

— Un café alors. Je n'ai pas envie de te quitter comme ça.

Présentée sous cet angle, sa requête vint très vite à bout de ma résistance.

À cinq minutes de la ville se trouvait le Manchester Arms, une élégante auberge campagnarde composée d'un restaurant de cuisine européenne raffinée et d'une douzaine de chambres à l'étage. Nous nous assîmes à une table libre dans la grande salle noire de monde, où un homme en smoking jouait des airs de cabaret sur un demi-queue en ébène. Les lumières étaient tamisées, l'atmosphère languide. Afin de ne pas piquer du nez, je commandai un double espresso. Au moment où j'avalais l'amer breuvage, une femme impressionnante, habillée de noir, apparut au micro.

Saisie d'une jalousie incontrôlable, je fus contente que Jack lui tourne le dos. La femme était sans âge, agile et gracieuse comme un chat. Elle dégageait une sensualité féline. Bouche sculpturale, yeux en amande, pommettes saillantes et long cou sinueux. Ses mouvements étaient fluides, sa prestance imposante.

Le joueur de piano égrena les premiers accords de *Just My Bill*. La chanteuse se joignit à lui, chantonnant d'une voix riche et gutturale qui me rappela celle de Miranda. Le public tomba instantanément sous le charme. Les conversations cessèrent. Tous les yeux se tournèrent vers elle.

La réaction de Jack fut inattendue. Il regarda la chanteuse un court instant, puis marqua son désintérêt flagrant en se retournant. Il héla le serveur et demanda l'addition, l'air pressé.

— On y va ? dit-il du bout des lèvres.

Je m'approchai de lui et murmurai :

— Restons jusqu'à la fin de son tour de chant, d'accord ? Elle est formidable.

Il haussa les épaules. Pendant les morceaux suivants, il resta assis avec raideur, visiblement mal à l'aise. Je ne pouvais me résoudre à m'en aller. Elle était merveilleuse.

Dès les premiers applaudissements, Jack couvrit la note d'un billet et se leva, prêt à partir. Perplexe, je le suivis à contrecœur. Nous atteignions la porte de sortie lorsque la chanteuse se rua vers nous.

— Jack ? Je me disais bien que c'était toi !

De près, elle était encore plus impressionnante. Ses yeux de chatte brillèrent tandis qu'elle enlaçait Jack dans ses longs bras souples.

Il s'écarta brusquement.

— Eleonore, voici Sally Deane. Une vieille amie.

— Très vieille, ça tu peux le dire ! Qu'est-ce qui t'amène ici ? Les affaires ?

— Non, j'ai une maison à Wilton.

— Toi, un Nordiste ? (Elle se tourna vers moi.) Jack et moi nous nous sommes rencontrés il y a des années, lorsqu'il était à Yale. Ce garçon était nerveux comme un animal en cage. Je t'imaginais plutôt chez les Sudistes avec tes amis rebelles, Jack.

Il eut un petit rire froid et retenu.

— J'étais jeune, Sally.

Elle le dévisageait avec effronterie.

— Tu m'as l'air de t'en être bien sorti. Passe me voir un de ces jours. On rattrapera le temps perdu !

— D'accord.

Elle s'éclipsa. Jack me conduisit à sa voiture. Alors que nous nous dirigions vers le parking enneigé, je me mis à cogiter sur cette révélation troublante.

Pourquoi Jack ne m'avait-il pas dit qu'il avait habité à New Haven ?

Ne t'emporte pas, Lennie. Il doit y avoir une explication à tout cela.

Je considérai la question tout en souhaitant que mon pouls ralentisse.

— Tu ne m'as jamais dit que tu étais allé à Yale, Jack.

Il eut un haussement d'épaules.

— Non ? J'y ai travaillé après mon doctorat. C'était ça ou le Viêtnam.

Des tas de questions me trottaient dans la tête. Des doutes persistants.

Où étaient sa femme et son bébé pendant qu'il étudiait à New Haven ? Ses responsabilités familiales n'étaient-elles pas une raison suffisante pour l'exempter de ses obligations militaires ? Et pourquoi m'avait-il laissé croire qu'il ne connaissait pas la Nouvelle-Angleterre ?

J'eus soudain une vision horrible.

Lorsque j'avais été violée, Jack vivait à peine à plus de vingt minutes de la maison que je partageais avec Huck et tante Selia. S'il ne m'avait pas caché cela de manière délibérée, pourquoi avait-il été si désireux d'éviter la rencontre avec la chanteuse ?

Tout doux, ma fille. Il y avait probablement d'autres raisons. Leur « amitié » avait peut-être été plus intime. La proximité d'une femme aussi sexy que Sally Deane avait de quoi mettre un homme dans tous ses états.

Tous ces retournements de situations m'étourdissaient. Jusqu'à quel point connaissais-je cet homme ? Jack évitait de parler de lui. Était-ce par modestie, comme je l'avais toujours présumé, ou bien avait-il quelque chose de malsain et de peu avouable à me cacher ?

Lorsqu'il stoppa la voiture, j'esquivai son baiser. Son regard troublé me suppliait de le rassurer, mais j'en fus incapable.

— On dîne ensemble demain ?

— Je ne sais pas, Jack. Je verrai.

Il ouvrit sa bouche pour dire quelque chose, puis se ravisa.

— Comme tu voudras, Eleonore. Fais de beaux rêves.

Arrivée à la maison, je montai en courant par l'escalier de secours, essayant de refouler le flot étourdissant de questions qui m'embrouillait l'esprit. Mais mon humeur tourmentée me poussa à décrocher le téléphone.

Avant même que je me saisisse du combiné, la sonnerie retentit. La voix rauque de Miranda couvrait avec difficulté un bruit de fond assourdissant.

— Connolly, où es-tu ?

— Entre deux sets. Je n'arrive pas à me souvenir du nom de la ville, mais c'est un endroit extrêmement hostile à toute forme de vie humaine. Une paire d'ours polaires étaient assis au cinquième rang durant le premier set, je te jure ! Ils portaient des sweat-shirts.

— Quoi de neuf ?

— C'est plutôt à moi de poser la question. Je continue à ressentir de mauvaises vibrations te concernant, Lennie.

L'anxiété me nouait la gorge.

— Ce n'est rien.

— Quel genre de rien ?

— Rien c'est rien, Miranda, ni goût ni saveur.

— D'accord, n'en parlons plus. Continue à garder secrets tes poisons jusqu'à ce qu'ils te détruisent. Tu vois bien que je m'en moque !

Je souris.

— Je sais bien que tu ne t'en moques *pas*.

Son ton devint désabusé.

— Bon, assez passé la même rengaine. Si tu ne peux pas t'ouvrir à moi, pas de problème. Va voir quelqu'un à qui tu *peux* te confier.

— Pour la énième fois, je n'ai pas besoin d'un psy pour m'essorer la tête, Miranda. Je me sens déjà assez cinglée comme ça !

— Je ne plaisante pas, Len. Tout le monde a besoin de se confier de temps à autre. Même toi.

— N'est-ce pas la musique d'introduction de ton spectacle que j'entends dans le fond ?

— Les ours polaires peuvent attendre. Promets-moi d'y penser.

— À quoi ? Aux ours polaires en train d'attendre ? Bien sûr !

Sa voix se fit plus sévère.

— Je suis sincère, Len. Qu'est-ce que tu as à perdre ?

— Du temps et de l'argent. Sans parler d'un tas de névroses que j'ai eu le loisir de perfectionner au cours des dernières années.

Miranda exprima son impuissance.

— Tu es désespérante.

— Et toi tu vas rater ton numéro.

— Promets-moi au moins de prendre soin de toi, d'accord ?

— Juré.

— Et sois prudente.

Miranda connaissait trop bien ma légendaire et regrettable propension à être victime d'accidents lorsque j'étais stressée.

— Tu ferais mieux d'y aller, Miranda. Les ours polaires ne sont pas réputés pour leur patience.

Ça ne répondait pas chez Créa-Temps. Alors je composais le numéro personnel de Shelby, me demandant combien de temps il faudrait à son détective privé pour mener à bien son enquête.

LENNIE

13

L'école de Whitechapel occupe six bâtiments recouverts de lierre, au milieu d'un espace vert, non loin du centre de Bridgeport. Le bâtiment principal abrite la salle à manger, la salle commune, des salles de classe, de thérapie, de gym et une chapelle. Tout autour se trouvent quatre dortoirs où les étudiants sont répartis par tranche d'âge.

Au cours des vingt années passées à Whitechapel, mon frère Huck avait fait le parcours complet. Il avait aussi séjourné régulièrement dans l'accueillante infirmerie au bout du campus, à guérir de virus divers et de blessures en tous genres.

Avec le fondateur de l'établissement, Arthur Crandall Myers, Huck est le plus vieux pensionnaire de cet endroit. Je suppose que cela me donne droit au titre de visiteuse la plus ancienne. Les dimanches où je ne travaille pas, je viens rendre visite à Huck.

Arrivée avec dix minutes d'avance, j'étais en cinquième position dans la file de voitures à l'entrée du parking en terre battue. Les D'Allessio, dont les jumeaux de dix ans séjournaient dans l'aile Junior 2, se garèrent à côté de moi. Comme d'habitude, ils étaient venus avec armes et bagages. L'arrière de leur monospace était truffé de nourriture. M. D'Allessio ouvrit le coffre, laissant échapper une bouffée toxique d'origan et d'ail.

Bien que l'école interdise officiellement les cadeaux sous forme de nourriture, le personnel ferme les yeux. Ils reconnaissent que les parents d'enfants handicapés ont besoin de petits caprices de ce genre pour supporter leur sort. Gae D'Allessio tente de se consoler à l'aide de tonnes de sauce maison et d'hectares de lasagnes. Ma méthode, c'est une obstination sans bornes et un isolement quasi total.

Je retrouvais Huck dans la salle à manger. Comparée à celle de ses compagnons de table, sa façon de manger semblait carrément élégante.

Théo Carrington, un échalas de quatorze ans, aimait voir voler la nourriture dans les airs. Le personnel de cuisine éliminait de son assiette tout danger potentiel comme les petits pois ou les pommes de terre. Mais cela n'empêchait pas Théo de balancer tout ce qui lui tombait sous la fourchette.

Vanessa Gould, elle, s'adonnait à la sculpture, doigts dans la purée. Gary Southworth planquait ses restes, viande, sauce et autres, dans ses poches. Une majorité de pensionnaires préférait leurs mains aux couverts. Ajoutez au tableau les crises de nerfs, les hurlements, la manie de se balancer sur les chaises, et le repas ressemblait plus à une foire d'empoigne qu'à un dîner.

Huck était assis au bout de la table des adultes et finissait méthodiquement sa compote de pommes accompagnée de cookies aux céréales. *Cuiller, mâche mâche mâche. Cuiller, cuiller mâche. Mâche mâche mâche mâche, cuiller*. La complexité de ses manies rythmiques avait grandi en même temps que lui.

Mon frère dépasse le mètre quatre-vingts à présent, il est beau et costaud. Ses cheveux ont la couleur du sable humide. Ses sourcils et cils, presque noirs, font ressortir ses grands yeux bleus. Son teint pâle contraste de manière flagrante avec son aspect robuste. Huck est bâti pour durer et avance avec la force et la vélocité d'un train de marchandises.

Une fois de plus, sa barbe naissante me surprit tandis que je l'embrassais. Qui avait accordé la permission de devenir un homme à mon beau bébé ?

— Alors, beauté, quoi de neuf?

Il secoua la tête avec vigueur, protestant parce que je l'avais interrompu. J'attendis deux autres versets de l'« Ode à la compote de pomme et cookies » avant d'oser m'adresser à lui de nouveau.

— Alors, frangin ! Que penses-tu des Giants ?

Cette réplique appartient à mon répertoire de monologues. Huck ne manque pas un match, bien que je ne sois pas convaincue qu'il soit en mesure de suivre l'action. Il n'y a aucun moyen de savoir ce qui se passe entre ses organes sensoriels et son cerveau.

D'aucuns décrivent l'autisme comme un flot de visions, de sons et d'expériences auxquels le malade se soustrait dans le but de se protéger. Aussi, je n'arrive pas à comprendre pourquoi Huck et nombre de ses frères autistes s'intéressent tant à la musique tapageuse et aux sports de combat. Pour être honnête, la totalité des choses que je ne comprends pas chez Huck pourrait remplir un volume bien plus épais que tout ce que j'ai déjà pu lire sur le sujet.

— Terre à Huck ! Huck, répondez !

Se tortillant sur sa chaise, il supportait bravement l'indignité provoquée par mon embrassade. Il était content de me voir et l'exprima par une salve de grognements gutturaux. Ou du moins j'avais décidé de le croire.

Une sonnerie retentit, indiquant la fin du repas. Huck se leva et commença à empiler les assiettes à dessert de sa tablée. Le statut de patriarche conférait ses privilèges.

La dernière assiette qu'il prit était plus grande que les autres. Il la disposa au sommet de la pile avant de pousser un cri aigu de détresse.

— Ils ont dû la glisser par erreur, lui dis-je.

Faisant une véritable fixation, Huck positionna l'assiette dans tous les sens pour l'empiler sur les autres.

— Ça va, mon chéri. Arrête de t'énerver !

Mais l'agitation de Huck allait s'amplifiant. Il posa les assiettes dans un grand fracas et agita énergiquement les mains dans leur direction. Un cri saccadé monta de sa gorge avant de se transformer en une plainte d'angoisse à crever les tympans.

— Chut, Huck. Calme-toi.

J'essayai de l'apaiser en le serrant dans mes bras, mais il se dégagea d'un coup et se mit à se balancer énergiquement. Les cris s'intensifièrent et son visage vira à l'écarlate.

J'étais impuissante, cherchant désespérément un moyen de mettre fin à sa colère. Rien de ce que je pouvais dire ou faire ne semblait l'atteindre. Après un moment qui me parut interminable, un membre du personnel arriva enfin à la rescousse.

Elle leva une main devant le visage blême de Huck et s'adressa à lui d'un ton sec et ferme.

— Arrête, Huck ! Ça suffit !

Ses cris s'étouffèrent en un gémissement.

— Arrête ! répéta-t-elle.

La formule magique avait rompu le charme. Muet et concentré, Huck ramassa la pile d'assiettes, ignorant l'intruse, et s'en alla gaiement vers la cuisine.

Lorsqu'il revint, je lui proposai une promenade. Nous étions sur le chemin du vestiaire lorsque nous croisâmes sa thérapeute.

En réalité, Huck lui était rentré dedans et j'avais rattrapé la femme au vol avant qu'elle ne s'étale sur le présentoir des œuvres d'art des pensionnaires.

Rosemarie Keaveny est une petite blonde, la quarantaine, une allure de bohémienne, mais de qui émane un sentiment de force et de détermination. Dix années de travail dur et souvent ingrat à Whitechapel n'ont pas entamé son enthousiasme. Elle teste constamment de nouvelles méthodes. Elle est toujours très à l'écoute des besoins non formulés de ses patients. Rien ne la contrarie. Pas même mon frère, ce char d'assaut.

— Désolée, Rosemarie. Pas de mal ? demandai-je.

— Ça va. Il se trouve que je cherchais à vous rencontrer. Nous avons une surprise pour ta sœur, n'est-ce pas, monsieur Finn ? J'espère que tu n'as pas divulgué notre grand secret ?

— S'il y a quelqu'un qui sait garder un secret, c'est bien Huck. N'est-ce pas, mon chéri ?

— Attendez de voir cela, Lennie. Vous allez être folle !

La thérapeute était obligée de trottiner pour rester à la hauteur de mon frère, qui, lui, marchait d'un pas soutenu. J'étais presque obligée de courir après eux jusqu'au bureau de Rosemarie au deuxième étage.

La pièce rectangulaire dépourvue de fenêtres était aménagée d'une table, de chaises d'enfants, d'un sofa défoncé, d'un tapis et de rideaux en tissu écossais. Des étagères gondolées débordaient de jouets, jeux, marionnettes, livres, magnétophone, cassettes et tout un attirail de matériel de tests. Une guirlande de dessins et de photos de patients pendait au mur derrière le bureau gris acier de

Rosemarie. Son ordinateur était allumé, le curseur clignotant dans le coin de l'écran bleu et blanc.

À mon grand étonnement, Huck traversa la pièce à toute vitesse et se laissa tomber lourdement dans le fauteuil du bureau. Il frappait dans ses mains en couinant.

Rosemarie se mit à rire.

— D'accord. Je t'ai compris, Huck. Tu es aussi impatient de lui montrer que je ne le suis moi-même.

Debout derrière lui, la thérapeute glissa la main sous l'avant-bras droit de Huck.

— Allez ! À vous de jouer, monsieur.

Son index s'inclina comme une baguette de sourcier. Regardant à peine le clavier, Huck se mit à frapper les touches :

— *DÉTESTVIAND*

— C'est dingue ! Tu sais taper, dis-je.

Rosemarie me fit taire d'un regard. Huck pressa la touche « entrée » et le curseur descendit d'une ligne.

— *DÉTESTV*, tapa-t-il de nouveau.

— N'oublie pas les espaces, lui souffla Rosemarie.

Cette fois, il pressa la touche « entrée » à deux reprises et recommença.

— *DETEST VIAND*

Rosemarie me regarda, rayonnante de bonheur.

— Vous avez saisi le message, petite-sœur ?

— C'est *lui* qui a trouvé ça ?

— Son orthographe a besoin d'être corrigée, mais l'idée vient de lui.

Alors que Rosemarie regardait dans ma direction, Huck ajouta une ligne.

— *VIAND DAIGUEULAS.*

Ne sachant pas si je devais rire ou pleurer, je fis les deux.

— Mais, comment… ? Je ne comprends pas !

— Le « comment » reste un mystère. On appelle ça la « communication simplifiée ». J'ai suivi un stage cet été pour en apprendre la technique. Des enfants comme Huck sont capables d'utiliser un traitement de texte pourvu qu'on leur tienne le bras.

— C'est incroyable ! Vous êtes sûre que vous ne l'aidez pas ?

— Dur à croire, je le sais. Et je peux vous dire qu'il y a plein de sceptiques parmi les spécialistes, qui pensent que nous prenons nos désirs pour des réalités. Malheureusement, l'efficacité de la méthode est impossible à prouver. Mais ça a l'air de fonctionner.

Elle se détourna de nouveau. Faisant face au mur de côté, elle ne pouvait ni voir ni influencer Huck.

— Dis-nous quelque chose d'autre, mon pote.

Doucement, il se remit à pianoter.

— *SULVAN ES GAY.*

— Dites-moi quand il aura fini, demanda Rosemarie.

Huck eut un mouvement de tête décidé.

— Je pense que ça y est.

En lisant les mots sur l'écran, la thérapeute esquissa un sourire.

— Vous ne vous doutiez pas que votre frère était une vraie commère, Lennie. C'est son idée fixe depuis que le professeur de musique s'est fait percer l'oreille.

— *OREIL DROITE VEU DIR GAY*, persista Huck.

— Pas automatiquement. Et puis, qu'est-ce que ça peut faire ? répliqua la thérapeute.

— *VANESSA AIME SULVAN*, continua Huck. *SULVAN GAY ELLE DOI OUBLIÉ LUI.*

Rosemarie passa la main dans les cheveux de Huck.

— J'ai bien peur que nous ayons créé un monstre !

Huck émit un petit cri de protestation.

— *LENNIE DIT MYERS VIAND FINI.*

— Si tu as une suggestion à faire à notre bien-aimé directeur, fais-la toi-même, répliqua Rosemarie. Et si tu disais quelque chose à ta sœur, Huck ? Lennie attend ça depuis longtemps.

Je retins ma respiration. J'aurais voulu qu'il me dise qu'il m'aimait. Lorsqu'il était petit, j'imaginais souvent que je pouvais entendre sa voix fantôme. *Je t'aime, Lennie,* psalmodiait-il dans mes rêves. *Peux-tu me serrer très fort dans tes bras ?*

Le front de Huck se creusa de rides profondes sous l'effort. J'étais tendue. L'attente semblait interminable. Vingt-six ans de plus ou de moins ! Finalement, ses doigts frappèrent le clavier.

— *GIANTS NUL*, écrivit-il.

Après quelques remarques supplémentaires au sujet de l'état du sport professionnel et de la nourriture à Whitechapel, Huck éteignit l'ordinateur.

Je voulais lui en demander plus, mais Rosemarie m'avertit des dangers de surmenage. D'autres patients avaient régressé à force d'avoir été poussés trop loin, m'avait-elle dit. Il y en avait un qui s'était complètement renfermé sur lui-même d'un seul coup, refusant d'approcher l'ordinateur.

Mon frère se débrouillait si bien sur ce système que la thérapeute ne voulait pas prendre de risque inutile. Je ne le souhaitais pas non plus, et mon cœur débordait de bonheur. Huck s'était exprimé. C'était un miracle. J'avais envie de me précipiter à la maison pour remplir le long blanc laissé dans son livre de bébé. *Premiers mots :* « Je déteste la viande. La viande c'est dégueulasse. »

Rosemarie resta dans son bureau pour s'occuper de paperasse en retard. Je suivis Huck jusqu'à la salle des visites, une pièce carrée meublée de chaises confortables et encombrée de livres, jeux, table de ping-pong, juke-box, piano mécanique et poste de télévision grand écran.

Huck attrapa la télécommande et se brancha sur la chaîne sportive. En dépit de son opinion sur l'équipe locale, mon frère semblait ne pas vouloir rater le coup d'envoi. Quelques autres pensionnaires, visiteurs et membres du personnel vinrent s'agglutiner autour du téléviseur.

Après le premier quart-temps, une voix dans le haut-parleur annonça la fin des visites. J'embrassai Huck et lui dit au revoir, m'attendant presque à un commentaire plein d'esprit de sa part. Mais mon frère était revenu à son état normal. Visage de pierre. Regard vide. Silence assourdissant.

L'idée de le voir s'exprimer par le biais de l'ordinateur me sidérait. J'avais encore du mal à réaliser. À croire que je n'avais pas rêvé.

Cet événement méritait d'être célébré. Je fis le tour de mes compagnons potentiels pour le dîner, puis les écartai un à un.

La personne avec laquelle j'avais le plus envie de fêter cela était Huck. Mais les restaurants ne convenaient pas du tout à mon frère. Trop de bruit. Trop d'étrangers. Whitechapel était chaotique, c'est certain. Mais son chaos lui était familier. La pathologie du confort, voilà ce dont Huck souffrait.

Jack était associé à trop de questions embarrassantes. Mme O' passait le plus clair de ses dimanches à rendre visite à de la famille. Le seul pensionnaire de la maison que je fus tentée de choisir était Maniac. Mais je doutais que la chienne saurait apprécier les progrès de Huck. Maniac n'avait pas de conversation. Chaque fois que j'essayais de me confier à elle, elle laissait tomber son museau sur ses pattes et s'endormait aussitôt.

Je voyais suffisamment Shelby au bureau. Idem pour les hommes de mon équipe.

Il y avait cependant une exception. Je m'arrêtai pour appeler Red depuis une cabine téléphonique. Pas de réponse. Je décidai alors de me rendre chez Ernie's, un endroit miteux à deux pas de la caserne, où Red passait le plus clair de son temps libre à travailler comme barman.

Je pris place sur un tabouret et attendis sa pause. Il vint alors à ma rencontre et me lança sa meilleure réplique bogartienne.

— Parmi tous les bars de toutes les villes du monde entier, c'est le mien qu'elle choisit !

Je lui répondis gentiment, bien que mon imitation d'Ingrid Bergman ne soit pas à la hauteur.

— Était-ce le son du canon… ou juste le battement de mon cœur ?

Son sourire était communicatif.

— À quoi dois-je un si grand honneur ?

Je lui racontai le nouveau progrès de Huck avec l'ordinateur.

— C'est fantastique ! Champagne !

Red fit sauter le bouchon d'ersatz de champagne, une vieille bouteille de vin pétillant qui moisissait dans le fond du freezer. Levant son verre vide, il trinqua avec moi.

— À Huck !

— Nous sommes fiers de toi, gamin !

La plupart des vins se bonifient avec l'âge, mais celui-là avait vieilli prématurément. Après le premier verre, cette lavasse avait déjà meilleur goût. Au milieu du second, mon cerveau commençait à pétiller à son tour. Lorsque Red pencha la bouteille pour me resservir une autre rasade, je couvris le verre de la paume de ma main.

— Ça suffit, Red. Un de plus et je serai obligée de rentrer à pied à la maison !

— T'en fais pas, je finis dans une heure. Red Snapper, chauffeur particulier, à votre service, madame !

— C'est gentil. Mais j'ai besoin de ma voiture demain matin.

— Aucun problème. Je conduirai ta voiture et un de mes collègues nous suivra avec la mienne. Ensuite, je le ramènerai à sa voiture et...

— Stop ! Tu me donnes le tournis !

— Désolé, Milady. Laissons cette bouteille de « Château Red » s'en charger, d'accord ?

Je sirotai un autre verre et demi qui me monta instantanément à la tête. Espérant atténuer l'effet du vin, je commandai un hamburger et des frites. Pendant que je mangeais, Red me régala d'anecdotes et d'histoires drôles. Pour une raison qui m'échappe, je trouvais tout ce qu'il disait à se tordre de rire. Je riais à en avoir mal au ventre. Lorsqu'il eut enfin terminé son service, une heure et demie plus tard, je flottais littéralement sur un nuage mousseux.

Il conduisit ma Toyota jusqu'au bout de l'allée O'Callaghan. Son pote du bar nous avait suivis dans le bolide de Red et nous attendait, moteur au ralenti, dans le virage.

— Merci, Red. J'ai passé un moment merveilleux.

— Tu le mérites. C'est super pour ton frère. Content de te voir en si bonne forme, pour une fois.

Sa sollicitude à mon égard me fit monter les larmes aux yeux.

— Tu es le meilleur, Red. Je ne sais pas ce que je ferais sans toi.

— Je peux dire la même chose à ton sujet, ma chère.

Je me penchai pour l'embrasser. Il se tourna et, dans un de ces mouvements maladroits, mes lèvres effleurèrent les siennes. Le petit geste amical se transforma en un long attouchement étourdissant.

Déconcertée, je me reculai brusquement.

— Oh ! là là ! Désolée ! Je pense que ce vin m'a tourné la tête plus que je ne le croyais.

— Et moi donc !

— Mais tu n'en as pas bu !

— T'es sûre ? On dirait, pourtant.

Son sourire brisa la tension.

— Je suis vraiment content pour ton frère.

— Merci. Bonne nuit, Red.

— Bonne nuit, Lennie.

Alors que je montais les escaliers de secours, je sentais son regard me suivre depuis l'allée. *Super, Lennie. Bien joué. Rien de mieux pour tuer une amitié parfaite.* Heureusement, Red rayerait l'incident de sa mémoire et l'oublierait. Les choses allaient bien entre nous depuis ces deux dernières années. Proches de la perfection. Je ne voulais pas que notre amitié simple et bon enfant soit faussée ou souffre de tensions.

L'oubli me convenait à moi aussi. Je ne voulais pas gâcher une si incroyable journée.

Pensant à Huck, je ne pus m'empêcher de sourire. *La viande c'est dégueulasse.* À mes oreilles, c'était comme de la musique.

LENNIE

14

Le téléphone sonna pendant que je prenais ma douche. Enveloppée dans une serviette, je me précipitai pour décrocher avant que le répondeur ne se déclenche. Il était sept heures trente. Connaissant les horaires de Miranda, je savais qu'il lui arrivait rarement d'appeler avant huit heures. Je me préparai à une urgence ou à une mauvaise nouvelle. Je me trompais. C'étaient les deux à la fois.

— Mademoiselle Finn, c'est Clarissa Pratt.

Le ton de la procureur avait perdu de sa vigueur. Elle semblait accablée.

— Que se passe-t-il ?

— Notre homme a encore frappé. La nuit dernière, à Ridgefield. La gosse avait à peine dix ans.

Moins d'une semaine s'était écoulée depuis le viol de Kitty Dolan. La lugubre prophétie de la procureur devenait réalité.

— Qui est la victime ? demandai-je. Peut-elle nous apporter des éléments nouveaux ?

— Pas vraiment. Je viens juste de lui rendre visite à la morgue.

Clarissa Pratt me raconta le crime d'une manière concise. Ses parents partis en vacances à Ste Croix, la petite fille était allée passer la semaine chez ses grands-parents. Hier soir, ils avaient dîné tous les trois dans un restaurant de fruits de mer. De retour à la maison, ils avaient regardé une vidéo de *Star Trek* dans le salon. Peu avant dix heures, la petite fille était allée dormir dans la chambre d'amis. Après le journal du soir, les grands-parents avaient, comme à leur habitude, fermé la maison avant d'aller se coucher.

C'est durant les cinq heures qui suivirent que le pervers s'était glissé dans la chambre de la petite fille par une fenêtre restée entrouverte. Il l'avait violée et lui avait ouvert la gorge. Vers quatre heures du matin, la grand-mère s'était réveillée pour aller aux toilettes et avait jeté un œil sur l'enfant. Elle l'avait trouvée étendue dans une mare de sang. Avec la fenêtre grande ouverte, la température dans la pièce avoisinait celle d'une chambre froide, ce qui avait empêché le médecin légiste d'évaluer avec précision l'heure de la mort.

La motivation soudaine de la procureur à me donner les détails de cette affaire éveilla mes soupçons.

— Pour quelle raison m'appelez-vous au juste, madame Pratt ?

— Nous avons arrêté un suspect possible. Un vicelard au casier aussi long que votre bras. Il n'a jamais commis de viol, pour autant qu'on sache, mais je l'en croirais bien capable. On l'a arrêté pour excès de vitesse à quelques kilomètres du lieu du crime à deux heures ce matin. Il se pourrait que ce soit une coïncidence, mais je prie pour que ce soit le coup de chance que nous attendions.

Ce qui rendait le but de son appel plus qu'évident.

— Vous voulez que Kitty vienne pour l'identifier ?

— Exactement. Celui qui a commis ce crime s'est montré *très* prudent. Il a nettoyé les parties du corps pour effacer ses empreintes. Il a même emporté la petite culotte de la gamine. Nous l'avons trouvée près de la route. Le type a dû la perdre. Malheureusement, cette preuve est inutilisable.

— Pourquoi ? Est-ce déjà trop tard ?

— Non. Voyez-vous, on peut tracer un profil génétique des dizaines d'années après une agression. À condition que l'échantillon soit bien conservé. Mais le sous-vêtement est tombé dans la neige fondue. On ne peut plus rien en tirer.

Selon la procureur, Kitty était le témoin le plus récent, et donc le plus à même de nous conduire sur une piste. Deux autres gamines avaient tout fait pour oublier et leurs parents les avaient tenues à distance des flics.

La victime ayant précédé Kitty était une attardée, incapable d'offrir une version crédible et cohérente de l'agression.

— L'une des fillettes avait donné son accord pour coopérer, m'avait dit Clarissa Pratt d'un ton sinistre. Intelligente et posée, comme la petite Dolan. Malheureusement, le jour où elle devait venir nous aider à constituer le portrait robot du violeur, elle s'était enfermée dans la salle de bains et s'était entaillé les poignets. Elle est encore à l'hôpital et ses parents nous reprochent de l'avoir mise sous pression. Ils ne la laisseront plus nous parler.

Je revoyais les yeux tristes de Kitty.

— Donc vous me demandez maintenant de pousser une autre victime dans la même voie.

— Lâchez-moi un peu, Finn ! J'appartiens au camp des gentils, vous vous rappelez ? Kitty a déjà donné son accord pour tenter d'identifier le suspect, mais à la seule condition que vous soyez avec elle et que vous lui teniez la main. Ça aura lieu à neuf heures ce matin au commissariat. Alors ?

Je fus tentée de dire non. Je n'aimais ni la procureur ni cette situation. La dépendance de Kitty me fragilisait et je ne me sentais pas à la hauteur.

— Je serai là, lui dis-je.

— Bien. Rendez-vous devant le bâtiment à moins dix.

Elle raccrocha instantanément. Mme Pratt n'avait que faire des civilités.

Mes pensées se tournèrent de nouveau vers Kitty. La petite fille détestait le commissariat de police. Consentir à y retourner et essayer d'identifier son agresseur était une énorme preuve de courage de sa part.

Inspirée par son exemple, je téléphonai au domicile de Shelby. Je lui annonçai que je serais indisponible pour charmer les serpents, paver la route ou n'importe quelle autre tâche que Créa-Temps aurait en tête de me faire exécuter ce matin. J'avais une affaire urgente, dis-je. Impossible d'annuler.

Je m'étais préparée à une explosion. Shelby ne sut pas cacher sa contrariété.

— Super, Lennie. Épatant ! Je te confie des jobs de premier choix et qu'est-ce que je reçois en échange ? Tu me laisses dans un sacré pétrin, tu sais.

— On se voit cet après-midi, Shelby. Peut-être même en fin de matinée, ça dépend.

— Il se trouve que je compte sur toi, Lennie. Je gère une *entreprise*, moi. Pas un centre d'assistance ouvert à tous vents. Que vais-je dire aux clients ? Peut-être bien que oui, peut-être bien que non, *ça dépend* ?

— À plus tard, Shelby.

— Mais bon sang, qu'est-ce qu'il y a de si important à la fin ? J'ai tout de même droit à une explication.

Qu'elle y ait droit ou pas, la vérité resta coincée en travers de ma gorge.

— J'ai rendez-vous chez la manucure.

— Toi, Lennie ? Tu es sérieuse ? C'est fabuleux !

— Merci. Je savais que tu comprendrais.

Shelby eut un petit rire étouffé.

— Qui vivra verra. Écoute, ne te presse pas. Laisse bien sécher le vernis. Rien de pire que les bavures.

La Toyota scintillait de givre. Je laissai tourner le moteur pendant que je grattais le pare-brise recouvert de glace. Transie de froid, je remontai à l'intérieur et mis le chauffage en marche. Une bouffée de vapeur jaillit de l'aération. Ça sentait les cheveux grillés mêlés à du caoutchouc brûlé. Me blottissant un peu plus dans mon manteau, je me mis en route.

Clarissa Pratt m'attendait devant le commissariat. La procureur était habillée d'un manteau en faux castor, d'une écharpe rayée rouge et blanche semblable à une enseigne de barbier, et portait des bottines montantes bordées de fourrure. Ses cheveux étaient maintenus en arrière par une barrette dorée, qui aurait été ravissante sur la tête de quelqu'un d'autre.

— Contente de vous voir arriver la première, Finn, dit-elle abruptement. L'enfant est une véritable boule de nerfs. Je ne veux pas qu'elle se sente déboussolée et se referme sur elle-même.

Une berline noire Mercedes apparut et se rangea à l'entrée du parking. Mme Dolan en sortit et contourna le véhicule jusqu'au côté passager. Elle avait l'air plus élégante que jamais dans son manteau de cachemire clair, une écharpe Hermès autour du cou, un sac Kelly en autruche couleur fauve et des escarpins assortis. Ouvrant la portière, elle essaya de faire sortir sa fille de la voiture. Au bout de quelques minutes, elle me lança un regard implorant.

Je m'approchai et vis Kitty blottie au fond du siège en cuir. Recroquevillée.

— Je ne peux pas, maman, pleurnichait-elle. J'ai changé d'avis. Ramène-moi à la maison. Je t'en supplie.

— Chut. Tout va bien, chérie. Regarde. Lennie est là.

Mme Dolan me jeta un regard désespéré puis s'écarta. Je me glissai à l'intérieur de la voiture et m'assis à côté de l'enfant terrifiée.

— C'est toi qui choisis, chérie. Si tu ne veux pas, personne ne te forcera.

Des larmes roulèrent sur les joues de Kitty. Son nez se mit à couler.

— Je veux bien. Mais je ne peux pas. Je n'aime pas cet endroit.

— Pourquoi, Kitty ?

— Je veux rentrer à la maison, c'est tout !

— Les hommes que tu dois identifier ne sauront même pas que tu les regardes.

— Je sais. Je sais, gémit-elle.

Je ressuyai son nez qui coulait avec un mouchoir.

— Alors quoi, mon cœur ? De quoi as-tu peur ?

Elle renifla.

— Tu resteras avec moi ?

— Je suis venue ici exprès.

— *Tout* le temps ? Promis ?

— Juré.

Kitty frissonna puis se redressa.

— D'accord. Je vais essayer.

Elle prit ma main et la serra fort.

Le sergent Kresky nous attendait à l'accueil. Il demanda à Mme Dolan d'attendre dans le couloir avant de nous conduire au deuxième étage. Un garde manifestement armé était planté au beau milieu du chemin. Kresky nous installa dans une étroite pièce.

À l'intérieur, une rangée de chaises en bois faisait face à un mur miroir. Kitty prit la chaise du milieu. Comme elle se refusait à lâcher ma main droite, je choisis logiquement la place à sa gauche. Clarissa Pratt et Kresky étaient debout derrière nous. Le sergent avait adopté un ton ultra-gentil.

— Lorsque j'actionnerai l'interrupteur, tu pourras voir les hommes qui se trouvent derrière le miroir. Mais eux ne pourront ni te voir ni t'entendre. Tu comprends ?

— Oui.

Ses doigts serrèrent les miens.

— Avec ce micro, je peux parler à l'officier de police, continua Kresky en montrant du doigt le micro portable fixé au mur. Comme il porte une oreillette, il sera le seul à pouvoir entendre ce que je dirai.

Kitty acquiesça mais, dans son étreinte, je sentis la peur qui la tétanisait.

Le sourire optimiste de Kresky se refléta dans le miroir en même temps que le visage austère de Clarissa Pratt. Il y eut un long moment d'attente silencieuse.

— Bon, Kitty, dit le sergent. Lorsque les lumières s'allumeront de l'autre côté du miroir, tu verras six hommes debout devant un mur couvert de lignes qui indiquent leur taille. Chaque homme porte un numéro. Je vais leur demander de faire un pas en avant chacun leur tour et de répéter ce qu'on t'a dit. Je veux que tu attendes que tous aient fini avant de décider si tu reconnais quelqu'un ou pas. Si tu crois reconnaître l'un d'eux, donne-moi son numéro.

Kitty demeura silencieuse.

— Tu es sûre que tu comprends ce qu'il faut faire, Kitty ? demanda Clarissa Pratt avec autant de douceur qu'elle en était capable.

— Oui.

— Tu es sûre de ne pas avoir de questions ?

— Elle a *dit* qu'elle avait compris. (Je caressai les cheveux de Kitty.) Tu vas t'en sortir, mon cœur. Essaye de te détendre.

— Épargnez-nous vos commentaires, mademoiselle Finn, aboya la procureur.

Kresky se pencha sur la console de contrôle et poussa un levier argenté. Brusquement, la salle derrière le miroir apparut. Des néons puissants projetèrent une lumière crue et éblouissante sur des murs blancs austères, un sol luisant, dans une pièce sans mobilier.

Six hommes se tenaient debout face à nous. À en juger par les graduations sur le mur derrière eux, ils mesuraient tous entre un mètre quatre-vingts et un mètre quatre-vingt-cinq. Tous avaient la peau blanche et étaient de corpulence moyenne. Ils portaient tous des jeans et une chemise écossaise. Des casquettes enfoncées sur la tête masquaient leurs traits. De chaque côté, deux flics en uniforme nous tournaient le dos. L'un d'eux portait un casque audio.

Kresky se pencha pour parler dans le micro.

— Okay, on peut commencer maintenant, Schmidt. Prenez votre temps.

Je reconnus le nom. Garraty et Schmidt étaient les officiers qui avaient débarqué dans la pièce pendant que Kitty visionnait les clichés de suspects.

— Numéro un, un pas en avant. Mettez-vous de profil puis de dos. Ensuite, lisez-nous votre texte.

Le premier homme marcha vers nous d'un pas raide, montra son profil et nous fit face de nouveau. Louchant, il se mit à réciter :

— Tu racontes ça à quelqu'un et je t'égorge comme je lui ai fait à elle.

Il lut, sans émotion, comme s'il commandait un menu. J'observai Kitty, scrutant son visage en quête du moindre indice qui trahirait une réaction de sa part.

Rien.

Schmidt répéta le processus avec les cinq autres hommes. Chacun d'entre eux lut la menace d'un ton monocorde et sec. Kitty regardait fixement et écoutait avec attention, mais son expression ne changeait pas.

— Est-ce que tu reconnais quelqu'un, Kitty ?

— Non.

Elle semblait embarrassée.

— Prends ton temps, chérie. Essaye de te souvenir, la pressa Clarissa Pratt. Demandez-leur de retirer leur casquette, Kresky. On ne sait jamais.

Kresky se pencha sur le micro de nouveau.

— Demandez-leur d'enlever leurs casquettes. À tour de rôle, Schmidt.

Les hommes avancèrent l'un après l'autre et découvrirent leur tête. Je me concentrai sur Kitty, remplie d'espoir.

Lorsque le dernier des hommes fut appelé, je fermai les yeux et priai.

Faites que ce soit lui. Lorsqu'il fit un pas en avant, ma gorge se noua. *S'il vous plaît, qu'on en finisse.*

Doucement, il leva la main et retira sa casquette par la visière. J'étudiai les traits de l'enfant. Aucun changement.

— Alors, Kitty ? demanda Kresky.

— Non.

Elle se retourna vers moi, les yeux mouillés de chagrin.

— J'ai vraiment, *vraiment* essayé, hein ?

— Je sais, mon cœur.

Je me languissais de la serrer dans mes bras pour adoucir sa déception.

— Ne t'inquiète pas.

Kresky se pencha sur le micro. D'un ton tranchant, il dit :

— C'est terminé, Schmidt. On remballe.

Tapotant la main de Kitty, je regardai la rangée d'hommes se dirigeant vers la sortie en file indienne. Le numéro six était sur le point de franchir la porte lorsqu'il se retourna vers Schmidt pour lui parler. Les cheveux dressés sur la tête, je l'observai.

Kitty n'avait pas à nommer son agresseur. Je serais trop contente de le faire pour elle.

PLUS QUE VOUS N'EN SAVEZ...

DANA

15

— Pas question, maman. Sûrement pas !

Dana serra les poings et tenta de se contenir. Pourquoi Becky devait-elle en passer par là pour devenir adolescente ?

— Je comprends que tu préférerais y aller en bus, Becky, mais tout est déjà arrangé. Roddy va arriver d'une minute à l'autre. Il faudra que tu t'y fasses, j'en ai bien peur.

— Tu n'acceptes pas que j'aie une vie à moi. C'est ça le problème. Bon sang, maman, j'ai presque treize ans !

— L'âge n'a rien à y voir, mon ange. Le minibus te ramène toujours en retard, c'est tout.

— Qu'est-ce que Roddy peut y changer s'il y a de la circulation ? Désolé de te décevoir, mais il ne peut pas voler.

Dana avait acquis, tout au long de sa carrière publique, une parfaite maîtrise d'elle-même. Griller un fusible à l'antenne pouvait nuire à son image. Mais à la maison, c'était une autre histoire. Elle s'autorisait à laisser libre cours à ses émotions. Mais, en cet instant, tout ce qui lui importait était que sa fille lui obéisse.

— Tu as toujours adoré Roddy, Beck. Alors où est le problème ?

— Tu ne saisis pas, maman. Arriver à l'école en *limousine* avec un *chauffeur*. Tout le monde va penser que je suis une gosse de riches.

Malgré elle, Dana se surprit à comprendre Becky. Pour une adolescente, se faire remarquer était un drame épouvantable.

Dana se souvenait des affronts douloureux qui lui avaient été infligés par ses parents. Pas de rouge à lèvres avant la seconde. Pas de sortie en voiture avec des garçons jusqu'à l'avant-dernière année d'université. Ils lui avaient même interdit de porter une robe aux épaules dénudées lors du bal de la promotion de fin d'études.

— Dis que c'est la faute de ta mère, Beck. Dis la vérité à tes amis… que je suis excessive et très stricte.

Becky planta ses mains sur ses hanches.

— Mais tous les parents sont comme ça !

Changeant de stratégie, Dana se mit à chercher son chapeau.

— Et si je demande à Roddy de te déposer au coin ?

Becky fronça les sourcils.

— On me verra de toute façon. Allez, maman. Lâche-moi un peu !

— Et s'il te déposait au coin du pâté de maisons ? Tu pourrais te glisser hors de la voiture sans que personne ne te voie.

Les frêles épaules de Becky s'affaissèrent légèrement. Mais elle n'agitait pas encore le drapeau blanc.

— Et si un des élèves, un de ceux qui viennent en minibus, passait par là au même moment ? Ça ne marchera pas, tu *vois* bien !

Dana voyait très bien, mais l'image qui hantait son esprit, c'était celle du monstre pourchassant sa petite fille. Il l'attrapait, lui faisait subir des atrocités terribles et irréparables.

L'interphone sonna, mettant un terme provisoire aux négociations. Roddy Pierce était en bas. Dana réussit à pousser Becky dehors. Dès qu'elle entendit l'ascenseur descendre, elle contacta Roddy sur le téléphone de la voiture.

— Madame Meade, quoi de neuf ?

— Le caractère de Becky, j'en ai bien peur.

Soudain, il y eut un vacarme, suivi d'une dispute étouffée.

— Désolé, madame, dit Roddy lorsqu'il revint en ligne. J'ai surpris cet abruti de Yurie en train de traîner.

À la pensée que cet homme puisse s'approcher de Becky, Dana se sentit vulnérable.

— Vous vous êtes débarrassé de lui ?

— Sans problème. Vous ne pouvez pas imaginer à quelle vitesse je peux faire détaler cet imbécile.

— Bien. Revenons à mon apprentie adolescente.

Roddy était d'accord pour déposer Becky au coin du pâté de maisons et de la suivre discrètement jusqu'à ce qu'elle soit entrée en toute sécurité dans l'immeuble.

— Merci, Roddy. Vous ne pouvez pas savoir à quel point vous me tranquillisez.

— À votre service, madame Meade. On n'est jamais trop prudent de nos jours.

Comme Dana le craignait, une page entière était consacrée à Becky et au prix Lassiter dans le *New York Times* de la veille. L'article mentionnait que « la jeune prodige en herbe suit des cours à la prestigieuse école Juilliard ». Il la décrivait comme une personne « extravertie mais sans prétention ». Le dernier paragraphe était particulièrement désastreux : « Rebecca Meade est la fille d'Adam Meade, président de la compagnie d'import-export Stark-Elliman Inc. Sa mère, qui a choisi de garder l'anonymat, est une éminente personnalité du monde de la télévision. »

Sûrement un mouchard à l'école de Becky ou à la chaîne de télé. Dana gémit. Quelle difficulté y avait-il à présent, pour quelqu'un qui le souhaitait, de remplir les blancs restants ? De tels renseignements étaient du domaine public.

Mickey Conway, l'informaticien de *Back Talk*, avait démontré à maintes reprises la vulnérabilité de chacun. À partir d'un simple nom et d'une adresse, Mickey pouvait dénicher une somme incroyable d'informations confidentielles. Dana était toujours émerveillée de ce que Mickey était capable d'apprendre à partir d'un ordinateur : fortune, crédits en cours, bilan médical, préférences sexuelles, parcours universitaire, habitudes de boisson, pointure de chaussure. Tout.

Quiconque avait déjà été inscrit pour voter, se marier, acquérir une maison, passer le permis, payer ses impôts, faire son service, poser sa candidature à un poste de fonctionnaire ou ouvrir un compte courant devenait vulnérable. Dana avait commis beaucoup de ces péchés et probablement une quantité d'autres. Adam aussi.

Les enfants eux-mêmes n'étaient pas à l'abri. Le certificat de naissance de Becky, son numéro de sécurité sociale, les registres scolaires ou médicaux étaient accessibles à tout informaticien patenté. N'importe quelle fouine du calibre de Mickey Conway pouvait suivre la piste de l'enfant jusque chez elle.

Dieu merci, il y avait Roddy Pierce.

Dana se raccrocha à cette pensée réconfortante, tout en s'aventurant dans son dressing caverneux pour choisir ses vêtements du jour. Deux émissions étaient prévues l'une après l'autre, séparée d'une courte pause, le temps de changer de garde-robe et de public. Heureusement, les deux sujets du jour étaient légers, le genre de choses que la productrice appelait des « gâteries ».

La première émission était timidement intitulée : « Comment remettre du piment dans vos relations amoureuses. » Les invités y donneraient les bonnes adresses pour passer des week-ends tranquilles, la méthode pour faire revenir la bonne humeur à la maison, l'art de la drague et les petits trucs pour combattre l'ennui dans les chambres à coucher. Ces derniers, comprenant la lingerie coquine et des suggestions pour libérer ses fantasmes, seraient présentés par une poupée aux jambes interminables et au décolleté type Grand Canyon, qui avait fait la couverture de *Penthouse* à trois reprises.

Le deuxième show était un sujet indémodable : « Les meilleures idées cadeaux pour les vacances. » Trois consommateurs viendraient présenter leur sélection tirée d'une montagne de catalogues saisonniers. Le rôle de Dana se réduisait à se montrer enthousiaste. Une expression d'enfant dans un magasin de bonbons, une dose généreuse de *ohh* et de *ahh*. Après dix années dans la profession, elle était capable de jouer ce jeu à la perfection.

Pour l'émission sur les cadeaux de vacances, elle avait rapidement opté pour un tailleur rouge ceinturé, un chemisier blanc à jabot avec des poignets en dentelle, des collants noirs et des chaussures en daim noir à petits talons. Une robe de cocktail noire en crêpe, au corsage ajusté et au décolleté plongeant, conviendrait parfaitement pour celle sur les relations amoureuses. Elle sélectionna les accessoires nécessaires, emballa le tout dans un sac et s'étendit sur son lit dans l'attente du retour de Roddy.

Zappant de chaîne en chaîne, elle fit le tour des talk-shows du matin. Dana regardait religieusement ses nombreux concurrents.

Elle suivait leur audimat, véritable mesure du talent d'une célébrité publique. Elle étudiait leur maintien, leurs ourlets, leur coiffure, les décors, le ton des interviews et les thèmes préférés.

Dana était devenue populaire auprès des téléspectateurs dès sa première apparition comme présentatrice météo à Milwaukee, douze ans auparavant. Au moment où *Back Talk* était en préparation, son audition avait attiré l'attention de la productrice. Dès le départ, l'audimat et les louanges de la presse n'avaient cessé d'augmenter. À une ou deux occasions grisantes, Dana avait même dépassé le taux d'écoute d'Oprah[1].

Pourtant, on faisait souvent pression sur elle pour changer telle ou telle chose. Au cours des années, de nombreuses personnes lui avaient vivement conseillé de perdre ses cinq kilos en trop, d'ajouter des mèches blondes, de se débarrasser de l'accent nasillard du Middle West et de cacher ses penchants libéraux. Des spécialistes en relations publiques lui avaient proposé de reconstruire son passé et sa vie privée pour assouvir l'appétit insatiable du public pour le scandale. Il était essentiel à toute célébrité d'avoir une vie sexuelle pimentée, une enfance mouvementée et un stock de squelettes tout chauds prêts à sortir du placard dès que l'intérêt des médias faiblissait.

Jusqu'ici personne n'avait suggéré à Dana d'adopter une marque de fabrique à la manière des lunettes rouges de Sally Jessy ou la coupe de cheveux mortelle de Jane Pauley. Mais elle imaginait que cet oubli ne manquerait pas d'être réparé un jour ou l'autre.

Elle prit note de ses petites remarques du jour : les cheveux de Katie étaient plus courts, comme la jupe de Kathie Lee. Les verres de contact de Paula étaient passés du vert au bleu. Les trois femmes étaient toujours aussi explosives que du pop-corn.

Pendant qu'elle attendait avec impatience le retour de Roddy, Dana décida de s'attaquer à une pile de magazines et de livres qui encombraient le meuble à tiroirs derrière son bureau. Une véritable avalanche de papiers. Elle en achetait en telle quantité que

1. Oprah Winfrey : animatrice la plus célèbre et la mieux rémunérée des États-Unis.

personne n'aurait jamais eu le temps de tout lire. Tant de choses l'intriguaient. Si seulement les journées étaient extensibles…

Elle parcourut un article sur la biophilie, ce désir humain inné de communion avec la nature. Le travail de Dana et les leçons de musique de Becky rendaient la vie en ville indispensable, mais personne ne pouvait convaincre Dana que cela soit naturel.

Un article provocateur au sujet du viol affirmait que le battage autour de ce problème provoquait chez les femmes une disposition d'esprit résignée. L'espace d'un instant, Dana se posa la question de savoir quelles seraient les conséquences de ses craintes sur Becky. Elle conclut que sa tendance à surprotéger sa fille lui serait de toute façon moins dommageable qu'une agression sexuelle.

La sonnette de la maison interrompit la lecture d'un article poignant sur les enfants handicapés.

— Votre voiture est là, madame Meade, annonça le portier.

Dana enfila son manteau en poil de chameau, mit ses lunettes noires et un chapeau en velours et se dirigea vers la porte. Avant qu'elle ne l'atteigne, le téléphone sonna.

— Madame Meade ? Je suis le professeur principal de Becky. Vous n'avez pas signalé son absence, donc je viens aux nouvelles. Est-ce que votre fille est malade ?

— Non, elle est à l'école. Quelqu'un vient juste de la déposer.

— C'est étrange. Son nom figure sur la liste de élèves absents. Laissez-moi vérifier une nouvelle fois.

Dana entendit la femme interroger l'interphone. Elle revint aussitôt en ligne.

— Elle n'est pas là, madame Meade. Becky ne s'est pas présentée à l'accueil et aucun de ses camarades de classe ne l'a vue ce matin.

Le sang de Dana ne fit qu'un tour.

— Attendez une seconde.

Elle prit une autre ligne et appela Roddy sur le téléphone de la voiture.

— À votre service, madame Meade, dit-il d'un ton enjoué.

— Où est Becky, Roddy ? demanda-t-elle abruptement. Est-elle avec vous ?

— Non, madame. Je l'ai déposée à l'école. Je l'ai suivie jusqu'à la porte comme vous me l'aviez demandé.

— Je suis en ligne avec l'école. Ils affirment qu'elle n'est jamais arrivée.

— C'est impossible. Je l'ai vue entrer de mes propres yeux.

— Mon Dieu ! Mais où est-elle ?

Dana se rua dans la voiture et Roddy fonça à un train d'enfer vers l'école. Il fit une embardée pour dépasser un taxi à l'arrêt et évita de peu la collision avec un bus.

— Dépêchez-vous Roddy !

— Je ne voudrais pas vous tuer, madame.

— Il faut trouver Becky !

Ils laissèrent la voiture en double file et se précipitèrent dans l'école. Le directeur et plusieurs membres du personnel les attendaient dans le bureau du principal.

— Des surveillants sont en train d'inspecter les moindres recoins du bâtiment, madame Meade. Becky est sûrement en pleine répétition ou ailleurs et elle a perdu toute notion du temps, dit le directeur d'un ton qui se voulait rassurant.

— Ça ne lui ressemble pas du tout.

Dana sortit en trombe du bureau avec Roddy dans son sillage. Le directeur suivit, la suppliant de garder son calme.

— Détendez-vous, madame Meade. Nous allons la retrouver.

— Je n'ai aucune intention d'attendre les bras croisés, monsieur Waltham.

Tournant les talons, Dana et Roddy se précipitèrent dans le couloir pour mener leurs propres recherches.

Pendant que Roddy vérifiait les toilettes des garçons, Dana inspecta celles des filles. Elle regarda sous toutes les portes. Mais aucune trace de Becky.

— Est-il possible qu'elle ait filé ? demanda Roddy.

Dana repensa aux récents accès de rébellion de Becky.

— Tout est possible. Mais nous n'arrêterons pas de chercher tant que nous ne l'aurons pas retrouvée.

— D'accord. Cependant...

— Cependant quoi ? demanda Dana.

Elle avait les nerfs à vif.

— Peut-être devriez-vous prévenir la télé, c'est tout.

Jetant un œil à sa montre, Dana acquiesça.

— Nous sommes à cinq minutes de l'enregistrement et j'ai complètement oublié l'émission. Merci, Roddy. Je vais appeler Lucy. Terminez de fouiller ici et je vous rejoins au sous-sol.

Lucy Breitmeyer était hors d'elle.

— Que se passe-t-il ? Il ne reste que quatre minutes avant le générique.

Dana s'efforça de garder son sang-froid en racontant l'inexplicable disparition de Becky.

— Je suis vraiment désolée, dit Lucy. Ne t'en fais pas. Je m'occupe de tout ici.

— Merci.

— Préviens-nous dès que tu l'auras retrouvée, d'accord ?

— Oui, bien sûr.

On accédait au sous-sol par une lourde porte coupe-feu. Dana l'ouvrit avec force. Ses pas résonnèrent dans la cage d'escalier en métal. L'air était empli de bruits sourds et de sifflements provenant de la chaudière.

— Roddy ?

Aucune réponse. Elle était donc arrivée la première. Trop anxieuse pour l'attendre, Dana commença à fouiller le vaste espace encombré de machines de toutes sortes.

— Becky ? Tu es là ?

Elle repéra les ombres derrière la chaudière. Se baissant, elle scruta sous les éviers. Elle alla vérifier derrière et à l'intérieur de la grosse machine à laver et à sécher.

— Beck ?

Le bruit sourd de la chaudière faisait écho au martèlement dans son crâne.

— Chérie !

Approchant des caves, Dana entendit un grattement. Apeurée, elle crut entendre une souris détaler. Ou pire, des rats.

Ravalant sa salive, elle leva la clenche.

C'était fermé.

— Il y a quelqu'un ?

— Vous l'avez retrouvée ? appela Roddy derrière elle.

— Pas encore. Essayez d'ouvrir cette porte, Roddy, vous voulez ? Forcez-la si nécessaire.

— Vous êtes sûre ? Je pourrais remonter et demander la clé.

À cet instant précis, Dana se fichait pas mal des bonnes manières.

— J'en prends la responsabilité. Allez-y !

— Oui, madame.

Roddy se recula et donna un coup d'épaule dans la porte. Elle céda et s'ouvrit en grand, laissant apparaître une petite pièce encombrée de fournitures et de meubles délabrés.

— Allez voir dans les placards. Je fouille la pièce, ordonna Dana.

Elle regarda furtivement sous le canapé. En s'approchant d'une rangée de grands seaux, elle entendit à nouveau le grattement. Refoulant un sentiment de répulsion, Dana les contourna pour jeter un œil derrière.

Ce qu'elle découvrit lui arracha un hurlement.

PLUS QUE VOUS N'EN SAVEZ...

LENNIE

16 Le salaud s'en allait. Si on ne l'arrêtait pas maintenant, il quitterait probablement la ville. Pourquoi resterait-il dans les environs pour donner aux flics une deuxième chance de le pincer ? Protégé par la nuit, il pouvait s'attaquer à n'importe qui, n'importe où : à des familles se croyant à l'abri, à une quantité infinie de jeunes victimes imprudentes.

Désespérée, je saisis le poignet de Kresky et je l'entraînai vers la porte de la salle d'identification.

— Mais bon Dieu, qu'est-ce que...

— Il faut que je vous parle seule à seul, sergent. Tout de suite !

En sortant de la petite pièce, j'observai les hommes sortir en flânant dans le couloir.

— Le numéro six est votre homme, Kresky. Je le *connais*. Il faut l'arrêter avant qu'il ne s'échappe. Vite !

Le beau Harry leva les mains au ciel.

— Oh là ! Doucement. Vous avez une preuve pour l'accuser ?

— C'est lui. Faites-moi confiance.

Il fronça les sourcils.

— Les preuves, voilà ce en quoi je crois.

Le dernier des six hommes tourna au coin.

— Nom d'un chien, espèce d'idiot, dis-je énervée. Vous allez le perdre !

Prenant l'animal en chasse moi-même, je sprintai dans le couloir. Un chariot à café se dressa devant moi alors que je tournais au coin du couloir. Faisant un écart acrobatique pour l'éviter, je glissai sur une dalle lustrée, me blessant à la jambe. Je ralentis, titubant et boitant.

Kresky me rattrapa, haletant.

Les hommes s'approchaient de la porte du commissariat.

— Arrêtez-le, dis-je, hors d'haleine. Je vous en prie !

Le sergent m'adressa un regard venimeux.

— Vous avez intérêt à avoir raison, Finn.

Au moment où il se lançait à la poursuite de l'homme, la procureur apparut dans le hall, tenant Kitty par la main.

— Que se passe-t-il ici ? interrogea Clarissa Pratt.

J'aurais bien voulu épargner Kitty, mais le temps pressait.

— J'ai reconnu l'un des hommes. Kresky lui court après.

— Lequel d'entre eux ?

L'enfant pâlit.

— Il faudrait emmener Kitty ailleurs, insistai-je.

— Lequel ? persista la procureur, sans tenir compte de la terreur qui s'était emparée de Kitty.

— Le numéro six.

Pratt secoua la tête.

— Mauvaise réponse, mademoiselle Finn. Ce n'est pas notre suspect.

— Vous ne comprenez pas…

— Non, c'est *vous* qui ne comprenez pas. Suivez-moi. Toutes les deux. Par ici, vite.

Clarissa Pratt nous conduisit dans une salle de réunion de l'autre côté du couloir. Kitty entra la première. Alors que je me préparais à les suivre, j'aperçus Kresky. Il tenait mon homme menotté. Le visage terreux de Franck Murphy était marqué par la colère.

Me dépêchant de pénétrer dans la salle de réunion, je fermai la porte derrière moi. Puis je fis face à la procureur.

Sa voix était étranglée par la rage.

— Apparemment vous n'avez jamais entendu parler de droits constitutionnels, mademoiselle Finn. Il y a ce petit détail que l'on nomme la présomption d'innocence. Et savez-vous qu'il faut une raison justifiée pour mettre quelqu'un sous les verrous ?

— Franck Murphy est un bon à rien plutôt louche. Il joue les pique-assiette chez ma propriétaire depuis des mois. Depuis huit mois, pour être précise. Est-ce que cela vous rappelle quelque chose, madame Pratt ?

La procureur m'avait elle-même affirmé que la première agression commise par le violeur avait eu lieu huit mois auparavant. Tout correspondait. Franck passait souvent la moitié de la nuit dehors à hanter les bars. À présent, je pouvais l'imaginer errant dans les rues désertes du voisinage, à la recherche de petites filles sans défense.

Kitty gémit.

— Ça va aller, ma chérie. Ne t'en fais pas. Ils vont l'enfermer pour qu'il ne puisse plus jamais nuire à personne.

— Ça suffit, Finn, lâcha sèchement Clarissa Pratt. Mlle Finn se trompe, Kitty. Vous voudrez bien me pardonner, mais je dois aller faire libérer M. Murphy et lui présenter des excuses.

Elle me lança un regard dur et se dirigea vers la porte.

Je la saisis par le bras avant qu'elle ne puisse tourner la poignée.

— Des excuses ? Vous ne m'avez pas écoutée ou quoi ? Je vous dis que je connais cet homme.

Elle se libéra de mon emprise et me foudroya du regard.

— Vraiment ? Donc je suppose que vous savez qu'il travaille comme bénévole au foyer pour hommes de West Main Street. Ce soi-disant *bon à rien plutôt louche,* comme vous dites, patrouille dans le centre durant la nuit pour recueillir les sans-abri souffrant de déficience mentale qui, sans son aide, mourraient certainement de froid dans la rue.

— Je n'en crois pas un mot.

La procureur cracha son exaspération.

— Nous recrutons souvent des hommes du foyer pour compléter les rangs des suspects. Lorsque je suis passée là-bas tôt ce matin, votre M. Murphy s'est porté volontaire pour m'accompagner.

— Il s'est porté volontaire ?

— Comme je vous le dis. Il se trouve que votre soi-disant *pique-assiette* est une personne pleine de civisme. Le père Harrington m'a dit qu'il n'avait jamais eu un bénévole aussi dévoué et sur qui on puisse autant compter. Murphy a même renoncé aux vingt-cinq dollars auxquels il avait droit en tant que participant ce matin.

Il a tout reversé à la soupe populaire. Vous pensez toujours qu'il est suspect ?

— À vous écouter, ça semble moins évident, dis-je d'un air sombre.

— Il faut espérer que l'esprit charitable de M. Murphy nous pardonnera, mademoiselle Finn. S'il fait un procès à la ville, je veillerai à ce que vous soyez la première à payer.

Clarissa Pratt sortit en claquant la porte.

Kitty avait l'air choquée.

— Désolée, lui dis-je.

Elle m'enlaça. Je fus frappée par le sentiment de fragilité qui émanait d'elle. Par son corps fluet. Son ossature fragile. L'enfant dégageait la senteur fraîche d'un jardin détrempé par la pluie.

— Ne t'inquiète pas, Lennie. Je déteste cette stupide madame Pratt. Elle est si méchante.

— Elle a raison, Kitty. On ne devrait pas accuser quelqu'un sans preuves. Je n'aurais pas dû aller si vite.

Elle fit un pas en arrière, sa lèvre se mit à trembloter.

— Je voudrais que ce *soit* lui. Comme ça je n'aurais plus peur.

— Oh, je sais, ma chérie. Ils vont bientôt le retrouver.

Ses yeux étaient brillants de larmes.

— Je peux te demander quelque chose ?

— Bien sûr.

— Pourquoi ils pensent que je suis folle ?

— Personne ne pense cela.

D'un ton saccadé, Kitty m'expliqua que sa mère et la procureur insistaient pour qu'elle aille voir un conseiller du Centre d'aide aux victimes de viols. Hier soir au téléphone, son père l'avait aussi encouragée à suivre une thérapie.

— Ça ne veut pas dire que tu es folle, Kitty. Ils veulent juste que tu te sentes mieux.

Enfouis tes sentiments, et ils deviendront des racines d'amertume, fus-je tentée de l'avertir. *Tu te retrouveras prise au piège d'une forêt de doutes et de secrets perfides, coupants comme des ronces. À tâtonner dans le noir, cela pourrait prendre des années avant d'atteindre une clairière.* Douloureusement, je me souvins de ma propre prise de conscience, lente et laborieuse, de ma difficulté, aujourd'hui encore, à affronter le souvenir.

— Toi aussi tu penses que je devrais y aller ?

— Ça t'aiderait, oui.

— Mais tous les enfants se moqueront de moi.

— Personne ne le saura si tu ne dis rien, mon cœur.

Elle étudia mon visage.

— D'accord, je vais essayer… une fois.

Près de dix minutes s'étaient écoulées depuis le départ en trombe de Clarissa Pratt. D'après mes calculs, elle avait eu largement le temps d'embrasser le derrière fripé de Franck Murphy et d'arranger les choses. Avec un peu de chance, cet abruti serait déjà parti.

Prudemment, je conduisis Kitty à l'accueil où sa mère nous attendait. En chemin, nous aperçûmes la procureur et le sergent Kresky.

Les joues du bel Harry semblaient brûlantes. Pratt le suivait comme son ombre. Comme nous nous rapprochions, je pus saisir quelques-uns de ses commentaires.

— Comment vous sentez-vous après cette patrouille à pied, sergent ? Que diriez-vous d'entamer une nouvelle carrière ? Quelque chose qui ne fasse pas appel au sens commun dont vous semblez tant dépourvu ?

Je me raclai la gorge. Si un regard pouvait tuer, mon tour était venu.

— Ce n'était pas sa faute, madame Pratt. Désolée, Kresky. Je vous ai encore joué un mauvais tour.

La procureur se fit plus menaçante.

— Vous *voudrez bien* nous excuser, mademoiselle Finn.

Mais je refusais de laisser tomber Kresky.

— Quoi qu'il arrive, j'en assume la totale responsabilité. Il n'y a aucune raison de blâmer le sergent.

— Vous ne m'avez peut-être pas bien comprise, mademoiselle Finn. Allez vous faire voir !

L'expression sur le visage de Kresky me supplia d'obtempérer. À contrecœur, je pris la main de Kitty et m'éloignai.

Allison Dolan n'était pas à la réception. L'officier de garde se souvint qu'elle lui avait demandé où elle pouvait prendre un café dans le coin.

Nous attendîmes cinq minutes, pendant lesquelles Kitty en profita pour me soutirer de nouvelles promesses. Irais-je avec elle à sa première visite au Centre d'aide ? J'acquiesçai, et son visage s'éclaira. Elle se sentirait *tellement* mieux si j'étais avec elle. Elle n'imaginait pas pouvoir se passer de ma présence. J'étais devenue un élément essentiel à son équilibre.

Heureusement, Mme Dolan apparut quelques instants plus tard. J'étais incapable de refuser quoi que ce soit à la petite fille.

— Maman, devine quoi ? Lennie viendra avec moi quand nous irons voir le conseiller.

— Seulement si vous êtes d'accord, madame Dolan, m'empressai-je d'ajouter.

— Bien sûr… Comment ça s'est passé ?

Kitty perdit son assurance.

— Je n'ai pas pu reconnaître le monsieur. J'ai fait de mon mieux, maman.

Mme Dolan caressa la joue de sa fille.

— Bien sûr que tu as fait de ton mieux, ma chérie. Allons à l'école maintenant. Si on se dépêche, tu seras à l'heure pour le cours de musique. Mme Echenthal déteste que tu manques son cours. (Fièrement, elle redressa ses épaules.) Kitty a une voix merveilleuse. À la Noël dernier, elle a été choisie pour chanter dans le chœur des enfants à St. John the Divine. Elle chantait son propre solo.

Kitty rougit.

— Juste un couplet, maman. Tu parles d'une histoire !

Allison Dolan prit la mouche.

— La belle histoire, oui. C'est juste une des cathédrales les plus réputées au monde. Il y avait même un article là-dessus dans le *Times*.

Je les accompagnai jusqu'au parking. Alors que leur Mercedes s'éloignait, j'essayai de faire renaître une étincelle de vie dans ma japonaise d'humeur irritable. À chaque secousse prometteuse de l'allumage, le moteur pétaradait et calait.

— Allez, bon sang !

Au moment où le moteur démarra enfin, la portière côté passager s'ouvrit en grand. Je fus frappée par une bouffée d'air froid et le visage de Franck Murphy arborant un sourire sournois.

— Tu vas dans ma direction, ma petite Lennie ? Je me suis dit que tu pourrais me ramener à la maison.

— En fait, je suis en retard pour me rendre à mon travail, Franck.

— C'est vrai ? Je suis sûr que ça ne te dérangerait pas de faire un petit détour. Après l'humiliation publique que tu m'as fait endurer et tout le reste…

Prenant sur moi, je parvins à déclarer :

— Je suis désolée, Franck. Oublions ça, okay ?

Il soupira profondément.

— Si seulement je pouvais. Mais mon nom et ma réputation en ont pris un sacré coup. Je vais avoir du mal à digérer. Des problèmes pour dormir. Je pense que nous devrions discuter des dommages durables sur ma santé, ma petite Lennie.

La limace prenait son pied. Mais la nécessité de limiter les dégâts m'empêchait de lui rendre coup pour coup. La procureur n'était pas du genre à proférer des menaces en l'air. Si Franck Murphy attaquait la municipalité en justice, Clarissa Pratt se débrouillerait pour que mes pertes couvrent, voire excèdent les leurs.

— Je me suis trompée, Franck. Excuse-moi.

— Tu as de la chance que je ne cherche pas la petite bête. Bien, tu reconnais tes torts, tu te rachètes, j'imagine que je dois passer l'éponge…

L'éclair de malice dans son œil m'aiguillonna.

— Me racheter ? Comment ça ?

— Tu pourrais commencer par me ramener à la maison, annonça-t-il avec désinvolture. Ensuite, on verra.

Le trajet se déroula dans un silence électrique. Arrivée devant l'allée de la maison de Mme O', je m'arrêtai.

— Au revoir, Franck.

Le front plissé, il claqua la langue.

— Après tout ce que tu m'as fait subir, tu pourrais au moins te donner la peine de me déposer devant la porte.

À quelques mètres du porche, je pilai dans un crissement de pneus. L'allée ne s'en remettrait jamais.

— Est-ce que ça ira, ou veux-tu que je te porte jusqu'à la maison ?

— Mmm ? murmura-t-il, d'un air rêveur. Nan. Je ne crois pas que ce sera nécessaire. Comme je te l'ai dit, je suis un homme raisonnable. Sois tranquille, je ne te demanderai rien qui ne me soit pas dû.

— Tu ne peux pas savoir à quel point je me sens soulagée, Franck. Vraiment.

— Prends bien soin de toi, Lennie. Dépêche-toi.

Il extirpa sa masse hors de la voiture. Exaspérée, je le regardai se diriger d'un air crâneur vers la maison. L'aboiement furieux de Maniac résonna telle une rafale de chevrotines.

— Bonne fille, marmonnai-je. Quel fils de pute. Qu'il crève !

Je repris la route et jurai d'ignorer Frank pour le restant de mes jours. Avec le temps, il se lasserait du jeu. Cela ne pouvait pas aller plus loin.

LENNIE

17

Shelby était assise, ses pieds nus sur le bureau, et étudiait scrupuleusement une grosse pile de documents. Emmitouflée dans un tricot écarlate au col blanc duveteux, elle me rappelait le bas de Noël d'un gosse.

Sa lecture semblait passionnante. Trois cigarettes abandonnées dans le cendrier dégageaient un brouillard mentholé en se consumant. Son répondeur était branché. Shelby avait même troqué ses verres de contact contre une paire de lunettes austères aux montures métalliques. Elle ne prêta aucune attention à mon arrivée. Je ne l'avais jamais vue si absorbée. D'ordinaire, Shelby était nerveuse comme une puce.

Je tapotai des doigts sur le chambranle de la porte.

— Y'a quelqu'un ?

Elle lâcha son dossier et laissa échapper un grognement.

— Mon Dieu, Lennie. Je ne t'ai pas entendue entrer.

— Qu'est-ce qui te fascine tant ?

Elle rougit.

— Oh rien. C'est le rapport que tu m'as demandé à propos de Jack Chambless. Mon détective me l'a déposé à ton intention.

— Alors comment se fait-il que *tu* sois en train de le lire ?

— Je ne le *lisais* pas. Je vérifiais juste que les pages étaient dans le bon ordre.

— Quelle touchante attention !

Elle poussa les documents vers moi. Je les ramassai avec une certaine hésitation. C'était comme si je fouillais dans les tiroirs de

Jack ou dans son portefeuille. Comme si j'écoutais ses conversations téléphoniques.

Mais je devais découvrir si mes soupçons étaient fondés ou pas. Je *devais* en avoir le cœur net.

Les découvertes majeures du détective étaient résumées sur la première page. Je ne fus pas surprise d'apprendre que Jonathan «Jack» Roy Chambless était un homme de quarante-sept ans, hétérosexuel, de race blanche, sans signe particulier, de nationalité américaine. L'enquêteur n'avait trouvé aucune indication de maladie mentale, d'activité criminelle ou de consommation de stupéfiants. Pas de maîtresse ou d'identité secrète. Jack était membre du Parti démocrate et porteur d'une carte de donneur d'organes.

Un rapport détaillé dressait la liste de ses liquidités, la position de ses comptes courants, la situation de son emprunt immobilier et ses habitudes concernant le paiement de ses factures. Tout était exemplaire.

Un dossier médical datant de six mois attestait sa bonne santé. Il était du groupe sanguin A positif. Son électrocardiogramme était normal. Aucune trace d'hypertension. Son docteur lui avait recommandé de faire du sport régulièrement. Pas de dysfonctionnement gastrique ou sexuel, ni de trouble du sommeil.

Tout chez lui fonctionnait à merveille.

Je ne trouvai rien non plus dans son profil familial. Comme il l'avait affirmé, Jack était veuf depuis trois ans, lorsque sa femme avait succombé à un cancer des ovaires. Son fils vivait dans la ville de Mamaroneck avec sa femme et sa fille. Il se rendait quotidiennement à Manhattan, où il travaillait comme conseiller financier.

J'étais subjuguée par les détails que le détective chéri de Shelby avait réussi à dénicher. Il y avait une liste de membres de l'association de Jack. Un compte rendu complet de ses contributions à des œuvres de charité. Un récapitulatif de ses derniers voyages. Un relevé de ses achats les plus importants. Rien ne semblait anormal.

Parcourant la conclusion du rapport, un malaise m'envahit.

— Pourquoi tu fais une tête pareille ? dit Shelby. Ce type est blanc comme neige.

— Oui mais ce ne sont que des informations d'ordre général.

— Tu plaisantes ! À quoi t'attendais-tu ? À un résumé détaillé expliquant comment il est devenu timbré ?

— Oublie ça, Shelby. Merci quand même. Quoi de neuf au niveau boulot ? Je suis libre aujourd'hui.

Shelby m'arracha le rapport des mains et l'agita dans ma direction.

— Je n'oublierai *pas*. Jack Chambless est une pierre précieuse. Qu'est-ce qu'il faut pour te convaincre ? Ses notes de l'école primaire ? Je sais reconnaître ce qui n'est pas raisonnable quand je le vois, Lennie. Je ne vais *pas* rester là sans rien faire à te regarder rayer ce type de ta vie.

— Ça n'est pas dans mes intentions.

Elle me regarda avec circonspection.

— Tu vas continuer à le voir ?

— Oui, Shelby.

Après une nuit de doutes effroyables, j'en étais arrivée à cette décision sans retour. Je devais affronter la vérité, quelle qu'elle fût. Je ne pouvais pas quitter Jack et le laisser emporter la vérité avec lui.

Shelby était rayonnante.

— Super. Puisque c'est réglé, mettons-nous au travail, d'accord ? (Elle feuilleta les fiches de mission de la journée.) Est-ce que tu peux prendre une classe de rattrapage ?

— Les prendre où ça ?

— Très spirituel. Et répondre au téléphone chez Fat Blasters ?

— C'est pas le programme qui garantit de perdre du poids mais qui donne des calculs ?

— Exactement.

— Non, merci.

Shelby rejeta ses cheveux en arrière.

— Il faut vraiment que quelqu'un s'occupe de toi, Lennie. Tu es tellement peu réaliste.

Elle continua à feuilleter la pile puis s'arrêta net.

— J'ai le job parfait pour toi, ma vieille Lennie. Que dirais-tu d'une virée rapide à l'aéroport Kennedy ?

— Pour aller chercher qui ?

Connaissant Shelby, j'avais appris à demander tous les détails avant d'accepter un boulot.

Comme elle ne répondait pas, après un long silence suspect, je dis :

— Aller chercher *quoi* ?

— Oh, pas grand-chose. Un couple de minuscules et adorables bébés pythons.

— Pas question, Shelby.

— Pourquoi ? Ce ne sont que des bébés. Ils sont sûrement très mignons. Et ils sont en cage et sous sédatifs.

— Va les chercher toi-même et raconte-moi. Quoi d'autre ?

Nous nous mîmes finalement d'accord pour les classes de gymnastique pour enfants en bas âge à la maison des jeunes. Je suis toujours très contente quand ma mission comprend un peu d'exercice physique. J'aime bien me remuer et faire remuer les autres et je suis assez costaud pour ma taille.

Bien qu'étant la seule femme pompier, je me suis retrouvée troisième sur quatre cents à l'épreuve physique de l'examen d'entrée. J'ai obtenu le meilleur score en saut d'une échelle et en porter de mannequin, des exercices auxquels j'avais eu le loisir de m'entraîner des années durant.

Je me demandais sincèrement si j'aurais aussi bien réussi à des tests d'entrée dans la vie adulte.

Les enfants étaient mignons, braillards et épuisants. Avec leurs mères, c'était une autre paire de manches. Lorsque j'essayais de détacher les plus petits de leurs jupes à la porte d'entrée, celles-ci partaient dans des crises d'angoisse aiguë causées par la séparation.

Ces enfants nécessitaient l'attention d'un satellite espion et une patience d'ange. Dans mon état de suranxiété et de manque de sommeil, je trouvais leur tapage crispant. À la fin des cours, j'avais dépensé toute l'énergie qui me restait, et même davantage.

Libérée à quinze heures, je me rendis au centre-ville. Le shopping est une activité qui me donne des allergies. Mais la prouesse monumentale de Huck méritait une récompense particulière.

Pendant une interminable demi-heure, je rôdai dans les boutiques. Pour moi, promotions et agressions sont une seule et même chose. Mes sens étaient assaillis par les présentoirs voyants, la musique à crever les tympans et les brigades spéciales d'intervention armées d'atomiseurs de parfum semi-automatiques.

Je me rendis dans un magasin spécialisé dans les articles de sport. Je choisis un maillot des Giants et le sweat-shirt correspondant en taille large. L'employé, un ado de forte corpulence, me regarda étrangement lorsque je lui demandai d'imprimer par transfert le mot « nuls » en dessous du nom de l'équipe.

J'appelai Créa-Temps depuis la cabine téléphonique du parking. Les perspectives de boulots pour la soirée étaient peu attrayantes. Je déclinai l'offre d'instruire un groupe de ceintures noires au tae kwon do, bien que Shelby m'ait assurée avec enthousiasme que je pouvais largement faire illusion.

Ensuite, je trouvai un message de Jack sur mon répondeur. Et si on allait dîner dans un endroit calme et sympathique où nous pourrions parler ? Il avait senti que j'étais fâchée après lui pour une raison quelconque. Quoi qu'il en soit, il voulait clarifier la situation.

Sa voix mielleuse augmenta mon trouble. Le Jack que je connaissais était incapable de faire du mal à une mouche, encore moins à une enfant. Je l'avais trouvé extrêmement attirant, pour les plus nobles raisons. Il adorait son fils et sa petite-fille. Il avait une tendresse particulière pour chacun des élèves qu'il parrainait. Comment pouvais-je douter de lui ?

Jack était si humain, si sincère. Cet homme ne craignait pas d'avoir les larmes aux yeux devant un film à l'eau de rose, une histoire triste ou un morceau de musique. Il reconnaissait volontiers ses propres peurs et ses échecs.

Mais qu'y avait-il dans la vie de Jack que je ne connaissais pas ? Dans un éclair bref et terrifiant, j'étais convaincue d'avoir entrevu une autre facette de son personnage. Il renfermait des secrets. Un passé mystérieux.

Ça semble familier, Lennie.

La voix suivante sur mon répondeur était enfantine. « S'il te plaît, suppliait Kitty, peux-tu me rappeler *tout de suite ?* C'est *très, très* important. »

Je composai le numéro des Dolan. Kitty décrocha à la première sonnerie.

— Lennie ! Je *savais* que tu appellerais. J'en étais *sûre*.

Sa mère avait pris rendez-vous avec un conseiller du Centre d'aide aux victimes de viols à cinq heures cet après-midi. Je convins de les retrouver directement au centre dans Summer Street. Avec une aide appropriée, Kitty parviendrait à se débarrasser de la culpabilité ou de la honte qui l'habitaient. On l'encouragerait à donner libre cours à ses sentiments, à parler pour exorciser ses démons. Petit à petit, elle apprendrait à reprendre confiance, en elle et en les autres.

Je ne pouvais pas m'empêcher de penser combien ma vie aurait été différente si j'avais eu la même opportunité : celle de percer l'abcès et d'en extraire le poison.

Peut-être n'était-il pas trop tard.

Si je pouvais résoudre l'énigme qui empoisonnait mon existence, je serais peut-être en mesure de la sortir de ma vie, à jamais.

LENNIE

18

Durant les heures de pointe, le quartier d'affaires de Stamford ressemble à un asile en plein air. Les piétons kamikazes et les nids-de-poule rendent la conduite périlleuse. En signe de protestation contre les démarrages en trombe et les freinages brusques, ma Toyota finit par rendre l'âme. Le moteur expira et un spectre vaporeux s'échappa du capot.

Pendant que je m'acharnais à redonner vie à ce tas de tôle borné, la nuit tombait. Les automobilistes qui passaient à mes côtés me bombardaient d'injures et de coups de klaxons rageurs. Je descendis demander de l'aide. Un bus passa à toute vitesse et m'éclaboussa d'une gerbe d'eau boueuse.

Enfin, un pick-up se rangea derrière ma voiture. Un jeune gringalet en pantalon de cuir et en blouson en jean clouté sauta de l'habitacle. Il avait de longs cheveux filasse et louchait d'un œil. S'approchant de moi en crânant, pouces à la ceinture, il prit une pose.

— Un problème, mam'zelle ?

— Merci de vous être arrêté. Le moteur a calé. Vous pouvez me pousser ?

— Vous pensez que ça suffira ?

— Oui, en général, ça marche.

Il trancha :

— À mon avis, ce qu'y vous faudrait, c'est une nouvelle voiture.

N'étant ni d'humeur ni en position de discuter, je m'efforçai de sourire.

— Peut-être bien. En attendant, si on essayait de pousser ?

Mon chevalier tout de cuir vêtu me lorgna comme si j'étais à vendre. Mon sang-froid ne tenait qu'à un fil. Une seule tentative de sa part et je lui rentrais dans le lard.

— Dix sacs, dit-il.

Ce n'était pas la réponse que j'attendais.

— Pour me pousser ?

— C'est à prendre ou à laisser.

Je pris, sans un mot, deux billets de cinquante et les lui tendis.

Pendant qu'il s'exécutait, je pompais sur l'accélérateur et m'acharnais sur le démarreur. Quelques dizaines de mètres plus loin, le moteur hoqueta et démarra. J'offrai une prière au grand dieu Toyota. Pour remercier le gosse, je levai mon pouce en l'air par la fenêtre. Il recula son engin et déboîta pour me dépasser par la droite.

— Merci, criai-je.

— Pas de problème, brailla-t-il. Maintenant, tu peux débarrasser la route de ton tas de merde, vieille salope !

Le Centre d'aide aux victimes de viols occupe la moitié d'une maison de Summer Street. Arrivée avec dix minutes de retard, j'y trouvai un homme seul en train d'arpenter le tapis d'Orient beige de la réception. Son costume brun et sa chemise blanche étaient froissés, sa cravate à pois rouge dénouée pendait. Malgré sa carrure robuste et son teint mat, ses yeux parlaient pour lui.

— Monsieur Dolan ?

— Ouais ? (Il se précipita vers moi, les lèvres pincées.) Ne me dites rien. Vous devez être la célèbre Lennie Finn, dont ma fille est complètement toquée.

— Vous pouvez être fier de Kitty, monsieur Dolan. C'est une enfant formidable.

— Merci pour l'info. Maintenant, en voilà une pour vous. Vous êtes en retard. Si vous voulez jouer les héroïnes, je n'y peux rien. Mais Kitty a assez souffert comme ça. Elle n'a pas besoin de rester là à attendre un pompier déguisé en femme, incapable d'arriver à l'heure à un rendez-vous.

— Ravie de faire votre connaissance, monsieur Dolan.

M'éloignant de lui autant que je le pus, je m'assis sur une des chaises en skaï bleu de la salle d'attente et me mis à feuilleter un vieux numéro de *Newsweek*.

Le père de Kitty reprit ses allers et venues. De temps à autre, je pouvais sentir, dans ses gestes saccadés et ses passages incessants, la nervosité affleurer sa peau bronzée. Dix bonnes minutes s'écoulèrent avant qu'il ne s'immobilise devant moi.

— Je ne le pensais pas, okay ?

Je levai les yeux.

— C'est à moi que vous parlez ?

— Ce n'est pas une partie de plaisir pour moi non plus, vous savez. J'ai passé la moitié de la journée dans l'avion. Coincé pendant cinq heures à l'aéroport de Chicago à cause de ce temps de chien. Et tout ça pour recevoir une flopée de reproches à l'arrivée... Ma femme m'est tombée sur le dos parce que j'étais parti pour affaires. Mon patron me les casse parce que je rentre plus tôt que prévu. Je me dépêche pour être auprès de ma fille. Et là, la première chose dont elle me parle, c'est vous.

— Kitty traverse une période très difficile, monsieur Dolan. Souvent, dans ces cas-là, il est plus facile de se tourner vers une personne étrangère.

— C'est moi qui l'ai bercée, qui la prenais dans mes bras, nom de Dieu. C'est moi qui lui faisais des bulles de savon et qui lui racontais des histoires. *Bonne nuit, la Lune*. C'était sa préférée. J'ai dû lui lire ce livre des milliers de fois, dit-il d'une voix chevrotante.

À mon grand désarroi, il se mit à pleurnicher.

— Quelle espèce d'animal infâme a pu faire une chose pareille à ma petite fille ?

— J'aimerais bien le savoir.

Laissant couler ses larmes, Mark Dolan serra les poings.

— Je tuerai ce salaud. Je le jure. Je lui ferai la peau à mains nues.

Allison Dolan arriva dans un éclat de soie rouge et entendit la fin de la tirade. Poings sur les hanches, elle fixa son mari d'un regard méprisant.

— Tu ne penses pas qu'il est un peu tard pour jouer les sauveurs machos, Mark ?

La mâchoire de M. Dolan se crispa.

— Mais bon Dieu, qu'est-ce que tu attends de moi, Allison ?

— Rien du tout. Plus rien du tout.

— Super ! C'est vraiment le moment de m'emmerder avec tes conneries.

— Je parle à un expert en la matière, dit Mme Dolan, offusquée.

Elle ôta son manteau rouge bordé de soie, dévoilant une jupe et un pull-over du même coloris. Ses cheveux tirés en arrière se balançaient en une queue-de-cheval soyeuse. De grosses boucles d'oreilles, un épais collier en or et plusieurs bracelets complétaient son allure de reine. Bras croisés, elle leva son menton hautain.

J'aurais bien voulu changer le scénario ou zapper sur une autre chaîne. Disparaître m'aurait aussi bien arrangée. Malheureusement, j'étais prisonnière de ma promesse à Kitty. Je n'avais pas pu lui parler avant qu'elle ne commence la consultation. Je voulais attendre qu'elle soit sortie.

— J'en ai ras le bol de tes airs de « Madame Je-suis-parfaite », persifla le père de Kitty. Ça ne serait pas arrivé si tu n'avais pas laissé la gosse toute seule.

— Et toi, le père exemplaire, où étais-tu ?

— Pour la énième fois, Allison, je travaillais. Je gagnais de l'argent pour pouvoir payer tes dépenses. Tu voudrais que je sois plus à la maison, alors arrête d'aller faire des courses comme si tu avais peur que ça devienne illégal.

Une unique larme défia son maquillage impeccable.

— Ne t'inquiète pas, Mark. Je ne dépenserai plus un centime.

— Très bien, dit-il. C'est tout pour aujourd'hui, les amis. Alors à demain, même heure, chez Neiman-Marcus[1].

Une porte s'ouvrit. La femme qui apparut avait une allure aussi discrète que celle d'Allison Dolan était fantaisiste. De légères boucles brunes encadraient son visage. Ses yeux noisette, avec pour seule parure des lunettes aux montures fines, rayonnaient d'intelligence. Elle dégageait un air chaleureux empreint de patience et d'équilibre.

1. Célèbre chaîne de magasin de vêtements aux États-Unis.

— Madame Dolan ? Ravie de vous rencontrer. Je suis Lila Sperling, la directrice du centre.

Son regard se posa sur moi.

— Mademoiselle Finn ?

— Oui.

— Contente que vous soyez là. Kitty en a encore pour quelques minutes. Pourriez-vous me suivre dans mon bureau ?

— Avec plaisir.

Même s'il s'était agi de m'administrer une piqûre, j'aurais dit oui, rien que pour échapper au crêpage de chignon des Dolan.

Nous pénétrâmes dans le bureau de la directrice. Les murs étaient couverts d'affiches bien édifiantes et de dessins d'enfants. Des poupées usées et des peluches étaient entassées sur le rebord de la fenêtre. Au milieu des rapports et du courrier, yoyos, jeux de cartes et pièces de Lego jonchaient le bureau.

La directrice s'expliqua :

— Ici, nous traitons des cas sérieux. Jouer et s'amuser peut s'avérer d'une grande aide, en particulier avec nos patients les plus jeunes.

— Comme Kitty.

Un voile assombrit son visage.

— Nous accueillons des enfants qui ont à peine deux ans, mademoiselle Finn. Des victimes d'incestes, des petites filles agressées par des voisins, des professeurs, des baby-sitters. De tout. Si les nourrissons pouvaient parler, je suis sûre que nous aurions des patients qui viennent à peine de naître.

Je m'assis en face d'elle.

— Comment arrivez-vous à supporter tout ça ?

— De la seule manière possible : je garde mes distances. Heureusement, c'est aussi la meilleure solution pour les patients. Il ne faut pas les laisser s'attacher à quelqu'un. Cela peut avoir des conséquences néfastes à long terme.

S'attacher à quelqu'un.

C'était exactement ce contre quoi Cynthia Herbert m'avait mise en garde.

— Vous avez quelque chose de particulier à me dire, madame Sperling ?

— Non. Je vous demande seulement d'être prudente, pour le bien de Kitty et le vôtre. Les victimes de viols, et particulièrement les enfants, ont tendance à s'accrocher à tout ce qui peut les aider à échapper à la douleur : la nourriture, les fantasmes, les drogues, les maladies psychosomatiques, la promiscuité. Kitty, elle, vous a choisie.

Je grimaçai au souvenir de mes propres tentatives manquées pour trouver des échappatoires. Durant mon adolescence torturée, j'avais essayé la plupart des choses dont la directrice venait de me dresser la liste. Et même plus.

Lorsque tante Selia et moi amenâmes Huck à Whitechapel la première fois, j'atteignis alors mon plus haut degré de tristesse et de solitude. Depuis le jour où Selia avait pris la décision de le placer là-bas, j'avais appréhendé la séparation. J'imaginais Huck terrifié, hurlant d'angoisse tandis que des étrangers l'arrachaient à mon amour et à ma protection.

Avant de quitter la maison ce matin-là, j'avais donné un bain à Huck et je l'avais vêtu de sa plus belle salopette rayée. Comme je m'énervais à le coiffer, ses yeux couleur bleuet s'étaient emplis d'inquiétude. Accroché à mon poignet, il était pétrifié de peur.

Mais, cinq minutes après notre arrivée à Whitechapel, il avait saisi la main tendue du directeur et s'en était allé sans se retourner, sans un regard. Comme si j'avais cessé d'exister pour lui, comme s'il ne laissait rien derrière lui.

Tante Selia s'était ouvertement réjouie du départ de Huck. Sur la route du retour, elle était aussi loquace et joyeuse qu'un gosse se rendant à une surprise-partie. Sur son insistance, j'étais allée dans la cuisine me préparer un sandwich au fromage. Je n'avais rien avalé de la journée, mais je n'avais aucun appétit.

Machinalement, j'avais sorti le pain, le fromage et la mayonnaise du réfrigérateur. Je restai un long moment debout près de l'évier, cramponnée à mon couteau. Le morceau de cheddar avait une forme bizarre à cause des parts géométriques que j'avais découpées pour le repas de Huck la veille.

Soudain, la vérité m'était apparue dans toute sa cruauté. Je ne préparerais plus de dîner pour Huck, je ne le regarderais plus manger. Plus de promenades, plus d'histoires le soir avant de dormir. Depuis la mort de notre mère, j'estimais être l'unique remplaçante capable de s'occuper de Huck. J'avais toujours cru que j'étais le lien essentiel entre ce petit garçon et l'oubli.

À cet instant, je réalisai amèrement qu'il n'en était rien. Je n'étais pas irremplaçable. Il m'avait oubliée en un clin d'œil.

Choquée, j'avais levé le couteau et l'avais enfoncé dans la chair de mon pouce. Je ressentis une douleur aiguë. Un flot chaud et gluant s'échappa. Je fus prise de court.

Mais à quoi m'étais-je donc attendue ?

Peut-être avais-je essayé de sortir de mon engourdissement, de me sentir en vie. De ressentir quelque chose.

Reprenant mes esprits, j'avais pansé ma plaie.

— On ne peut pas mettre l'amitié sur le même plan que la boulimie ou la léthargie, madame Sperling.

— Je suis bien d'accord. Mais rien ne doit venir entraver le travail de mémoire de Kitty. Refouler ses sentiments ne peut que prolonger le processus de guérison.

À qui le dis-tu !

— Et comment dois-je m'y prendre pour l'éloigner de moi ?

— Par la douceur. De cette façon, elle cherchera un soutien ailleurs. Chez ses parents et, avec un peu de chance, chez nous.

Je retournais ses paroles dans ma tête. Et je décelai la faille.

— Donc elle a besoin de se raccrocher à quelqu'un. Alors pourquoi pas moi ?

— Parce que nous, nous sommes formés pour ça.

Ma colère éclata.

— Écoutez-moi bien. Je ne recherche pas la dépendance de Kitty, je n'ai pas demandé qu'elle s'attache à moi. Mais je ne vais pas mettre du sel sur les plaies de cette petite fille. Si vous êtes si expérimentée, c'est à *vous* de trouver comment ne pas la brusquer. C'est *votre* boulot ! En ce qui me concerne, j'ai eu ma dose !

Elle garda son calme. Ses yeux intelligents m'étudiaient. Sans m'en apercevoir, je m'étais mise à me tortiller, comme un asticot au bout d'un hameçon. Quand donc avais-je commencé à le faire ?

La directrice laissa le silence s'installer. J'essayai de l'ignorer, mais un calme imposant inondait la pièce, menaçant de m'engloutir.

— Quoi ? demandai-je. Pourquoi vous me regardez comme ça ?

— Désolée. J'aurais dû m'en rendre compte plus tôt. Évidemment, Kitty l'a ressenti d'une certaine manière.

— Elle a ressenti quoi ?

— Que la même chose vous était arrivée à vous aussi. Pas vrai ?

Je détournai le regard.

— Nous ne travaillons pas seulement avec des enfants, mademoiselle Finn. Et nous ne nous limitons pas aux cas récents. Nombreux sont les patients qui viennent vers nous des années après leur agression.

Le regard qu'elle me lança appelait à la confidence.

— Bon, dit-elle doucement. À votre guise. Le jour où vous vous sentirez prête, je serai heureuse de vous aider à en parler. En attendant, nous allons nous occuper d'atténuer la dépendance de Kitty à votre égard.

Je me sentis enfin capable de la regarder.

— Ne vous méprenez pas, madame Sperling. Nuire à Kitty est la dernière chose que je souhaite. Si vous pensez sincèrement…

— Pas le moins du monde. Il n'y a aucun mal à répondre à ses demandes avec gentillesse. Quand Kitty sera prête, elle s'ouvrira. Elle trouvera une voie pour redevenir elle-même.

En sous-entendu, elle me disait : *Quand vous serez prête, Lennie, vous en ferez autant.*

La Route vers la Rédemption
par Patterson Graham, Docteur en Psychiatrie.
(Manuscrit)

Une fois que l'agresseur maîtrise la phase d'empathie avec la victime du programme de Cambridge, la relation transférentielle intensive est de nouveau utilisée dans la phase suivante: le choix d'un modèle.

Au cours de cette étape cruciale, le client choisit un idéal subjectif (réel ou imaginaire) comme objet d'émulation. Le modèle choisi ouvre à l'agresseur assagi la voie pour une guérison définitive.

Dans le cas de John, la découverte de ce modèle a marqué un progrès déterminant.

« Trouver mon idéal ne fut pas facile. Quand j'étais gosse, les gens que j'aimais et que j'estimais étaient des monstres, des pervers.

Mon thérapeute savait que je souffrais. Il me suggéra de ne pas me forcer, que ça viendrait tout seul. Il me dit de penser à autre chose.

Comme par magie, ça a marché. Deux jours plus tard, le modèle curatif idéal m'était apparu. En fait, je l'ai trouvé ici, au centre de Cambridge. Il était là avec moi depuis le début, mais, jusqu'à ce que je me détende comme le thérapeute me l'avait demandé, je ne l'avais pas identifié.

Je ne pouvais pas mieux tomber. Nous sommes incroyablement semblables sur une multitude de points. Il est de la même taille que moi. Du même âge. Il vient d'une ville et d'un entourage similaires aux miens. La seule différence est que je dois toujours me considérer comme un agresseur, ce que lui, bien sûr, n'est pas.

Si je l'observe avec attention, si j'imite son comportement, je sais que je peux utiliser ce que j'ai appris à Cambridge pour me maîtriser. Personne d'autre ne doit souffrir. Je dois mettre fin à cela pour toujours. »

DANA

19

Dana se pencha pour embrasser le front de son enfant endormie. Becky avait l'air si frêle ; son visage était pâle et tendu. Des cauchemars vivaces s'agitaient derrière ses yeux clos.

Dana avait usé de son influence pour assurer le confort et la sécurité de Becky. Elle s'était battue pour faire hospitaliser l'enfant au onzième étage du pavillon Klingenstein — tout récemment rénové — à Mont-Sinaï. Avantage non négligeable, cette aile privée offrait un hébergement luxueux, un service impeccable et la discrétion d'un hôtel cinq étoiles.

Une ambulance privée avait transporté Becky de l'école à l'hôpital. Les vigiles, recrutés parmi les meilleurs dans une société de sécurité, avaient discrètement évacué l'enfant du sous-sol de l'école par la porte de service. L'identité de Becky ainsi que les causes de son hospitalisation devaient être gardées secrètes. Dana avait persuadé l'école de ne pas alerter la police.

— Non ! cria Becky dans son sommeil.

— Chut, mon bébé. Ça va aller. Tu es en sécurité maintenant. (Dana caressa le front plissé de sa fille.) Mimsy veille sur toi.

Quoi que cela me coûte, se promit Dana, j'aurai ce fils de pute. Il paiera pour chaque coup qu'il t'a porté.

Bouillonnante de rage, elle pensa aux instants de terreur que Becky avait dû endurer entre les mains de cet animal. Dana avait découvert sa petite fille inconsciente, mais se débattant encore avec force, comme si elle cherchait à se défendre.

Avant l'arrivée de l'ambulance, Becky avait suffisamment retrouvé ses esprits pour raconter à Dana ce qui s'était passé.

Comme prévu, Roddy avait déposé Becky à proximité de l'école. Ne voyant pas d'amie aux alentours, elle avait continué son chemin toute seule.

Tout en marchant, Becky avait répété mentalement un passage qui lui posait problème dans un de ses nouveaux morceaux, fredonnant l'enchaînement de notes alors que son archet imaginaire caressait les cordes.

Le prix Lassiter serait remis le mois suivant à l'Opéra, lors de la soirée de gala du cinquantième anniversaire. Un plateau de célébrités, incluant le Président des États-Unis, sa femme et plusieurs musiciens vedettes du classique, assisteraient à cette soirée prestigieuse. Il était prévu que Becky jouerait quelques morceaux pour cette assemblée d'un soir. Elle avait choisi un extrait du très difficile *Concerto en* sol *mineur, opus 47*, de Sibelius.

L'étranger avait surgi sans crier gare. L'enfant ne l'avait pas entendu s'approcher. Elle n'avait pas senti sa présence.

Soudain, quelqu'un l'avait agrippée par-derrière. Son assaillant lui avait plaqué sa main sur la bouche et l'avait emmenée de force à l'arrière du bâtiment de l'école. L'homme avait ensuite entraîné Becky dans les escaliers jusqu'au sous-sol, dans une pièce plongée dans l'obscurité.

Là, il avait allongé la gamine à plat ventre, à même le sol en béton. Une main implacable bâillonnait toujours sa bouche. Il avait glissé son autre main sous son corps. Becky avait tenté de se débattre tandis qu'il essayait de lui retirer son jean.

Son poids écrasant la plaquait au sol. Elle ne pouvait rien faire pour se défendre. Elle avait quand même tâtonné à la recherche d'une arme. Seul l'étui de son violon était à sa portée.

L'homme ahanait. Il émettait des grognements rauques et saccadés. Becky ne pouvait endurer la pression de son poids massif. Il lui broyait les os, lui éraflait la peau. Désespérée, elle se débattait pour se libérer. Mais elle était piégée. Immobilisée. Tétanisée par la terreur.

Tout à coup, son emprise s'était relâchée. Le poids de son corps s'était déplacé. Dans un réflexe instinctif, Becky avait attrapé la poignée de son étui. Se retournant rapidement, elle avait frappé de toutes ses forces la tête de l'inconnu.

Du sang avait jailli du nez de son agresseur. Il se plia en deux de douleur, tenant son visage entre ses mains. Becky se releva et courut vers la porte. Fermée.

Elle tentait désespérément de l'ouvrir quand une main l'avait attrapée. Becky s'était débattue. Elle avait griffé le bras de son agresseur. Alors qu'il reculait, elle s'était une fois encore précipitée vers la porte. Cette fois, elle avait réussi à soulever le loquet. Becky crut alors qu'elle allait réussir à s'échapper.

Mais, soudain, il l'avait attrapée avec une force de titan. Furieux, il l'avait soulevée et jetée à travers la pièce. Becky avait dû se cogner la tête en retombant. Tout ce dont elle se rappelait ensuite était que l'homme s'était enfui, et Dana était accroupie au-dessus d'elle, criant à pleins poumons.

Pour couronner le tout, la gamine avait perdu son précieux violon. Lorsque Dana était arrivée, il n'y avait plus aucune trace de l'instrument.

Le violon, un Stradivarius de 1732, avait été offert à l'enfant par son professeur bien-aimé, Jacob Brinmann, lorsque la maladie l'avait obligé à prendre sa retraite six mois auparavant. Un tel bijou était impossible à remplacer. Même si Dana arrivait à retrouver une pièce aussi rare, l'amour et la valeur affective attachés à l'instrument le rendaient irremplaçable.

Non, se reprit Dana. Seule sa belle enfant était irremplaçable.

La pédiatre de Becky, Gwen Jaffe, était passée examiner l'enfant. Grâce à Dieu, elle avait confirmé que la gamine n'avait pas été violée. De plus, le coup qu'elle avait reçu sur la tête n'avait pas provoqué de commotion. Hormis les bosses et les bleus, il n'y avait aucun dommage physique apparent. Passer la nuit en observation à l'hôpital n'était qu'une simple précaution, l'avait rassurée Gwen.

Si seulement on avait pu en dire autant des sentiments de Becky. Une expérience si éprouvante laisserait immanquablement des traces. D'après le médecin, l'enfant risquait de manifester des troubles du comportement. Dana devait s'attendre à une certaine régression, des attitudes ou des demandes infantiles. Becky serait également lunatique et difficile pendant un certain temps. Lorsqu'elle serait remise du traumatisme, Dana et la pédiatre envisageraient les diverses solutions qui l'aideraient à surmonter cette terrible épreuve.

Avant de partir, le docteur Jaffe avait prescrit des tranquillisants légers pour Becky, et plus puissants pour Dana. Lorsque l'infirmière était arrivée, Dana avait refusé de prendre le sien. Elle voulait garder sa colère intacte. Becky avait besoin de dormir et de guérir. Dana, elle, avait soif de vengeance.

Elle sortit à pas feutrés de la chambre de Becky et ferma la porte. Le salon de la suite avait été équipé, à sa demande, d'un téléphone multilignes. Son premier appel fut pour Marian Doyle, sa secrétaire personnelle de longue date. Elle lui demanda toute une liste de numéros de téléphone. La secrétaire ne posa aucune question au sujet de l'annulation exceptionnelle de l'enregistrement. Par expérience, Marian connaissait la discrétion de Dana. S'interrompant uniquement pour s'assurer que Becky dormait, Dana passa les deux heures qui suivirent au téléphone. Habituée à aller directement dans le vif du sujet, elle commença par le préfet de police de New York City, Joe Halliburton. Elle le joignit finalement à Astoria, dans le Queens, où il assistait aux funérailles d'un officier mort dans l'exercice de ses fonctions. Après qu'elle eut expliqué que son appel était urgent, on l'avait mise en communication avec le téléphone de sa limousine qui roulait entre l'église et le cimetière.

— Joe, ici Dana Saunders. Désolée de vous déranger mais il s'agit d'une urgence.

Lorsqu'il apprit l'agression de Becky, Halliburton compatit chaleureusement.

— Si je peux vous aider, Dana, soyez sûre que je le ferai. Et je vous promets que je ferai activer les choses dès qu'on aura un suspect. Mais, dans l'immédiat, cette affaire relève du procureur général.

Dana appela Fred Parmenter, lequel tenait une conférence de presse sur la recrudescence de crimes à caractère homophobe à son bureau du 1 Hogan Place. Parmenter rappela dix minutes plus tard en présentant ses excuses mais guère plus :

— Vous me demandez de poursuivre quelqu'un sans preuves, Dana. Avoir accès aux dossiers médicaux ou aux fichiers de clients des avocats est quasi impossible quelles que soient les circonstances. Aucun juge ne vous accordera un mandat pour avoir accès au dossier de ce « John » sur la base d'un pressentiment.

— C'est plus qu'un pressentiment. J'ai vu les yeux de cet homme, Fred. Il avait un regard de coupable.

— Je ne mets pas en doute ce que vous me dites, Dana. Mais la loi exige plus que cela. Vraiment désolé d'apprendre ce qui est arrivé à votre petite fille. Y a-t-il quelque chose d'autre que je puisse faire ?

— Rien pour le moment.

La frustration portait progressivement l'humeur de Dana à ébullition.

Parmenter s'éclaircit la voix.

— Je ne pense pas qu'on vous donne une réponse différente de la mienne, mais puisque le Centre de Cambridge se trouve dans le Connecticut, peut-être pourriez-vous contacter le procureur général de l'État. Bill Magnussen est un vieil ami à moi. Dites-lui que vous appelez de ma part.

— Je n'y manquerai pas, Fred. Merci.

Magnussen était à une conférence à Scottsdale dans l'Arizona. Dana essaya de le joindre là-bas, mais son assistante lui expliqua qu'il faisait le tour des tribunaux correctionnels aux quatre coins de l'État et qu'il serait injoignable pour le reste de la journée. Trop nerveuse pour attendre le soir, elle composa le numéro de la résidence du gouverneur du Connecticut.

Ce dernier avait été l'invité de *Back Talk* peu de temps avant la campagne pour sa réélection. Dana lui avait offert un forum pour présenter sa proposition controversée de réforme des impôts. On affirmait que c'était grâce à l'émission que cette proposition avait été votée par la suite. De plus, ce succès avait relancé sa popularité, le plaçant en excellente position pour les élections.

Dana espérait se voir payée de retour.

Mais Elliot ne payerait pas. Le gouverneur lui avait retourné son appel avec promptitude et l'avait écoutée avec patience. Mais lorsqu'elle lui avait demandé de l'aider à avoir accès au fichier du

Centre de Cambridge dans le but de connaître la vraie identité de « John », il avait refusé catégoriquement.

— Vous me demandez d'autoriser une recherche illégale.

— Je vous demande votre aide, Andrew.

— Et je serais ravi de vous aider si je le pouvais. Mais ce que vous me demandez, c'est de violer la loi.

— Cet homme a essayé de violer ma petite fille de douze ans. Pour quelle fichue raison aurait-il des droits ?

— Le système est ainsi fait. Vous ne pouvez vous en prendre qu'à lui.

— Je préférerais m'en prendre à quelqu'un que je peux frapper.

Dana persévéra. Elle alla jusqu'à contacter le procureur général des États-Unis, Royce Larrimore, l'ami d'un ami de son frère lorsqu'il était étudiant. Comme les autres, Royce se montra compatissant et prévenant, mais décourageant. Il ne semblait pas y avoir de moyen légal pour dénicher l'identité masquée du violeur et l'inculper pour l'agression de Becky.

Elle raccrocha et entendit une plainte presque inaudible provenant de la chambre de Becky.

— Maman ? Maman !

Elle accourut dans la chambre et trouva l'enfant en pleurs, les yeux écarquillés de terreur. Dana prit la petite fille dans ses bras.

— Tout doux, Beck. Je suis là.

— L'homme est revenu, Mims. Il avait de longues dents horribles. Et ses yeux étaient pleins de sang.

La peau de Becky était moite. Sa chemise de nuit était trempée de sueur.

— C'était juste un mauvais rêve, chérie. Il ne reviendra pas. Jamais.

— Mais ça semblait si réel, Mims. Tellement vrai…

Dana sonna l'infirmière pour qu'elle lui apporte une nouvelle chemise de nuit. Elle aida Becky à retirer la sienne et la sécha avec une serviette propre. Les bras menus de l'enfant étaient aussi mous que ceux d'une poupée de chiffon. Elle avait à peine la force de maintenir sa tête droite.

— Là. C'est mieux, dit Dana d'une voix douce.

— Tu veux bien rester avec moi jusqu'à ce que je m'endorme, Mims ?

— Bien sûr, chérie.

Becky n'avait pas réclamé sa présence au moment du coucher depuis qu'elle était toute petite.

Peu de temps après, les paupières de la fillette se fermèrent et sa respiration devint régulière. Elle avait un air si détendu et paisible. Si seulement Dana pouvait éloigner d'elle ses cauchemars pour aller les enterrer au loin.

Dana regagna le salon et se remit au téléphone.

LENNIE

20

Je poussai la lourde porte en métal du Gates Restaurant et suivis le vacarme jusqu'au bar.

Cette fière institution de New Canaan dispensait plus d'anesthésiants au verre qu'aucun autre établissement du genre dans la région. Une population de tous âges et de toutes confessions s'y attroupait en groupes désenchantés. Les week-ends attiraient des célibataires en détresse et des candidats peu recommandables. Le lundi, dès six heures trente, la luxure embarquait tout ce petit monde vers la grande quête américaine de l'oubli.

Ce soir-là, c'était du sérieux. La plupart des habitués arboraient des costumes de deuil et des lavallières. Les visages, derrière les moustaches couvertes de mousse de bière, étaient sinistres. En attendant Jack, je surpris des bribes de conversations à propos du chômage, d'accidents tragiques, d'actes divins et terroristes et de maladies en phase terminale.

« Tu te rends compte ? Elle a attrapé la maladie de Hodgkin et le lifting n'est même pas remboursé. »

Une main enserra ma taille. La brise légère d'un chuchotement dans mon oreille me fit frissonner.

— Salut, Eleonore. Tellement content que tu sois venue.

La foule nous poussait l'un contre l'autre. Je me reculai, soudain étouffée par la pression.

— J'espère que ça te plaît, finis-je par dire.

Jack avait suggéré un endroit tranquille et relaxant. L'essentiel pour moi était de me trouver sur un terrain neutre. Un endroit public et sans surprise.

J'avais besoin de traquer la sincérité de son regard sombre. Je voulais pénétrer son calme apparent, lui poser ouvertement des questions délicates et observer, décrypter les petits signes révélateurs accompagnant ses réponses.

— Avec toi, je suis bien n'importe où, dit-il. Tu veux t'asseoir ?

Nous nous frayâmes un chemin à travers la jungle des corps. Une petite brune élancée vêtue d'une robe longue et d'espadrilles s'occupait de la salle de restaurant. Ici, le décor était apaisant : des dalles de céramique au sol, des plantes luxuriantes, des peintures à l'huile représentant d'énormes fleurs. Les ventilateurs au plafond tournaient avec lenteur au-dessus de nos têtes. On nous dirigea vers un coin isolé et douillet avec vue sur un petit jardin clôturé. Une couche de givre scintillante recouvrait la pelouse et les arbustes, qui brillaient tels des bijoux.

Jack avait l'air fatigué. Ses yeux étaient gonflés et son regard absent. Après avoir choisi un cabernet dans la carte des vins, il s'adossa à son siège et croisa les mains sur la table. Les manches de sa chemise bleu clair étaient remontées jusqu'aux coudes. Son avant-bras portait des marques de griffures.

— Que t'est-il arrivé ?

Il eut un bâillement étouffé.

— Oh, ça ? Je bricolais dans mon atelier. Je me suis éraflé contre la table que j'étais en train de finir pour la maisonnette de Cara.

Étrange. Ces marques ressemblaient à des traces d'ongles. J'avais été griffée d'une manière identique par un chat errant que Mme O' avait recueilli quelques mois plus tôt. Mais Jack n'avait pas d'animal domestique.

Du calme, Lennie, du calme.

— Qu'est-ce qui ne va pas, Eleonore ? Tu étais si troublée, samedi soir.

— J'étais juste surprise de découvrir que tu avais été à l'université ici. Tu te comportes comme si tu ne connaissais pas du tout le coin.

— C'est vrai. Je n'ai passé qu'un semestre à Yale. Moins d'une année, somme toute. Le temps a filé sans que je m'en rende compte.

— Pourquoi cela ?

— Je préférerais parler de ce qui te préoccupe.

— Je suis troublée parce que je te connais à peine, Jack. Dès que je te pose une question personnelle, tu changes de sujet. Comme tu viens de le faire.

N'était-ce pas une accusation que Mme O' avait proférée à mon encontre ? Changer de sujet, quelle habitude criminelle ! Cacher ses émotions. Intérieurement, j'avais envie de me faire toute petite. La faute la plus grave de Jack était peut-être de me ressembler.

Il eut un sourire désabusé.

— Je ne vois simplement pas l'intérêt de parler de moi, c'est tout. Mais si tu veux savoir quelque chose, demande-le-moi.

L'occasion était idéale mais, devant ses conséquences possibles, j'hésitais.

Vas-y, Lennie, lance-toi.

— Très bien, Jack. Pourquoi me dis-tu que le temps a filé sans que tu t'en rendes compte ?

— Je suppose que j'avais l'esprit ailleurs. Le bébé. Liz. (Un nuage de mélancolie voila son regard.) C'était une femme merveilleuse. Je ne la méritais pas.

— Pourquoi dis-tu cela ?

Il médita un instant.

— La plupart des gens font de gros efforts pour s'améliorer. Liz, elle, était bonne, tout simplement. Et elle pensait que les autres l'étaient aussi.

— Et toi ?

— Je fais de mon mieux. Je ne peux pas dire que je suis toujours fier des résultats.

— Bienvenue au club.

— Que souhaites-tu savoir encore, Eleonore ? Je veux que tout soit clair entre nous.

Sans aucune hésitation, Jack répondit à un feu nourri de questions. Il ébaucha le portrait d'un garçon timide, dégingandé, élevé par deux riches figures de la société de Charleston ; pendant que mère recevait et que père traitait des affaires, une kyrielle de nurses s'occupaient de Jack et de sa sœur Jillian.

— J'imagine que c'est pour cette raison que j'avais à cœur d'être aux côtés de Liz et de Michael, me dit-il sincèrement. Je ne peux pas m'empêcher de penser que Jilly aurait pu être différente si elle avait bénéficié de l'attention de nos parents.

Sa sœur souffrait de graves problèmes émotionnels. Le diagnostic parlait d'état limite et de trouble de la personnalité. En réalité, cette fille passait son temps à marcher sur une corde raide en marge de la société.

De temps à autre, Jillian disparaissait. Lorsqu'on la retrouvait, des semaines ou des mois plus tard, elle était généralement en prison, en clinique psychiatrique ou dans un foyer pour sans-abri.

Il hocha la tête de dépit.

— Quel gâchis ! Jilly est une belle fille. Et douée avec ça. Elle était toujours la vedette des pièces de théâtre à l'école. D'après ses professeurs, elle avait de l'avenir en danse classique. À quatorze ans, elle était allée étudier à l'American Ballet Company à New York. Les choses avaient bien commencé. Mais elle n'avait pas réussi à s'accrocher.

« C'était la première fois qu'elle fuguait. La police avait été incapable de la retrouver. Aussi, mes parents et moi étions montés à New York pour mener les recherches nous-mêmes. Le détective que nous avions engagé avait finalement retrouvé sa trace dans un cabaret topless où elle travaillait à Times Square. Mon Dieu, l'allure qu'elle avait quand nous l'avions retrouvée ! Maquillée comme une petite putain de bas étage.

Sa tristesse m'envahit. Je connaissais trop bien le cruel sentiment d'impuissance face à un être cher en pleine descente aux enfers.

Curieusement, nous souffrions de cette même affliction si particulière. Comme il était étrange que nous ne l'ayons pas partagée plus tôt. Chaque fois que je me faisais de nouveaux amis, je leur parlais immédiatement de Huck.

Jack semblait lire dans mes pensées.

— Je n'ai pas honte de Jilly, mais j'éprouve toujours de la peine à évoquer sa maladie. Mes parents me l'ont toujours interdit. Un jour, par mégarde, j'ai trahi ce secret, j'ai parlé de ma sœur à des amis au club. Mon père était si furieux qu'il n'a pas pu attendre que nous soyons rentrés à la maison pour me corriger. Il m'a frappé avec un poteau de clôture ramassé au bord de la route.

— C'est monstrueux.

— C'était sa manière à lui de m'expliquer son point de vue.

— Il ne lui est jamais venu à l'esprit qu'il puisse avoir tort ?

Jack avala une petite gorgée de vin.

— Je ne pense pas. Mon père était de la vieille école. Il croyait qu'il détenait la Vérité et portait la responsabilité divine de la transmettre. Ma mère soulageait ma douleur. Du moins, elle essayait.

Au lycée, Jack s'était épanoui. Au cours de sa première année, il avait grandi de près de trente centimètres, devenant le plus grand de sa classe et l'un des meilleurs athlètes. Son intelligence, au sujet de laquelle on l'avait cruellement taquiné, lui valait à présent le respect. Sa timidité, cause de tant de tourments, s'était envolée.

Suivant la volonté et les traces de son père, il s'était retrouvé à l'université de Virginie. Là, au plus fort du psychédélisme des années soixante, il avait laissé pousser ses cheveux jusqu'aux épaules, portait des bijoux et s'était mis à la guitare acoustique.

— À cette époque, je dois bien l'avouer, je passais beaucoup trop de temps en orbite autour de Jupiter.

— Tu veux dire que tu te droguais ?

— Des trucs pas forts. Surtout de l'herbe. C'était comme de la bière à cette époque. Personne n'y accordait vraiment d'importance avant que, des années plus tard, chacun se mette à penser à sa carrière.

Scrutant mon visage, il devint sérieux.

— Je n'étais qu'un gosse qui faisait comme les autres gosses, aussi stupide que cela puisse paraître. J'imagine aussi que je prenais un malin plaisir à provoquer mon père. Dieu sait qu'il le méritait.

— Quand t'es-tu assagi ?

Se penchant plus près de moi, il referma ses mains sur les miennes.

— Qui te dit que je me suis assagi ?

Je rougis, me remémorant ses lèvres. Sa langue.

— Ce n'est pas ce que je voulais dire.

— Difficile pour moi de penser à autre chose. Après la mort de ma femme, je croyais que cette partie de ma vie était révolue. Je n'imaginais pas pouvoir éprouver un jour les mêmes sentiments envers une autre femme. Je suis si content de m'être trompé.

Alors que je fixais ses yeux, je réalisai que je ressentais la même chose. Après tout, de quoi cet homme était-il réellement coupable ? D'avoir vécu à New Haven ? D'être diplômé ?

Mais cet homme est allé à Yale, Votre Honneur.

Qu'on lui coupe la tête !

— Viens chez moi ce soir, Eleonore.

— Impossible. J'ai un cadeau à apporter à Huck et puis j'ai vraiment besoin de me reposer.

— Ça t'embête si je viens avec toi ? J'aimerais beaucoup faire la connaissance de ton frère.

— Je ne sais pas, Jack. Il n'est pas très ouvert avec les étrangers.

Pour être honnête, Huck n'était enthousiaste avec personne. Mon frère se sentait plus à l'aise avec l'inanimé, l'imaginaire et le préenregistré.

— Bon, d'accord. Mais j'aimerais bien le rencontrer quand même.

Finalement, Jack paya l'addition et nous nous rendîmes à Whitechapel ensemble.

Le temps que nous arrivions, les dortoirs des juniors étaient plongés dans l'obscurité, et le parking presque désert. Seules quelques lumières brillaient encore dans la partie principale du bâtiment, là où le personnel s'occupait des patients après l'heure de fermeture au public.

Tandis que nous avancions le long de l'allée déblayée vers le dortoir de mon frère, je sentis un malaise me gagner.

— Tout ce qui ne lui est pas familier le rend furieux. Essaie de ne pas le prendre pour toi.

— Aucun problème.

— Il fera peut-être comme si tu n'étais pas là. Mais il peut tout aussi bien monter sur ses grands chevaux. Il y a quelques années, j'étais arrivée avec une nouvelle coupe de cheveux. C'était juste un peu plus court que d'habitude avec une raie au milieu. Huck m'avait regardée et s'était enfui en hurlant. Je n'avais pas pu revenir le voir avant qu'ils n'aient repoussé.

— Cesse de t'inquiéter, Eleonore. Tout se passera bien.

L'extinction des feux étant proche, la plupart des résidents de l'aile « senior 2 » avaient déjà regagné leurs chambres. Seul dans le salon, Huck somnolait, vautré dans un fauteuil. Il portait son pyjama bleu à rayures préféré et une paire de pantoufles en mousse usées, chaussées à l'envers. Sur l'écran géant de la télévision, des personnages de sitcom batifolaient, mais le son avait été coupé. Je passai la main dans ses cheveux et ses yeux s'ouvrirent instantanément.

— Eh, beauté. Je t'ai apporté quelque chose. C'est la première remise annuelle du prix de la Communication Huck Finn.

Je lui mis le T-shirt et le maillot devant le nez. Huck s'agita nerveusement et grogna à la vue des habits. J'avais le culot de l'empêcher de regarder la télévision.

— D'accord. Compris. Je te lâche dans une minute. Mais avant, je voudrais que tu fasses la connaissance de quelqu'un. Huck, voici Jack Chambless.

Le programme fut interrompu par des publicités. Je saisis l'occasion pour placer Jack dans la ligne de mire de mon frère. Ce mouvement eut des conséquences prévisibles. Huck secoua la tête en signe de protestation.

— Allons, petit-frère. Sois sympa. Jack est un ami.

Tout à coup, Huck se figea. Il était bouche bée.

— Huck. Qu'est-ce qui ne va pas ?

Des cris étranglés lui échappèrent. Des sons que je n'avais encore jamais entendus : un mélange aigu, surnaturel, de fureur et de peur.

Je saisis ses bras.

— Qu'y a-t-il, Huck ? Tu es malade ?

Ses hurlements continuaient, stridents et déconcertants. J'essayai de tenir ma main devant son visage et lui ordonnai de se calmer, comme j'avais vu faire un des membres du personnel lors de sa crise devant l'assiette dépareillée à la cantine. Mais son accès de colère ne faiblissait pas.

Désespérée, je jetai un coup d'œil dans la pièce pour voir ce qui avait bien pu déclencher un déchaînement aussi violent.

— Le truc des Giants ne te plaît pas, mon chéri ? C'est ça ?

Avec empressement, je roulai mon cadeau en boule et le planquai dans le couloir. Mais cela n'arrêta pas pour autant les cris de Huck. Je pris la télécommande et essayai de changer de chaîne. Je remis le son puis le coupai à nouveau.

Aucun changement.

Je ressentais ses cris comme des coups de poignard, déchirants, pénétrants. Mes dents étaient si serrées que j'en avais mal à la mâchoire. Il devait bien y avoir un moyen de l'arrêter.

— Attends-moi dehors, Jack. S'il te plaît.

Il hésita un instant, puis sortit. M'agenouillant, je pris mon frère dans mes bras.

— Chut, mon chéri. Tout doux maintenant. Ça va aller.

Lentement, Huck se calma. Ses cris s'atténuèrent pour finalement s'arrêter. En nage et hors d'haleine, il poussa un énorme soupir et s'effondra comme une poupée de chiffon.

— C'est mieux, champion, murmurai-je. Viens. Au lit !

Je l'aidai à se lever et nous traversâmes le couloir jusqu'à sa chambre. Huck pesait sur moi de tout son corps. Lorsque j'essayai de lui retirer sa robe de chambre, il s'agita de nouveau avec véhémence. Il traversa la pièce telle une torpille en titubant, prit son manteau et l'enfila par-dessus son pyjama. Puis il se pencha et mit ses bottes.

— Eh, champion ! Ça ne va pas ! Tu dois rester ici, maintenant. C'est l'heure d'aller au lit.

Attrapant mon poignet, il se précipita hors de la chambre, traversa le couloir à toute vitesse et sortit du bâtiment en me traînant derrière lui. Je ne vis pas trace de Jack sur le chemin. Il avait probablement décidé d'attendre sagement dans la voiture que la tempête se calme.

— Pas si vite, Huck. Où allons-nous ?

Il parcourut l'allée en quatrième vitesse, se dirigea vers le bâtiment principal et ouvrit la porte d'un coup d'épaule. Je n'eus d'autre choix que de le suivre en haut des escaliers, puis le long du couloir qui menait au bureau de Rosemarie Keaveney.

La porte était ouverte. Sans se donner la peine d'allumer la lumière, Huck traversa la pièce jusqu'au bureau et mit l'ordinateur en marche. L'écran s'alluma et le curseur clignota. Huck jeta ses mains sur le clavier et, furieusement, remplit la moitié de l'écran d'un véritable charabia.

Énervé, il se recula puis essaya de nouveau. Cette fois l'ordinateur émit une plainte de protestation, et le clavier ne répondit plus.

— Doucement. Laisse-moi t'aider.

J'éteignis l'ordinateur puis le rallumai. Tâchant de me souvenir des gestes de sa thérapeute, je glissai doucement une main sous l'avant-bras de Huck. Comme par magie, sa maladresse disparut. Il pointa un doigt déterminé et commença à frapper les touches.

— HOMMLITICI.

— N'oublie pas les espaces, Huck.

Fronçant les sourcils, il recommença :

— HOMM LIT PARTIR

— Homme-lit ? Qu'est-ce que ça veut dire, Huck ?

— HOMME LIT MECHANT.

Ma gorge se noua.

— Tu veux parler de Jack ?

— MECHANT HOMME LIT PARTI REVENU.

— Calme-toi, Huck. Est-ce que tu veux parler de Jack ?

— PAAAAAAAAAAAAAARRRRRRRRRRTTTTTTIIIIIIIIIRRRR.

À bout de souffle, il se pencha et éteignit l'ordinateur. Avant que je ne puisse le rallumer, il sauta de la chaise et se précipita hors du bureau de Rosemarie.

Courant derrière lui, je le suivis en direction du bâtiment « senior 2 ». À peine arrivé dans sa chambre, il jeta son manteau à terre, enleva ses bottes et tomba dans son lit comme une pierre au fond de l'eau.

Il respirait avec peine. Sous sa veste de pyjama, son torse était agité de soubresauts, comme si ses côtes étaient une cage abritant un oiseau affolé.

— Chut, mon cœur. Repose-toi maintenant. J'ai compris ce que tu voulais me dire.

Il me fixa d'un air grave.

— Tout va bien, Huck. Je m'occupe de tout.

La peur irradiait ses grands yeux bleus.

— Je te le promets.

Il se retourna vers le mur et serra son oreiller dans les bras. Ses muscles se relâchèrent et sa respiration reprit un rythme lent, ponctué de sifflements.

— Voilà, c'est mieux. Repose-toi. Dors bien.

Le silence de Huck est le plus profond de tous les silences. Mais dans cette infinie quiétude, j'avais trouvé la réponse que je cherchais. J'entrevoyais le chemin de la vérité. Je baissai la lumière et laissai mon frère à ses rêves.

DANA

21

Laissant Becky à l'hôpital sous la surveillance de son père, Dana se précipita au studio.

À son arrivée, elle retrouva Lucy Breitmeier, Mickey Conway, Heather Warren et Stacy Raybuck en salle de réunion. Heather, une vieille habituée des talk-shows, était la productrice exécutive de *Back Talk*. Stacy, une blonde à l'allure d'enfant triste, était une assistante de production de premier ordre ainsi qu'une mine inépuisable d'idées novatrices.

Dana avait convoqué une réunion interne de niveau six. Pour l'heure, aucune des crises qui avaient secoué l'émission n'avait dépassé le niveau cinq, et encore, cela n'avait eu lieu qu'en une seule occasion.

C'était en novembre dernier, durant la période noire. Au cours de cette inoubliable semaine, deux des cinq invités prévus s'étaient désistés. Un autre avait été arrêté pour détention de cocaïne.

L'idée lumineuse de dernière minute proposée par Stacy était que Dana arbitre des « débats itinérants » sur des sujets brûlants. Tout fut organisé à une vitesse record et l'émission partit sur la route.

Pour commencer, *Back Talk* se rendit dans un trou perdu du Sud où l'on discuta des transports en commun avec le maire et un chapelet local de bigots anonymes. Puis elle rencontra un groupe de fondamentalistes qui suivaient la Bible à la lettre pour débattre de l'avortement. Enfin, elle aborda le problème du droit de port d'armes avec un groupe de paranoïaques du nord de l'Idaho en lutte pour la survie de l'espèce humaine.

Les trois émissions avaient suscité un intérêt considérable et remporté de remarquables taux d'audience.

Cette fois-ci cependant, les enjeux dépassaient les questions de tarifs publicitaires. Dana devait démasquer l'agresseur de Becky et mettre ce salaud hors d'état de nuire à jamais.

Elle n'acceptait pas d'avoir été éconduite par ses amis influents. Dès que la situation se compliquait, les politiciens et les bureaucrates ne songeaient plus qu'à leur propre sauvegarde. Dana restait leur amie tant qu'il s'agissait de promouvoir leurs projets, mais en cas de problème, elle ne pouvait plus compter que sur elle-même.

Mais elle l'avait toujours su.

Mickey Conway vida sa canette de Sprite d'un trait et la jeta en émettant un rot.

Dana le foudroya du regard en s'asseyant sur la chaise, au bout de la table de réunion.

— Désolée d'avoir annulé l'enregistrement d'aujourd'hui, dit-elle solennellement. Je n'ai pas pu faire autrement.

— Tout ce qui compte c'est Becky, répliqua Lucy. Comment va-t-elle ?

— Elle s'en remettra. Je veux coincer le salaud qui l'a agressée. Quelles sont les chances pour que Valerie Eckhard change d'avis et nous le livre ?

— Tu es convaincue que c'était lui le faucheur de marmots ? lâcha Conway, l'air étonné.

— Ce n'est pas le mot que j'emploierais, Mickey... Oui, j'en suis convaincue. Malheureusement ce n'est pas assez pour régler son compte à ce fils de pute.

Lucy prit un air soucieux.

— Eckhard ne coopérera pas, à moins d'obtenir la couverture de *People*. Et encore.

Heather Warren lissa le revers de sa veste de tailleur en tweed et approuva d'un mouvement de tête. La productrice exécutive était une svelte brunette aux yeux verts.

— Oublie Vantarde, Dana. Donne une corde à cette salope et elle trouvera toujours le moyen de te pendre avec.

— Qu'est-ce qui nous reste alors ?

— La police ? demanda Heather.

— J'ai essayé la voie officielle. Ce n'est pas la peine. Et toi, Mickey ? Y a-t-il un moyen quelconque pour que tu fasses apparaître John avec ton clavier magique ?

Il fronça les sourcils.

— Si les ordinateurs du cabinet d'avocats sont en réseau, je pourrai probablement coincer cet accro aux gamines. Mais vu le caractère de tigresse de cette « dame de loi », je doute qu'elle soit du genre à se brancher avec ses collègues. Il doit y avoir d'autres pistes. Je m'en occupe.

Dana serra les dents.

— Je t'ai *déjà* dit de surveiller ton langage, Mickey. Cet homme est un agresseur d'enfants, un être malade et répugnant, qui a essayé de faire du mal à ma petite fille. Ou tu montres un peu de sensibilité ou tu prends la porte. Tu as pigé ?

Ravalant un sourire nerveux, Conway leva les mains au ciel.

— Holà ! Doucement patron. Désolé.

Dana lui fit les gros yeux. Qu'est-ce qui clochait chez Conway ? À certains égards, ce type était un vrai génie. Mais il était capable de dire les choses les plus déplacées, les plus irritantes. Le côté tordu de la personnalité de Mickey pouvait-il être révélateur d'une face cachée ?

Conway savait où Becky allait à l'école. Il avait accès à l'emploi du temps de Dana et de la petite fille. Et si ce n'était pas « John » le coupable ? Pourquoi l'agresseur de Becky ne serait-il pas quelqu'un de proche… comme Mickey Conway ?

Dana retint son souffle en se posant cette horrible question. Mais la réponse évidente lui vint immédiatement à l'esprit. Lorsque Becky avait été attaquée, Mickey était ici, au studio, à travailler sur les reportages du mois prochain. Les rapports qu'il avait compulsés à ce moment-là étaient empilés sous le nez de Dana, une bonne matinée de travail à coup sûr. De plus, une bonne douzaine de personnes auraient remarqué l'absence de Mickey et l'en auraient immédiatement avertie.

Dana reprit le fil de ses pensées.

— Stacy ? Je serais partante pour une de tes idées géniales.

L'assistante scruta les plaques d'isolation phonique du plafond à la recherche de réponses. Soudain, son visage s'éclaira.

— Et le fichier du Centre de Cambridge ? Notre « John » est un patient, pas vrai ? Peut-être que Mickey peut se connecter et se renseigner sur lui là-bas.

— Bonne idée. (Dana se retourna vers Conway.) Qu'en penses-tu ?

— Je ne veux pas jouer les rabat-joie, mais ce « John » suit le programme de Patterson Graham depuis une vingtaine d'années. Bien avant que les ordinateurs ne soient utilisés d'une manière systématique. Je ne vois pas pourquoi ils auraient pris la peine de réactualiser leurs fichiers. Ils ont dû jeter ces registres ou les entreposer quelque part.

— Graham a pourtant parlé de suivi à long terme, non ? interrogea Dana.

— Ils ont probablement regroupé leurs données, dit Mickey en fronçant les sourcils. Difficile dans ces condition de retrouver notre gars dans une de leurs listes.

Dana soupira, exaspérée.

— Il doit bien y avoir un moyen.

— Et si on faisait filer Vantarde ? Surveiller son bureau. Ça pourrait nous conduire droit à notre homme, proposa Conway.

— Trop aléatoire, trop lent, dit Dana sèchement. Je veux ce salaud maintenant. Je veux qu'il se retrouve là où il ne pourra plus faire de mal aux petites filles… pour toujours ! Becky a besoin de se sentir en sécurité, quel qu'en soit le prix.

Dana, amère, sentit sa gorge se nouer.

— Je continue à réfléchir, patron. Je verrai ce que je peux faire, dit Mickey.

— Moi aussi, promit Stacy. On va trouver quelque chose. Ne t'inquiète pas.

— Tenez-moi au courant, d'accord ?

— Fais-nous confiance, dit Heather.

— Et n'y allez pas de main morte. Je me fiche de la manière dont on le coincera. Il faut le coincer, un point c'est tout. Je vous couvrirai si nécessaire.

Le bureau de Dana — en forme de L — était divisé en deux parties : une pour le travail et une pour la détente. D'ordinaire, la moquette mauve pâle, les rideaux crème et les décorations florales abondantes suffisaient à la calmer. Aujourd'hui cependant, même une bonne dose de tranquillisants n'aurait pas réussi à lui rendre sa sérénité.

C'était tout aussi bien. Elle devait rester en alerte. L'homme qui avait attaqué Becky pouvait se trouver n'importe où. Ça pouvait être n'importe qui.

Une pile de messages et un tas de notes de service urgentes l'attendaient sur son bureau. Elle les repoussa et composa le numéro de Watch Link, la compagnie privée qui avait transporté Becky à l'hôpital.

Dana demanda que des vigiles armés se relaient vingt-quatre heures sur vingt-quatre devant la porte de Becky à Mont-Sinaï. Demain, lorsqu'elle aurait signé la décharge, les choses risquaient de prendre une tournure plus délicate.

— Je veux que ma fille soit sous surveillance dès qu'elle quitte la maison, mais je tiens à ce qu'elle ne se doute de rien. Est-ce que vous pouvez vous occuper de cela, monsieur Rostron ?

— Tout ce que vous voudrez, madame Meade.

— Je parle d'une protection *rapprochée* et *permanente*. Becky ne doit jamais être seule. Même aux toilettes.

— Aucun problème. Nous mettrons nos meilleures collaboratrices sur le coup. Faites-moi confiance, madame Meade. Watch Link s'occupe de la sécurité de nombreuses célébrités, et même de chefs d'État.

— Notre affaire est plus sérieuse. Il s'agit de ma petite fille.

Dana se rongeait les sangs, incapable de trouver une solution rapide pour mettre un terme à son cauchemar. Elle avait tout essayé. Ses amis influents ne s'étaient montrés d'aucune aide. Ses dévoués collègues feraient de leur mieux, mais comment ?

Les gardes du corps étaient humains, et donc faillibles. Si Roddy Pierce s'était montré incapable de garantir la sécurité de son enfant, comment Dana pouvait-elle avoir confiance en quelqu'un d'autre ?

Une fois qu'elle connaîtrait l'identité de John et qu'elle saurait où le trouver, Dana était sûre de pouvoir user de son influence pour le faire comparaître au plus tôt. Il se retrouverait en un rien de temps sous les verrous.

Elle était obsédée par la nécessité de découvrir l'identité du violeur. Et vite.

Tout à coup, le moyen le plus direct pour obtenir cette information apparut clairement à l'esprit de Dana. Elle décrocha son téléphone et mit la mécanique infernale en marche.

LENNIE

22

En quittant Whitechapel, je me sentais étrangement calme. Je me glissai dans la voiture de Jack ; son visage était tendu par l'inquiétude.

— Ton frère s'est calmé ?

— Ça va. Il dort.

— Tu avais raison, Eleonore. Je n'aurais pas dû venir.

— Non, Jack. Je suis contente que tu m'aies accompagnée. Sincèrement.

Sa bouche se pinça en une moue sinistre.

— Tout ce que j'ai réussi à faire, c'est perturber ce gamin.

Luttant contre ma répulsion, je me forçai à le regarder. Que *cherchait* cet homme au juste ? Du réconfort ? L'absolution ?

Ou est-ce que Huck se trompait ?

Mon frère se fondait sur des bribes de souvenirs lointains. Des impressions crues gravées sur fond de terreur, de jeunesse et de traumatisme. Lors de mon viol, Huck n'était qu'un bébé.

Mes soupçons au sujet de Jack ne tenaient qu'à un fil. De fragiles lambeaux d'hypothèses. Des mensonges insignifiants. Rien de vraiment tangible.

Les poursuites sont fondées, Votre Honneur.

Rejeté ! Affaire suivante.

Je pensai aux incertitudes de Rosemarie Keveany. Les messages de Huck pouvaient n'être qu'une illusion. Un désir, et non une réalité. Mes doigts avaient-ils pu le guider à énoncer ces accusations accablantes ? Ses peurs et ses incriminations venaient-elles de moi ?

Le trajet du retour fut interminable. Le silence s'était imposé entre nous. Jack n'arrêtait pas de me lancer des regards anxieux. Ses yeux sombres étaient noyés de tristesse et de malaise. Je fis mine de ne rien remarquer.

Finalement, il me déposa à ma voiture. Moteur au ralenti, il attendit que je démarre avant de partir.

Je pris la direction de la maison. La jeep de Jack me suivit pendant quelques pâtés de maisons, puis vira vers le nord en direction de Wilton. Je jetai un œil dans mon rétroviseur jusqu'à ce que ses feux arrière disparaissent au loin. Je tournai dans une petite rue perpendiculaire et fis demi-tour vers la ville.

Il y avait peu de circulation. Ma Toyota avançait avec un enthousiasme rare. Arrivée à destination à une vitesse étonnante, je faillis dépasser l'entrée.

En pénétrant dans le bar du Manchester Arms, je reconnus les accents obsédants de la voix de Sally Deane. Elle chantait *Killing Me Softly* d'une manière délibérément provocatrice.

Alors que je me dirigeais vers le salon, le faisceau éblouissant d'un spot mal réglé m'aveugla. Je clignai des yeux, tentant de percer le voile de fumée dense qui épaississait l'air. La chanteuse sensuelle était invisible. À sa place, à côté du piano, il y avait un magnétophone branché sur deux haut-parleurs.

Je me repliai vers le bar et m'approchai du serveur en costume sombre et aux cheveux plaqués.

— Sally Deane sera-t-elle là ce soir ?

— Sally ?

— La chanteuse.

— Non. Pas ce soir.

— Savez-vous où je peux la trouver ?

Il se lissa une barbe imaginaire et fronça les sourcils.

— Désolé. J'ai bien peur que non.

— Je vous en prie. C'est urgent.

— Demandez à Stuart Long, le pianiste, il doit pouvoir vous renseigner. Il est sorti faire une pause. Il sera là dans dix minutes.

Impatiente, je m'assis sur un des sièges aux motifs fleuris devant la fenêtre. Je surveillai la route.

Un quart d'heure plus tard, des phares apparurent dans l'allée de l'auberge. Je me levai précipitamment et interceptai le pianiste sur le chemin pavé. Les mains enfoncées dans les poches de son trench-coat, le col relevé sur un visage anguleux, des petits yeux suspicieux.

— Monsieur Long ? Je cherche Sally Deane. Le barman m'a dit que vous sauriez où elle se trouve.

Ses yeux se plissèrent.

— Qu'est-ce que vous lui voulez, à Sally ?

— C'est personnel. Je suis l'amie d'un ami.

Il renifla. Je pus sentir des effluves de bourbon dans son haleine.

— S'il vous plaît, monsieur Long. C'est important.

Il me jaugea et haussa les épaules.

— Je crois qu'elle a une répétition à Stamford ce soir. Vous connaissez le centre social de Cascade Road ?

— Oui.

— Mais à l'heure qu'il est, elle a probablement terminé.

— Merci. Je vais essayer quand même.

Je parcourus les petites rues tortueuses à toute allure. À l'intersection de North-Stamford et de Cascade, je glissai sur une plaque de verglas. La voiture dérapa carrément. Les roues, incontrôlables, m'entraînaient vers une collision certaine avec un grand chêne. J'écrasai la pédale de freins. Elle se déroba sous mes pieds. Dans un effroyable crissement, la voiture s'immobilisa enfin, à quelques centimètres de l'arbre.

— *Bon* tacot, murmurai-je en tapotant avec gratitude le tableau de bord. *Belle* emmerdeuse.

Le centre social occupait un bâtiment en pierre de taille avec un petit porche ceint de fer forgé. Le minuscule parking en terre battue, devant l'entrée, était rempli de voitures. Il y en avait même jusque devant l'église en bois de l'autre côté de la rue.

À l'intérieur, je trouvai une douzaine d'hommes et de femmes entre deux âges, regroupés au fond de la longue et unique pièce. Debout, raides, bouches entrouvertes comme des oisillons affamés. Leurs yeux étaient rivés sur la femme à l'allure guindée qui se tenait devant eux. Un bras en l'air, elle se tenait derrière un pupitre. Son front était plissé, ses lèvres serrées par la concentration.

Elle baissa la main et débuta le morceau par un « Hallelujah », qui alla *crescendo* et se poursuivit dans une langue étrangère que je ne sus reconnaître.

Je parcourus la pièce du regard, à la recherche de Sally Deane. Sur une table près de la porte, une cafetière émettait des petits gargouillis à côté d'une montagne à demi dévorée de cookies aux céréales et de gobelets en plastique usagés. Manteaux, chapeaux, sacs et cache-col s'entassaient près d'un large radiateur. Aucune trace de la chanteuse. Découragée, j'étais sur le point de partir lorsque la directrice du chœur tapota sur le pupitre pour interrompre le chant.

— Doucement les basses, s'il vous plaît, Marty. Et essayez de travailler la vivacité, Ruth. Comme ça !

Au son de sa voix, la surprise faillit me décrocher la mâchoire. La femme qui dirigeait le chœur n'était autre que la sensuelle Sally Deane. Une Sally Deane méconnaissable dans sa stricte jupe noire, son pull vert céleri, ses bas clairs et ses confortables chaussures plates et noires.

La répétition se prolongea dix minutes. Puis les membres du chœur reprirent leurs manteaux et se dirigèrent vers la porte dans un brouhaha de conversations.

Une fois le dernier groupe sorti, la chanteuse se tourna vers moi. Elle me tendit une main gracieuse.

— Vous êtes l'amie de Jack, c'est ça ? J'ai bien peur d'avoir oublié votre nom.

— Lennie Finn. Stuart Long m'a dit que je pourrais vous trouver ici. Désolée de débarquer comme ça.

— Il n'y a pas de mal. Un café ?

— Merci. Sans lait, s'il vous plaît.

Elle traversa la pièce jusqu'à la cafetière et emplit deux gobelets. Elle me tendit le mien, ajouta deux sucres au sien et remua à l'aide d'un bâtonnet en bois. Ses yeux me dévisageaient.

— En quoi puis-je vous être utile, mademoiselle Finn ?

— Vous avez dit avoir connu Jack quand il était à Yale. Comment était-il ?

— Vous sortez avec lui ?

— Dans un sens, oui. J'aimerais simplement comprendre...

— Tout ça remonte à si longtemps. Je ne vois pas en quoi le passé de Jack peut avoir de l'importance pour vous.

— Il se trouve que ça en a.

— Puis-je savoir pourquoi ?

Je cherchai une explication qui soit claire et nette. Et je n'en trouvai aucune. Piètre menteuse comme j'étais, j'aurais dû concocter à l'avance une histoire qui tienne debout.

— Je ne peux vraiment rien vous dire, madame Deane.

Son front se plissa.

— Je reconnais que ça peut paraître étrange, dis-je d'une voix hésitante.

— En effet.

— Tout ce que je peux vous dire, c'est que ça a de l'importance pour moi. Beaucoup d'importance.

Elle était silencieuse, attentive. J'essayais d'avoir l'air calme, mais, à l'intérieur, je bouillonnais.

Finalement, elle ôta ses lunettes et se massa l'arête du nez.

— Je n'ai pas grand-chose à vous apprendre, j'en ai bien peur. J'ai rencontré Jack à New Haven alors que je débutais comme assistante dans une congrégation.

— Vous êtes pasteur ?

— Non, rabbin. J'appartiens à un petit groupe de Stamford maintenant. Nous sommes en train de collecter des fonds pour construire une synagogue. En attendant, nous louons cet endroit à l'église.

— Difficile de vous imaginer autrement qu'en chanteuse.

— D'une certaine manière, je pense que j'en suis une. En réalité, je me destinais à une carrière de comédienne, mais quelqu'un là-haut m'a fait changer d'avis. Au départ, je m'entraînais pour devenir chantre, le maître de chœur. Lorsqu'ils ont commencé à autoriser les femmes à devenir rabbins, je suis retournée à l'école.

— Mais vous aviez l'air...

— Pas très rabbinique ? (Elle eut un sourire jovial.) Vous avez raison. Sous ces airs de vieille dame démodée se cache une mondaine invétérée.

— Vous êtes formidable.

— Merci. Chanter sur scène a toujours été une nécessité pour moi. Et c'est toujours le cas, bien que le numéro de départ ait beaucoup changé.

Je me souvins de Sally Deane au micro. Son pouvoir de séduction était difficile à discerner sous ces traits de serviteur du Tout-Puissant aux talons plats.

— Où avez-vous rencontré Jack ? demandai-je.

— À la synagogue. Durant un certain temps, ce baptiste originaire du Sud a été un de nos fidèles les plus actifs et dévoués. Il assistait à tous les offices, à toutes les cérémonies. Il participait à nos activités bénévoles. Il s'occupait même de quelques classes dans nos cours du soir.

— Étrange.

Elle avala une gorgée de café.

— Ça arrive parfois. Certaines personnes sont si mal dans leur peau qu'elles partent à la quête d'une nouvelle voie, d'un chemin qui leur convienne mieux.

— Sa femme y participait aussi ?

Son front se plissa.

— Je ne savais pas qu'il avait une femme.

— Si.

Elle haussa les épaules.

— Jack était très jeune. Il n'était sûrement pas marié depuis longtemps. Certains ont du mal à se faire à l'idée.

— Pensez-vous qu'il ait eu l'intention de se convertir ?

— Peut-être, mais il a fini par réaliser que ce n'était pas grâce à la religion qu'il se tranformerait.

— Quoi alors ?

Elle plissa les yeux.

— Je n'en sais rien. Il courait après quelque chose, mais j'ignore honnêtement quoi. Jack n'était pas très loquace. Pas avec moi, en tout cas.

Mes espoirs s'envolèrent. J'avais compté sur cette femme pour me conduire au passé mystérieux de Jack.

— Je regrette de ne pas avoir pu éclairer votre lanterne.

— Je suis quand même contente d'avoir discuté avec vous, Rabbi Deane.

Elle se leva, débrancha la machine à café, jeta les gobelets sales à la poubelle et s'emmitoufla dans un manteau en tweed. Je la suivis dans la nuit devenue soudainement lugubre et démoralisante.

Sa voiture était garée près de la mienne sur le parking de l'église. Nous marchâmes côte à côte, avançant prudemment sur le trottoir verglacé. Enfin, nous nous séparâmes après avoir échangé une poignée de main.

Alors que je fouillais dans mon sac plein à craquer à la recherche de mes clés, Sally Deane se glissa dans sa Volvo et se dirigea vers la route.

Au moment où je mettais le contact, je sursautai à son coup de klaxon. La femme rabbin avait reculé sa voiture jusqu'à ma hauteur. Elle me fit signe d'ouvrir ma fenêtre.

— Je viens juste de me rappeler quelque chose, mademoiselle Finn. Un de nos projets bénévoles de cette année-là, c'était un programme d'information sur les avantages sociaux ouverts à la communauté. En un mot, il s'agissait d'apporter une aide aux familles dans le besoin.

« Nous avons eu un cas particulièrement tragique. Une femme du quartier a été tuée au cours d'un braquage dans un magasin. Elle était veuve, avec cinq enfants. Les services sociaux voulaient placer les plus jeunes dans des familles d'accueil, mais l'aînée a insisté pour préserver l'unité de la famille. Une jeune femme remarquable. Elle a réussi en dépit de tous les obstacles.

« Notre communauté l'a aidée jusqu'à ce qu'elle finisse ses études et trouve un bon travail. Votre ami Jack s'est montré particulièrement actif. Ils sont devenus très proches. Peut-être voudriez-vous lui parler ?

— Elle vit encore par ici ?

— Oh oui. Et quelle revanche pour elle ! Son nom est Eden Hilliard.

— Comme le grand magasin ?

— Exactement.

LENNIE

23

Je fus réveillée par un grattement furieux à ma porte. La tête enfouie sous l'oreiller, l'esprit embrumé, je m'extirpai peu à peu de mes rêves.

Hitsig était suspendu à une barrière et en grattait la paroi de métal. Une bande de chiens écumants se ruaient à ses pieds. Ses muscles trop tendus menaçant de lâcher prise, Wild Bill m'appelait à l'aide en hurlant. Mais mes ongles n'étaient pas secs.

Rien de pire qu'une dégoulinure, n'arrêtait pas de crier Shelby. *Rien de pire qu'une dégoulinure.*

Maniac continuait de pleurnicher et de gratter, si bien que je finis par me hisser hors du lit et à passer ma tête fatiguée dans le couloir.

— Retourne te coucher ma fille, il est trop tôt.

La chienne, agitée, tournait sur elle-même, marquant un temps d'arrêt à chaque tour pour pointer son nez vers l'escalier. Sa plainte monta dans les aigus, me donnant la chair de poule.

— Que se passe-t-il, Maniac ? Montre-moi !

La maison était silencieuse. On n'entendait que le tic-tac syncopé de l'horloge dans le couloir et la respiration haletante de la chienne.

En la suivant au rez-de-chaussée, j'imaginai un des pensionnaires de la maison étendu par terre, sans vie, victime d'une crise cardiaque. Ou ma très chère Mme O' baignant dans une mare de sang. Mais, arrivée devant le placard de la cuisine, je ne découvris qu'une flaque jaune et un tas de crottes à côté du sac de croquettes.

Dans un coin de la pièce, Remus et Romulus dormaient l'un contre l'autre comme deux morceaux d'ébène. Maniac, furibonde, sautait au-dessus d'eux en émettant une série de jappements perçants et accusateurs.

— Ça va, Maniac. Oublie ça.

Je nettoyai le sol malgré les coups de museau de la chienne. Lorsque j'eus fini, elle me regarda d'un air sinistre.

— Que veux-tu que je te dise ? La vie n'est pas toujours juste.

— À qui le dis-tu, ma petite Lennie.

L'apparition inopinée de Franck Murphy me mit mal à l'aise, mais je m'efforçai de rester impassible. Il dégageait une odeur de chien mouillé qui venait de s'ébattre sous la pluie.

— Bonjour, Franck.

— Tu m'as l'air en forme. Que dirais-tu de préparer un bon petit déjeuner à une âme en peine ? Deux œufs, une saucisse, des toasts et un bon café. Ça m'éviterait de ruminer mes *problèmes*, si tu vois ce que je veux dire.

L'idée de lui frire à la place une bonne fournée de crottes de chien bien chaudes me traversa l'esprit mais il n'en valait même pas la peine.

— Je ne sais pas cuisiner, Franck. Et tu peux aller au diable.

— Tu le regretteras, Lennie Finn.

— Arrête, j'ai la trouille.

— Tu ne perds rien pour attendre, sale garce.

Mme O' entra à cet instant et sentit planer un parfum de tension dans l'air.

— Je ne laisserai jamais personne émettre de mauvaises vibrations dans cette maison. Allez. Réconciliez-vous, et tout de suite.

Franck me regardait d'un œil mauvais.

— C'est elle qui a commencé, tatie Jane.

— Allons. Lennie, ma chérie. Fais tes excuses à ce monsieur.

— Certainement pas.

Son visage s'assombrit.

— Fais-le pour moi alors, mon enfant. Je ne supporte pas de voir deux personnes fâchées.

Il n'était pas dans les habitudes de Mme O' d'exiger quoi que ce soit de ma part. Sur son insistance, je cédai.

— D'accord, Franck. Accepte mes excuses les moins sincères.

— Je les accepte.

Son sourire suffisant m'exaspéra.

Bien que la journée ait vraiment mal commencé, le pire était à venir. À mon arrivée dans la caserne, l'ouverture de *Cats* retentit dans le haut-parleur. Quelques instants plus tard, la voix désagréable de Hitsig poussa la chansonnette, parodiant grossièrement le texte.

> *« Minuit, pas trace de feu.*
> *La vieille Finn a-t-elle perdu la boule ?*
> *Elle traque un chat.*
> *Dans le... »*

Des parasites précédèrent la voix furieuse du capitaine Perriman, amplifiée par les haut-parleurs :

— Ce matériel est un équipement officiel, Hitsig. Ça a coûté une fortune. C'est pas un putain de jouet, compris ? Maintenant, au boulot !

Soudain, je me sentis mieux.

Jetant un œil sur ma feuille de service, j'eus l'agréable surprise de constater que j'étais affectée à l'unité de sauvetage n° 1, en compagnie de Red et de Dumbo.

Avec un peu de chance, mon ami Red aurait oublié mon moment de folie de dimanche soir. Le souvenir de ce baiser bien plus qu'amical me mettait mal à l'aise.

Pour ne plus y penser, je me jetai à corps perdu dans les tâches de routine. Je pris la relève de Wuss Elliot, de l'équipe de nuit. Wuss était un homme trapu, à l'allure de bûcheron, mais qui avait une trouille bleue de l'animal le plus inoffensif.

En sauvetage, Wuss était connu pour ses exploits. On l'avait vu plonger dans quinze mètres d'eau froide à vous geler le sang pour sauver une victime de la noyade, réparer des fuites de produits chimiques extrêmement dangereux, ou sortir des rescapés de véhicules en feu menaçant d'exploser d'une seconde à l'autre. Mais la simple allusion à une souris et ce lourdeau grisonnant courait se mettre à l'abri.

Wuss jeta un œil à ma tête et fronça les sourcils.

— Ça va, Finn ?

— Bien, pourquoi ?

— Tu as l'air crevée.

— Je le suis, Wuss.

— Moi aussi. (Énorme bâillement.) Je meurs d'envie de rentrer pioncer. Je me sens capable de dormir d'une traite jusqu'à demain. Peut-être même après-demain.

— Merveilleux. Dors pour moi alors.

Je sortis mon équipement du vestiaire et le rangeai dans le camion de l'unité nº 1. Pour devenir membre à part entière de l'équipe spéciale d'intervention d'urgence, il fallait passer un certificat de plongée et suivre une formation de deux ans en secours d'urgence. J'étais déterminée à y arriver.

L'équipe de sauvetage était considérée comme une unité d'élite. C'était l'apanage des plus forts et des plus courageux de la brigade. Plusieurs de mes camarades pompiers, en particulier Hitsig, trouvaient risible mon ambition de vouloir rejoindre leurs rangs. Leur scepticisme n'était qu'un stimulant supplémentaire.

Le changement d'équipe eut lieu à huit heures. Nous sommes tenus de nous mettre en rang par ordre d'ancienneté, ce qui me place en dixième. Red se trouve huit rangs en arrière. Afin de m'assurer que notre amitié était restée intacte, j'essayai de croiser son regard. Mais le capitaine Perriman arriva.

— Premièrement : Vito Antinori est le fier papa d'un petit garçon en bonne santé. Quatre kilos et demi, né la nuit dernière à la clinique St. Joe. La mère et le fils se portent à merveille. Vito m'a assuré qu'il avait coupé le cordon lui-même.

— Mais pas avec *sa* mère à lui, je parie, lâcha Nervy.

— Deuxièmement, continua Perriman en ignorant la plaisanterie, le shérif prévoit une tournée dans les écoles primaires de la ville pour parler du programme « Les tout-petits d'abord » et distribuer des autocollants. Il a besoin de volontaires.

Ma main se leva en même temps que plusieurs autres. Les autocollants phosphorescents placés aux fenêtres des chambres des gosses étaient destinés, en cas de feu, à nous aider à les localiser pour les secourir en premier.

— Troisièmement, au cas où vous n'auriez pas lu le journal ce matin, un violeur en série sévit dans le secteur. L'homme a frappé au moins six fois dans les huit derniers mois. Toutes des gamines.

— Quel homme occupé, marmonna Hitsig. Tu ferais mieux de te dépêcher de prendre rendez-vous, Finn.

Perriman répliqua sèchement :

— Je pense que c'est toi qui devrais prendre un rendez-vous, Hitsig. Pour une greffe du cerveau.

Une vague de rires moqueurs parcourut l'assemblée. Hitsig devint écarlate.

Perriman continua :

— Inutile de préciser que je veux que tout le monde reste en alerte, en particulier ceux qui ont des petites filles.

La nouvelle avait provoqué surprise et indignation. Compte tenu du nombre de gens dans la confidence, il était ahurissant qu'on ait pu garder le secret aussi longtemps.

J'espérais sincèrement que Clarissa Pratt serait de mon avis. Ses menaces à propos de mon éventuelle indiscrétion me revinrent à l'esprit.

Perriman passa ensuite aux cinq minutes d'exercices de localisation. Cela peut paraître idiot, mais imaginez un instant que vous soyez piégés par un feu et que les pompiers se perdent et tournent en rond dans le mauvais quartier. Ou encore, qu'ils soient incapables de trouver une bouche à incendie.

— Carlone ? Où se situe Mayapple ?

— Au nord de High Ridge, à l'ouest de Sunset, chef, répondit Nervy.

— Maple Place, Hitsig ?

— Pas facile, celle-là, gémit Wild Bill.

Je regardai par la fenêtre. Le soleil brillait de plus en plus.

Après que Perriman nous eut donné congé, je redescendis au garage. Ma tâche du jour était de contrôler le matériel. Red arriva quelques instants plus tard. Sans un mot, il monta à bord du camion et commença à tester les équipements.

Son silence me sembla durer une éternité. Enfin, j'abandonnai mon poste et, malgré mon embarras, le rejoignis dans la cabine.

— Qu'est-ce que tu as, Red ? Tu es fâché ?

— Contre quoi ?

— Je ne sais pas. Je te trouve un peu distant.

— De toi ? (Il me tapota le menton amicalement.) J'étais préoccupé par ce que Perriman nous a dit, c'est tout. Violer une enfant. Bon Dieu !

— Tu es tellement sensible, Red. C'est ce que j'aime chez toi, entre autres choses.

Se redressant, il prit son air à la Bogart.

— Vous savez, je suis venu à Casablanca pour les chutes.

— Les chutes ? Quelles chutes ? Nous sommes en plein désert.

Red cligna de l'œil.

— On a dû mal me renseigner.

Nous étions toujours amis. Soulagée, je finis l'examen de la moitié du camion. Puis je vérifiais mon appareil autonome de respiration à air comprimé, indispensable contre n'importe quel feu. La première alerte de la journée retentit alors que je vérifiais la dernière valve.

Camion un, lance deux, échelle deux, Unité un : Rendez-vous sur le chantier au deux-quatre-six-six Tresser Boulevard ! ! !

En quelques secondes nous étions partis, toutes sirènes hurlantes. Red était au volant. Il roulait à tombeau ouvert. Perchée à l'arrière, j'échafaudais des hypothèses. Il s'agissait peut-être d'un effondrement, ou d'une explosion. Un ouvrier ou un passant avait dû se retrouver coincé sous une grue, ou un bloc de béton. On pouvait aussi envisager une fuite de produits chimiques. Dans ce boulot, et plus particulièrement dans le sauvetage, il fallait être prêt à tout.

Y compris aux innombrables fausses alertes.

Quand nous arrivâmes sur les lieux, le capitaine Stan Silfen s'engueulait copieusement avec le contremaître.

— Je vois un feu, je vous appelle et vous n'êtes pas contents ? Vous vous foutez de moi ou quoi ?

Silfen, grand, costaud et imposant, toisa le contremaître.

— Un feu, oui, mais pas un tas de gravats et de cendres, répliqua Silfen.

— Ça brûlait du feu de Dieu quand on est arrivés ici, capitaine. Je ne pouvais pas prendre un risque pareil.

Tournant la tête dans la direction dudit sinistre, je me raidis.

Des cercles de pierre. Des volutes de fumée s'élevant d'un monticule de cendres. Le même feu mourant que celui découvert à côté de la maison des Dolan, la nuit du drame.

La seule chose qui manquait, cette fois, c'était la victime.

LENNIE

24

Le sergent Kresky et Clarissa Pratt arrivèrent sur les lieux en même temps. Quelques instants plus tard, deux voitures banalisées, trois voitures de patrouille ainsi qu'un représentant de la mairie les rejoignirent.

— Déploiement et fouille complète du secteur, ordonna Kresky. Resnick, Mahoney, Feighan, Silvera, en haut. Wilson, Vanneman...

— Qui est le responsable ici ? demanda Clarissa Pratt.

— C'est moi.

Le contremaître bedonnant s'avança lourdement.

— Dégagez vos types d'ici avant que l'un d'eux ne fasse disparaître les indices, lança sèchement la procureur.

Le contremaître ne réagit pas.

— Faites descendre vos hommes, monsieur ! Il faut évacuer les lieux, insista Kresky.

— Le temps c'est de l'argent, inspecteur. Je ne peux pas tout arrêter pour vos beaux yeux.

— Faites-le pour les miens alors, riposta Clarissa Pratt. On évacue. Et vite !

— Mais bon sang, qui êtes-vous ? bégaya le contremaître.

— Ange ou démon, mon gros. À vous de voir.

L'homme serra les poings. J'eus l'impression qu'il allait la frapper. Il renifla et se retourna. Mettant ses mains en porte-voix, il hurla des ordres aux ouvriers perchés dans l'enchevêtrement d'échafaudages.

— Vérifiez ces poutres, Malozzi. Biggerstaff, préparez la plate-forme pour la grue. Au boulot, les gars ! Allez hop, hop !

Clarissa Pratt soupira et s'adressa à un flic mince et dégarni.

— Menottez-moi ce gros lard et coffrez-le pour entrave à la justice, Sanderson, dit-elle d'un ton cassant.

— Bien, m'dame. (Sanderson sortit ses menottes et s'approcha du contremaître.) Vos poignets, s'il vous plaît.

Celui-ci recula d'un pas.

— C'est vraiment très drôle…

— Ah bon, vous trouvez ça marrant, vous ? répliqua Clarissa Pratt.

Sanderson se rapprocha.

— Foutez-moi la paix, grogna le contremaître.

La procureur jubilait.

— Entrave à la loi. Résistance aux forces de l'ordre. Ça ne vous suffit pas ?

Le contremaître, repoussant les menottes que lui tendait Sanderson, releva la tête et hurla :

— Tout le monde dehors ! Je vous préviendrai quand on pourra s'y remettre.

— Je ne vous remercierai *jamais* assez pour votre coopération, monsieur, dit Clarissa Pratt d'un ton moqueur. À vous, Kresky. Allez !

— On peut vous donner un coup de main ? proposa Red.

Kresky approuva d'un signe de tête.

— Bien sûr. Nous en aurons besoin.

— Je ne pense pas que cela soit prudent, lâcha la procureur, glaciale. Question de responsabilité.

Le beau Harry s'insurgea.

— Et vous avez pensé à notre responsabilité si on arrive trop tard pour sauver une pauvre gosse, madame Pratt ? Surtout après avoir refusé l'aide de nos collègues ? Mais, après tout, c'est *vous* le représentant de la loi ici.

Red, Dumbo et moi fûmes envoyés à l'arrière du bâtiment. Centimètre par centimètre, nous passâmes au crible la pile de détritus à la recherche d'indices.

Kresky nous avait recommandé d'être attentifs à tout ce qui pourrait ressembler à un vêtement, même des morceaux de tissus déchirés. « Restez vigilants », nous avait-il dit,« essayez de repérer les bijoux, les boutons ou les babioles qu'on met dans les cheveux et qui auraient pu tomber au cours d'une lutte. » La moindre empreinte de pied, mèche de cheveux ou trace de sang devait être signalée immédiatement.

Dans ce cas, nous avions ordre de ne toucher à rien et de prévenir un des policiers. Tout geste malencontreux pouvait détruire des traces ou des indices déterminants, avait patiemment expliqué le beau Harry.

Appliquant à la lettre ses consignes, je fouillai les débris du bout de ma botte, de crainte d'avoir de mauvaises surprises. Le sergent avait expliqué que des rats ou autres squatters déguerpiraient d'un coup de pied bien placé.

Très rassurant.

Kresky n'avait pas besoin de nous préciser ce que nous risquions de découvrir sous ce tas d'ordures. De la chair froide. Des lambeaux ensanglantés. Un jeune visage figé dans une expression d'effroi et de mort.

On n'entendait plus que le bruit de nos bottes s'enfonçant au milieu des déchets nauséabonds.

— Salut ! lançai-je pour briser le silence pesant. Y'a quelqu'un ?

Red et Dumbo, quelques mètres plus loin, inspectaient les décombres avec lenteur et minutie. Kresky vint à notre rencontre. Il était couvert de saleté. Pas vraiment le moment de lui tirer le portrait.

— Ça avance, Finn ?

— Oui. Vous avez trouvé quelque chose ?

— Pas encore. (Kresky prit un air soucieux et posa sa main sur mon épaule.) Vous êtes sûre que ça va ? La tension peut être dure à encaisser, vous savez.

— Ça va.

Je poursuivis mes recherches, essayant de chasser de mon esprit les images trop crues qui l'assaillaient. Anges brisés. Monstres sans visage. Grands yeux hagards et ahuris.

Il restait deux tas de déchets à vérifier. Je donnai un coup de pied dans le premier, ce qui eut pour effet de soulever un nuage suffocant de sable. Je triai les décombres mais ne découvris rien de suspect.

M'approchant du dernier tas, j'eus un élan d'optimisme. Les cercles de pierres fumantes n'étaient peut-être qu'une pure coïncidence, un simple feu allumé par des sans-abri.

Ou encore par un cinglé dans le seul but de semer la panique. Si les informations concernant ces viols en série étaient connues de tous, il devait en être de même pour les rituels qui les accompagnaient. Clarissa Pratt avait refusé de me dire si ces feux étaient la signature de notre violeur, mais l'un des enquêteurs avait très bien pu mettre la presse au courant.

Réconfortée par cette idée, je fouillai le dernier monticule, soulevant un nuage granuleux qui resta en suspens. Je m'agenouillai et me mis à farfouiller dans l'amoncellement de rebuts. Je tombai alors sur un gant séché en cuir planté sur un tesson de bouteille. Pensant que l'objet pourrait intéresser Kresky, je ne le touchai pas et cherchai des yeux le sergent ou l'un de ses hommes.

Aucun flic en vue. Je commençai à passer au crible le reste de la pile, prenant soin de ne pas toucher le gant. Au moment où j'atteignis le bout du tas, je repérai Kresky et l'appelai. D'un geste malencontreux, je plantai la paume de ma main dans le tesson.

— Aïe, merde !

Le sang gicla. Habituée à réagir avec calme et méthode dans de telles situations, j'évaluai les dommages, comprimai l'endroit du revers de ma veste, mais tombai instantanément dans les pommes.

Lorsque je revins à moi, le visage préoccupé de Red m'apparut. Encore dans le cirage, j'entrevis Dumbo et le visage angélique de Kresky. Il était flou. Clarissa Pratt surgit derrière eux et marmonna entre ses dents :

— Je le lui avais bien dit, mais il ne m'a pas écouté. Nous voilà dans de beaux draps !

— Regardez, elle revient à elle. (Les doigts de Red caressèrent ma joue.) Dis donc, toi ! On peut dire que tu nous as foutu une sacrée frousse.

— Ça va.

Un mouchoir était noué autour de l'entaille. Red m'aida à me relever.

— Viens, je t'emmène aux urgences.

— C'est inutile, Snapper. La coupure est profonde mais propre. Pas besoin de points de suture.

— Tu es sûre que ça va ?

— Moi oui, mais pas ma réputation. Allez, va terminer ton boulot, Red.

— Tu es sûre ?

— Certaine. Vas-y.

Red s'éloigna, jetant un œil par-dessus son épaule comme s'il était déçu que je ne m'écroule pas à nouveau.

Clarissa Pratt prit un air menaçant.

— Il serait plus prudent d'aller à l'hôpital, mademoiselle Finn. Nous devons nous assurer qu'il n'y a rien de grave.

— C'est très gentil de votre part, madame Pratt.

La procureur n'avait que faire de ma santé. Son problème, c'est qu'elle avait autorisé un groupe de personnes non qualifiées à prendre part à une enquête officielle. Si ma blessure se révélait grave, il faudrait bien qu'elle se justifie. *Responsabilité*. Comme ce mot sonnait bien !

— Je vous emmène aux urgences, ordonna-t-elle.

— Mmmm. Je ne sais pas. Pourquoi ne pas attendre quelques jours ? À moins bien sûr que ça ne s'infecte d'ici là...

Elle me jeta un regard assassin.

— À quoi jouez-vous, Finn ?

— Je vous propose un marché, madame Pratt. Vous nous lâchez, Kresky et moi, vous arrêtez vos menaces... et je suis sûre que cette blessure guérira sans que j'aie besoin d'en avertir les autorités de la ville.

Ses yeux me foudroyèrent. J'allais me prendre l'engueulade de ma vie. Mais, à ma grande surprise, elle tendit les mains en un geste d'apaisement.

— Bon d'accord. Ça va. Allez vous soigner avant de gâcher définitivement ma journée et que votre plaie s'infecte. Kresky, trouvez donc des antiseptiques et une bande pour le bobo de Mlle Finn. Et arrêtez de prendre cet air moqueur et stupide.

Il y avait deux cabines de W.-C. sur le chantier. J'entrai dans celle de droite, avançai à tâtons dans la pénombre et ouvris les robinets. Pas d'eau.

La porte du deuxième W.-C. était fermée à clé. J'attendis quelques minutes puis frappai avec ma main valide. Rien.

— Y'a quelqu'un ?

Aucune réponse. La porte semblait coincée. Mes coups d'épaule ne réussirent pas à faire sauter le loquet récalcitrant. Mon énervement et mes jurons n'eurent pas plus d'effet. Ma main m'élançait douloureusement. Le peu de patience qui me restait s'était envolée.

Je me dirigeai vers le camion, renversai la caisse à outils et m'emparai d'un pied-de-biche.

Celui-ci vint rapidement à bout de la porte. J'attendis que mes yeux s'adaptent à l'obscurité. Je remarquai alors un papier posé sur le lavabo.

— Alors, toi aussi tu es hors service. Génial ! dis-je en ronchonnant.

Je m'apprêtai à ressortir lorsque le message attira mon attention : une écriture maladroite et enfantine. Avec une tache sombre au coin qui ressemblait à du sang.

LENNIE

25

Je rejoignis Kresky et la procureur. Quand je tendis le bout de papier au sergent, celui-ci blêmit.

— Je l'ai trouvé sur le lavabo des toilettes, lui dis-je.

— Mais bon Dieu, pourquoi l'avez-vous touché ? hurla Clarissa Pratt. Réfléchissez un peu, Finn !

Kresky regarda durement la procureur.

— C'est bon. Ça n'est pas grave. On ne prendra pas en compte vos empreintes, Finn. De toute façon, ce salaud n'y a probablement pas touché.

Il sortit un sachet en plastique de sa poche et y glissa le papier taché de sang.

— Peut-être que si, dit la procureur d'un ton rageur. Bon sang, comment pouvez-vous en être sûr, Kresky ?

— Je ne suis sûr que d'une chose : vous êtes une belle emmerdeuse. Vous savez ce qu'on dit dans votre dos, Clarissa ?

— Ah oui, quoi ?

— Rien qui ne soit pas mérité.

— Écoutez-moi bien, beau gosse. Je me fiche éperdument de ce qu'on peut penser de moi, et surtout vous. Alors au boulot. Élucidez-moi cette saloperie d'affaire, et vite !

Kresky lui lança un regard glacial, puis se tourna vers moi.

— Nous en avons pratiquement terminé ici. Merci pour votre aide.

Les quelques mots griffonnés sur le bout de papier m'obsédaient : « À l'aide ». D'une simplicité et d'une brutalité choquantes. Ils se prolongeaient en une longue ligne tremblotante, comme si la victime avait voulu en écrire plus mais n'en avait eu ni le courage ni le temps.

Mon cœur se serra.

— Comment allez-vous procéder, maintenant ? demandai-je.

Kresky haussa les épaules.

— Nous allons finir de passer l'endroit au peigne fin et envoyer la note au labo. Ensuite, nous allons attendre bien gentiment que quelqu'un soit porté disparu. Si on a vraiment de la veine, on trouvera peut-être un témoin oculaire.

— Vous allez attendre ? C'est tout ?

— On ne peut pas faire grand-chose. S'il s'agit d'une enfant, les parents ne découvriront sa disparition qu'après la sortie des classes.

— Est-ce que vous ne pourriez pas vous renseigner auprès des écoles ? Juste pour vérifier les absences ?

— On ne saurait même pas par où commencer.

— Mais, tout à côté d'ici, non ?

Je voyais bien que Kresky s'énervait, pourtant je ne voulais pas me résigner.

— Qu'y aurait-il de mal à vérifier ?

Kresky soupira.

— Ça n'est peut-être qu'une fausse alerte, Finn. Une fugue ou une farce. Enquêter auprès des écoles pourrait s'avérer une totale perte de temps, et on risque de provoquer un mouvement de panique général. Je sais que vous êtes inquiète, Finn. Et nous le sommes tous. Mais nous faisons tout notre possible, croyez-moi.

— J'en suis persuadée, mais…

— Je vous tiens au courant. D'accord ?

Je haussai les épaules. Même en insistant, je n'obtiendrais rien de mieux.

— J'apprécierais beaucoup, dis-je tout bas.

Clarissa Pratt, furibonde, intervint :

— Et *j'apprécierais* également, Kresky, que vous vous souveniez qu'elle ne prend pas part à cette enquête.

La procureur fulminait.

— Allez prendre soin de votre bobo, mademoiselle Finn. Nous nous occupons des nôtres.

Avant la fin de la journée, on nous appela à trois reprises. Le premier appel était une fausse alerte. Un amant éconduit, déterminé à interrompre les ébats de son ex-petite amie avec un beau blond, avait utilisé les grands moyens. Il nous avait appelés pour signaler que la maison de la fille brûlait, et nous avions tous débarqué chez elle.

Le deuxième appel concernait une voiture en feu sur le parking de la First County Bank. Le propriétaire venait de faire réviser sa Buick. Facile de le deviner à l'odeur âcre et dense que le trop-plein d'huile avait laissée sous le capot. La chaleur du moteur avait suffi à enflammer le lubrifiant. Les flammes étaient impressionnantes, mais quelques coups d'extincteur en étaient venus à bout. Cependant, rien n'avait pu calmer l'humeur du propriétaire.

Notre dernière sortie eut lieu dans une résidence sur West Main. Une gentille grand-mère avait voulu confectionner des gâteaux à son petit-fils, un adorable bambin de trois ou quatre ans, et elle avait tout fait brûler. Paniquée, elle nous avait appelés à l'aide avant d'évacuer son appartement. Mais déjà, à notre arrivée, la fumée noire qui s'échappait de la cuisine devenait moins dense.

De retour à la caserne, j'appelai le commissariat de police pour la quatrième fois. La voix fatiguée du beau Harry me fit comprendre qu'il n'était pas particulièrement ravi de m'entendre.

Les nouvelles étaient décourageantes. On ne leur avait signalé aucune disparition. Aucun témoin ne s'était présenté. Le labo n'avait pas terminé d'examiner la note que j'avais trouvée, mais Kresky doutait qu'ils puissent trouver des empreintes ou autres indices.

— Je vous l'ai dit. Je vous préviendrai dès qu'il y aura du nouveau, Finn.

— Je suis vraiment navrée de jouer les casse-pieds, sergent. Je ne parviens pas à chasser cette histoire de mon esprit.

— Qui le pourrait ?

— Si je peux faire quoi que ce soit…

— À vrai dire, oui : détendez-vous un peu, ça me rendrait service. Pour être honnête, je suis un peu trop dans le collimateur, en ce moment.

— Je sais. J'essaye.

— Eh bien, essayez encore plus fort. D'accord ?

— D'accord.

Il eut un soupir de soulagement.

— Oh, et puis merci d'avoir essayé d'arranger les choses entre moi et cette peau de vache. Mais vous gaspillez votre énergie. Entre nous, c'est une vieille histoire.

— J'en sais quelque chose !

Le magasin Hilliard à New Haven avait fermé ses portes plus tôt qu'à l'accoutumée pour cause d'inventaire. Je composai le numéro du standard et tombai sur un répondeur qui me renvoya sur le standard, me fit rebondir au service clientèle puis à la direction, pour finalement me transférer vers le secrétariat de la présidente, où l'on me mit en attente.

La secrétaire d'Eden Hilliard était un vrai cerbère. Le carnet de rendez-vous de Mme Hilliard était rempli des mois, voire des années à l'avance, m'informa-t-elle d'un ton sec. Que j'invoque l'urgence ne la fit pas céder pour autant. Ni même lorsque je mentionnais la recommandation de Rabbi Sally Deane.

— Si au moins vous pouviez me préciser le motif de votre appel, je pourrais peut-être vous aider.

— Je vous l'ai dit, c'est personnel.

— Et moi je vous répète que je m'occupe de *toutes* les affaires de Mme Hilliard.

— D'accord. Dites-lui que c'est au sujet de Jack Chambless.

Je fus mise de nouveau en attente, mais juste un court instant. Lorsque la secrétaire reprit la ligne, son ton s'était considérablement radouci. Mme Hilliard devait se rendre à la Nouvelle-Orléans pour une réunion de marketing, me dit-elle. À son retour, tard demain soir, elle serait ravie de me rencontrer.

Je pris note.

— Merci. À demain.

— À votre service, dit la secrétaire d'une voix mielleuse. Mme Hilliard est très impatiente de vous voir.

DANA

26

Après avoir enregistré la dernière bande annonce, Dana se hâta vers la sortie du studio. Elle fut assaillie par Stacy Raybuck, Heather Warren et Mickey Conway, qui avaient tous des questions « urgentes » à lui poser.

— Désolée, tout le monde. Je suis en retard à mon rendez-vous. Il va falloir que vous patientiez.

— Mais, Dana, gémit Heather. L'archevêque a appelé à propos de cette émission sur les prêtres pédophiles. Il menace de nous intenter un procès.

Dana poursuivit son chemin.

— La vérité est l'arme suprême contre la diffamation.

— Tu as certainement raison, mais l'Église prétend que notre informateur est victime d'hallucinations.

— Si ce jeune prêtre est sujet à des hallucinations, moi je suis le père Noël.

Heather soupira.

— À mon avis, ils sont plutôt prêts à t'appeler Lucifer.

— Ça ne nuira pas à nos indices d'écoute. Assurez-leur que nous serions ravis que le pape en personne vienne nous contredire. C'est quand il voudra.

Heather lui céda le passage, mais Mickey Conway vint se planter devant Dana.

— Juste une minute, chef. J'ai un scoop : une arnaque de véritables professionnels. Les pirates captent les numéros de téléphones cellulaires, puis revendent les codes volés à des milliers d'acheteurs. Des tonnes d'appels sont passés avant que l'ordinateur central de facturation ne soit en mesure de réagir. On parle de pertes phénoménales. Des millions et des millions de dollars. J'ai un type prêt à venir incognito sur le plateau pour divulguer tous les détails de l'affaire. C'est super, non ?

Dana exprima sa désapprobation par un gémissement.

— Pour la *millionième* fois, Mickey. *Back Talk* n'a pas pour but d'enseigner aux gens comment devenir escroc ou arnaqueur. Maintenant, laisse-moi passer !

Alors qu'il s'écartait, Stacey Raybuck prit humblement sa place. L'irritation de Dana s'évapora instantanément lorsqu'elle croisa le regard désespéré de la jeune femme.

— Qu'y a-t-il, Stacy ?

— C'est personnel.

En un éclair, Dana chassa tout le monde.

— Désolée de vous retenir, commença Stacy. Je viens juste de prendre un appel sur votre ligne privée. C'était une voix d'homme, grave et étouffée. Il n'a pas voulu dire son nom. Il m'a chargée de vous dire que l'enfant a eu de la chance. Il a dit que la chance allait tourner.

L'estomac de Dana se noua. Mais elle réussit à ne rien laisser paraître de son trouble.

— C'est tout ce qu'il a dit ?

— Oui. Y a-t-il quelque chose que je puisse faire ? Vous voulez que je prévienne la police ?

— Pas la peine. J'ai la situation en mains.

Cette affirmation était loin d'être vraie.

L'agression avait transformé Becky à un point tel qu'elle était devenue méconnaissable. L'esprit aventureux et insouciant de l'enfant s'était envolé. Plus question de revendiquer son indépendance. À présent, elle recherchait constamment la présence rassurante de sa mère.

La nuit précédente, elle avait même insisté pour que la lumière de sa chambre reste allumée, ce qu'elle n'avait pas réclamé depuis sa petite enfance. Malgré la lumière, elle s'était réveillée plusieurs fois durant la nuit en hurlant. Elle revivait son horrible agression.

Dana ne tenait pas à informer Stacy ou quiconque de son plan de représailles contre l'agresseur de Becky. Elle voulait s'assurer que rien ne viendrait le contrecarrer.

Roddy attendait à côté de la voiture devant la porte du studio.

— Je n'ai plus besoin de vous aujourd'hui, Roddy, lui dit Dana. On vient me chercher.

— Y a-t-il quelque chose d'autre que je pourrais faire pour vous ?

Dana s'était creusé la tête pour pouvoir se débarrasser de ce grand bonhomme. Sa proposition tombait à point nommé.

— Eh bien, si cela ne vous dérange pas, j'ai besoin qu'on porte ce rapport à la direction de la chaîne.

— C'est comme si c'était fait.

Dana regarda Roddy s'éloigner puis, camouflée derrière son chapeau et ses lunettes noires, elle héla un taxi.

D'ordinaire, elle adorait le bouillonnement de la ville, mais aujourd'hui, tout lui semblait triste et sordide. D'épais nuages gris rendaient le ciel crasseux. Les trottoirs étaient recouverts de neige fondue grisâtre. Le rythme de la circulation était d'une lenteur exaspérante.

Dana avait fixé un rendez-vous avec l'« instrument de sa vengeance » dans un cinéma de la 57e Rue. Elle avait scrupuleusement choisi l'endroit. On y passait un film d'art et d'essais qui n'attirerait probablement pas les foules. Avec une séance en milieu de semaine, elle était sûre que la salle serait quasiment vide. Elle pourrait alors négocier son affaire dans un lieu public, en présence d'un minimum de témoins.

Le temps qu'elle achète son ticket et pénètre dans la salle, les lumières s'étaient éteintes, le générique défilait. L'obscurité l'oppressa ; elle fut prise d'une panique passagère. Une demi-douzaine de personnes étaient dispersées dans la rangée centrale. Mais elle ne voyait personne à gauche, là où elle avait rendez-vous. Et s'il était parti sans l'attendre ?

Mais ses yeux se posèrent sur une petite protubérance qui dépassait d'un siège au milieu de la rangée de gauche. L'homme s'était enfoncé si profondément dans son fauteuil que seul le dessus de son crâne dégarni dépassait. Dana s'approcha et se glissa à côté de lui.

De près, Dana détailla le nez crochu, les yeux chassieux, le visage grêlé et le menton fuyant. Il portait un manteau voyant sur une chemise noire et une cravate de gangster blanche.

— Bonjour, monsieur Yurie.

Il émit un jappement de plaisir.

— C'est vraiment vous, en chair et en os ? Je n'arrive pas y croire. Quand vous m'avez appelé, j'ai cru que c'était une blague.

— Merci d'être venu.

— Oh ! ne me remerciez pas, Dana. Je peux vous appeler Dana ?

— Si vous voulez.

— Génial. Vos désirs seront des ordres. Je suis un *grand* admirateur. J'ai enregistré toutes vos émissions. Vous voulez savoir laquelle je préfère… ?

— Je vous en prie, monsieur Yurie. Mon temps est compté.

Il se donna une claque sur le front.

— Non mais quel bavard je fais. La dame est pressée, Lester. Alors, ferme-la et laisse-la parler.

Dana avait décidé de ne pas mentionner le nom de Becky. Une demi-vérité suffirait.

— Nous avons eu un invité dans une de mes émissions récemment. Il a posé des conditions strictes pour son apparition et nous avons joué le jeu. Mais il semble qu'il n'ait pas apprécié la tournure des événements. À la fin de l'enregistrement, il m'a menacée.

— Quel culot !

Yurie trépigna sur son siège comme un enfant surexcité.

— Ne me dites rien. Laissez-moi deviner. Est-ce que c'est ce tueur qui s'attaquait aux putes ? Ou ce type qui avait cinq femmes ?

— L'émission n'a pas encore été diffusée.

Yurie eut un petit rire étouffé.

— C'est tout toi, Lester. Tu démarres au quart de tour. Bon, allez-y, Dana. Je suis tout ouïe.

— Cet homme a un passé de maniaque sexuel. À cause de cela, son avocate a insisté pour que son identité demeure secrète.

Elle détient le formulaire d'autorisation avec sa signature, bien à l'abri dans son bureau.

Yurie hocha la tête.

— Donc vous voulez que je découvre qui est cette ordure et que je me charge de lui ?

— Je ne veux pas que vous lui régliez son compte. Je veux juste que vous l'identifiez.

Yurie était déçu.

— Vous êtes sûre ? Ça ne serait pas un problème.

— Je suis catégorique. On ne doit lui faire aucun mal. Une fois que je saurai qui il est, je veillerai à ce qu'on s'occupe de son cas.

Dana considéra Yurie d'un œil sceptique. Pouvait-elle faire confiance à ce rat débile pour qu'il exécute ce travail ?

— Puis-je vous demander comment vous comptez opérer ?

Le large sourire de Yurie se transforma en un rictus sardonique.

— Simple. Je commence par espionner le bureau de l'avocate. Je décortique l'emploi du temps de ses employés, je cherche le système d'alarme. Une fois tout le monde parti, je neutralise l'alarme et j'entre. Dès que j'ai le nom de ce salaud, je vous appelle.

— Et si vous vous faites prendre ?

— Au pire, ils m'arrêtent pour effraction. Je plaide pour un délit mineur. Comme y'a pas de place en taule, je ferai que la préventive.

— Quelle sorte de... compensation... attendez-vous ?

— Vous voulez parler d'argent ? Pas un rond. C'est un honneur pour moi. Un privilège.

— Vous comprenez que je ne peux pas vous couvrir, monsieur Yurie.

— Bah... mais bien sûr ! Vous avez une réputation à défendre. Un travail important à réaliser. Je ne voudrais surtout pas que quelque chose se mette en travers de votre route.

— Je comprends bien, mais...

— Vous vous souvenez de cette émission sur une gamine vraiment moche venue de Roumanie pour se faire refaire le portrait ? C'était excellent. Presque de l'art.

Dana persista.

— Il s'agit d'une infraction, monsieur Yurie. Je veux que vous soyez conscient des risques encourus… la prison, par exemple.

Il haussa les épaules.

— Je me suis retrouvé au trou une bonne douzaine de fois. Si l'État juge bon de me reprendre en pension, j'en mourrai pas !

— Et supposez qu'on vous surprenne, quelle explication donnerez-vous ?

— La même que d'habitude. Que je suis une ordure. Un sale voleur. De toute façon, c'est rare qu'ils posent la question.

Aussi rassurée qu'elle pouvait l'être, Dana informa brièvement Yurie des détails. Les bureaux de l'avocate, Valerie Eckhard, étaient situés sur Park Avenue South.

— Vous avez dit que cette garce était à l'émission avec lui ?

— Oui, dit Dana. Pourquoi ?

Yurie eut un large sourire.

— Si je vérifiais les relevés des limousines ou des taxis le jour de l'enregistrement, je pourrais très bien tomber sur l'adresse personnelle du type.

Cette idée géniale n'atténua pas pour autant le dégoût ressenti par Dana. Elle n'avait jamais imaginé tomber aussi bas. En arriver à demander l'aide d'un dégénéré comme Yurie. Elle se sentait souillée. Elle avait la nausée.

Dana était consciente des risques : scandale, licenciement, sans parler des inculpations pour association de malfaiteurs et Dieu sait quoi encore.

Mais l'image insupportable de Becky prise de terreur sur le parterre froid du sous-sol balaya toutes ses appréhensions.

La gamine a eu de la chance. La chance va tourner.

— Combien de temps pensez-vous que cela va prendre ? demanda-t-elle.

— Je m'y mets tout de suite. Si j'ai du bol, ce sera l'affaire de quelques jours. Peut-être moins, si je suis vraiment verni.

— Le plus tôt sera le mieux, monsieur Yurie. Vous savez comment me joindre.

LENNIE

27

À la fin de la journée, j'interrogeai mon répondeur. Comme convenu, le sergent Kresky s'était manifesté.

Il n'avait aucune nouvelle encourageante à m'annoncer. Rien à propos d'une éventuelle personne disparue. Le sang trouvé sur le bout de papier était rhésus A-positif. Le stylo à bille utilisé pour griffonner le message était d'un type très courant. Le papier à gros grain de 80g pouvait provenir de n'importe quelle école ou bureau. Une empreinte avait été relevée par le labo mais, après vérification sur les registres informatiques nationaux, y compris dans le fichier « Protection de l'enfance », on n'avait rien trouvé.

L'appel suivant venait de Kitty, elle voulait juste dire bonjour. Le son de sa voix me fit mal. Depuis que j'avais trouvé ce mot, j'imaginais la nouvelle victime sous les traits de Kitty. Toutes les petites filles blessées m'obsédaient, trottaient inlassablement dans ma tête, et moi avec elles.

La voix de Jack suivit. Il semblait tendu. « J'espère que ton frère va bien, Eleonore. Je suis vraiment désolé de l'avoir mis dans un état pareil. Je voudrais tellement me faire pardonner auprès de vous deux. Rappelle-moi, s'il te plaît. »

Braquée comme je l'étais contre Jack, je ne voyais pas comment il aurait pu faire pour arranger la situation.

Les trois derniers messages provenaient de Shelby. À chaque appel, elle semblait encore plus fâchée et au bord de la crise de nerfs. Elle savait qu'elle ne devait pas m'appeler à la caserne. Le travail au noir était répandu et toléré, mais pas officiellement reconnu.

Je la rappelai à Créa-Temps.

— Lennie. Dieu soit loué ! Mais bon sang, où es-tu ? Pourquoi n'es-tu pas passée ?

— Excusez-moi. J'ai dû me tromper de numéro.

— Fais pas la maligne. J'ai besoin de toi. Tout de suite. C'est urgent.

— Et pourquoi donc ?

— Bon Dieu, Lennie. C'est une urgence, tu comprends ? Amène ton joli petit cul, et en vitesse !

— Pas avant que tu m'aies dit pourquoi.

Je me suis toujours méfiée des urgences de Shelby.

— Je te le demande en tant qu'amie, Lennie. Non… en fait, je t'en *supplie*…

— S'agit-il des Ginzler, Shelby ?

— Est-ce que je te laisserais tomber si tu étais dans le pétrin, Lennie Finn ? Dis-le-moi.

— D'accord. Tu peux arrêter ton numéro. J'arrive.

Babe et Harvey Ginzler dirigeaient une grande agence de spectacles et de divertissements. Ils pouvaient fournir groupes, disc-jockeys, animateurs de *karaoke*, mimes, magiciens, jongleurs, maquilleurs, clowns, danseurs de boîtes de nuit et diseuses de bonne aventure pour animer mariages, bar-mitzvas et festivités en tout genre. Babe, amie de longue date de la famille Burckhardt, avait amené un grand nombre de clients à sa société. Aussi Shelby ne refusait jamais quand, de temps en temps, Babe lui demandait de s'occuper d'un « petit truc » en échange.

Le petit truc en question s'appelait Wendel « Dell » Ginzler, neuf ans. Intelligent et imaginatif, cet enfant pouvait se montrer carrément ignoble. Les nounous de Ginzler avaient toutes baissé les bras.

Avertie de la réputation du gamin, j'avais abordé notre première soirée ensemble, un an auparavant, avec une certaine appréhension. Mais dès que nous avions été présentés dans le hall d'entrée doré et étincelant des Ginzler, j'avais su que tout se passerait bien.

J'avais démasqué ce petit garçon au premier coup d'œil. Les fausses flatulences et les paupières retournées n'étaient qu'apparence trompeuse. De même pour les boules puantes ou la chose poilue qu'il avait placée sur le comptoir de la cuisine pour me faire rire. Ce gosse était solitaire, farouche et totalement livré à lui-même. En raison des absences répétées de ses parents, le pauvre gamin se sentait mal aimé, abandonné.

Dans sa quête malhabile d'attention, il repoussait toutes les mères de substitution que trouvaient ses parents. Et il ne devait pas être plus doué pour se faire des amis. Tout cela le rendait encore plus désespéré et, par conséquent, plus repoussant et antipathique.

Triste cercle vicieux.

Babe Ginzler était une œuvre d'art plaquée or. Ses cheveux étaient blond platine, son visage lourdement maquillé, et elle était couverte de vison blanc de la tête aux pieds.

Harvey, son petit mari ventru, la suivait derrière son sillage de Shalimar. Harvey avait cinquante ans et des poussières, Babe trente-cinq. Le gros cigare coincé dans sa bouche aux lèvres épaisses réduisait tout ce qu'il disait à une bouillie de grognements gutturaux. En partant, il tapota le crâne de Dell de ses doigts boudinés. Babe agita ses longs ongles écarlates en guise d'au revoir.

Dès que ses parents eurent franchi la porte, je regardai le gamin droit dans les yeux.

— Voilà le marché, Dell Ginzler. Je t'aime bien et je compte bien continuer, quoi que tu fasses.

Mais, durant les heures qui suivirent, la chère petite tête blonde s'employa à mettre cette promesse à rude épreuve. Il inventa toutes sortes de jeux révoltants, le clou de la soirée restant celui du faux sang : Dell se rendit aux toilettes puis, quelques instants plus tard, je l'entendis pousser d'horribles hurlements. Je le retrouvai penché au-dessus de la cuvette remplie de faux sang plus vrai que nature. Heureusement, ses éclats de rire me retinrent d'appeler le SAMU.

Après cet épisode, nous nous étions laissés aller à une conversation intime. Je lui parlai de Huck et des autres enfants de Whitechapel qui ne pouvaient s'empêcher, par leur comportement, de mettre les gens mal à l'aise et de les faire fuir. Je lui avais rappelé qu'il avait la chance d'être sain d'esprit, très créatif, très mignon, et qu'il était stupide de tout gâcher.

Le message était passé. Et même s'il n'était pas prêt à baisser complètement la garde, il cessa ses blagues répugnantes.

Naturellement, je persistais à laisser croire à Shelby que m'occuper de Dell était une abominable corvée. Le montant de mon chèque en dépendait.

Le garçonnet avait poussé depuis la dernière fois que je l'avais vu, six semaines auparavant. Dès que Babe et Harvey furent partis, Dell me conduisit à la salle de jeux.

— Prête à jouer ? me demanda-t-il.

— C'est toi le chef, chef !

Les jeux étaient devenus les moments forts de nos soirées. Dell adorait inventer des petits sketches où il tenait le rôle du vainqueur. C'était un réel plaisir pour lui d'avoir un compagnon de jeux, et je ne demandais pas mieux que de lui apporter un peu de bonheur. Je me soumettais à tous les ordres, décapitations, hold-up, meurtres, interrogatoires, revers financiers, maladies terribles et divertissements les plus affreux imaginés par le cher bambin.

Après le jeu du « pirate/garde-côte » vint l'épisode « agent de la circulation/automobiliste furieux ». Le rôle de la blonde en colère dans sa Porsche m'était revenu.

Une grande majorité des histoires inventées par Dell s'inspiraient de la réalité. Les autres étaient tirées de flashes d'infos télévisées, des journaux, de sa bibliothèque personnelle et des potins de cour de récréation. Les plus délirants venaient de Dell lui-même. Celle des activistes antifourrure essayant de retirer la sienne à Bugs Bunny était ma préférée.

Après le sketch « flic/automobiliste », l'épisode « serveur/patron en colère », « mari ronflant/femme exaspérée », nous nous lançâmes dans un round frénétique figurant un lutteur de sumo et un thon — condamné à finir dans un plat de sushi. J'en restai le souffle coupé, vautrée dans le fauteuil de Dell.

— Temps mort, Dell, dis-je hors d'haleine. Discutez entre vous.

— Mais, j'en ai une autre vraiment chouette, Lennie.

— À moins que ce ne soit entre un fossoyeur et une femme morte, tu as plutôt intérêt à me laisser une minute ou deux pour récupérer.

— Une minute, à compter de maintenant !

Tandis que je reprenais des forces, des images de la victime inconnue envahirent mon esprit. Comment cette petite fille intelligente et courageuse s'était-elle débrouillée pour rédiger un appel au secours ? Comment avait-elle réussi à convaincre son agresseur de la laisser utiliser les toilettes ? Qui était-elle ? Où diable était-elle en ce moment ?

Soudain, Dell accourut et m'attaqua par-derrière.

— Hé ! Doucement !

Il grogna d'un air menaçant.

— Je suis le violeur, tu es la fille. Reste tranquille !

— Quoi ?

— J'ai dit : je suis le violeur. Tu ne bouges pas et je t'attrape.

— Arrête ça tout de suite, Dell. Je ne rigole pas !

Il éclata en un fou rire sarcastique et se jeta sur moi.

— Ferme-la, ma petite. J'ai dit, je suis le violeur.

— Arrête ça tout de suite !

Je le repoussai assez brutalement. Déséquilibré, il trébucha et tomba lourdement sur son postérieur.

Je me précipitai à ses côtés.

— Dell ! Je suis désolée... Ça va ?

Des larmes jaillirent de ses yeux.

— Pourquoi tu m'as fait mal ?

— Oh ! mon chéri. Je l'ai pas fait exprès. J'ai été surprise, c'est tout.

— Je croyais que tu aimais jouer. Je croyais que tu étais ma copine.

— J'aime bien jouer. Je suis ta copine. Mais je n'aime pas ce jeu-là. D'accord ?

Je me penchai pour l'aider à se relever.

— C'est le type des infos qui a parlé d'un violeur, pleurnicha-t-il en refusant la main que je lui tendais. Qu'est-ce que je t'ai fait ?

— Rien, Dell. Je suis navrée. Jouons à nous déguiser... d'accord ?

— Va-t'en. (Il s'éloigna.) Fous-moi la paix !

Impossible de l'approcher. En larmes, il monta dans sa chambre et claqua la porte derrière lui. J'essayai de le faire sortir, mais il refusa. Mon attitude avait été exactement celle qu'il craignait le plus chez les gens. Je l'avais trouvé répugnant. Je l'avais rejeté.

Le pauvre gosse ne comprenait même pas la nature de sa faute. « Violeur » était un mot vide de sens pour lui. Le seul péché de Dell avait été de s'aventurer dans mon jardin secret. Combien de personnes avais-je repoussées pour avoir commis le même sacrilège ?

Y avait-il un moyen de me débarrasser de mes démons ?

La Route vers la Rédemption
par Patterson Graham, Docteur en Psychiatrie.
(Manuscrit)

Le violeur repenti a brisé les liens avec ses pulsions destructrices. C'est un homme refaçonné à sa plus belle image. Alors que le modèle curatif joue le rôle de référence extérieure, l'intériorisation de cet idéal le prémunit contre toute récidive. Ci-dessous, John décrit sa résurrection personnelle.

« Le modèle que j'avais choisi m'avait permis de résoudre toutes mes questions. Je pouvais me glisser dans sa peau et savoir exactement comment me comporter. Dans un sens, je suis devenu mon propre modèle. Aussi étrange que cela puisse paraître, la limite entre nous deux était devenue invisible.

Le conseiller m'avait dit que ça se passerait comme ça. Vous choisissiez la personne que vous désiriez être. Quelqu'un dont vous vous sentiez proche et que vous respectiez. Ensuite, lorsque vous ressentiez le besoin d'agir mal, comme désirer une gosse, par exemple, vous vous comportiez comme votre modèle l'aurait fait dans les mêmes circonstances. Imaginez que vous êtes l'ombre de la personne en question. Strictement sous son contrôle, et non plus sous le vôtre.

Ça a marché comme un charme sur moi. J'en connaissais suffisamment sur lui pour savoir comment il aurait réagi dans ce cas-là, ce qu'il aurait fait. Je m'étais modelé sur lui jusque dans les moindres détails.

À travers lui, j'avais découvert une autre facette de moi-même. Il m'avait ouvert les yeux sur des moyens inédits de satisfaire mes appétits. Des satisfactions plus profondes, plus exaltantes, que je n'aurais jamais osé imaginer.

Je n'ai plus à me tracasser pour mettre fin à mes pulsions, à avoir peur de perdre contrôle. Cela n'est désormais plus de mon ressort. »

LENNIE

28

J'étais à sur le point de franchir le seuil de la maison O' Callaghan, lorsque le téléphone retentit. Je me précipitai à l'étage et décrochai avant que le répondeur ne se mette en marche.

J'avais bombardé Miranda de messages télépathiques urgents. Au fil des années, ce moyen de joindre mon amie s'était révélé très efficace lorsqu'elle était en tournée. Miranda était continuellement entre deux concerts ou deux villes. Elle choisissait généralement de ne pas loger dans les hôtels choisis par son manager, préférant les petites auberges ou les chambres d'hôtes qui lui tapaient dans l'œil. Pire, elle n'allait se coucher que lorsqu'elle se sentait morte de fatigue. Dans ces cas-là, le seul moyen de la réveiller relevait plus du raid aérien que d'une sonnerie de téléphone.

Par bonheur, elle me recevait cinq sur cinq par télépathie.

— Hé, Len, dit-elle en bâillant. Déjà debout ?

— Pas toi, apparemment.

Second bâillement.

— Ça va, ça va. Tu as du nouveau à propos de Jack ?

— C'est marrant que tu me demandes ça.

Je lui racontai la réaction de Huck envers Jack et ma conversation avec la « rabbin chanteuse ». Je lui fis aussi le récit de ma nuit d'horreur chez les Ginzler.

— Tu m'as l'air d'être au bord de la folie, Len.

— Ça, tu peux le dire.

— C'est fait. Alors, comment vas-tu t'y prendre pour réconcilier Roméo et Juliette ?

— En douceur. Comment va Clint ?

— Clint ? Qui c'est ça ?

— Ben… ton dernier cow-boy.

— T'as un western de retard. Mon dernier cow-boy solitaire se prénomme Dakota.

— Du Nord ou du Sud ?

Penser à haute voix avec Miranda m'avait toujours été salutaire. Après avoir raccroché, je me sentais plus claire, plus assurée, je maîtrisais mieux la situation. Je devenais dangereusement raisonnable.

Cette nouvelle stabilité me fut d'une grande utilité à la caserne. Perriman était sur le point d'exploser. J'avais cinq minutes de retard.

— Sept heures trente, c'est sept heures trente, Finn. Vous me recevez ?

— Oui, capitaine. Je suis désolée.

— Discipline. Abnégation. Fiabilité. Ces mots ont-ils un sens pour vous ?

— Oui, capitaine.

Je connaissais aussi le sens de termes comme « réaction excessive » et « constipation », mais il n'était pas utile d'attiser le feu de sa colère.

Le bouillonnement interne de Perriman dura toute la matinée. Il m'adressait des regard foudroyants et des apartés au vitriol.

— J'ai consigné deux équipes d'hommes pour des tournées d'inspection à la nouvelle usine chimique de Greystone Park à partir de demain matin. Vous en êtes, Finn. *Si* toutefois vous trouvez quelques minutes dans votre emploi du temps chargé !

Tous les matins, à neuf heures moins le quart, la plupart des équipes se réunissent dans la cuisine pour une pause café. Hitsig, résolu à faire durer ses blagues éculées sur Catwoman, avait posé un jouet en caoutchouc et une boîte de pâtée pour chat à ma place habituelle. Il se mit à ronronner tandis que je me préparais un bol de Rice-Krispies. Ses bruitages déplaisants me suivirent tandis que je me levai pour aller me servir une tasse de café. J'étais en train de plonger ma première cuiller dans le bol lorsque j'y aperçus une souris plus vraie que nature.

Je sursautai.

— Allez, faut tout manger, Finn. Miam, miam, s'esclaffa Hitsig.

— Non, c'est pour toi, tiens.

Je poussai le bol vers lui.

Il le repoussa.

— Allons, Catwoman, tu as besoin de tes vitamines.

— Non, Hitsig, j'insiste.

Je repoussai le bol avec rage. Ce dernier traversa la table et se renversa, aspergeant Wild Bill de lait, de céréales pâteuses et de souris en caoutchouc. Il se mit à gueuler.

Mais avant qu'il n'ait eu le temps de s'en remettre et de se venger, l'alarme retentit. Le central nous appelait pour un feu de charpente dans le quartier de Renovah Woods.

La maison était une bâtisse coloniale plutôt imposante. Une fumée épaisse s'échappait des doubles portes grandes ouvertes. Des flammes léchaient les fenêtres du rez-de-chaussée. Une jeune femme brune en robe de chambre et pantoufles nous attendait sur la pelouse, berçant un nourrisson en pleurs.

Le capitaine de police adjoint, Will Raines, lui posa quelques brèves questions, lança à la radio des consignes de déploiement, puis nous fit un exposé rapide de la situation avant de donner les premiers ordres.

Raines était un professionnel zélé et émérite. C'était un manuel de procédure ambulant. Il portait un uniforme impeccable et lustré, avait l'air sérieux et franc. Je n'avais jamais vu cet homme sortir une blague, transgresser une règle ni même perdre son sang-froid.

— La propriétaire dit qu'il n'y a personne à l'intérieur. Origine supposée du feu : un chauffage d'appoint dans le salon. Hitsig et Bartell, déroulez la lance. Snapper, Carlone, à l'intérieur. Brewster, Boggs et Wilcox, restez à l'extérieur. Finn et Makowski, montez sur le toit et ouvrez les lucarnes pour donner de l'air à ce feu !

Dumbo et moi déployâmes la grande échelle puis fixâmes les crochets de sécurité au bord du toit. J'escaladai la première pendant que Dumbo tenait l'échelle, puis il monta à son tour.

Cet incendie avait un aspect humain. Une grosse voix. Des gestes amples et expansifs. Aucune timidité ni retenue. Pourtant son côté sournois me rappelait Franck Murphy et m'incitait à la méfiance.

À en juger par les flammes agiles et la fumée dense, le sinistre n'en était qu'à ses prémices. Le feu engloutissait l'oxygène. Vomissait des jets de gaz surchauffé. Assouvissait son appétit vorace.

Je décidai de le baptiser Shelby.

Comme son homonyme, Shelby était un incendie nerveux et autoritaire. Les flammes aspiraient à présent les gaz brûlants vers le haut. Inévitablement, l'air frais allait être propulsé vers le bas et l'extérieur, embrasant tout sur son passage. Shelby continuerait à tout avaler avec frénésie jusqu'à épuisement total de l'oxygène. Pour finir, ses gerbes de flammes mourraient, privées de leur élément nourricier. Mais la combustion lente de ce feu de braises allait continuer, produisant une fumée bouillonnante et des gaz combustibles à une température dépassant les 500 degrés.

Les conditions idéales une fois réunies pour les retours de flammes mortels, le feu privé d'air exploserait instantanément dès qu'une source d'oxygène viendrait satisfaire son avidité. Les signes avant-coureurs ne laissaient aucun doute sur l'issue finale : sons étouffés, vitres recouvertes de fumée, absence de flammes, fumée noire virant au jaune grisâtre.

Nous sommes entraînés à identifier ces signes, mais pourtant, nombreux sont ceux qui font preuve de négligence. Dans la plupart des boulots, si le travail est mal fait, au pire, on est renvoyé. Dans le nôtre, un seul moment d'inattention et on peut vous retrouver réduit en poussière.

Si les gaz étaient ventilés à travers le toit, le tempérament versatile de Shelby serait dompté. Mais je sentais que cette fille avait encore quelques sales tours en réserve dans sa manche incandescente.

Je m'approchai de trois lucarnes situées au milieu du toit mansardé et testai la résistance des tuiles pour m'assurer que les flammes n'avaient pas affaibli la charpente. Un jour, j'avais fait une mauvaise chute en marchant sur le toit d'un ranch en feu et je m'étais retrouvée directement dans le salon familial. Le toit, cette fois-ci, semblait plus solide, mais j'avançai avec prudence.

C'est alors que je repensai à Dell Ginzler. Comment avais-je pu m'emporter de la sorte hier soir, alors que le garçonnet voulait juste jouer ?

Concentre-toi sur ton travail, Lennie.

Arrivé à la hauteur des lucarnes, Dumbo s'inclina devant moi, me laissant l'honneur. J'ancrai fermement mes pieds sur les tuiles et portai un violent coup de hache. Le verre vola en éclats. Shelby lança un jet de fumée âcre et grogna de mécontentement. Alors que la fumée s'estompait et que le bruit diminuait, j'entendis un son qui me tétanisa.

Une toux.

J'appelai sur mon talkie-walkie.

— Commissaire Raines ! Il y a quelqu'un à l'intérieur.

— Vous êtes sûre ?

— Oui, monsieur. J'ai entendu quelqu'un.

Raines alla parler avec la brune au bébé. Quelques secondes plus tard, sa voix retentit dans mon récepteur.

— Ça pourrait être le neveu de la propriétaire. Le gosse vient parfois se glisser là en douce. Finn et Makowski, allez aider l'équipe de secours à l'intérieur. Vous aussi, Hitsig. En ligne, Snapper. Attention tout le monde, soyez prudents ! Vous êtes dans une vraie fournaise.

Dumbo et moi descendîmes le long de l'échelle et pénétrâmes dans la maison par la porte d'entrée. La visibilité dans le couloir était quasiment nulle. J'avais les yeux pleins de larmes. *Ça ne me change pas beaucoup*, pensai-je, *ça fait des jours que je vois trouble.*

L'équipe à l'intérieur fouillait toujours les lieux avec minutie. La fumée obscurcissait tout.

— Personne dans le salon, cria une voix.

— Personne dans la cuisine.

— On monte, s'écria Dumbo.

Je le suivis à travers l'épais brouillard qui emplissait l'escalier. Aspirant des bouffées d'oxygène à travers mon masque, je clignai des yeux pour chasser les larmes.

Arrivé à l'étage, Dumbo tourna à gauche. Je pris sur la droite et m'engouffrai par la première porte ouverte. C'était la chambre d'enfant, là où la chaleur était la plus intense. Je marchai à quatre pattes pour respirer l'air plus frais au niveau du sol. Je jetai un regard furtif à travers le rideau de fumée et fis le tour du berceau. Je vérifiai le placard, tâtonnai derrière la coiffeuse en osier et le coffre à jouet.

— Y'a quelqu'un ?

Soulagée de constater que la pièce était vide, je continuai. La porte suivante était fermée. Je tâtai la poignée avec méfiance. Je me reculai, au cas où Shelby m'aurait réservé quelque vilaine surprise, puis j'ouvris la porte d'un coup de pied.

Le dessus-de-lit était en feu. De petites flammes grimpaient le long des rideaux blancs. Des bras ardents enlaçaient un panier de linge repassé au fond de la pièce. Je regardai en dessous du lit. Fouillai la salle de bains. Personne.

Les flammes et la fumée en moins, cette maison me rappelait celle des Dolan. Tout était si net et bien rangé qu'on ne s'attendait pas à y rencontrer l'horreur.

Les apparences sont souvent trompeuses.

Derrière la porte voisine se trouvait une petite pièce aménagée en cabinet de travail. Un véritable chaos. La pièce était parsemée de papiers, empilés sur le bureau, jonchant le sol et débordant de la poubelle. Les étagères étaient bourrées à craquer de livres et de magazines. Une seule étincelle dans cet endroit, et tout s'enflammerait d'un coup. Jusqu'ici, l'infernale Shelby n'avait pas encore fait sa grandiose entrée, mais le sol était bouillant, les murs semblaient onduler sous l'effet de la chaleur.

L'endroit avait chauffé au point de risquer la combustion spontanée, aussi connue sous le nom d'étincelle de rupture. Dès que la température maximale serait atteinte, la pièce et son contenu exploseraient en une boule de feu dévastatrice. Dans de tels moments, mieux valait ne pas servir de combustible.

Le premier commandement de la lutte contre l'incendie me revint en mémoire. *Si tu ne sens rien de bon dans l'air, sauve-toi.*

Je me rabattis en quatrième vitesse vers l'escalier. Dumbo était encore à l'autre bout du couloir.

— Tu as trouvé quelque chose, Makowski ?

— Toujours rien, Finn. J'ai encore une pièce à fouiller.

Pendant qu'il finissait, je fourrai mon nez dans le placard à balais, tâtant couvertures et draps empilés. Mes oreilles me jouaient-elles des tours ? Avais-je vraiment entendu cette toux ?

Mes facultés cérébrales n'étaient pas à leur maximum depuis que Kitty avait croisé mon chemin. Tout paraissait si étrange et embrouillé. Les certitudes les plus évidentes me semblaient aussi éloignées et inaccessibles que le sommet d'une montagne.

Super, Lennie. Si tu as entraîné tout le monde ici parce que ton imagination t'a joué des tours, le commissaire Raines ne va pas *trouver ça drôle du tout.*

En réponse à mes doutes, une quinte convulsive se fit entendre dans mon dos. Le bruit semblait venir du cabinet de travail. Effrayée par le danger imminent, je n'avais pas fouillé la pièce de fond en comble.

Je m'y précipitai de nouveau, en prenant soin de protéger mon visage de la chaleur intense. Toute la pièce oscillait. Au bord de l'explosion.

— Parle-moi, mon petit. Où es-tu ?

Frénétiquement, je débarrassai le canapé encombré de dossiers et arrachai les coussins pour regarder en dessous. La fumée dense et la chaleur torride m'aveuglaient. Je fis le tour du bureau et me frayai péniblement un chemin au milieu des tas de papiers. Arrivée de l'autre côté, mon pied trébucha sur quelque chose.

Je tâtonnai autour de moi et mes doigts rencontrèrent un bras inerte. Aussitôt, je tirai le corps inanimé vers le couloir. Au moment où nous passions la porte, une énorme boule de flammes jaillit derrière nous. Je traînai de toutes mes forces la forme sans vie au-dehors et refermai la porte.

Le gamin était inconscient, recouvert de suie. Comme Huck, il était de forte corpulence, avait des cheveux rebelles et une barbe naissante. Comme je m'approchais pour le mettre sur mon épaule, je repérai une traînée de flammèches qui grimpaient le long de ses jambes.

Horrifiée, je le fis rouler sur la moquette. J'étouffai les flammes récalcitrantes à l'aide de mon gant, mais le feu continuait à se propager. Mon nez était empli d'une odeur infecte de chair et de tissu carbonisés.

— À l'aide ! Vite, quelqu'un !

Le garçon était aspiré dans un tunnel de flammes sautillantes. Impuissante, j'ôtai la veste de mon uniforme et tentai de les éteindre. À peine avais-je commencé que la manche de ma chemise s'enflamma.

Erreur fatale.

— Quelqu'un ! Vite, à l'aide !

Shelby avait le dessus. J'essayai de la repousser avec ma veste, mais elle feintait, s'esquivait et redoublait d'ardeur. Aux premières morsures de la douleur sur mon avant-bras, je réprimai une panique croissante. Elle pouvait, je le savais, nous tuer tous les deux.

— Tiens bon, mon petit. Je vais nous tirer de là !

Comme par miracle, un jet d'eau glaciale s'abattit sur moi. Les flammes grésillèrent sur ma manche avant de mourir. En un rien de temps, le flot glacé annihila le feu qui embrasait les vêtements du gosse et inonda les murs et la moquette autour de nous. Derrière le masque de notre sauveur, je reconnus le visage de Red.

— Okay. Ça suffit, Red. C'est éteint, bredouillai-je.

— Je reviens. Reste là !

Red laissa tomber la lance à incendie, hissa le gosse sur son épaule et le porta à l'extérieur. Je me relevais avec peine, les jambes en coton, lorsqu'il réapparut en haut des escaliers et me jeta sur son épaule.

— Je peux marcher, Red.

Il m'emmena quand même en bas des escaliers et jusque sur la pelouse où déjà les médecins examinaient le gosse blessé.

— Ça ira, Red. S'il te plaît… laisse-moi.

Il me déposa délicatement, comme si j'étais en cristal. Son visage grave était zébré de suie, sa respiration saccadée.

— Laisse les toubibs t'examiner.

— Mais ça va.

— Non, ça ne va pas, répliqua sèchement Red. Tu es vraiment stupide !

Son visage était rouge de colère. Je ne l'avais jamais vu dans un état pareil.

— Qu'est-ce que ça veut dire ? balbutiai-je.

— Tu n'aurais jamais dû retirer ta veste ! Tu aurais pu y passer, espèce d'idiote ! Tu aurais pu...

Sa voix se brisa.

Il reprit son souffle en hoquetant. Il grommela furieusement avant de tourner les talons et de s'éloigner comme une furie.

Sur le trajet du retour, j'étais obnubilée par mon étrange altercation avec Red. Je décidai de le prendre à part et de m'expliquer avec lui. Je ne savais pas ce qui l'avait mis dans une telle rage, mais, quoi qu'il en soit, je ne voulais pas laisser la situation s'envenimer. L'amitié de Red comptait trop à mes yeux. Mon cœur était déjà tellement encombré de vides insupportables.

Je préparai mentalement un petit discours pour entamer la conversation. Mais lorsque Dumbo gara le camion dans le garage, la surprise qui m'attendait chassa ces préoccupations.

PLUS QUE VOUS N'EN SAVEZ...

LENNIE

29

J'étais à peine descendue du camion que Kresky m'agrippait par le coude. Il m'entraîna à travers le garage en direction de la sortie. Les mots sortaient de sa bouche en rafales.

— On a enfin reçu un appel. La gamine disparue a dix ans, elle est originaire de Hastings, dans l'État de New York. Son nom est Wendy Lister. Ses parents pensaient qu'elle était restée dormir chez une amie. Comme elle ne l'avait pas vue à l'école, sa copine croyait qu'elle était malade. Sa disparition n'a attiré l'attention qu'à six heures ce matin lorsqu'elle ne s'est pas présentée à son entraînement.

Il hocha sa jolie frimousse en signe d'incrédulité.

— La gosse est une patineuse artistique. De classe internationale, m'a-t-on dit. Bref, tout repose sur notre rapidité à la retrouver. Et je n'ose pas penser à l'état dans lequel elle sera. Dépêchons-nous, Finn, ma voiture est devant l'entrée.

— Holà ! Attendez un peu, sergent ! Je suis encore en service.

De plus j'étais trempée, sale, roussie, désorientée et épuisée, mais soudain tout cela n'avait plus d'importance.

— J'ai déjà tout arrangé avec votre capitaine. Allez, on y va !

— Qu'attendez-vous de moi au juste ?

— Kitty insiste pour que vous lui teniez la main. Nous avons appelé un hypnotiseur pour essayer de faire resurgir les détails qu'elle aurait pu oublier ou refouler. Un dessinateur est en train de rassembler toutes les informations dont nous disposons pour en établir le portrait-robot. Depuis quelques jours, nous tentons de convaincre les Dolan de marcher avec nous, mais le père a commencé par refuser. Il a dit que Kitty en avait assez fait, qu'elle en avait assez tout court. Quand nous lui avons parlé de notre petite disparue, il a changé d'avis. La seule condition posée par Kitty était votre présence.

Il marqua une pause pour reprendre son souffle et me regarda comme s'il me voyait pour la première fois.

— Vous devriez peut-être aller vous refaire une petite beauté avant.

— Bonne idée.

Je me douchai, nettoyai avec soin les parties à vif et les cloques de mon avant-bras. La chemise de mon uniforme était ignifugée, mais, avant de partir en mission, j'étais passée par la laverie et avais enfilé une chemise en coton propre. Erreur numéro un. Ma deuxième erreur était d'avoir retiré ma veste, geste qui violait les règles de sécurité. Troisièmement, je n'avais pas fouillé le cabinet de travail de fond en comble à mon premier passage, intimidée que j'étais par Shelby la torride, et je lui avais ainsi laissé prendre le dessus. Quatrièmement, je n'aurais jamais dû sortir de mon lit ce matin. Cinquièmement, j'aurais dû suivre des études de médecine car il ne me manquait que l'argent, le temps, les diplômes et l'intérêt pour la science.

J'aurais pu continuer longtemps à m'autoflageller, mais mon ami Red avait déjà revendiqué ce privilège. Par bonheur, je m'en étais tirée. Mieux encore, selon les toubibs présents sur les lieux, les blessures du gosse que j'avais sauvé n'étaient pas aussi graves que je l'avais redouté.

Kresky mit la sirène en route et démarra en trombe. Lorsque nous arrivâmes au commissariat, Kitty et sa mère nous attendaient sur le parking.

Mme Dolan, habillée avec élégance comme dans une pub pour Chanel, salua mon arrivée d'un bref signe de tête et s'adressa à sa fille avec une pointe d'énervement.

— Ça y est. Lennie est enfin là. On peut y aller, *maintenant* ?

— Oui, maman.

Mme Dolan leva les yeux au ciel.

— Eh bien, Dieu soit loué !

Elle se montra bien plus enthousiaste à l'égard de Kresky.

— Bonjour sergent, dit-elle d'un ton enjôleur. Contente de vous revoir.

Kresky ignora sa remarque et se tourna vers l'enfant.

— Merci d'être venue, Kitty. Tu nous aides beaucoup.

Kitty était morte de peur. Je posai une main sur sa frêle épaule. Le sergent nous emmena au pas de charge vers la salle d'interrogatoire. Les autres étaient déjà réunis.

Sourcils froncés, Clarissa Pratt nous lança un regard par-dessus son attaché-case. Les vêtements de la procureur étaient aussi sombres que son humeur : une jupe grise, un chemisier et des collants noirs opaques, des bottes paramilitaires.

Le noir allait merveilleusement bien à mon amie Miranda, qui en avait fait son image de marque. Mais il ne manquait plus à Mme Pratt qu'une cagoule de bourreau pour compléter le tableau.

Kresky nous présenta à la portraitiste, une brune pédante du nom de Wanda Hough. L'hypnotiseur, Paul DeMott, était un praticien de Boston. D'aspect fragile, il parlait doucement et devait avoir une bonne cinquantaine. De fins cheveux gris et une barbe blanche impeccablement taillée cernaient son visage anguleux. Ses yeux profonds étaient d'un bleu très clair, et sa bouche arrondie semblait exprimer une perplexité bienveillante. Il était vêtu à la diable, un cardigan jaune pâle sur une chemise marine, un pantalon de flanelle grise et des bottines usées. Son regard et son attitude étaient directs, presque désarmants. Il porta son attention sur Kitty.

— Pour commencer, j'aimerais signaler une série d'idées reçues que les gens entretiennent à propos de l'hypnose. Par exemple, je n'ai jamais, et d'aucune manière, demandé à qui que ce soit d'imiter un poulet.

Kitty gloussa nerveusement.

— À la télé, j'ai vu un monsieur qui disait avoir rendu le bras d'une femme si dur qu'elle ne pouvait plus le plier.

DeMott secoua la tête.

— Pas de poulet. Pas de bras qui ne se plie plus. Et aucun risque que vous vous mettiez à aboyer comme un chihuahua ou à chanter l'hymne américain en chinois dès que vous entendrez une cloche. Ceux qui utilisent l'hypnose pour pousser les gens à faire n'importe quoi sont des charlatans. Mon boulot est d'aider les patients à se souvenir des choses importantes qu'ils auraient pu oublier.

— Il faut que je dorme ? demanda Kitty, anxieuse.

— Pas vraiment, mais ça ressemble au sommeil. Tu seras très détendue, les yeux fermés, mais tu pourras entendre ce que je dis et parler avec moi si tu le désires. Je ne vais pas te faire faire ou dire quelque chose contre ton gré, Kitty. Tu comprends ?

Elle prit un air contrarié.

— Et si vous vouliez que je fasse ces trucs ? Glousser comme une poule ou durcir mon bras ? Vous pourriez ?

— Je le pourrais. Mais ça ne m'intéresse pas, donc je n'essaierai pas.

La petite fille baissa les yeux.

— Et si je dis quelque chose… d'embêtant ?

— Tu ne me diras rien à moins de l'avoir décidé, Kitty. C'est comme ça que ça marche.

Cette dernière remarque sembla la réconforter. Kitty se déchaussa et alla s'allonger sur le dos sur le petit lit installé pour l'occasion. DeMott s'assit sur la chaise à ses côtés. Il fit signe à Kresky de baisser la lumière.

— Bon, Kitty. Y a-t-il un endroit où tu aimerais aller ?

— Fastoche. Le centre commercial !

DeMott retint un sourire.

— Bien. Je veux que tu fermes les yeux. Maintenant, imagine que tu te trouves dans le centre commercial. Tu entres par le parking, tu prends l'ascenseur. Tu t'arrêtes au…

— Septième. J'y retrouve mon amie Jennifer. On va manger des tacos chez Chi-Chi's et ensuite on se balade près du magasin Gap.

— Donc tu te promènes avec ton amie, reprit doucement DeMott. Tu croises des gens que tu aimes bien. Tu discutes avec eux et tu passes un moment formidable.

La voix du psychologue était si apaisante que je me sentis fondre.

— Tu es au centre commercial, maintenant, Kitty. Tu manges un délicieux taco. Tu sens le goût du fromage ?

— Mmm.

Kitty se lécha les babines. Je fus étonnée de constater à quel point son visage s'était relâché.

— Qu'est-ce que tu bois ?

— Un Coca.

— Prends-en une gorgée.

Elle serra les lèvres et déglutit.

— C'est bon.

— Sucré et bien frais, hein ?

— J'aime bien croquer dans les glaçons.

— Tu te sens vraiment bien à présent, Kitty. Complètement détendue.

Elle acquiesça :

— Complètement.

— Décris-moi les habits de ton amie.

L'enfant énuméra, le doigt pointé devant elle.

— Jen a une blouse avec Mickey Mouse dans le dos et elle porte son super caleçon bleu avec des pièces aux genoux. Et ses bottes de cow-boy. Ses cheveux sont tirés en arrière. J'aime vraiment mieux quand elle les laisse tomber.

— Quelle mémoire ! Maintenant, tu vas quitter le centre commercial un petit instant, Kitty. Nous allons revenir à cette nuit où l'étranger est venu chez toi.

— Le méchant ?

— Oui. Je veux que tu me le décrives.

Kitty avait été incapable de se souvenir de ce que portait son agresseur, à part la casquette à grande visière.

Son visage se crispa.

— Il a une grosse casquette noire enfoncée sur sa tête. Un jean. Une trace rouge sur la jambe. On dirait une tache de peinture. Ou bien du ketchup. Et il porte une petite veste noire.

— À fermeture éclair ?

— Jusqu'ici.

Elle montra le milieu de son torse.

— Donc on voit sa chemise ?

Elle fit non de la tête.

— Un T-shirt.

— Peux-tu voir quelque chose d'imprimé dessus ? Une image ou un mot ?

— Deux lettres, c'est tout.

Ses paupières se plissèrent comme si elle se concentrait pour lire.

— *I-N*. Ou peut-être bien *I-M*.

— De quelle couleur sont les lettres, Kitty ?

— Rouges.

Kresky et la procureur échangèrent un regard.

— Tu peux voir ses chaussures ?

— Des mocassins marron. Avec des trucs qui pendent près des orteils. Ils sont pleins de boue. Beurk !

— Excellent. Maintenant parle-moi de cet homme. À quoi ressemble-t-il ?

Elle tordit le cou, fixant une image invisible droit au-dessus d'elle. En l'observant, je réalisai qu'elle avait dû voir le visage de son agresseur. En raison de leur différence de taille, la visière d'une casquette n'avait pas pu masquer les traits de l'intrus, comme Kitty voulait le croire. La peur et la volonté de se protéger avaient effacé les détails de l'attaque. À présent, Kitty les confrontait avec cran.

— Grand. Comme papa, mais plus mince. Et plutôt vieux. Au moins quarante ans.

— Et sa bouche ?

— Plutôt méchante.

La dessinatrice avait son calepin sur les genoux. Son crayon s'agitait fiévreusement tandis que l'enfant décrivait son agresseur.

— Est-ce qu'il porte une barbe ? Une moustache ? continua l'hypnotiseur.

— Non. Mais il est mal rasé, comme papa les dimanches.

— Des signes distinctifs sur son visage ? Cicatrices ou grains de beauté ?

Elle plissa de nouveau les yeux comme pour mieux l'observer.

— Non. Rien du tout.

DeMott lui soutira le reste de la description. Des yeux sombres tirant vers le noir. Un nez droit, presque aquilin. Un menton proéminent et des pommettes saillantes. Des dents régulières. Aucune qui soit gâtée ou arrachée. Malgré sa casquette, Kitty pouvait voir que ses cheveux noirs blanchissaient par endroits.

— Que peux-tu me dire de plus sur lui ? Ses mains ?

— Grandes, avec de longs doigts. Certains sont griffés, comme les miens la fois où j'avais traversé les buissons de ronces pour aller chez Jen.

D'autres détails émergèrent du subconscient de la petite fille. La voiture de l'étranger était garée de l'autre côté de la rue, sous l'épicéa des voisins. Kitty la décrivit : grosse et de couleur foncée, bien que moins grosse et moins foncée que la Mercedes de ses parents. Elle était pratiquement sûre qu'il s'agissait d'une voiture de marque étrangère et relativement neuve. Aucune bosse ni rayure, en tout cas pas du côté qui faisait face à la maison. Elle n'avait pas vu la plaque d'immatriculation, mais elle se souvenait de la petite vignette argentée du contrôle technique collée sur le côté gauche du pare-brise.

Kresky nota ce détail. Compte tenu de la couleur, de la taille et de la position de la vignette, la voiture était probablement enregistrée dans le Connecticut.

— Je voudrais que tu remontes en arrière de quelques minutes, Kitty, dit DeMott. Juste avant que l'homme arrive. Qu'es-tu en train de faire ?

Son regard se durcit.

— Je regarde la télé. Il y a cette pub avec un petit garçon qui tape sur un piano, mais sa maman, elle boit du thé, et du coup elle a l'impression qu'il joue du Beethoven. La dame boit en faisant du bruit parce que le thé est trop chaud. Vous connaissez cette pub ?

— Oui, répondit DeMott. Que se passe-t-il ensuite ?

— Ça sonne. Je pense que c'est maman qui rentre en avance de sa partie de cartes. Des fois, elle en a marre de Mme DiStefano, alors elle s'en va. Cette femme est tellement bête, c'est incroyable. Elle croit que les dents jaunes sont plus solides. Et elle jure qu'on peut fumer tant qu'on veut sans attraper le cancer si on se gargarise tous les jours avec de l'eau oxygénée. C'est bête, hein ?

— Oui, en effet. Que se passe-t-il après le coup de sonnette ?

— Je cours ouvrir à maman pour qu'elle entre. Mais c'est pas elle. C'est l'homme qui…

Elle poussa un cri avant d'enfouir son visage dans ses mains.

— Tout va bien, dit l'hypnotiseur pour la tranquilliser. Tu es en sécurité maintenant. Tu ne fais que raconter l'histoire, Kitty. Ce ne sont rien que des mots.

Le torse de l'enfant se bomba. Lentement, la peur se dissipa.

— Il est dans l'entrée. « Salut », il dit. « Désolé de te déranger, ma chérie. Mais ma voiture est tombée en panne. »

— Est-ce qu'il te dit son nom ?

— Non. Attendez, peut-être. C'est comme si il marmonnait quelque chose. Je ne suis pas sûre.

— Est-ce qu'il te dit pourquoi il est dans le quartier ?

— Non. Seulement que sa voiture ne marche pas. Un truc comme l'injection.

— La pompe à injection ? demanda DeMott.

— C'est ça. Il a besoin du téléphone pour appeler un mécanicien. « Ça ne prendra que quelques secondes », il dit. Il fait si froid dehors, il pourrait geler à attendre qu'on vienne le dépanner. Il n'y a pas beaucoup de voitures qui passent dans le quartier.

— Et puis ?

— Il entre et referme la porte derrière lui. Son visage devient très méchant d'un seul coup. « Il y a un téléphone dans la cuisine », je lui dis. Mais il continue à avancer vers moi. Il a un sourire affreux sur les lèvres. Je lui montre encore le téléphone du doigt, mais il ne m'écoute pas. Il est tout près maintenant, je fais un pas en arrière pour m'échapper. Mais il tend ses bras… Il m'attrape… « Qu'est-ce que vous faites ? Laissez-moi ! » (Sa voix s'éleva en une plainte aiguë.) « S'il vous plaît ! Non ! »

— Calme-toi, Kitty. Ce n'est pas réel. Tu ne fais que raconter l'histoire, répéta DeMott d'un ton calme.

Elle se mit à trembler.

— Que se passe-t-il ensuite ?

Les sourcils de l'enfant se froncèrent.

— Il me dit de la fermer. Il met une main sur ma bouche et me porte jusqu'en haut. Lorsque nous sommes dans ma chambre, il me jette sur le lit. C'est là qu'il… Non, arrêtez !

— C'est bon, Kitty. Calme-toi.

L'enfant se mit à pleurer. Quand les mots de l'hypnotiseur ne parvinrent plus à l'apaiser, il l'amena avec habileté vers un endroit plus confortable.

— Chut, Kitty. L'homme est parti maintenant. Tu es revenue au centre commercial. Raconte-moi ce que tu vois.

L'enfant eut une moue de déception.

— Ils ferment. Les rideaux se baissent. Tout le monde doit partir.

DeMott hocha la tête.

— Notre jeune demoiselle en a assez. Il serait dangereux de la pousser plus loin.

La procureur marqua sa désapprobation.

— Le temps presse, docteur DeMott. Vous êtes bien sûr ?

— Ça ne donnerait rien de plus. En outre, il y a un risque pour Kitty.

— Personne n'a envie de la mettre en danger, dit Kresky.

Tout en douceur, le psychologue sortit l'enfant de son état de transe.

Lorsque Kitty fut complètement réveillée, Kresky lui montra l'esquisse réalisée par la portraitiste.

— Est-ce l'homme qui t'a attaquée, Kitty ?

Tout le monde était tendu. Si la petite fille confirmait la ressemblance, le portrait pourrait être distribué aux représentants de la loi des quatre coins du pays, diffusé pendant les flashes d'info, placardé sur les lampadaires et les tableaux d'affichage.

Sûrement quelqu'un, quelque part, reconnaîtrait le suspect et se présenterait. On pourrait alors l'identifier et le retrouver avant qu'il ne fasse une nouvelle victime. Il était encore possible que la jeune actrice, Sharon Sue Davis, soit toujours vivante entre les mains du violeur. À vrai dire, l'espoir et les chances de succès étaient très faibles. Mais des choses plus étranges arrivaient tous les jours.

Kitty tenait l'esquisse dans les mains. Elle ne laissa pas entrevoir le moindre signe encourageant alors qu'elle étudiait le portrait. Elle finit par hausser les épaules et tendit la feuille au sergent Kresky.

— Non, c'est pas lui.
— Tu en es sûre ? insista Kresky.
— Ouais. Je vous l'ai dit, je ne l'ai pas bien vu. La visière cachait son visage.

PLUS QUE VOUS N'EN SAVEZ...

LENNIE

30

Je n'étais décidément pas faite pour une carrière dans la police. Je ne supportais pas la cadence. L'attente, les tracasseries et l'inaction me donnaient des fourmis dans les jambes. J'aimais avoir mes ennemis en face pour pouvoir les affronter directement.

Sur la route du retour vers la caserne, Kresky eut droit à un aperçu de ma frustration.

— Pourquoi ne diffusez-vous pas quand même le portrait-robot ?

— Parce qu'il se pourrait qu'il ne ressemble pas du tout au suspect. On ne peut pas se permettre de s'égarer sur de fausses pistes.

— Et si vous essayiez une autre méthode avec Kitty ? Je ne sais pas, moi… un sérum de vérité ou un autre produit ?

Il me jeta un regard sinistre.

— Droguer des gosses ne fait pas partie de nos attributions, Finn.

— Et si vous organisiez une fouille de toutes les maisons du quartier ? Il existe bien des chiens spécialement entraînés pour cela, non ?

— Passons un marché, Finn. Je ne vous fais pas un exposé sur la manière dont on éteint un incendie, et vous me dispensez de vos conseils pour attraper les criminels. Ça vous va ?

— Je vous en propose un meilleur, sergent. Je vous promets de vous laisser tranquille dès que vous aurez arrêté le violeur.

— J'en meurs d'impatience. Croyez-moi !

Alors que Kresky entrait dans le parking de la caserne, je reconnus les feux arrière du 4×4 de Red à l'autre bout. J'adressai un rapide au revoir au sergent, sortis de sa voiture en claquant la porte et courus en direction du véhicule de Red.

Celui-ci se dirigeait vers la sortie. J'agitai les bras pour attirer son attention. Mais il passa devant moi en fonçant puis, après un virage serré, il disparut au coin de la rue.

Peut-être ne m'avait-il pas vu. Mais l'expression de froideur que j'avais cru déceler sur son visage me poussait à croire qu'il m'avait délibérément ignorée.

— Va au diable, Red, lançai-je dans le vide. Je n'ai pas besoin de toi.

Le ciel maussade crachait des gouttelettes de pluie glacée. Le vent tourbillonnait en violentes bourrasques. Emmitouflée dans mon blouson, j'entrai me mettre à l'abri.

La caserne était étrangement calme. Mon entrée ne fut ponctuée d'aucune remarque ni miaulement. Personne ne traînait dans les couloirs. Je jetai un œil dans le garage et constatai que deux camions étaient partis en mission. En consultant la feuille de service, j'appris que Hitsig, Bartell et quelques autres assistaient à un cours de recyclage à Hazmat. Red et Wuss étaient à la caserne de la compagnie n° 3 à l'autre bout de la ville, où ils enseignaient les rudiments du sauvetage à de jeunes recrues. Dumbo et Studs nettoyaient les lances à incendie. Perriman et le commissaire Raines étaient en réunion dans le bureau du capitaine avec quelques fonctionnaires de la mairie. Joe Sprouls, un jeune aspirant au teint frais et à la chevelure parsemée d'épis, assurait la permanence au bureau.

— Salut, Joe. Quoi de neuf ?

Il était en train de trier le courrier et les notes de services.

— Rien pour toi, Finn.

— Tiens-moi au courant.

Les cinq heures suivantes me parurent interminables. Aucun appel d'urgence. Aucune distraction. À l'heure du déjeuner, j'avalai un sandwich dans la cuisine avec pour seule compagnie la machine à café. Puis je préparai mon examen pour le concours des urgences médicales en révisant le système vasculaire. Quand j'eus terminé, je nettoyai et graissai les échelles utilisées au cours des interventions de la matinée et les remis en place sur chacun des camions.

Interrogeant mon répondeur depuis une cabine, je relevai deux messages urgents de Shelby. Lorsque je la rappelai, elle était dans une colère noire, et me questionna sur les motifs de ma brouille avec Dell Ginzler. Sa mère avait téléphoné pour dire que le garçon ne voulait plus que je le garde à l'avenir.

— Tu l'as fait exprès pour que je ne t'envoie plus là-bas, Lennie. Dis-moi la vérité.

— La vérité, c'est que Dell a voulu jouer à un certain jeu et j'ai perdu mon sang-froid. Je m'en veux.

— Quel genre de jeu ?

— Ça n'a aucune importance, Shelby.

— Aucune importance ? hurla-t-elle. Babe me menace de confier ses petits boulots supplémentaires à TempAmerica, nom de Dieu ! Tu veux ma ruine ou quoi, Lennie ? C'est ça, hein ?

— S'il y a moyen de calmer Dell, j'en serai heureuse. Pourquoi ne demandes-tu pas à Mme Ginzler si elle a une idée ?

— Zut, Lennie. Tout ça à cause d'un *jeu* idiot ?

— Tiens-moi au courant.

— Ça, ma vieille, tu peux y compter !

Il y avait aussi trois messages de Jack. Que se passait-il ? Étais-je fâchée ? Pourquoi est-ce que je ne le rappelais pas ?

Je restai là quelques minutes, le combiné dans la main, puis je finis par raccrocher et partir.

Épuisée et à court d'idées, je me mis à errer sans but précis. La caserne était une symphonie architecturale à une seule note. Tout était carré, glacial et neutre. La seule touche de couleur, c'était cette peinture bleue qui recouvrait les murs de brique du couloir. Pourtant, en y regardant de plus près, je trouvai l'endroit digne d'intérêt.

Des panneaux vitrés offraient un récit en images de la longue histoire de l'escouade, la franche camaraderie et la compétition impitoyable qui régnaient dans des domaines aussi variés que le basket-ball et le bridge. Des articles de presse vantaient les actes de bravoure et les tragédies poignantes. Un trop grand nombre de plaques commémoratives rendaient honneur aux collègues disparus en service.

Lorsque Perriman raccompagna les administrés, je me trouvais devant les photos d'époque des anciennes équipes sur le panneau en face de l'ascenseur. Une fois les visiteurs partis, le sourire commercial du capitaine devint glacial.

— Vous essayez de me dire que nous avons trop de personnel, Finn ?

— Je regardais les photos, capitaine. Je n'avais jamais remarqué combien les uniformes ont changé au fil des années.

— On n'est pas dans un cours d'histoire, bon Dieu ! Je viens de passer deux heures à essayer de convaincre ces coupeurs de cheveux en quatre que notre budget « Ressources humaines » ne peut pas supporter le couperet fiscal du maire. Je leur ai expliqué que nous manquions de personnel, que nous travaillions d'arrache-pied, et à temps plus que complet. Et qu'est-ce qu'ils voient en sortant de mon bureau ? Vous, en train de traînasser avec l'air de vous emmerder à cent sous de l'heure.

— Désolée, capitaine. J'ai beaucoup de soucis ces derniers temps.

— Pendant le service, vous devez tout oublier sauf le travail, vous pigez ? En dehors d'ici, allez vous confier à qui vous voulez. Je ne sais pas quelle mouche vous a piquée, Finn, mais il va falloir vous remuer le train ! Et vite !

Perriman ne m'avait jamais frappée pour sa perspicacité, mais, cette fois, il avait posé le doigt exactement là où ça faisait mal. Je traînais derrière moi un boulet ancien et pesant et je ne désirais rien de plus que de m'en débarrasser. En réalité, le matin même, j'avais accompli le premier pas dans cette voie.

Mon rendez-vous au Centre d'aide aux victimes de viols était prévu à dix-huit heures trente. Arrivée avec cinq minutes d'avance, je rejoignai deux femmes dans la salle d'attente. La plus âgée ressemblait à une caricature de bibliothécaire ; des yeux de hibou, un air austère, des lunettes sévères et des cheveux gris coiffés en chignon. La plus jeune était une mâcheuse de chewing-gum d'une vingtaine d'années emballée dans du lycra. Cinq boucles d'oreilles et un pendentif en argent décoraient chacune de ses oreilles. Une mèche noire tombait sur le côté gauche de la tête, la partie droite était rasée de près.

Je fus frappée par le contraste qui existait entre ces deux victimes de viol. Cependant, mon intérêt morbide et mon expérience personnelle m'avaient enseigné que la sélection des victimes tenait plus de la malchance que des apparences.

Les autres femmes attendaient toujours lorsque Lila Sperling vint à ma rencontre. Elle m'adressa son plus charmant sourire.

— Entrez, mademoiselle Finn.

Elle ne me conduisit pas dans son antre truffé de jouets mais m'amena dans le bureau vide d'une collègue.

— Nous avons une petite fille qui a rendez-vous à sept heures avec une de nos conseillères, m'expliqua-t-elle. J'ai pensé qu'elle se sentirait plus à l'aise dans mon bureau.

— Je comprends.

Tous les éléments essentiels étaient réunis : un canapé en cuir vert, des chaises recouvertes de tweed, un lampadaire, des diplômes, des livres de psychologie, la thérapeute et la patiente.

— Vous vouliez me parler, mademoiselle Finn ?

— Appelez-moi Lennie.

— Que puis-je faire pour vous, Lennie ?

J'avais l'intention de tout lui raconter. C'était même le but de ma visite. Mais, le moment venu, je n'arrivais pas à trouver les mots. Ils étaient coincés au plus profond de ma gorge en une grosse boule douloureuse.

La directrice du centre attendit patiemment. Mais bientôt, je ressentis le besoin de briser l'oppressant silence.

— Je suis inquiète au sujet de Kitty, confiai-je. C'est dur pour elle de savoir qu'il y a une nouvelle victime.

— J'en suis convaincue. Mais Kitty reçoit tout le soutien que nous pouvons lui apporter.

— Le soutien n'aide pas à estomper la peur, vous ne croyez pas ? Ça ne peut pas chasser le souvenir. Une fois qu'une enfant a été blessée comme Kitty l'a été, le mal est fait.

Mes yeux me piquaient et la boule était toujours coincée dans ma gorge. Je pris un mouchoir de la boîte que me tendit Lila Sperling et me mouchai.

— La souffrance ne dure pas éternellement, Lennie, dit-elle doucement. La victime peut décider de s'en débarrasser.

— À vous entendre, on croirait que c'est comme une vieille robe que l'on jette. Ce n'est pas si simple.

Elle acquiesça.

— Je le sais. Ce n'est pas ce que je veux dire. Mais toute douleur enfouie continue son travail de sape. Dès qu'elle est exprimée librement et décortiquée, elle s'amenuise. Avec le temps et beaucoup d'efforts on peut arriver à une véritable guérison. Mais il faut accepter de suivre ce processus.

— Il ne s'agit pas de *moi* !

La colère de mes paroles me surprit. Je m'enfonçai dans mon siège et tentai de me détendre.

— Désolée. La semaine a été dure.

— Je n'en doute pas.

— Les monstres du genre de celui qui a blessé Kitty ne sont jamais assez sévèrement punis. C'est toujours la victime qui trinque.

— Les *rescapées* ont le choix, Lennie. Si elles n'ont pas pris la bonne décision, elles peuvent toujours changer d'avis ultérieurement.

Je me levai et pris mon manteau.

— Je dois m'en aller, madame Sperling. Merci.

— De rien. Je suis à votre disposition si vous désirez me parler.

En sortant du centre, je jetai un œil à ma montre. Mon prochain rendez-vous n'était que dans deux heures. J'avais le temps de m'occuper d'une autre affaire contrariante. Je rassemblai mes forces et m'enfonçai dans la brume glaciale.

DANA

31

— C'est vraiment vous, Dana?

— Oui, monsieur Yurie. C'est bien moi.

— Incroyable ! Je suis là à vous regarder à la télé et, en même temps, je parle avec vous au téléphone. Bien sûr, à la télé, c'est un enregistrement. Vous aviez deviné, hein?

— Vous m'avez dit que c'était urgent.

Becky pleurnichait dans la chambre. Dana couvrit le combiné de sa main et se tourna vers sa fille.

— Chut, ma chérie. Je reviens dans une minute.

Impatiente, elle reprit sa conversation téléphonique.

— Que se passe-t-il, monsieur Yurie?

— Je crois bien que jai, comment dire... euh, trébuché dans un os. À moins que ce ne soit « tombé » sur un os, non? Je dois reconnaître que je ne suis pas un as de la grammaire.

— Quel est votre problème?

— Je sais pas. J'ai jamais été doué pour les mots et la langue en général. Ça remonte à loin.

— Non, je veux parler de votre « os », monsieur Yurie?

— Ah, ça ! Il se trouve que j'ai traîné la moitié de la journée dans ce salon de thé, en face du bureau de votre avocate. Je me dis qu'ils vont vider les lieux pour aller déjeuner, mais non ! Au lieu de ça, ils se font livrer des sandwiches : deux thon-mayonnaise, un club-sandwich à la dinde, des burgers, de la salade de chou rouge et un jambon-fromage. Pas terrible pour des gratte-papiers de luxe, si vous voulez mon avis.

Becky gémit à nouveau.

— Très croustillantes, vos informations, monsieur Yurie. Mais je dois retourner m'occuper de ma fille maintenant.

— Sûr, pas de problème. Je voulais juste vous dire que j'ai l'intention de m'introduire dans le bureau ce soir. Mais je ne sais pas quand ce sera possible.

— Et pourquoi donc ?

— C'est votre avocate. Elle est encore à son bureau. Elle a un mec avec elle. Le type grand sportif. Jeune. Pas vraiment attirant, mais pour ce que je m'y connais moi, en mecs, hein ?

— je ne peux que vous conseiller d'attendre, monsieur Yurie. Mme Eckhard finira bien par s'en aller.

Yurie s'emporta.

— Ça m'étonnerait. Faut voir le bureau qu'elle a ! Canapé convertible, bar, télé, vidéo... Je dirais plutôt qu'elle et son Roméo, ils ne sont pas près de se tirer.

Dana ne supportait pas l'idée de voir son dernier espoir s'évanouir. Valerie Eckhard était mariée depuis une vingtaine d'années à un homme bien plus vieux qu'elle, un magnat portugais parti les trois quarts du temps en voyage d'affaires. Si Vantarde avait une relation extraconjugale en l'absence de son mari, Yurie avait sûrement raison : elle pouvait rester des nuits entières à son bureau.

— Merde, murmura Dana.

— Pouvez répéter, Dana ? J'ai pas bien compris.

— Je ne vous parlais pas, monsieur Yurie. J'essayais de réfléchir.

— Réfléchir, ça aide, approuva Yurie avec enthousiasme. Pendant qu'on parle de réfléchir, vous me croirez si je vous disais que j'ai eu une idée ?

— Maman ! gémit Becky.

— Pouvez-vous attendre une minute, monsieur Yurie ?

— Y'a qu'à demander !

Dana posa le combiné avant de se précipiter dans la chambre de sa fille. Blottie sous les draps, Becky semblait terrifiée. Elle était livide et ses lèvres tremblaient.

— Tu as dit que tu resterais avec moi, maman.

Dana se pencha vers elle et l'embrassa sur la joue.

— Je reviens, ma chérie. Il faut juste que je termine mon coup de fil. Donne-moi encore cinq minutes et je suis à toi, d'accord ?

L'enfant fit bravement oui de la tête.

— Je m'excuse de me conduire comme un bébé.

— Ne t'inquiète pas. Tu es la meilleure de toutes les Rebecca Meade de l'univers, comme toujours.

Une larme glissa sur ses joues pâles couvertes de taches de rousseur.

— Alors, pourquoi est-ce que je me sens différente, Mims ? Je me sens toute bizarre et dégoûtante à l'intérieur.

— Moi aussi, princesse. Ça doit être ces cheeseburgers.

Un sourire forcé apparut sur les lèvres de la petite fille.

— Je ne rigole pas, maman.

— Moi si ! Le docteur Gwen a prescrit un minimum de quatre séances de rigolade par jour.

Le sourire de Becky s'élargit.

— Là ! C'est mieux ! (Dana embrassa le petit nez tacheté et le menton saillant, pareil au sien.) Je reviens tout de suite.

Lorsqu'elle reprit l'appareil, Yurie chantonnait.

— Désolée de vous avoir fait attendre.

— Pour vous, Dana, c'est un plaisir. Bon, voilà mon idée.

Yurie suggéra que Dana téléphone à Valerie Eckhard pour lui demander un rendez-vous de toute urgence. Elle devait inventer un prétexte, et Yurie savait pouvoir compter sur Dana pour trouver une idée convaincante.

— Je vous ai déjà vue, avec ces *beaufs*, dans le public, faire semblant de vous intéresser à ce qu'ils disaient. Vous avez vraiment le chic pour embobiner les gens !

Dana préféra ignorer le compliment.

— Votre idée n'est pas mauvaise. Je vais y réfléchir. Donnez-moi votre numéro et je vous rappelle aussitôt.

Dana savait comment toucher la corde sensible de Valerie Eckhard. Elle lui laissa un message sur sa boîte vocale. Cinq minutes plus tard, l'avocate rappelait.

— Madame Eckhard, je suis ravie de vous entendre ! Nous venons d'avoir une annulation pour demain et j'espérais que vous pourriez remplacer notre invité au pied levé.

L'avocate marqua un instant d'hésitation, puis fit la coquette.

— Laissez-moi vérifier. (Elle reprit la ligne un instant plus tard.) Je suis prise toute la journée de demain, Dana, mais pour vous, je vais m'arranger. Quel est le thème de l'émission ?

— Les lieux de travail. Nous allons filmer quelques personnes très en vue dans leur bureau et les interviewer sur la manière dont elles ont su créer un environnement professionnel agréable.

Il y eut un bruit étouffé à l'autre bout de la ligne. L'avocate gloussa puis se reprit rapidement.

— Ça doit être dans mes cordes.

— Bien. Oh… Il faudrait que je passe ce soir avec mon assistant pour le repérage des lieux. Il aura besoin de disposer de votre bureau pendant au moins une heure. Nous pourrons aller prendre un café quelque part pendant qu'il travaille.

— Est-ce vraiment nécessaire ?

— J'en suis désolée. C'est ennuyeux, je sais. Mais il doit faire des essais de son et lumière et prendre quelques polaroïds pour les décorateurs. Si vous ne pouvez pas, je demanderai à quelqu'un d'autre…

— Aucun problème, s'empressa de répondre Vantarde. Quand voulez-vous venir ?

— Dans une heure ?

— D'accord.

Dana composa le numéro d'Adam. Elle était sur le point de raccrocher après la cinquième sonnerie quand quelqu'un répondit.

— Résidence d'Adam Meade.

Dana s'éclaircit la voix pour ne pas montrer sa surprise. La voix geignarde et haut perchée ne pouvait être que celle de la secrétaire d'Adam. Une secrétaire très particulière, semblait-il.

— Bonjour, Jeanette. Puis-je parler à Adam ?

— Bien sûr, Dana. Une petite seconde. Adam chéri, appela-t-elle. C'est Dana.

Adam chéri ? Et Dana qui avait essayé de s'expliquer la présence de la secrétaire chez lui. S'il s'agissait d'heures supplémentaires, elles devaient être d'une nature très particulière.

Comment as-tu pu être aussi aveugle, Dana Saunders ? Croyais-tu vraiment qu'il avait embauché cette petite pétasse pour ses talents de dactylo ?

La voix pompeuse d'Adam stoppa ses divagations.

— Oui, Dana ? Que puis-je faire pour toi ?

En premier lieu, tu peux aller te faire voir !

— J'ai une réunion urgente. Ça m'arrangerait beaucoup que tu restes quelques heures au chevet de Becky, si tu peux.

Dana grimaça dans l'attente de la réponse.

— Eh bien, si c'est absolument nécessaire...

— Ça l'est.

— Je souhaiterais *vraiment* que tu embauches une nounou pour la petite, Dana. Ces urgences de dernière minute commencent à me fatiguer.

Toi aussi.

— Je n'ai pas le temps d'en discuter pour le moment, Adam. Merci pour ton aide. Je t'attends.

Comment Adam pouvait-il traîner avec cette petite idiote ?

Elle le chassa de son esprit et rappela Yurie au salon de thé.

— Tout est arrangé, monsieur Yurie. Je passerai vous prendre dans moins d'une heure. Mme Eckhard croit que vous êtes mon assistant chargé du repérage pour l'émission. Nous vous laisserons dans le bureau pour procéder à des mesures de son et lumière et prendre des clichés.

Yurie siffla.

— Alors là, Dana, vous m'impressionnez.

— Merci.

— Je le dis comme je le pense. La bonne idée au bon moment. Au fait, je vais avoir besoin de matériel si je joue ce rôle d'assistant. Un luxmètre, un dBmètre, un appareil photo, tout le matos quoi !

— Très juste. J'ai déjà l'appareil photo.

— Ça ne colle pas. Faut que j'aie l'air d'un vrai professionnel.

— Prenez une valise. On aura l'impression que vous avez plein de matériel à l'intérieur. Je peux en apporter une.

Yurie ricana.

— Laissez tomber ! J'ai tout le temps d'aller dans un de ces grands magasins sur la 47e Rue.

— Trop tard. Ils seront tous fermés.

— J'espère bien, Dana. Vous ne voudriez tout de même pas que je pique de gros trucs comme ça pendant les heures d'ouverture !

LENNIE

32

Lorsque j'entrai chez Ernie's, je fus déçue de trouver Walt Brewer à la place de Red derrière le bar. En balayant la clientèle du regard, ma déception tourna à la consternation. Hitsig était vautré à une table au fond du bar en compagnie de Wuss, Nervy, Dumbo et de deux cruches presque vides de bière pression. Quand il est sobre, Wild Bill est franchement odieux. Mais imbibé, il ne tenait plus du tout la route.

Je me dirigeai vers la porte, espérant sortir sans attirer l'attention. Malheureusement, en dépit de son état d'ébriété avancé, Hitsig me repéra.

— Eh ! regardez qui voilà ! Catwoman ! beugla-t-il. Allez, viens par ici ma minette !

Prise au piège, je tentai une sortie désespérée.

— Salut les gars ! Faut que je file ! À demain !

— Mais tu viens juste d'arriver, mon petit chat, hurla Wild Bill d'un ton faussement déçu. Où tu vas comme ça ?

— Le plus loin possible de toi, Hitsig.

Sa lèvre inférieure s'avança en une moue boudeuse.

— C'est pas très gentil, ma minette. Viens voir ton papa tout de suite. (Il lança des baisers sonores.) Allez, sois mignonne !

Le silence s'abattit sur le bar. Tous les yeux étaient rivés sur le spectacle de la salle.

Nervy et les autres incitèrent Wild Bill à laisser tomber, en vain. Comme je m'approchais de la sortie, il se leva en titubant et offrit à tout l'auditoire son répertoire complet de gestes obscènes.

— Allez, petit chat. Viens là, viens là !

— Arrête tes conneries, Hitsig, dit Nervy, embarrassé.

— Ouuuh, mignonne, tu sais ce que j'aime bien ?

— Prends un café, Wild Bill.

— Dégage. Tout ce que je veux c'est cette petite chatte là-bas. Non, attends ! Où tu vas, mon bébé ? J'ai dit quelque chose de mal ?

Je poussai la porte. La température était montée, les flocons de neige fondue recouvraient le trottoir. Les bosquets givrés étincelaient.

Après quelques pas le long de l'allée, j'entendis un fracas assourdissant venu du bar. Curieuse, je rebroussai chemin. Wild Bill était étendu sur le parquet, une lèvre fendue et l'air ahuri. Red était debout au-dessus de lui, écarlate et haletant.

— Mais bordel, pourquoi t'as fait *ça* ? se lamentait Hitsig.

— *Ça* c'était de la rigolade, répondit Red. Maintenant, debout, que je te donne ce que tu mérites, espèce de gros porc répugnant !

— Qu'est-ce qu'il y a, Snapper ? J'insulte ta nana ?

— Tu es une insulte à *mon* espèce. Maintenant, fous le camp !

Hitsig se releva en chancelant.

— Tu veux que je me casse ? C'est bien ça ?

— Non, Hitsig. Je te l'*ordonne* !

— C'est bon, Red. Je suis déjà parti. C'est comme si c'était fait.

Wild Bill tituba vers la sortie avec Dumbo, Wuss et Nervy sur les talons, prêts à intervenir.

— Allez, Red. Tu sais bien qu'il ne pense pas un mot de ce qu'il dit. C'est un pauvre type, voilà tout, dit Dumbo d'un ton apaisant. C'est pas vrai que tu es un pauvre type, Hitsig ?

— Il ne faut pas lui en vouloir, Finn. Il n'en vaut pas la peine, ajouta Nervy.

— Excuse-toi auprès de Finn, Hitsig. On ne parle pas à une nana comme ça, dit Wuss. Tu t'es fait mal à la main, Red ? Tu devrais peut-être mettre de la glace dessus.

Lorsqu'il passa devant moi, je pus prendre la mesure de l'ivresse d'Hitsig. Demain matin, il ne se souviendrait probablement plus de rien. J'imaginai qu'il devait régulièrement se lever avec des marteaux-piqueurs dans la tête et une bouche remplie de dents déchaussées.

Dumbo prit le volant. Les autres s'entassèrent dans son break Ford et la voiture démarra. Je me tournai vers Red, feignant l'exaspération.

— Vraiment, Red ! Je rêvais de me payer la tronche de Wild Bill depuis des années, et toi, tu arrives et tu me piques la place !

— Désolé.

Il s'éloigna et commença à enfiler un tablier.

Je l'empoignai avant qu'il puisse se glisser derrière le bar.

— Hé ! oh ! Attends un peu ! Ne t'en va pas. J'étais venue pour te parler.

— Je suis en retard.

Il refusait de croiser mon regard.

Le barman l'avait entendu.

— C'est bon, Red. Prends ton temps, dit-il.

Red répondit au sourire jovial de Walt par un regard noir, puis se tourna vers moi.

— Qu'est-ce qu'il y a ?

— J'aimerais bien te parler seule à seul une minute, Red. Est-ce qu'on peut sortir, s'il te plaît ?

À contrecœur, il me suivit dehors. Red s'était enfermé à double tour sur lui-même, et il refusait toujours de me regarder.

— Que se passe-t-il, Red ?

— Oublie ça, d'accord ?

— Oublier quoi ? Qu'est-ce que je t'ai fait ?

— Rien. Maintenant, si ça ne te dérange pas, je dois aller travailler.

Je le rattrapai par le bras alors qu'il se détournait.

— Eh bien, justement si, ça me dérange. J'estime que j'ai le droit de savoir pourquoi tu te comportes comme si je n'existais pas.

Il se dégagea avec force.

— Regarde-moi au moins !

Je pris son menton et le forçai à relever son visage. Ses yeux étaient remplis de larmes.

Furieusement, il s'arracha à mon emprise.

— Tu veux une explication ? D'accord. Je n'ai pas supporté de te voir risquer aussi bêtement ta peau dans ce feu, l'autre jour. Ça m'a rendu fou, j'avais envie de te tordre le cou.

— Bon Dieu, Red ! Si j'ai agi comme une idiote, ça n'était sûrement pas pour t'emmerder.

— Eh bien c'était raté. Tu ne fais pas attention à toi, et ça, ça m'emmerde !

— J'en suis flattée, mais…

— Et si tu tiens à le savoir, ça m'emmerde encore plus de te voir roucouler avec le beau gosse de la police. Il est encore pire que ton cul-terreux de professeur. Tu ne te rends pas compte que ces types sont des connards ? Ça crève les yeux, bon sang !

— Tu veux parler de Kresky ? Il n'y a absolument rien entre nous.

— Tu peux tomber pour n'importe quel mec qui te drague, Lennie. Inutile de mentir !

— C'est faux ! C'est quand même dingue ça !

— Ah ouais ? Eh bien toi, *tu* me rends dingue ! Alors reste en dehors de ma vie, et moi, j'en ferai autant.

Je m'efforçai de chercher un peu de sens à ce discours irrationnel, mais je n'y voyais que cruauté et rejet.

— Je ne suis pas d'accord, Red. Tu es mon ami. Tu comptes beaucoup pour moi.

— Laisse tomber, Lennie. Ça ne marche pas.

— Qu'est-ce qui ne marche pas ?

— Nous. Tout ça. Rien. Tu ne comprends donc pas ? Mais bon Dieu, tu es *aveugle* ou quoi ?

Il disparut si vite de mon champ de vision que je crus en effet l'être devenue. Mais je ne pouvais me résigner à voir notre amitié réduite à néant à cause d'une soudaine montée de testostérone chez Red.

Au fil des années, j'avais ressenti pas mal de pincements au cœur pour lui. Ce mec était extrêmement séduisant ; mignon, drôle et tendre. Le flirt parfait. Mais je n'aurais jamais risqué tout ce que nous avions en commun pour une aventure.

Aussi, rien ne s'était jamais passé entre nous.

Ma Toyota était recouverte d'à peu près trois centimètres de neige. Je déblayai mes vitres, me glissai à l'intérieur et m'acharnai sur le démarreur jusqu'à ce que le moteur accepte de se mettre en marche. J'allumai la radio pour occuper le silence étouffant.

L'animateur de l'une des deux seules stations que je pouvais capter menaçait de passer une heure ininterrompue de « classiques » country. D'abord, une femme gazouilla à propos d'un amour non partagé dans ce poignant : « Perce mon cœur et il se peut qu'il saigne pour toi. » La chanson fut suivie d'un standard indémodable : « Les yeux noirs donnent toujours le blues à cette fille. » Le seul autre choix qui me restait était le bip ininterrompu du signal d'alerte sur la fréquence réservée à la défense civile.

L'idée d'écouter des vieux tubes country ringards jusqu'à New Haven me rebutait. Je décidai que la voix de Miranda ne me déprimerait pas plus que je ne l'étais déjà et mis la cassette spéciale qu'elle m'avait laissée avant de partir en tournée. Sur la boîte, elle avait écrit : « En cas de solitude extrême, écoute la première face et je t'appelle avant que tu n'aies le temps d'y penser. »

Je m'attendais à l'entendre chanter mais, après l'amorce, des paroles s'élevèrent des haut-parleurs : *Salut, Len. Si tu écoutes cela, tu dois être dans un mauvais jour. Je suis avec toi, par la pensée. T'avoir avec moi, en pensée au moins, c'est ce que j'ai de plus cher au monde.*

Est-ce que c'est assez fleur bleue pour toi, ma chérie ? Parce que s'il faut que je continue pour te dire la chance que j'ai de t'avoir pour amie, j'ai bien peur que mon petit estomac ne le supporte pas. Alors : courage, défends-toi et prépare l'offensive.

Oh, et puis quoi que ce soit ou qui *que ce soit, fais-moi le plaisir de prendre des notes. Je serai peut-être bientôt à court d'idées pour mes paroles, et, comme tu le sais, la vie sur la route me procure toujours plus d'indigestion que d'inspiration. Quoi qu'il en soit, on se parle bientôt. Je t'aime, Len.*

— Moi aussi, Miranda.

Je ne pus m'empêcher de sourire. Cette fille était incapable de résister à la nourriture indigeste, aux fringues de vampires et aux machos de rencontres.

Que son cœur solide et prévisible soit béni. J'avais toujours pu compter sur Miranda lorsque j'avais besoin d'une oreille, d'un rire ou d'une épaule pour me consoler. Si Red avait décidé de me laisser tomber, les difficultés les plus insignifiantes allaient devenir dures et compliquées. Peut-être n'était-il responsable que de la moitié du sentiment de vide que je ressentais. De toute façon, j'avais d'autres problèmes, plus urgents, à résoudre.

La Toyota fit une embardée et dérapa sur la chaussée couverte de neige. Il fallait que je reste concentrée sur la route.

LENNIE

33

Le grand magasin Hilliard est un immeuble austère, de style postmoderne, conçu pour ressembler à un gigantesque navire en cale sèche. Le bâtiment de quatorze étages occupe un espace de premier choix dans le quartier d'affaires du centre-ville de New Haven.

Je me garai à l'entrée du parking du personnel. Le magasin étant fermé, les seuls véhicules présents étaient une Honda gris acier, un break jeep bleu et une Ferrari Testarossa rouge flamboyant aux plaques personnalisées portant les initiales EH.

Je me dirigeai vers l'entrée des employés et passai à côté de la Ferrari. Ce genre d'objets affreusement chers me rendent toujours un peu nerveuse. Je n'arrive jamais à savoir si je dois ressentir du respect ou de la répulsion.

Pour la moitié du prix, Mme Eden Hilliard aurait pu acquérir une ou deux modestes Mercedes ou Jaguar, épargnant une somme rondelette destinée à un usage plus noble. D'un autre côté, je devais admettre que cette femme était une philanthrope reconnue, qui distribuait régulièrement de grosses sommes à bon nombre d'organismes d'assistance aux sans-abri et aux handicapés.

Quant à moi, il est très peu probable que je sois un jour confrontée au dilemme de savoir si une voiture de luxe fait trop chic ou pas. Si jamais cela m'arrivait, je suis sûre que je réglerais la question avec dignité.

Je pénétrai dans le bâtiment par l'entrée du personnel. Je suivis un parcours fléché et arrivai à l'ascenseur privé d'Eden Hilliard. Là, un agent de sécurité au cou de taureau vérifia que mon nom était bien inscrit sur la liste de visiteurs autorisés. Sans un mot, il m'escorta vers les bureaux de la direction au dernier étage.

Les portes de l'ascenseur s'ouvrirent sur une magnifique salle de réception dont les baies vitrées offraient une vue panoramique sur la ville recouverte d'un manteau neigeux. Le garde me précéda, faisant résonner ses pas sur le sol de marbre. Aux quatre coins de la salle d'attente, huit fauteuils Breuer en cuir étaient disposés autour d'un tapis d'Aubusson. Le gros balèze m'indiqua celui du fond à gauche.

— Attendez ici, m'ordonna-t-il.

Une fois installée dans le fauteuil qu'il m'avait désigné, je le vis s'éloigner vers l'ascenseur.

Les portes de l'ascenseur étaient en cuivre poli sculpté de motifs Art déco complexes. Des plantes luxuriantes dans des pots en cuivre fleurissaient sous la profusion de lumière naturelle. J'étais en train de méditer sur le temps interminable que devait prendre le nettoyage des vitres quand la secrétaire apparut.

La jeune femme avait l'air vive et professionnelle, même après une longue journée de travail. Elle portait un tailleur marine impeccable, un chemisier au col rigide, une écharpe à motifs patriotiques et des escarpins rouge vif. Ses cheveux auburn tombaient sur les épaules tel un rideau de satin. Un maquillage subtil mettait en valeur ses grands yeux bruns et faisait oublier sa bouche stricte aux lèvres trop fines.

— Mademoiselle Finn ? Par ici. Mme Hilliard vous attend.

Soucieuse de faire bonne impression, j'avais revêtu un pantalon brun, un pull à col roulé en laine beige et un blaser en tweed dans les tons rouille. C'était une de mes tenues favorites. Je m'y sentais à l'aise et elle m'allait bien. À l'approche du sanctuaire privé de la grande patronne, un regain de confiance me gagna. Mais un seul regard posé sur Eden Hilliard me réduisit à l'état de naine boulotte et mal attifée.

Elle était impressionnante. Grande et élancée comme un roseau, avec une peau lisse couleur chocolat, une chevelure noir ébène abondante et une plastique de top-model. Son sourire était éclatant, son air serein. Elle en imposait. Elle était élégamment vêtue d'un tailleur en laine blanc et parée de beaux bijoux, mais une vieille robe de chambre, des mules et des bigoudis n'auraient en rien terni son éclat.

— Merci d'avoir accepté de me recevoir, madame Hilliard, réussis-je à dire sans bégayer.

— Mais je suis ravie ! Voulez-vous un rafraîchissement, mademoiselle Finn ? Un cocktail, peut-être ? Ou bien un café et des biscuits ?

— Non merci.

— Mettez-vous à l'aise.

La pièce était énorme, de forme carrée, avec en son centre un bureau en verre fumé. Un espace de réunion, sur la droite, comprenait une table rectangulaire en laqué noir et une douzaine de chaises en bois cintré. Sur la gauche, un autre espace de réunion moins formel était meublé d'un canapé en daim couleur fauve, de guéridons vitrés et de fauteuils recouverts de tissu. Elle s'y dirigea et je m'installai dans le fauteuil en face d'elle. Comme je m'asseyais, je remarquai que sa manche gauche, posée sur l'accoudoir, était vide.

Je détournai les yeux rapidement, mais mon mouvement ne passa pas inaperçu.

— Je suis née ainsi, dit-elle d'un ton neutre. Malformation congénitale. Ma mère a toujours pensé que c'était dû à un truc qu'elle avait pris au début de sa grossesse. Elle s'en est toujours sentie affreusement coupable, mais je ne peux pas dire que cela m'aie aidé.

— J'en suis convaincue.

Son sourire se fit plus chaleureux.

— Que puis-je faire pour vous, mademoiselle Finn ? Ma secrétaire m'a dit que vous aviez mentionné Jack Chambless ?

— Oui. J'ai cru comprendre que vous et Jack aviez été très proches à une certaine époque. J'essaie de recueillir des informations à son sujet, de découvrir à quoi ressemblait le jeune homme.

Son sourcil bien dessiné se fronça.

— Et dans quel but ?

Bien que je me sois préparée à ce mensonge au cours de nombreuses répétitions, mon cœur battait la chamade. L'approche directe avait réussi avec Sally Deane. Mais je ne voulais pas prendre le risque de me voir claquer au nez cette porte si importante.

— J'écris un article sur lui pour le magazine de l'université de New York. Un portrait détaillé. Cela fait partie d'un hommage surprise qui sera rendu par l'université à quelques professeurs réputés au printemps prochain.

— Vous jouez au poker, mademoiselle Finn ?

— Euh... non, pourquoi ?

— Parce que vous êtes une piètre menteuse. Maintenant, veuillez me dire la vérité ou je me verrai dans l'obligation de mettre un terme à cette petite réunion.

J'avais les joues en feu.

— La vérité c'est que je ne peux pas vous divulguer la vraie raison. Désolée de vous faire perdre votre temps, madame Hilliard.

Je me levai pour prendre congé.

— Vous paraissez sincère. Inutile de vous en aller.

— Pour commencer, je n'aurais jamais dû venir. Quand vous verrez Jack, j'apprécierais vraiment que vous ne lui révéliez pas que je suis venue fourrer mon nez dans son passé.

Elle m'indiqua le fauteuil et je me rassis.

— Je ne parlerai pas à Jack. Mais je vais parler avec vous. Il n'y a pas grand-chose à raconter, mais je suis à votre disposition.

Elle répéta ce que j'avais déjà entendu de la bouche de Rabbi Deane. Les parents d'Eden Hilliard avaient eu cinq enfants sans s'être jamais mariés. Son père, qui souffrait d'anémie grave, était mort d'une attaque avant la naissance du petit dernier. Lorsque Eden avait dix-huit ans, sa mère avait été tuée par une balle perdue dans une fusillade lors d'un braquage.

Seule pour s'occuper de ses quatre jeunes frères et sœurs, elle avait accepté l'aide offerte par différents organismes, dont celle du groupe de bénévoles de la synagogue de Sally Deane.

— J'étais en âge pour m'occuper d'eux. Les gens des services de protection de l'enfance brûlaient d'envie d'envoyer mes frères et sœurs à l'assistance publique. Ils nous assignèrent une assistante sociale sortie tout droit des flammes de l'enfer, Regina Crawshaw. Mon frère Billy l'avait surnommée « Pute en furie ».

Cette vieille garce nous collait comme une sangsue, elle cherchait le moindre prétexte pour nous séparer.

« Une nuit, Mme Crawshaw a débarqué à l'improviste à un très mauvais moment. Le bébé faisait une molaire. Billy et ma sœur Ardena se battaient à mort pour savoir qui avait emprunté le sweater de qui et l'avait abîmé. Pour couronner le tout, mon autre frère Cecil venait de se bagarrer. On l'aurait cru sorti tout droit d'un film d'horreur.

« Lorsque la sonnette avait retenti et que j'avais vu qui était derrière la porte, je m'étais dit que nous étions cuits. Aussi vite que possible, j'avais entassé tout le monde dans la chambre, retenu ma respiration, et lui avais ouvert.

« Comme d'habitude, la vieille femme avait fourré son nez partout. Elle m'avait bombardée de questions. À chaque seconde planait le risque qu'elle demande à voir les autres enfants. Mais, avant qu'elle n'en ait eu l'occasion, Jack était arrivé et avait pris la situation en mains. Il était stupéfiant. Il avait embobiné cette mégère d'une façon inimaginable. Puis il l'avait poussée vers la sortie avant qu'elle n'ait eu une chance d'estimer les dégâts.

« Il était incroyable. Il arrivait toujours au bon moment. Un chevalier blanc dans son armure étincelante.

— Vous avez dû lui être reconnaissante.

— Oh, bien sûr. Très reconnaissante. *Extrêmement.* Et il en a *bien* profité.

— Vous et Jack ?

— En quelque sorte, oui. J'ai même cru au grand amour. Mariage et tout le tralala. La réalité était tout autre.

— Vous ne saviez pas qu'il était marié ?

Elle eut un sourire amer.

— Qu'il soit marié n'était pas le pire. Il se trouve qu'il m'utilisait pour blesser ses parents. Avec la menace brandie par Jack de se convertir à la religion juive, j'étais leur plus atroce cauchemar, voyez-vous. J'étais noire, avec un bras en moins, pauvre, nordiste, orpheline, une bâtarde avec quatre gosses à élever. Vous parlez d'une affaire ! (Elle secoua la tête.) On vous a déjà utilisée comme arme, mademoiselle Finn ?

— Je ne pense pas.

— Je ne vous le souhaite pas. (Elle me regarda droit dans les yeux.) Et je ne souhaite à personne d'être avec Jack, si telle est votre question.

— C'en est une parmi d'autres.

Elle soupira.

— Je vais être franche avec vous, mademoiselle Finn. Quand ma secrétaire m'a dit que vous aviez appelé à propos de Jack, j'étais ravie. J'y voyais une occasion de lui rendre la monnaie de sa pièce.

— Ça peut se comprendre.

— Peut-être bien. Mais c'est aussi très puéril et ridicule. Jack avait un sérieux problème avec ses parents et je me suis retrouvée au milieu. Ses parents sont morts depuis longtemps et ce qui s'est passé entre Jack et moi appartient au passé... Dans un sens, je devrais lui être reconnaissante. Après qu'il m'a abandonnée, j'ai consacré toute mon énergie à ma réussite personnelle. Je pense que ça a plutôt bien marché !

— C'est le moins qu'on puisse dire.

Elle soupira de nouveau.

— En vérité, je ne crois pas que Jack m'ait blessée intentionnellement. Tout ce qu'il voulait, c'était blesser les siens. Je n'avais rien à voir là-dedans. Mais ça ne devrait plus avoir d'importance, ni pour moi ni pour vous. Le passé est derrière nous, il ne peut plus nous atteindre.

Je pris conscience que cette enquête ne menait nulle part. Plus j'en apprenais, moins j'en savais.

Découvrir que Jack avait trompé sa femme vingt-cinq ans auparavant ne m'aidait en rien.

— Pensez-vous que Jack aurait été capable de faire du mal à quelqu'un délibérément ?

Elle se mit à réfléchir.

— Honnêtement, je ne le connaissais pas — pas le vrai Jack en tout cas — si bien que ça. À la réflexion, la seule qui l'ait vraiment connu, c'était Ginny.

— Qui est-ce ?

— Ginny Bliss. Vous ne l'avez jamais rencontrée ?

— Non.

Son sourire redevint radieux.

— Alors, vous allez voir, c'est un sacré numéro, mademoiselle Finn !

— Où puis-je la rencontrer ?

— Laissez-moi votre numéro. Je l'appelle demain et j'essaye de vous arranger une entrevue.

LENNIE

34

Je m'éveillais de bonne heure dans un état de grande agitation. Je décidai de sortir prendre un café au restaurant grec du coin. Mais à l'instant où je posais le pied au rez-de-chaussée, Mme O' m'appela depuis la cuisine.

Vêtue de son peignoir bleu en éponge, débordant d'énergie, ma propriétaire s'activait devant la cuisinière. Son regard concentré courait de la marmite, dont elle remuait le contenu avec frénésie, au livre de cuisine posé sur un pupitre à côté du fourneau. Une odeur dense et terreuse de forêt tropicale planait dans la pièce.

— Je te prépare un petit déjeuner, Lennie. Assieds-toi. Ce sera prêt dans deux minutes.

— Ce n'était pas la peine de vous déranger, madame O'. Je n'ai pas très faim.

— Ce bon petit repas est censé s'occuper de ton appétit d'oiseau. Allez, à table maintenant. Et on ne discute pas !

Après un ultime tour de cuillère, elle éteignit le feu. Elle vida ensuite une bonne quantité de bouillie gris-brun dans une assiette et me la glissa sous le nez. Elle m'expliqua que cette pâtée peu ragoûtante était une concoction macrobiotique destinée à restaurer l'harmonie intérieure.

— Tu dégages une aura épouvantable, ces temps-ci.

— Je me douche tous les matins, madame O' !

— N'essaye pas de t'en sortir avec des plaisanteries, Lennie Finn. Ton yin et ton yang sont complètement détraqués.

— Mon qui et mon quoi ?

Elle souffla d'exaspération.

— Yin et yang ! Ce sont les principes de la cosmologie chinoise. Le yin est le côté féminin, qui s'exprime dans l'obscurité, le froid et la moiteur. Le yang est le masculin, présent dans la lumière, la chaleur et la sécheresse. Tant qu'ils marchent ensemble, tout se passe à merveille. Le moindre déséquilibre et c'est foutu !

— Ça semble un peu tordu.

— Mange. Tu te moqueras plus tard. C'est meilleur chaud.

— Oh ! C'est un truc yang ?

Elle leva les yeux au ciel.

— Maintenant, Seigneur, Vous comprenez pourquoi chaque dimanche je prie pour que la force me soit donnée ! Elle me donne du fil à retordre, celle-là, croyez-moi !

Je me hasardai à goûter. Cette horreur avait des relents de terreau cuit avec du miel. J'avalai ce que je pus, par respect pour l'attention délicate de Mme O'. Lorsqu'elle s'éclipsa pour aller chercher le journal, je posai mon bol sur le sol et appelai Maniac. La chienne pointa le museau, renifla et partit en remuant la queue. Remus et Romulus suivirent Maniac de près jusqu'à leur cagibi.

— C'est beau, l'amitié, marmonnai-je.

Avant le retour de Mme O', je vidai à toute vitesse le reste de l'infect magma dans la poubelle et l'enterrai sous les détritus.

— Déjà fini ?

Elle regarda mon bol vide d'un air suspicieux.

— C'était très bon, madame O'. Je me sens déjà mieux.

Le ciel était clair et prometteur. Un soleil éclatant pointait à l'horizon. Une merveilleuse senteur de printemps flottait dans l'air.

C'était un jour parfait pour porter secours à cette petite fille qu'on avait kidnappée. Un temps idéal pour épingler ce salaud qui les avait malmenées, elle et Kitty. Me remémorer ces horreurs était aussi douloureux que me frapper la tête contre les murs. Quel soulagement lorsque tout cela sera réglé un bonne fois pour toutes…

Je conduisis toutes vitres baissées et respirai l'air vivifiant à pleins poumons. J'arrivais à la caserne débordante d'énergie et d'optimisme.

J'étais résolue à agir comme si l'incident stupide de la nuit dernière avec Red n'avait jamais eu lieu. Ce n'était probablement qu'un mouvement d'humeur passager. Une phase lunaire. Une lubie. Red regrettait sûrement déjà son attitude.

Aujourd'hui, nous étions de mission avec l'équipe de sauvetage n° 1. Wuss serait présent car il avait échangé des jours de congés avec Zoulou. Je me munis de mon équipement et trouvais celui de Red déjà en place dans le camion. Il était au deuxième étage en train de fouiller dans son casier.

— 'Jour, Red. Quel temps superbe, hein ?

Il scrutait ses affaires dans un silence glacial.

— Alors ? Que penses-tu des Giants ?

Rien.

— Des Jets ? Knicks ? Rangers ? De l'état du pays ? Des géraniums transgéniques ?

Uniforme en main, il se dirigea vers le vestiaire des hommes.

— On a au moins libéré Paris, dis-je dans son dos.

Au premier appel, Perriman nous annonça que Red et moi étions affectés à la tournée d'inspection de la nouvelle usine chimique de Research Park. Remplie d'espoir, je voyais dans cette mission une chance supplémentaire de briser la glace entre nous, mais Red ne me laissait pas approcher suffisamment pour que cela soit possible.

Le capitaine nous avait à peine congédiés que Red s'était dirigé vers la sortie du bâtiment. Sans un mot, il avait traversé le parking et s'en était allé. Le temps que je démarre ma Toyota, il était déjà hors de vue.

J'empruntai les petites rues pour rejoindre Research Park, un complexe industriel tentaculaire à l'extrémité est de la ville. Le 4×4 de Red était l'unique véhicule garé au milieu du parking visiteur. Je le retrouvai dans le hall, examinant minutieusement une grosse cuve argentée comme si les secrets de l'univers étaient gravés sur sa surface miroitante.

— Tu aurais pu m'attendre, Red. Je n'ai pas la gale.

Ses yeux verts me fusillèrent avant de se détourner rapidement.

— C'est ridicule, Red. Tu es un vrai gosse !

Le contremaître de la société vint à notre rencontre. Ses cheveux blonds grisonnants étaient coiffés avec une raie au milieu, laissant retomber des boucles de chaque côté de ses yeux globuleux. Il affichait un sourire commercial et courtois.

— Vous venez de la caserne des pompiers ?

— Oui, dit Red.

— Don Allen, dit le contremaître en tendant la main. Bienvenue à Greystone Chemical ! Heureux d'être votre guide.

— Larry Snapper, répondit Red.

— Moi c'est Lennie Finn, lui dis-je doucement. Mais M. Snapper préfère m'appeler « Tas de boue ».

Pour commencer, le sbire s'employa à nous présenter les équipements et procédures de sécurité de l'usine. Son exposé bien huilé laissait deviner qu'il n'en était pas à sa première visite guidée.

— Et voici la zone de distillation. Nous avons ici des cuves refroidies dans lesquelles circulent des milliers de litres à l'heure, à une température constante de moins vingt degrés. Nous avons aussi installé un système dernier cri de régulation de la vapeur. Nos terminaux informatiques sont tous équipés d'un système de sécurité intégré afin de nous protéger de toute erreur. Vous avez des questions ? J'y répondrai de mon mieux.

— Je me demandais juste quel effet ce système de refroidissement aurait sur la tête bouillonnante d'un humain, dis-je en adressant un regard vers Red.

Le contremaître pouffa de rire.

— Allons vers le secteur d'embouteillage…

— Non, vraiment, persistai-je. Je connais des gens qui pourraient aussi servir de réservoir à vapeur. Est-ce que ça a déjà été expérimenté sur des êtres humains, monsieur Allen ? Ou des ersatz d'humains ?

Les mâchoires de Red se contractèrent nerveusement.

— Ne faites pas attention à elle. On a éteint un gros incendie hier. Elle a dû être intoxiquée par les émanations.

— Avec ce que tu dégages comme fumée, c'est peut-être bien toi qui m'intoxiques.

Le contremaître se racla la gorge. Sourire toujours aux lèvres, ses yeux passaient nerveusement de Red à moi. L'électricité entre nous deux aurait été suffisante pour provoquer une explosion et notre guide était totalement désarmé. Visiblement, le manuel de sécurité de l'usine ne prévoyait rien en cas de choc thermique dû à la rencontre de deux tempéraments enflammés. Il sauta sur la première occasion pour nous mettre dehors.

— Merci d'être venus, les amis. Greystone Chemical est totalement disposé à développer la coopération entre le service public et les entreprises privées.

— Vous voulez parler d'une attitude d'adulte fondée sur la bonne entente et la compréhension mutuelle ? C'est une idée magnifique, dis-je.

— Merci pour la visite, monsieur Allen.

Le visage de Red était en feu.

— Bien. Merci à vous. C'est vraiment réconfortant d'apprendre que vous avez trouvé un moyen de prévenir les explosions, ajoutai-je.

Le reste de la matinée, Red et moi travaillâmes côte à côte en nous ignorant totalement. Je trouvais l'exercice épuisant. Garder ses distances demandait une vigilance constante. Feindre l'indifférence se révélait encore plus dur.

Nous venions juste de terminer un travail de routine, nous évitant l'un l'autre pendant que nous faisions l'inventaire du matériel dans un espace aussi confiné qu'un placard à balais, quand une étincelle de vie grésilla dans l'interphone. La voix était brusque et pressante : *Équipe un : Rendez-vous sur les lieux d'un accident, quatre - six - deux - sept Roxbury Road. Équipe un...*

Il nous fallut moins d'une minute pour monter dans le camion et nous mettre en route. Wuss était au volant. Red actionna la sirène et le gyrophare pour nous frayer un chemin à travers les embouteillages du centre-ville.

Arrivés sur les lieux, une traînée de flammes nous conduisit droit à un camping-car Dodge bleu entouré de gens affolés. Une femme en robe de chambre et un homme âgé tentaient de soulever le lourd véhicule à l'aide d'un cric. Un homme dégarni en tenue de sport était penché sous la voiture du côté conducteur. Côté passager, une femme brune à l'air hébétée s'agrippait à deux garçons aux visages ronds.

Nous étions la première équipe de secours à arriver sur les lieux. Je tendis l'oreille à l'affût de sirènes au loin.

— Que se passe-t-il ? demanda Red.

— Il y a un gosse coincé avec sa bicyclette sous la voiture, s'écria la blonde qui s'échinait sur le cric. Cette putain d'alcoolo l'a renversé !

Je suivis le regard accusateur de la blonde en direction de la femme aux petits enfants. Les débris du vélo de la victime étaient sur le bord de la chaussée à une cinquantaine de mètres derrière nous. Ce n'était plus qu'un enchevêtrement de métal jaune et noir.

L'homme dégarni se présenta, il était médecin.

— Je passais par là. Le camping-car a percuté le petit garçon et a continué à rouler. Le gosse s'est retrouvé prisonnier sous le châssis de la voiture. Il est encore en vie, mais je ne peux pas juger de son état. Je n'ai pas pu m'approcher d'assez près pour contrôler ses organes vitaux.

Red se laissa tomber au sol et scruta le dessous du véhicule. Lorsqu'il se releva, son visage était livide.

— Faut qu'on le sorte de là-dessous, nous dit-il. Le gamin a une sale tête, un traumatisme crânien et Dieu sait quoi d'autre. Wuss, on y va !

Ils foncèrent tous les deux vers le camion pour prendre des outils. Je regardai à mon tour sous la voiture et je fus instantanément saisie d'un haut-le-cœur.

— Bouge pas, champion. On va te sortir de là !

J'avais du mal à déglutir. J'allai donner un coup de main aux deux personnes qui s'acharnaient sur le cric.

— Ça marchera mieux ici, leur dis-je en repositionnant le cric vers le centre du pare-chocs arrière.

Lorsque la partie arrière de la voiture commença à se soulever, je passai le levier à la blonde.

— Continuez à pomper, je me glisse en dessous.

Le docteur se poussa afin de me laisser passer.

— Voyez si vous pouvez mettre une main dans sa bouche et dégager son appareil respiratoire, dit-il.

— Je vais essayer !

Le véhicule était monté à une vingtaine de centimètres du sol à présent. Je m'engouffrai dans la brèche et rampai sur le bitume. La respiration de la victime était ponctuée de râles. Sa tête couverte de sang était toujours hors de portée. Me faisant la plus petite possible dans cet espace réduit, je me rapprochai. L'air empestait les vapeurs d'huile, la graisse chaude, le caoutchouc brûlé, le relent de la peur.

— J'y suis presque, champion !

Enfin, je pus toucher l'épaule du gosse. Je passai mes doigts le long de son blouson.

Il émit un gargouillis alors que je bataillais pour atteindre son visage. Mes doigts effleurèrent des cheveux collés, un os de mâchoire à vif et un nez mutilé.

La voiture se souleva d'un cran, suffisamment pour me permettre d'introduire mes doigts entre les dents du gamin. J'ouvris sa mâchoire. Je relevai sa tête et pus entendre sa respiration redevenir normale.

— Ça y est !

Mais, soudain, tout vacilla autour de moi. Il y eut un violent fracas. Un bruit terrifiant. Puis je me retrouvai clouée au sol, immobile.

La scène repassa dans ma tête au ralenti. Mes doigts dans la bouche de l'enfant, ses dents, la salive mêlée de sang, son palais et sa chair, son souffle chaud. Tout le reste était flou, étouffé, lointain. En suspens. Irréel.

J'étais à peine consciente de la frénésie qui m'entourait. Les sirènes hurlantes. La colère des mots. Les grincements du métal. Encore des sirènes. Des ordres criés. Le martèlement assourdissant des outils.

En quelques minutes, la voiture avait été hissée au-dessus de moi et mise de côté. Doucement, j'essayais de bouger. Tout semblait fonctionner, malgré un certain engourdissement et les cris de douleurs que m'arrachaient chacun de mes mouvements. Quelques bleus supplémentaires étaient venus compléter ma collection d'ecchymoses. Rien de plus grave, heureusement.

Wuss et plusieurs médecins s'accroupirent à ma droite. Ils s'affairaient sur la victime pour le harnacher sur une civière.

Deux flics interrogeaient la jeune femme brune aux enfants. Je pus saisir quelques-unes de ses réponses larmoyantes. Nom : Patsy Monahan. Âge : vingt-six ans. Les enfants, de trois et quatre ans, étaient les siens. Elle jurait qu'elle n'avait pas bu. L'odeur d'alcool, insistait-elle, venait probablement des boîtes de bière vides qu'elle ramenait au supermarché pour son mari.

— Ah oui, madame ? Vous êtes sûre que ce n'est pas vous qui les avez bues, plutôt ? balança un des flics.

Une autre équipe prenait les témoignages des passants. Le camping-car avait heurté le gamin à deux reprises avant que celui-ci ne soit littéralement aspiré en dessous. Le véhicule roulait à très vive allure avant l'accident. Un des témoins croyait même l'avoir vu faire un tête-à-queue en approchant.

Tout à coup, le visage de Red, livide et trempé par la transpiration, surgit au-dessus de moi.

— Mon Dieu, Red ! Va t'asseoir. T'as une tête à faire peur.

— C'est toi qui me dis ça ? Où as-tu mal ?

— C'est ton attitude qui me fait mal, dis-je sur le ton de la plaisanterie.

Mais mon expérience aux confins de la mort n'avait contribué en rien à améliorer le sens de l'humour de Red.

— Ferme-la, Finn, et laisse-moi t'examiner.

Avec délicatesse, il tâta mes os pour détecter une éventuelle fracture. Il observa chacun des mouvements qu'il m'ordonna de faire, scruta ma pupille à la recherche du moindre signe de défaillance.

— Je vais bien, Red. Juste des bleus et des bosses.

Je me mis debout. J'avais les jambes en coton.

Son visage devint écarlate.

— Non, tu ne vas pas bien du tout ! Tu avais oublié de bloquer le frein à main, Lennie ! Qu'est-ce qui te prend ? Tu as envie d'y passer ou quoi ?

— Pas spécialement.

— Alors quoi ? Mais putain, dis-moi ce que tu as ?

Aussi incroyable que cela puisse paraître, je ressentis une envie terrible de tout raconter à Red. Cela aurait pu dissiper l'atmosphère empoisonnée qui régnait entre nous. Mais ce n'était pas le moment.

— Viens donner un coup de main, Red ! cria Wuss.

Red hésita l'espace d'un instant, puis fonça aider les autres à transporter l'enfant blessé dans l'ambulance qui attendait.

LENNIE

35

À la fin de la journée, Red s'était radouci. Revigorée, je glissai un mot dans son casier, dans lequel je lui suggérais plusieurs façons de mettre fin à notre discorde. Ma liste comprenait, entre autres, un duel au pistolet à midi précis et une bouffe macrobiotique. Parmi les propositions les plus alléchantes figurait ma confession totale autour d'un dîner, dans un restaurant de son choix (à condition qu'il reste raisonnable) et à mes frais.

J'étais déterminée à sauver notre amitié quel qu'en soit le prix. Ça me paraissait tellement ridicule de rester en froid pour excès d'affection.

À la relève, je traînassai près du casier de Red, espérant une réponse positive à ma déclaration de paix. Mais, avant qu'il n'arrive, un vacarme venu d'en bas attira mon attention.

Je suivis les acclamations et les sifflets et découvris presque tous mes chers collègues en train de saliver sans retenue sur le parking. La raison de leur frénésie était la Testarossa rouge flamboyant garée plus loin. Quelques-uns manifestaient aussi un certain enthousiasme pour son contenu.

— Vous m'en mettrez deux douzaines comme *celle-là*, dit Studs avec émerveillement.

— De *celle-là* aussi ! dit Wuss avec envie, pointant du doigt le siège de la conductrice.

Je me frayai un chemin à travers l'attroupement.

— Excusez-moi, messieurs.

— Hé, attends ton tour, Finn, gémit Dumbo.

À ma vue, Eden Hilliard baissa la vitre.

— Mademoiselle Finn. Vous avez une minute ?

— Bien sûr.

— Montez.

Leurs yeux envieux s'écarquillèrent alors que je m'installais sur le siège passager. On aurait pu entendre le bruit des mâchoires qui tombaient lorsque Miss Hilliard passa la première et démarra.

Une fois sortie du parking, elle se détendit.

— Quelle équipe ! Ça doit être quelque chose de travailler avec eux.

Je me mis à rire.

— Si vous les tenez à l'écart des belles femmes et des voitures de sport, ils sont à peu près supportables !

— J'avais une réunion d'affaires en ville. J'étais certaine de vous trouver ici.

— Vous avez pris contact avec Ginny ?

— Oui. J'ai réussi à vous arranger un rendez-vous en début de soirée. Son temps est précieux mais elle a accepté de vous rencontrer avant huit heures si vous le pouvez. Vous la trouverez à Portchester, à cette adresse.

Je pris le bout de papier à en-tête d'Eden Hilliard. La rue en question était parallèle au Hutchinson River Parkway, à guère plus de vingt minutes en voiture.

— D'accord. Je peux y aller tout de suite.

Nous avions fait le tour du pâté d'immeubles. À l'approche de la caserne, elle ralentit.

— Ça ne vous ennuie pas si je vous dépose ici ? J'évite toujours les visites au zoo à l'heure du repas.

— Voilà qui est prudent. Ça ira. Merci pour tout, madame Hilliard. Je vous suis très reconnaissante.

Une lueur d'espièglerie scintilla dans ses yeux.

— Ginny Bliss est une sacrée bonne femme, mademoiselle Finn. Je suis sûre qu'elle vous plaira.

La plupart des prestigieuses demeures de King Street avaient été transformées en locaux commerciaux. Elles abritaient aujourd'hui cliniques et écoles privées, crèches et sanatoriums le long du dédale de routes qui séparaient l'insipide Portchester, dans l'État de New York, de l'élégant Greenwich, dans le Connecticut. Des bâtiments neufs avaient jailli du sol pour envahir des terrains jadis vierges. Je passai devant des condominiums, des immeubles de bureaux, des magasins de quartier, des négoces de vins et spiritueux et quelques immeubles à usage indéterminé, volontairement ou pas.

L'immeuble que je cherchais était un long rectangle de brique avec une marquise en toile verte sans aucune inscription. Il n'y avait pas de sonnette, aussi je frappai. Une voix fantomatique me demanda mon nom et la nature de ma visite.

L'intérieur était vide et plongé dans la pénombre. Avec les murs et le sol gris mat du petit vestibule, on avait l'impression d'entrer dans une tombe. La femme qui vint m'accueillir ne fit que confirmer mon sentiment. Elle avait un teint blafard, ses cheveux étaient noir corbeau. Elle portait une longue robe noire évasée avec des manches échancrées. Une énorme croix en argent sur un ruban de velours noir pendait à son cou élancé.

— Ginny vous rejoindra dès qu'elle aura fini sa répétition, m'informa-t-elle. Vous pouvez l'attendre au bar.

S'il ne s'agissait que de la mise en train, je préférais ne pas imaginer à quoi ressemblait l'attraction principale. Mon appréhension monta d'un cran lorsque je franchis la porte.

Contre toute attente, il régnait à l'intérieur une ambiance de fête. La salle caverneuse comportait, en son centre, une scène dissimulée par un rideau écarlate. De petites tables rondes étaient disposées en cercles tout autour de celle-ci. Chaque table était recouverte d'une nappe blanche, d'argenterie rutilante, de verres en cristal, d'assiettes à liserés d'or et d'une rose. « Vampirella » me conduisit à une table près de la scène et s'éclipsa à pas feutrés.

Un bruissement se fit entendre derrière le rideau. Les pans de velours s'ouvrirent, dévoilant une scène flanquée de nombreux spots colorés. Ils étaient braqués sur une femme grande, robuste, vêtue de satin rouge flamboyant. Ses cheveux blonds frisés formaient une auréole. De grand yeux gris et des sourcils noirs faisaient ressortir son visage. Derrière elle, un pianiste, un guitariste et un batteur.

Ils jouèrent les huit mesures d'introduction de *Comedy Tonight*, lançant ainsi le numéro de la vedette. Elle dansait et chantait. Elle interprétait une galerie époustouflante de personnages réels ou imaginaires : une grande dame, une star de cinéma vieillissante, un rejeton à qui on apprend la propreté, Katherine Hepburn, un vieil homme sur un banc public, un dictateur de république bananière. Son répertoire était mystérieux, sa prestance sans égale. Même lorsqu'elle eut terminé, une demi-heure après, la salle continuait à vibrer de sa présence.

— Okay les amis, c'est terminé.

Le groupe quitta la scène d'un pas traînant. L'artiste se dirigea vers moi et me tendit la main.

— C'est Eden qui vous envoie ?

— Oui. Je m'appelle Lennie Finn.

— Ginny Bliss. Ça ne vous dérange pas si nous allons bavarder en coulisses pour que je puisse me rafraîchir un petit peu ?

— Pas de problème.

Elle semblait pourtant fraîche comme une rose. La fournaise des projecteurs et sa prestation non moins chaude n'avaient nullement épuisé son énergie.

Par une porte dérobée, elle me conduisit dans une pièce qui sentait le renfermé. Ses costumes de scène étaient étalés sur un canapé élimé. Un vanity case était ouvert sur une petite table. Ginny Bliss se remit du fond de teint et du fard à joues devant le miroir du couvercle.

— Désolée de vous avoir obligée à assister à la répétition. Les musiciens sont arrivés en retard, comme d'habitude.

— Ça m'a beaucoup plu. Vous êtes formidable !

— C'est ce que je me tue à répéter à mon agent. Mais cet homme a consacré la moitié de sa carrière à garder mon talent secret.

— On est dans un club privé ici ?

— Réservé aux membres. *Très* privé. Idéal pour me condamner à rester dans l'ombre pour l'éternité. Le public est hargneux et mon cachet minable. Alors comment pourrais-je me plaindre ?

Elle se mit à torturer ses cils longs comme des pattes d'araignée avec un ustensile à friser.

— Ce qui, j'imagine, nous amène à Jack.

— Eden Hilliard m'a dit que vous le connaissiez mieux que personne.

— Vous pouvez le dire. Que se passe-t-il avec ce petit Jack ? Je n'ai plus entendu parler de lui depuis que Nixon a démissionné. Ou était-ce Reagan ? Je confonds toujours ces types.

— La femme de Jack est morte il y a quelques années. Il vit à Wilton maintenant.

— Voyez-vous ça ! Jack, un voisin ! J'en ai la chair de poule. (Elle se gratta le bras.) À moins que ce ne soit de l'urticaire.

— Il voulait se rapprocher de son fils.

— Vous voulez parler du petit Mickey ? Ne me dites pas que ce gamin est devenu adulte !

— Michael est marié. Il a une petite fille.

Soupir profond.

— Comme le temps passe. J'ai pris un café, un croissant, et d'un seul coup je me retrouve à quarante-cinq ans.

— Vous avez connu Jack lorsqu'il était étudiant ?

— Tiens donc, nous remontons le temps. Vous voulez un tuyau ?

— Oui.

Elle eut un petit rire.

— Le tuyau est bouché ! Avec Jack, il est *impossible* de se fier aux apparences. Cet homme est un menteur-né. Il vous dira que le noir est blanc par pur plaisir. Un exemple : je parie qu'il vous a joué le rôle du papa et du mari modèles. Il vous a dit qu'il *aimait* Liz et qu'il était fou de Mickey, pas vrai ?

— Ce n'est pas vrai ?

— Si tel était le cas, il avait une drôle de manière de le prouver. Jack disparaissait des semaines d'affilée. Aucun signe de vie avant qu'il ne se lasse de celle avec qui il traînait. Il rappliquait alors à la maison tout penaud. Comment Liz pouvait-elle accepter ça, je ne le saurai jamais. Elle devait être ou une idiote ou une sainte. Peut-être un peu des deux.

— Vous pensez que c'était une manifestation de sa rébellion contre ses parents ?

Sa poitrine généreuse fut secouée par un éclat de rire.

— Il vous a fait le coup du père violent? Quelles autres salades vous a-t-il encore racontées? Qu'il était un garçon timide?

— Euh… oui.

— Aucun doute, c'est tout lui! Vous a-t-il conté celle de sa petite-sœur dérangée qui va d'asiles en foyers?

— Vous voulez dire qu'il a inventé ça de toutes pièces?

Elle alluma une cigarette.

— Voyons si je me rappelle l'histoire: Il était une fois, une misérable petite créature nommée Jillian. La jeune fille était très douée, mais elle n'avait pas la tête bien vissée sur les épaules. Alors, un jour, elle s'est enfuie à New York la pourrie, où elle a fini comme strip-teaseuse dans un bouge. C'est bien ça?

— Pourquoi mentirait-il à ce propos?

Elle haussa ses larges épaules.

— Pourquoi voler, tricher, allumer des feux et torturer les animaux? Je suppose que, comme Jack ne pouvait pas être le meilleur, il tentait tout pour être le pire. Je ne me fierais pas à lui. Pour rien au monde.

Tout cela n'avait aucun sens. Jack un menteur invétéré? Un délinquant? Un psychopathe en herbe? Le rapport du détective de Shelby le décrivait comme un citoyen modèle. Était-il possible qu'il ait changé à ce point?

— Comment pouvez-vous être sûre que tout ce qu'il raconte est faux? demandai-je à Ginny Bliss avec insistance.

— Parce que j'étais là, ma petite! Le père de Jack ne lui a jamais donné de raclée non méritée. Il n'y avait pas la moindre trace de timidité chez ce garçon. Et pour ce qui est de sa petite-sœur, elle incarnait si bien la première de la classe, avec ses chaussures vernies, que c'est resté en travers de la gorge de Jack. Jillian était une petite fille modèle. Une très bonne élève. Tout ce qu'il y a de plus droite. Un joyau aux yeux de ses parents. Ce qui ne laissait au petit Jack que des miettes.

— Et qu'en est-il aujourd'hui?

Ses yeux scintillèrent de malice.

— Aujourd'hui, elle doit se préparer pour son spectacle. Heureuse d'avoir fait votre connaissance, Lennie. Passez le bonjour à mon frère Jack!

DANA

36 Dana était fatiguée à force d'être obligée de sourire. Pour la deuxième soirée consécutive, elle avait la lourde tâche de tenir Valerie Eckhard à l'écart de son bureau et de la distraire.

Le plan d'hier soir avait merveilleusement bien marché, à l'exception d'un petit contretemps qui avait tout remis en question. Pendant que Dana occupait Vantarde Eckhard dans une brasserie toute proche, Lester Yurie avait passé près d'une heure à tenter de forcer le coffre-fort encastré dans le mur derrière le bureau de l'avocate.

Comme son compagnon d'infortune le lui avait décrit, l'installation était un vrai bunker, un bouclier inviolable avec un système électronique de haute sécurité. Bien que Yurie se vantât d'être un braqueur de coffre accompli, il s'était montré incapable de déchiffrer le code d'accès dans le temps imparti.

— Encore un essai et c'est bon, Dana. Juré !

— Comment pouvez-vous en être aussi sûr, monsieur Yurie ?

— Vous voulez que je vous dise la vérité ?

— Ça m'ôterait un poids, oui.

— Il se trouve que j'ai mes entrées chez le fabricant. Mon compagnon de cellule à Lewisburg est chef du service clientèle. Si je l'appelle au bureau demain, il me dégotera la combinaison. On y est presque !

— On embauche des anciens détenus dans les sociétés de sécurité ?

— On est partout, Dana. J'ai mes entrées dans des endroits que vous n'imagineriez même pas !

Les opérations furent donc reportées au lendemain. Dana avait présenté ses excuses à Valerie Eckhard, prétendant que la caméra dont elle avait besoin avait été utilisée pour couvrir une explosion de gaz dans le Lower East Side à Manhattan. Ce qui signifiait que le tournage dans le bureau devrait être reporté.

Vantarde s'était montrée très vexée par ce report, mais son attirance pour les feux de la rampe avait pris le pas sur son ressentiment. Elle avait également accepté sans sourciller la requête de Dana d'autoriser son assistant à revenir pour une nouvelle séance de mesures et de photos : ils avaient décidé, expliqua-t-elle, d'ajouter au reportage la bibliothèque et la salle de réunion de la société.

— J'espère qu'ensuite ce sera fini, avait lancé l'avocate d'un ton glacial.

— Je l'espère aussi, madame Eckhard, avait répondu Dana avec sincérité.

De retour dans la même brasserie que la veille, Vantarde dévorait une gaufre couverte de crème chantilly, de sauce au chocolat et de fraises. Dana picorait dans sa salade de fruits, l'appétit coupé, tétanisée à l'idée que Yurie puisse être surpris.

Le bandit continuait à envisager cette éventualité avec philosophie. « Ça n'est pas grave, Dana, je vous assure. Si ça doit arriver, j'irai passer quelques années au frais. »

Mais Dana n'avait pas un tel sang-froid. Tirer les ficelles était une chose. Organiser un cambriolage en était une autre.

— D'autres questions ?

La bouche de Valerie Eckhard était parsemée de miettes de gaufre, sa lèvre était couronnée d'une moustache de crème chantilly tout à fait inconvenante.

Dana consulta ses notes gribouillées à la hâte.

— Vous dites avoir choisi la couleur pêche pour les chaises parce que c'est relaxant ?

— Absolument. Ma couleur préférée, c'est le vert du billet de mille dollars. Mais pas pour le mobilier. Ça heurte mon sens de l'esthétique.

Ses lentilles de contact bleu vif étaient cernées d'un liseré brunâtre qui rendait son regard inquiétant.

— Et les œuvres d'art, madame Eckhard ? Y a-t-il une raison particulière pour avoir choisi du Op art ?

— Je suis réaliste et sensuelle. J'adore ce qui est beau et qui m'apporte du bien-être. Comment trouvez-vous ma réplique ?

— Épatante ! (Dana jeta un œil à sa montre.) Veuillez m'excuser une petite minute, je dois appeler la baby-sitter.

En réalité, Becky était chez Adam. Au plus grand dam de son ex-mari, Dana s'était présentée à son appartement plus tôt dans l'après-midi pour lui confier l'enfant.

Adam avait eu du mal à dissimuler sa contrariété.

— Rebecca ? Quelle surprise ! Je pensais que tu préférerais te reposer chez ta mère, ce soir.

Humant un effluve de l'eau de Cologne fleurie de Jeannette, le sourire de Dana s'était figé.

— Elle a insisté pour venir, Adam. Elle tient à ce que les choses redeviennent normales. N'est-ce pas, ma chérie ?

Becky avait enfoncé le clou.

— Tu es d'accord, hein papa ?

— Certainement. Ma... secrétaire... est passée pour travailler. Nous étions sur le point de souper. Nous serions ravis que tu te joignes à nous. Entre, chérie.

— Je reviendrai la chercher à dix heures, avait dit Dana alors que la porte se refermait sur elle.

Dana laissa Valerie Eckhard seule à table et traversa la salle jusqu'au téléphone, au fond du restaurant. En réalité, il fallait qu'elle appelle Lester Yurie au bureau d'Eckhard. Le voleur lui avait donné le numéro de la ligne privée de l'avocate. Dana devait laisser sonner deux fois avant de raccrocher, signal convenu pour indiquer à Yurie qu'il ne lui restait plus que dix minutes avant de déguerpir. Après quoi il était supposé aller dans un bar, attendre une heure et appeler Dana à son domicile pour lui communiquer les résultats de ses recherches.

Elle composa le numéro de ses mains tremblantes. Après la deuxième sonnerie, elle s'empressa de raccrocher. Dana s'imagina Lester Yurie en train de refermer le coffre de l'avocate et de ramasser ses affaires. Il passe la porte maintenant, pensa-t-elle. Il sort et referme derrière lui. Il n'a rien oublié. N'a laissé aucune trace de son intrusion. Ce type est un pro, se rassura-t-elle. Une ordure professionnelle.

Dana paya l'addition. Elle et Eckhard sautèrent dans un taxi qui les ramena au bureau. Heureusement, l'endroit était plongé dans l'obscurité. Apparemment, tout s'était déroulé comme prévu.

— On dirait que votre assistant est parti, observa Eckhard alors qu'elle donnait un tour de clé.

— Il faut croire qu'il a trouvé ce qu'il voulait et qu'il a filé, dit Dana. Merci pour tout, madame Eckhard. Je serai de retour demain avec l'équipe de tournage.

— Vous allez vers Central Park ?

— Oui.

— Park Avenue, vers la 60e Rue, c'est bien ça ?

Dana ne laissa rien voir de sa contrariété. De toute évidence, Vantarde avait recueilli ses propres informations.

— Je dois d'abord m'arrêter à Central Park South.

— Bon. Je vous dépose.

Jetant un regard chargé de regret, l'avocate ferma son bureau à double tour.

— Je n'ai plus rien à faire ici ce soir. Je ferais mieux de rentrer à la maison.

LENNIE

37

L'allée était pleine de voitures. Je ne me souvenais pas que Mme O' m'eût dit qu'elle attendait de la visite, mais la maison était bondée. J'abandonnai la Toyota dans une petite rue avoisinante et me faufilai à travers le jardin en direction de l'escalier de secours.

J'entendais le brouhaha des éclats de voix, des explosions de rires et les jappements de Maniac.

Je traversai en catimini la pelouse enneigée en restant hors de vue des fenêtres. La dernière chose dont j'avais besoin, à cet instant précis, était de rencontrer des gens. Je me sentais à la fois troublée et en colère. J'avais besoin de réfléchir, de mettre de l'ordre dans mes idées, de trouver une issue.

Jack m'avait menée en bateau au sujet de sa sœur et de je-ne-sais-quoi d'autre encore. Jillian Chambless, alias Ginny Bliss, était une artiste talentueuse, et non pas une épave. Je ne pouvais plus me fier à mes hypothèses rassurantes au sujet de Jack. Le haut était le bas, bleu était jaune, le vrai était le faux. Soudain, mon ombre devint masculine et mesura un mètre quatre-vingts.

— Salut, Eleonore ! Je me disais bien que c'était ta voiture que j'avais aperçue.

Ma gorge se serra.

— Jack ! Qu'est-ce que tu fais là ?

Il portait un pantalon noir, une chemise bleue et un cardigan. Pas de manteau, mais le froid ne semblait pas le gêner.

— Mme O'Callaghan m'a invité. Elle organise une soirée de charité pour le nouveau centre de recherches sur le cancer de l'hôpital pour enfants St. Joseph. Je dois avouer que j'espérais bien t'y rencontrer.

— Ça n'est pas le moment, Jack. J'ai eu une journée éreintante.

Je me retournai pour partir, mais il me retint par le poignet.

— Allons, ne te mets pas en colère. Je sais que j'aurais dû t'écouter et ne pas venir rendre visite à ton frère. J'en suis désolé.

— Ce n'est pas de ça dont il s'agit.

— Qu'est-ce qu'il y a, alors ?

— J'ai besoin d'un peu de temps pour réfléchir, Jack, c'est tout.

Libérée de son emprise, je montai les escaliers quatre à quatre. Arrivée sur le palier du troisième, je risquai un coup d'œil en bas. Il avait disparu.

Le flot de doutes grandissants me donnait le vertige. Il fallait que je retrouve mon équilibre.

Je retirai le pied-de-biche du pot de fleurs et forçai la porte. Poussant un soupir de soulagement, je me dirigeai à grandes enjambées vers la porte de ma chambre à travers le clair-obscur du couloir. Alors que je glissais ma clé dans la serrure, je sentis soudain une présence et un murmure haletant dans mon oreille.

— S'il te plaît, Eleonore. Il faut qu'on parle.

— Bon Dieu, Jack ! Tu m'as fichu une de ces trouilles !

— Cinq minutes. C'est tout ce que je te demande. Après, je dois partir pour Norwalk. J'ai rendez-vous avec un groupe de jeunes pour travailler dans les locaux du centre de loisirs. Nous avons une visite d'inspection demain matin. Ça va probablement nous prendre une bonne moitié de la nuit pour tout préparer.

— Je suis vraiment morte de fatigue, Jack.

— Quel que soit le problème, je suis sûr que je peux le résoudre. Laisse-moi une chance, je t'en prie.

Il semblait déterminé à rester jusqu'à ce que je cède.

— D'accord. Entre.

Je lui indiquai la chaise à côté de la fenêtre, puis m'installai sur le lit aux côtés de Hubby l'Ourson. Le témoin de mon répondeur clignotait avec frénésie. Combien, parmi les six messages indiqués, étaient des appels désespérés de Jack ?

— Tout ce que je désire c'est te rendre heureuse, Eleonore. Dis-moi juste comment je dois m'y prendre.

Brûlant de colère, je le fixai droit dans les yeux.

— Commence par me dire la vérité.

— Je ne comprends pas.

— Moi non plus, figure-toi. Je viens juste de rencontrer ta sœur. Elle travaille dans un club à Portchester. J'ai été très impressionnée par son numéro. Désolée de ne pas pouvoir en dire autant du tien.

Il se raidit comme si je venais de le gifler.

— Jilly ? Mais... comment... ?

— C'est *moi* qui te pose la question, Jack. Comment as-tu pu me mentir à ce point ? Et surtout, *pourquoi* ?

— Mais je ne t'ai pas menti ! Je n'oserais pas ! Jilly sait se montrer convaincante, je le sais. Mais elle se berce d'illusions. Elle ne sait pas faire la différence entre les rêves et la réalité. Elle est malade. Je te l'ai déjà expliqué !

— Tu m'as dis qu'elle était folle, complètement larguée. C'est faux. Cela ne correspond pas à la femme que j'ai rencontrée ce soir. Mais alors, pas du tout.

— Il est difficile d'expliquer sa maladie, Eleonore. Jilly a beaucoup de talent. Et la plupart du temps, elle a l'air normale, surtout quand elle prend ses médicaments. Mais elle n'est pas normale !

Incroyable. Il était la sincérité même.

— Je ne sais plus à quoi me fier, Jack.

— Le médecin de Jilly peut confirmer ce que je viens de te dire. Je vais l'appeler sur-le-champ.

Il traversa la pièce, décrocha le téléphone et composa le numéro. Il attendit quelques secondes, puis je l'entendis répondre :

— Non, pas de message.

Il se tourna vers moi.

— Le docteur Rowan n'est pas chez lui. Dès que je parviendrai à le joindre, je lui demanderai de te contacter et de t'expliquer le cas de Jilly. Est-ce que ça apaisera tes doutes, Eleonore ?

Non, oui, peut-être.

— Je suppose.

— Ravi d'apprendre qu'elle va bien. Je n'ai pas eu de ses nouvelles depuis des mois.

— Elle est resplendissante.

— Formidable. (Il prit un air grave.) Maintenant, puis-je te demander comment tu en es venue à la rencontrer ?

Ne trouvant aucune explication à fournir, je tentai ma chance.

— Je te l'ai dit. Elle se produisait dans un club.

— Bon, je suppose que je dois me contenter de ta réponse.

Il se leva et se mit à regarder par la fenêtre. Après un long silence, il me fit face.

— Qu'est-ce qui a bien pu te rendre aussi méfiante, Eleonore ? On ferait peut-être bien d'en parler une bonne fois pour toutes, non ?

— Lorsque plus rien n'a de sens, je remets tout en question.

— Peut-être, mais tu as toujours établi une certaine distance entre nous. Comme si on t'avait blessée par le passé et que tu ne voulais pas prendre le risque que ça se reproduise.

— On a tous été blessés un jour.

Il haussa les épaules.

— Oui, mais si c'est une mauvaise blessure, elle peut provoquer un repli de la personne sur elle-même… la rendre hermétique à son entourage. Je ne veux pas que ça t'arrive, Eleonore. Je veux faire partie de ta vie.

Il s'approcha et m'enlaça. Mais je le repoussai fermement.

— Il y a un certain nombre de choses que je dois régler seule, à présent, Jack.

Ses lèvres effleurèrent mes oreilles.

— Tu ne peux pas changer le passé, Eleonore. L'unique manière d'avancer, c'est de tout laisser loin derrière toi.

— Je suis vraiment crevée, Jack. Tu ferais mieux de partir.

— S'il te plaît, chérie. Ne me mets pas dehors.

Je me dirigeai vers la porte et l'ouvris.

— Je t'appellerai !

Il ne bougeait pas.

— Les souvenirs ne comptent pas, tu ne t'en rends donc pas compte ? Ils ne sont rien. Tu dois oublier le passé, Eleonore. Tu dois l'oublier.

Je me détournai de lui, fixant le couloir d'un air on ne peut plus explicite. Il finit par capter mon message et s'en alla.

Je fermai la porte derrière lui et sentis un mélange contrariant de regret et de soulagement m'envahir. Jack avait-il raison? M'étais-je enfermée tel un trésor dont personne ne pourrait jamais profiter? Étais-je définitivement incapable de mettre le passé au placard?

Tu dois oublier...

Cette pensée fit redémarrer la machine. Tout à coup, une des pièces du puzzle de mon passé, perdue depuis longtemps, se mit en place. Je venais subitement de réaliser que Jack détenait un élément crucial de la solution. Je ne pouvais pas le laisser partir et l'emporter avec lui.

Je me précipitai hors de ma chambre et le rattrapai en bas de l'escalier.

— Jack ... tu as oublié de m'embrasser pour me dire au revoir.

Décontenancé, il se pencha vers moi et posa délicatement ses lèvres sur les miennes.

— Je voulais parler d'un *vrai* baiser.

Alors qu'il s'exécutait, je ratissai ses cheveux de mes doigts.

— Mmm. J'espère que cela signifie que tu as changé d'avis? dit-il tendrement.

— Non, mais les choses deviennent plus claires.

Je retournai dans ma chambre avec hâte et refermai la porte. Très bientôt, tout serait résolu, pensai-je. Je tenais désormais la clé qui me donnerait la réponse.

LENNIE

38

Sur la route de Westport, mon esprit tout entier était hanté par mon souvenir enfin ressuscité. Les cheveux que j'avais arrachés à Jack étaient enveloppés dans un kleenex au fond d'une poche de mon blouson. Je n'arrêtais pas de tâter la boulette de papier pour me convaincre que je ne rêvais pas.

Larkspur Lane, à Wesport, est une rue qui a la forme d'une larme. La maison coloniale de tante Selia est située à l'extrémité du pâté de maisons. Pleinement consciente de l'aversion de ma tante pour le bruit, je toquai doucement sur le chambranle de la porte.

— Oui ?

— Tante Selia, c'est Lennie.

— Lennie ?

Je pus entendre le cliquetis des verrous, le glissement de la chaîne de sécurité. La porte s'ouvrit et elle me scruta derrière ses lunettes fumées de grand-mère.

— Qu'est-ce qui t'arrive ?

Comme je m'y attendais, ma tante s'était pomponnée et endimanchée. Enfant, je la soupçonnais de prendre ses bains tout habillée. Aujourd'hui, j'en étais persuadée.

Avec l'âge, elle était devenue légèrement plus potelée et lourde. En dehors de son clignement d'yeux révélateur, elle paraissait toujours aussi impeccable.

— Tout va bien. Je suis venue prendre des affaires que j'ai laissées ici. Désolée de t'avoir dérangée.

— Eh bien, j'étais en train de prendre le thé. Joins-toi donc à moi.

— Inutile de te déranger.

— Pas du tout. Entre.

— Je sais qu'il est tard, tante Selia. Je pourrais simplement…

— Tu as bien le temps de boire un thé, Lennie. Ça fait un bail !

Cette maison est aussi attrayante et animée qu'une réserve de bibliothèque. Tout y est sombre, moisi et trop bien rangé. Le mobilier vert passé du salon est toujours recouvert des mêmes têtières en crochet.

Alors que je la suivais dans la cuisine, je me sentis de plus en plus mal à l'aise. Ma tante est un corset humain. Quand je vivais ici, j'osais à peine respirer. Il y avait tellement de règles, de lignes invisibles que je ne me serais jamais risquée à franchir. Tant de choses à mon sujet étaient inacceptables à ses yeux : mon âge, ma présence dans sa maison, mon existence même.

Elle s'empara d'une tasse en porcelaine dans le placard au-dessus de l'évier et prit le sachet de thé de sa tasse pour le mettre dans la mienne. Chacun de ses gestes étaient tellement prévisibles. Remplir la tasse à moitié. Tremper deux fois le sachet. Pas de sucre ou de lait. Selia était farouchement opposée aux deux.

Je pris la tasse de breuvage amer et le sirotai poliment. Qu'importe mon anxiété, cette visite, comme toutes choses entre ces murs, était vouée à se dérouler selon le goût et sous la direction de ma tante.

— Comment va Huck ? demanda-t-elle.

— Super. Il a commencé à parler.

Elle haussa les sourcils.

— Sans blague !

— Il s'en sort magnifiquement bien. C'est une nouvelle méthode appelée « Communication simplifiée ». Si on lui tient le bras, il est capable d'exprimer ses pensées sur un écran d'ordinateur.

Ses minces lèvres se pincèrent.

— Je n'appelle pas vraiment cela parler, Lennie.

— Ça ne m'étonne pas.

— Et le travail ? Tout va comme tu veux ?

Elle n'appelait jamais la carrière que j'avais choisie par son nom. Elle trouvait le terme de trop mauvais goût. Je n'oublierai jamais sa réaction quand elle avait appris que je passais un concours pour devenir « soldat du feu ». *Ça ne m'étonne absolument pas de toi, Lennie. Tu as toujours été attirée par les causes les plus incongrues.*

Je savais trop bien que les questions de tante Selia étaient uniquement destinées à combler le vide. Ces dernières n'exprimaient pas un réel intérêt de sa part. Elle n'attendait d'ailleurs jamais de réponse précise.

— Le boulot ? Ça va. Et le tien ?

— La convention horticole de mai prochain s'annonce sous les meilleurs auspices. Nous avons invité le président de l'Association des cultivateurs d'orchidées. Il prononcera le discours d'inauguration, dit-elle d'un ton guilleret. Et, bien entendu, j'ai hâte d'assister au gala du Philharmonique. Ils ont prévu un programme exceptionnel pour l'occasion.

— C'est formidable, tante Selia.

Elle fronça les sourcils.

— Veux-tu que je te réchauffe le thé, Lennie ?

— Non, ça ira. Il faut que j'y aille.

— Allons, quelques minutes de retard, ça n'est pas bien grave.

Bien que je fusse tentée de lui dire que si, je tins ma langue. *Bientôt, je découvrirais la vérité. Bientôt.*

Les yeux dans le vague, elle avala une gorgée de thé. Je laissai mon esprit s'envoler à son tour. Ma tante et moi avions toujours eu ce genre de relation. Désunies et distantes. L'huile et l'eau. Jupiter et Mars.

Finalement, elle se leva et alla nettoyer sa tasse. Impatiente, je l'imitai, en faisant bien attention d'utiliser deux giclées de liquide vaisselle ; le strict minimum, selon Selia.

— Bien, dit-elle, qu'es-tu venue chercher au juste, Lennie ? Je ne crois pas avoir encore ici des affaires à toi.

— Tu te rappelles ces objets ayant appartenu à mes parents que tu avais mis de côté ?

— Des lettres, des photos et des bijoux, si je me souviens bien.

— C'est ça. Je les ai cachés ici il y a longtemps et j'avais complètement oublié où. Ça ne m'est revenu que ce soir. Ça ne t'embête pas si je vais les chercher ?

Je n'attendis pas sa réponse. Je traversai le hall jusqu'au dessous de la cage d'escalier. Les planches de bois paraissent solides mais on pouvait faire glisser celles du milieu. À genoux, j'exerçai une pression sur chacune d'elles jusqu'à ce qu'un panneau se détache et tombe.

Selia était dans mon dos.

— Je n'ai jamais été au courant, dit-elle, l'air offensée.

— Les gosses sont maîtres dans l'art des cachettes. Quand j'étais petite, c'était mon château fort.

Je soulevai les planches qui étaient tombées, les poussai doucement hors de la cavité obscure.

— Tu aurais dû m'en parler, Lennie. C'est *ma* maison tout de même !

— Oui, mais c'était *mon* secret.

Je fouillai bien au fond et tombai sur la vieille valise abîmée. Mon pouls s'accéléra alors que je l'extirpais de la cachette.

Faites que ça soit là, je vous en prie. Faites que ça soit bien ça.

— Je ne peux pas imaginer quel esprit malin t'as poussé à cacher cette vieille relique.

— Non, tu ne peux pas, j'en suis persuadée.

— Inutile d'être insolente, lança-t-elle sèchement.

Je me redressai et soulevai la valise.

— Je dois m'en aller maintenant, tante Selia. Merci pour le thé.

Une fois dehors, je respirai profondément. La valise me semblait étonnamment légère. En la portant à ma voiture, j'eus la sensation qu'une partie de son contenu s'était envolé.

Mais c'était impossible. Selia n'était pas au courant de la cachette. De plus, la poussière qui recouvrait cette valise montrait clairement que personne ne l'avait touchée depuis cette nuit terrible, lorsque j'y avais caché mon appât à ange, vingt-cinq ans auparavant.

Je posai la valise sur le siège passager et allai me garer, hors de vue, quelques centaines de mètres plus loin. Mes mains tremblaient. D'après Clarissa Pratt, il était possible de relever des traces d'ADN sur des échantillons vieux de plusieurs dizaines d'années. L'important c'était de conserver ceux-ci dans des conditions adéquates. Au sec et au frais.

À l'intérieur de cette vieille valise, il y avait la culotte que je portais le soir du viol. Si les traces séchées pouvaient être comparées à l'ADN des cheveux pris sur la tête de Jack, je serais enfin en possession d'une preuve de son innocence ou de sa culpabilité.

La planque secrète sous l'escalier était l'endroit idéal. Je me revoyais, petite fille, accroupie dans ma forteresse. Même les jours de forte chaleur, cet espace était douillet et confortable. Sec et frais.

Les serrures étaient grippées. Je les forçai. À l'intérieur, je trouvai plusieurs paquets ; les lettres d'amour que mon père avait écrites à ma mère. En dessous, il y avait un tas de photos de famille jaunies. Huck et moi. Huck et maman. Maman et papa. Tous réunis pour un pique-nique. À Noël. À la plage.

Sous celles-ci, je trouvai la vieille bible familiale et les affaires de mes parents. Je pris la montre gousset de mon père et la soupesai. Je tâtai son portefeuille et la pince à billets en argent en forme de dollar. Le mouchoir de dentelle bleu de ma mère avait terni. Le camée était couvert de poussière. Son alliance ne passait pas au-delà de la deuxième articulation de mon annulaire. Et dire que ma mère me paraissait si grande et rassurante. Mais ces qualités n'étaient pas liées à sa taille.

Je fourrageai dans le reste de mes appâts à ange : l'instantané de Huck recouvert d'une empreinte boueuse, la lettre à l'encre brouillée par la pluie. Au fond de la valise se trouvait le morceau de pierre couleur rubis que j'avais ramassé dans l'allée cette nuit-là. Évidemment, c'était un faux. Ce morceau de verre brillant me semblait pourtant étrangement familier, sans pour autant comprendre pourquoi.

Frémissante d'appréhension, je soulevai le seul objet restant dans la valise : un sac en papier. J'avais dû y mettre la culotte.

Faites que les traces soient conservées. Sèches et fraîches. Sèches et fraîches.

Je dépliai tout doucement le bord du sac et plongeai ma main à l'intérieur pour en tirer son contenu. Avec un serrement de cœur, je sentis un sac en plastique. Le morceau de coton qui s'y trouvait était raidi et couvert d'une couche de moisissure bleu foncé.

Les larmes me montèrent aux yeux. J'avais tellement espéré quitter la maison de ma tante avec la réponse. Ma Toyota avait flairé mon humeur massacrante. Il fallut cinq minutes de trépignements et d'insultes avant que ce fichu moteur ne démarre.

Tout au long du chemin vers la maison, je fus incapable de lutter contre ma rage et ma déception. J'étais si sûre que la valise renfermait la solution.

Comment avais-je pu revenir les mains vides ? Tous ces trésors perdus depuis si longtemps devaient avoir une valeur autre que purement sentimentale. Un à un, je me représentai les lettres et les photos, les bijoux, le mouchoir, la bible, les restes si embarrassants de cette horrible nuit.

Je devais trouver, je devais comprendre. J'étais persuadée que j'avais quitté la maison de tante Selia avec la clé du mystère. Simplement, ce n'était pas celle à laquelle je m'étais attendue.

La Route vers la Rédemption
par Patterson Graham, Docteur en Psychiatrie.
(Manuscrit)

Dans le programme de Cambridge, les progrès des patients sont continuellement surveillés et évalués. L'intervention d'urgence est un élément clé de notre succès. Nombreux sont les violeurs repentis à qui nous avons évité la récidive, grâce à l'intervention opportune de leur responsable thérapeutique.

La récente expérience de John est un très bon exemple.

«Au début, je pensais que j'avais choisi le modèle curatif parfait, mais j'avais tort. En réalité, ce type avait une face cachée. On aurait pu penser qu'il serait flatté que je l'aie choisi. Mais ça l'a rendu furieux.

Je ne sais même pas comment il l'a su. En principe, l'identité du modèle doit demeurer secrète. Peut-être a-t-il été mis sur la piste par mes propos au cours d'une des thérapies de groupe de la semaine précédente.

À la fin de la séance, il m'a pris à part. Il m'a menacé de me démolir le portrait s'il découvrait que je continuais à faire du mal à des gosses. Il disait qu'il n'accepterait aucune partie de moi en lui. Et il ne voulait pas que je m'approprie une partie de lui.

Vous auriez dû entendre comment il me parlait, enragé comme un lion en cage. Il a juré qu'il me tuerait si je continuais comme ça. Je lisais dans son regard qu'il ne plaisantait pas.

Encore heureux qu'il ne connaisse que la moitié de la vérité, qu'il ne sache pas à quel point je me suis réellement mis dans sa peau.

Plus heureux encore qu'il ne puisse pas se mettre dans la mienne. Qu'il ne puisse pas savoir à quoi je pense, ce que j'ai prévu de faire. En général, moi-même je n'en ai aucune idée avant qu'il ne soit trop tard.

Mon thérapeute m'a promis de m'aider à trouver un autre modèle. À la seconde même où je le trouverais, le premier n'existera plus. Heureusement, cela interviendra avant qu'un autre malheur n'arrive.

En attendant, je dois faire attention à ce que je dis en sa présence. Quand je m'exprime devant le groupe, il est très facile de me laisser aller à dire tout ce qui me passe par la tête. Après tant d'années, il m'est très dur de me contenir.

En ce moment, c'est presque impossible. Rien ne va comme je l'espérais. Tout ce que je voulais, c'était la rendre heureuse, mais elle continue à se refuser à moi. Le groupe pourrait m'aider à m'en sortir. J'en suis sûr.

Mais je ne sais pas comment demander de l'aide sans chercher en même temps les ennuis. Si seulement il pouvait prendre conscience de ses propres erreurs. »

DANA

39

Dana attendait à côté du téléphone. Elle ne le quittait pas des yeux, priant pour que la sonnerie retentisse. Pourtant, elle sursauta lorsque Yurie rappela.

— Hé, Dana. Devinez quoi ?

— Vous avez le nom ?

— À votre avis ? Je l'ai ou je l'ai pas ?

— Bon sang, monsieur Yurie ! Vous l'avez, oui ou non ?

— Qu'est-ce qui te prend, Lester ? Une vraie dame comme Dana Saunders a autre chose à faire que de jouer aux devinettes. J'ai raison ou j'ai pas tort ?

Dana se sentait prête à exploser.

— Le nom, monsieur Yurie !

— Eh bien, c'est intéressant. Il n'y a pas de doute.

— Je vous en prie, si vous avez quelque chose à me communiquer, faites-le !

Long silence.

— Monsieur Yurie ?

— Hé, désolé. Je ne sais pas ce qui me prend. Je dois déconner. Bon, venons-en au fait, Lester. Arrête un peu de laisser poireauter la dame.

— Je suis prête à vous écouter, monsieur Yurie. Plus que prête.

— Ça tombe bien, parce que j'ai un truc à vous dire.

Elle inspira et expira lentement.

— Je suis tout ouïe.

— D'abord, ce matin, j'ai appelé mon pote à la société de sécurité. Il faisait sa pause, donc je lui ai laissé un message. Il m'a rappelé, mais il était à la bourre donc j'ai dû le rappeler plus tard, mais il était parti déjeuner. Il y a des jours comme ça. Voyez ce que je veux dire ?

— Vous n'avez pas réussi à le joindre ?

— Je n'ai pas dit ça. Bien sûr que si, j'ai pu le joindre. Il a consulté son fichier client sur son ordinateur central et… bingo… il m'a donné la combinaison.

Dana entrevit une lueur d'espoir.

— Vous avez trouvé le formulaire de décharge ?

— Tout juste. Il était caché au milieu de dizaines d'autres, avec de la poudre de premier choix et de la tune.

— J'espère que vous n'avez pas touché à l'argent ou à la cocaïne, monsieur Yurie.

— Vous croyez que je suis si bête que ça ou quoi ?

Oui, brûlait-elle de lui répondre. Mais elle se retint.

— Continuez, je vous prie. Est-ce que le nom se trouvait sur le formulaire ?

Un froissement de papier se fit entendre.

— Je l'ai noté pour être sûr de m'en souvenir… Ah… voilà ! Le nom est John… J-O-H-N.

— John quoi ?

— C'est tout. Juste John. Le type a signé comme ça. Ça doit être son nom. Comme Cher, je suppose. Ou Madonna.

Dana s'efforça de garder son calme.

— Non, monsieur Yurie. John est un nom d'emprunt. Son vrai nom devait se trouver quelque part sur le formulaire. Ou peut-être y avait-il un renvoi à un document annexe.

Yurie fredonna d'une manière agaçante.

— Non. Rien de tout ça.

— D'où m'appelez-vous ?

— Du même salon de thé qu'hier, en face du bureau de l'avocate. J'avais un petit creux et ils ont un cheesecake, vous n'en reviendriez pas ! Croûte épaisse, avec de grosses myrtilles. In-croy-yable !

— Il faudrait que vous retourniez vérifier dans le coffre de Mme Eckhard. Il doit y avoir un document qui contient le vrai nom du violeur. Cherchez sur le formulaire de décharge un numéro de référence ou tout autre détail qui pourrait indiquer l'endroit où elle a rangé son dossier.

Dana était incapable de masquer la colère dans sa voix.

Yurie soupira.

— Je ferais n'importe quoi pour vous, Dana. Vous le savez. Mais pourquoi vous avez besoin de son nom ? Vous voulez inviter ce type à une fête ?

— Je veux qu'on l'arrête, monsieur Yurie. Je veux qu'il aille en prison, là où il devrait être. Pour cela, la police doit savoir qui il est, vous ne croyez pas ?

— Ce que j'en pense, c'est qu'ils devraient aller le cueillir chez lui. Le type finira bien par leur donner son nom. Les flics s'y connaissent. Croyez-moi. Je…

— Vous avez son adresse ? l'interrompit Dana.

— Je vous l'avais pas dit ? Mais qu'est-ce qui te prend, Lester ? Tu as du vent à la place du cerveau ?

D'une main tremblante, Dana prit un stylo sur son bureau.

— Je vous écoute.

Yurie lui indiqua le numéro, le nom de la rue et de la ville.

— Vous avez noté, Dana ?

— Oui.

Elle raccrocha sans se donner la peine de le remercier.

La gorge sèche, elle redécrocha le téléphone.

Avant la fin de la nuit, l'agresseur de Becky serait sous les verrous.

LENNIE

40

Mme O', Franck Murphy et les brocanteurs étaient en train de prendre un dernier verre dans le salon. Leurs silhouettes se profilaient derrière les rideaux. Je les vis porter un toast.

L'assemblée de la fête de charité s'était dispersée. Par bonheur, je n'aurais pas à affronter Jack de nouveau. J'avais besoin d'être seule pour préparer mon coup final.

Je coupai les phares et le contact et laissai ma voiture continuer en roue libre jusqu'au bout de l'allée. Personne ne remarqua mon arrivée, sauf Maniac.

— Chut, ma fille, suppliai-je à voix basse en me glissant par la porte de derrière. Pas maintenant !

Comme par miracle, la chienne cessa d'aboyer. Je grimpai l'escalier de secours à pas feutrés jusqu'au troisième étage et déterrai mon pied-de-biche.

Une fois dans ma chambre, je restai assise quelques instants dans le noir, essayant de rassembler idées et souvenirs, et d'y comprendre quelque chose. Mais je fus distraite par le scintillement des yeux de verre de Hubby l'Ourson. Il semblait réclamer l'attention, comme s'il voulait me détourner de mes pensées.

Je le retournai sur le ventre pour éliminer la gêne causée par l'éclat de ses yeux. Le cadran du répondeur clignotait avec frénésie. Il y avait toujours six messages.

Je baissai le volume et le mis en route. Mon sang se glaça à l'intonation langoureuse et mielleuse de Jack. Il serait à la maison de Mme O' ce soir, disait-il. Il souhaitait me parler. Il était sûr de pouvoir soulager mes tourments.

« Je ne peux m'empêcher de penser à toi, Eleonore. Il faut que tu me dises que tu as envie de me voir, chérie. Il le faut. »

Les deux messages suivants étaient aussi de Jack. Je les écoutai froidement, totalement endurcie.

Lorsque le message suivant débuta, je m'attendais encore à entendre Jack. Mais c'était le sergent :

« Finn. C'est Kresky. J'ai peur d'avoir de très mauvaises nouvelles à vous annoncer. Le corps de Wendy Lister a été retrouvé dans un sac poubelle dans les bois près de Merritt Parkway. Nous l'avons identifiée avec certitude mais nous n'avons toujours pas de suspect. Nous organisons une battue cette nuit pour tenter de mettre la main sur ce salaud. Merci de votre aide. Désolé que ça n'ait pas encore porté ses fruits. »

Bouleversée, j'entendis le bip à la fin du message de Kresky et la voix synthétique du répondeur annonçant le jour et l'heure de son appel. La bande continua à se dérouler jusqu'au message suivant. Pauvre petite. Quand cela allait-il prendre fin ? Au moins, le pire est déjà passé, pensai-je alors.

Mais je me trompais.

Le cinquième appel provenait du père de Kitty. Sa voix était emplie de terreur. Kitty avait fugué, disait-il. Était-elle avec moi ? Pouvais-je le rappeler immédiatement ?

Le cœur battant à cent à l'heure, j'écoutai le dernier message. C'était Lila Sperling, du Centre d'aide aux victimes de viols.

« Kitty Dolan était extrêmement angoissée quand je l'ai vue tout à l'heure, Lennie. Elle m'a dit qu'elle ne pouvait plus supporter ses parents. Elle a insisté pour qu'on la laisse rester avec vous. J'ai le sentiment qu'elle est en route pour vous rejoindre, si ce n'est déjà fait. Rappelez-moi, je vous en supplie, dès que vous écouterez ce message, quelle que soit l'heure. Naturellement, les Dolan sont affolés. »

Elle avait laissé le numéro de son bureau ainsi que celui de son domicile.

J'appelai les Dolan sans obtenir de réponse. Personne ne décrocha au bureau de Lila Sperling, ni chez elle. Ils étaient certainement tous partis à la recherche de Kitty.

Pourquoi l'enfant n'avait-elle pas tenté de me joindre ? Il me vint à l'esprit qu'elle avait peut-être essayé. Si elle avait appelé et était tombée sur mon répondeur, elle avait sans doute raccroché et tenté de me joindre sur la ligne de Mme O'. Peut-être lui avait-elle laissé un message.

Accrochée à ce mince espoir, je dévalai les escaliers. Mme O' se trouvait dans la cuisine où elle lavait les verres.

— Avez-vous eu des appels pour moi, ce soir, madame O' ?

Elle porta sa main à l'oreille pour me faire comprendre qu'elle ne m'entendait pas à cause de l'eau qui coulait. Elle leva un doigt mouillé et me fit signe d'attendre.

Je m'approchai d'elle et fermai le robinet.

— Est-ce que vous avez eu des nouvelles de Kitty Dolan ? Est-ce qu'elle m'a appelée ?

— Tu veux parler de la petite fille ? Non.

— Vous en êtes bien sûre, madame O' ? C'est très important !

Elle me regarda d'un air inquiet en s'essuyant les mains sur son tablier.

— Que se passe-t-il, mon enfant ? Tu as l'air terrorisée !

— Quelqu'un d'autre a peut-être répondu, dis-je avec conviction. Peut-être un convive. Il faut que j'appelle tout le monde pour vérifier. Où est la liste des invités ?

— Du calme. Le téléphone n'a pas sonné de toute la soirée. Personne n'a appelé.

— Mais Kitty l'a certainement fait. Elle ne peut pas rester dehors toute seule. Ce fils de pute va l'attraper, elle aussi. Kitty sera la prochaine…

Ma voix se brisa. Mme O' m'entoura de son bras et me conduisit à la table.

— Ma petite Lennie. Qu'est-il arrivé ? demanda-t-elle.

Je laissai les mots s'échapper malgré l'énorme boule douloureuse coincée en travers de ma gorge. Le visage de Mme O' pâlit lorsqu'elle apprit qu'une nouvelle enfant avait été assassinée. Mais elle eut l'air presque soulagée quand je lui expliquai que Kitty s'était enfuie de chez elle.

— Il ne faut pas imaginer le pire, ma chérie. La petite est peut-être partie avec une de ses amies. Tu verras bien.

Ses paroles réconfortantes ne contribuèrent en rien à freiner le sentiment de panique qui grandissait en moi.

— Je suis sûre que les Dolan ont vérifié auprès de ses amies. Kitty a dit à sa conseillère qu'elle voulait me voir. Pourquoi n'a-t-elle pas appelé ? S'il lui arrivait quelque chose…

Des larmes strièrent mon visage. Je me battis pour que le barrage qui retenait mon flot de chagrin ne cède pas.

Mme O' me donna un mouchoir et m'enlaça de nouveau.

— Allons, allons ! Pleurer n'aidera pas à la retrouver. Essayons d'imaginer où elle a bien pu aller.

— Je n'en ai aucune idée…

— Tout enfant à un endroit qu'il affectionne plus particulièrement. Pour mon fils Dermot, c'était l'étang qui se trouvait près du pré à moutons. Mary Ellen, elle, allait toujours au chenil. Si Collum manquait à l'appel, j'étais sûre de le trouver à l'église. Quel est le lieu de prédilection de Kitty ?

À commencer par notre première rencontre sur le toit, je fis le tour de tous les endroits que je pouvais associer à Kitty Dolan : l'hôpital, le commissariat, le Centre d'aide aux victimes de viols. Depuis son agression, on avait forcé l'enfant à revivre sa nuit d'horreur, encore et encore. Quelle épreuve affreuse pour elle d'avoir à étudier les photos. Et la frayeur qu'elle avait dû éprouver en passant en revue les suspects derrière le miroir sans tain. Sans compter le cauchemar de la séance d'hypnose où elle avait revécu son agression. Ce n'était pas étonnant qu'elle ait eu envie de fuir tout cela.

Tout à coup, la lumière se fit.

— Le centre commercial ! C'est son endroit préféré. Elle a probablement pris le bus pour s'y rendre. Vous êtes un génie, madame O' !

Elle ignora le compliment et jeta un coup d'œil à la pendule.

— Si elle est vraiment allée là-bas, tu ferais mieux de te dépêcher. Ça ferme dans moins d'une heure.

— J'y vais. Appelez…

Mais Franck Murphy était debout devant la porte de la cuisine, me bloquant le passage. Un certain amusement se lisait sur son visage ingrat.

PLUS QUE VOUS N'EN SAVEZ...

— Excuse-moi, Franck.

— Où cours-tu si vite à cette heure, ma petite Lennie ? On dirait que tu as le feu au derrière !

— Dégage, Franck. Je suis pressée, dis-je les dents serrées.

— Comme je dis toujours : plus on se presse, moins on avance. Pas vrai, madame O' ?

— Laisse-la passer, Franck. La petite Kitty a fait une fugue. Lennie est à sa recherche.

Franck se déplaça sans pour autant me laisser passer. Ses yeux brillaient de malice.

— Et où penses-tu aller comme ça ?

— Elle va au centre commercial, lui dit Mme O', jouant plus que jamais son rôle de médiateur. C'est l'endroit préféré de la petite, elle s'y trouve probablement. Allons, laisse-la passer maintenant, Franck. Ça suffit comme ça.

— Bon Dieu, Franck, bouge tes fesses de là !

Il prit un air innocent.

— J'essaie juste de t'éviter le dérangement...

Je forçai le passage avec mon coude, mais il poursuivit :

— Tu ne trouveras pas Kitty Dolan au centre commercial, Lennie.

Quelque chose, dans son intonation, me stoppa net à la porte.

— Comment diable sais-tu cela, Franck ?

Il prit tout son temps pour répondre.

— Parce que je l'ai vue dans le coin, il n'y a pas plus d'une heure. Kitty était en train de parler avec ton petit ami. Elle est partie avec lui dans sa voiture.

LENNIE

41

La grande maison en pierre de Jack était plongée dans l'obscurité et fermée à clé. Aucune trace de sa jeep dans l'allée. Retenait-il Kitty prisonnière à l'intérieur ?

J'examinai la porte. Elle avait l'air indestructible. La serrure était un solide verrou en cuivre. Sans mes outils, je ne voyais aucun moyen d'entrer. Si je faisais trop de bruit, Jack pourrait paniquer. Il pourrait s'en prendre à Kitty. Je ne devais pas courir ce risque.

Les fenêtres n'étaient pas plus encourageantes. Le châssis était renforcé. Inutile de s'attaquer à ses montants.

Désemparée, je tournais autour de la maison. Mais je ne trouvais aucun moyen simple et discret d'accéder à l'intérieur. J'aurais dû appeler la police. Il était trop tard maintenant. Je n'avais plus le temps de chercher un téléphone. Chaque seconde qui passait augmentait d'autant le danger qui planait au-dessus de Kitty.

Bon Dieu, Lennie. Pourquoi n'y as-tu pas pensé ?

Dans la pénombre, je fis le tour du vieux bâtiment de pierre et repérai une lueur dans les bois. Je me frayai aussitôt un chemin à travers les arbres, grimaçant à chaque bruit que je faisais.

Arrivée à proximité, je vis que la lumière provenait de la maisonnette. Deux ombres s'agitaient derrière le store : celles d'un homme et d'une enfant.

Me baissant, je me mis à courir à travers la clairière. À l'approche de la petite maison, j'entendis des voix.

— *S'il vous plaît ! Laissez-moi m'en aller !*

— *Ferme-la je t'ai dit !*

J'entendis un coup sourd et un cri de douleur.

— *Non !*

Le monstre la battait. Impulsivement, je me précipitai vers la petite maison. Mais je trébuchai sur une grosse branche et m'étalai de tout mon long, hors d'haleine. Je me remis avec peine sur mes genoux et m'emparai de la branche avant de foncer vers la porte. Prenant mon élan, je donnai un coup d'épaule, comme j'y avais été entraînée en cas d'urgence. Le bois vola en éclat et la porte céda. Je me précipitai à l'intérieur, levai la branche et me préparai à envoyer un coup sur la tête de Jack.

Mais ce n'était pas Jack.

La ressemblance était frappante. L'étranger était de la même taille que lui. Il était coiffé de la même façon. Il avait visiblement étudié ses expressions, la manière dont il s'habillait et son allure. Son intonation traînante, elle-même, était une imitation à faire frissonner.

— Eleonore, quelle bonne surprise !

Paralysée par le choc, je cherchai Kitty. L'enfant s'était tapie à l'abri derrière le coffre à jouets. Elle se releva et courut vers moi. Dans la faible lumière de la lampe tempête, je vis que ses cheveux étaient décoiffés. Ses vêtements et son visage étaient maculés de saletés.

— Lennie ! À l'aide ! Sauve-moi ! Il va me…

Laissant la branche tomber par terre, je la serrai contre moi. La pauvre enfant tremblait de tout son corps.

— Chut, ma chérie. Il ne te fera rien.

Je me tournai vers le double de Jack au sourire narquois.

— Qui êtes-vous, nom de Dieu ?

— Mon nom est John. Je suis un vieil ami de Jack, Eleonore. Je connais tout de vous, grâce à lui.

— Viens, Kitty. Je t'emmène.

Alors que je la prenais par la main, il m'attrapa par le bras. Une poigne de fer.

— Ça n'est pas très gentil, Eleonore. Tu vas rester encore un peu et t'asseoir.

Il me tira si fort que je m'étalai par terre. Alors que je me relevais, je le vis empoigner Kitty par le cou.

— Ça serait vraiment dommage que tu t'en ailles et que tu me laisses faire du mal à ta jolie petite copine, Eleonore. Je me suis beaucoup attaché à elle, tu sais.

— Laissez-la tranquille !

— Assieds-toi, chérie. Fais ce que je te dis et il n'arrivera rien à la gosse.

Je n'avais pas le choix. Pour l'instant, John avait les cartes en main. Je m'assis sur le coffre à jouets, tendue par la peur et la colère face à mon impuissance.

— Voilà. C'est mieux.

John relâcha son étreinte sur la gorge de Kitty.

— Maintenant nous pouvons tous faire connaissance. Les amis de Jack sont mes amis.

— Comment connaissez-vous Jack ?

— Nous nous sommes rencontrés il y a plus de vingt ans au Centre de Cambridge.

— Cet endroit à Greenwich où l'on traite les malades sexuels ?

— C'est ça. Saint Jack avait rejoint le groupe après avoir eu quelques démêlés avec une petite fille. Il disait qu'il avait bu ce jour-là. Il a juré qu'il ne recommencerait plus jamais. Il a tenu parole, d'ailleurs. Mais il vient encore dans le groupe de temps en temps. Ça lui permet de nous traiter de haut.

Mon sang se glaça. *Était-ce de moi qu'il parlait ? Était-ce moi cette petite fille que Jack avait violée ?*

Kitty pleurnichait.

— Ça va aller, ma chérie.

Ce n'était pas le moment de ressasser le passé. Ça ne comptait plus à présent. Il fallait que je sorte Kitty de là.

Fais parler ce dingue, Lennie. Distrais-le.

— Vous lui ressemblez tellement.

— Sûr que je lui ressemble, chérie ! Saint Jack est ce qu'ils appellent mon modèle curatif. Ça fait partie du programme de Cambridge. Vous choisissez quelqu'un d'irréprochable et vous agissez comme lui. Les docteurs disent que ça aide à guérir.

Kitty était livide. Je croisai son regard pétrifié et essayai de la rassurer du regard.

N'aie pas peur, ma chérie. Je vais trouver une solution.

L'étranger ricana.

— Le problème c'est qu'ils se trompent, Eleonore. Je vois une petite chose jeune et douce comme celle-là et je… j'ai simplement envie de l'avoir.

Sa voix susurrait les paroles sinistres. Il mit une main sur la poitrine de Kitty. Je perdis mon sang-froid. Folle de rage, je bondis à travers la pièce et le bourrai de coups de poing.

L'étranger attrapa mes poignets sans difficulté et les serra. Je tentai de lui envoyer un coup de genou entre les jambes, mais il parvint à le dévier et à me jeter par terre.

Je m'affalai lourdement sur le plancher; une douleur aiguë traversa ma hanche et mon coude. Avant que je puisse me relever, le fou était sur moi. Il tenait un bidon de solvant.

Il inclina le récipient et versa son contenu sur ma tête et mes vêtements. Horrifiée, je me raidis alors que les gouttes giclaient sur mes cheveux et mon blouson. L'odeur infecte envahit mes narines. C'était le parfum de mon violeur : bois et produits chimiques.

Le souvenir de mon agression me submergea. *L'homme m'attrape. Il me porte en haut de l'escalier. Il me jette maintenant sur le lit. Huck… je vois le visage de Huck. Ses yeux sont écarquillés d'effroi.*

— *NON !*

— Oh si, Eleonore. (Il se dirigea vers Kitty et la fixa de son regard libidineux.) Tu es la plus mignonne de toutes, chérie. On va être très, *très* proches toi et moi.

Kitty hurla de terreur lorsque l'animal se mit à l'embrasser dans le cou.

— Laissez-la tranquille !

Je me relevai tant bien que mal. John ôta le verre d'une des lampes tempêtes, exposant la petite bougie rose à l'intérieur. Il tendit la flamme vacillante dans ma direction.

— Maintenant, chérie, tu es recouverte d'un truc drôlement inflammable. Si je m'approchais d'un peu trop près, tu prendrais feu en moins de deux. *Wouff ! !*

Les vapeurs me donnaient le tournis. Par vagues très nettes, je revivais cette horrible nuit, des années en arrière.

Il me retire ma chemise de nuit, il baisse ma culotte. Arrêtez !

John se rapprocha lentement. La flamme vacilla puis se fit plus intense.

— Allonge-toi, Eleonore. Sur le sol.

J'obéis mollement. Il avait raison. Une seule étincelle et je m'enflammais, condamnée à une mort certaine. J'avais vu des gens brûler vifs. Je n'avais jamais oublié l'infâme puanteur de la chair grillée, les hurlements abominables.

— Tu es une bonne fille, Eleonore, murmura-t-il. (Sa voix était un simulacre de celle de Jack.) En guise de récompense, tu pourras assister au spectacle. Maintenant couche-toi, Kitty chérie. Sur le dos.

— Non, je vous en prie ! Lennie, à l'aide ! Laissez-moi tranquille !

Laissez-moi tranquille !

Ses cris, toute la scène, se fondirent dans le brouillard de mes pensées. J'étais prisonnière des sables mouvants du souvenir.

Il est sur moi. Il me compresse. Il me fait mal. Je ne peux pas crier. Je ne peux rien faire.

J'étais tétanisée. J'avais envie de vomir.

Ne regarde pas, Huck ! Retourne-toi !

Tout était si irréel. Les vêtements qu'on arrache. La fermeture éclair qui s'ouvre. Des grognements d'animal enragé.

John posa la chandelle sur le coffre à jouets. La flamme qui dansait était hypnotisante. Je la fixai alors qu'elle grandissait. Je fus absorbée par son rythme cadencé : *Plus que vous n'en savez...*

Tandis que je la regardais, la lueur sautillante changea d'aspect. Elle devint plus lumineuse encore et se transforma en luciole. Submergée par la puanteur du solvant et paralysée par le souvenir, je vis soudain l'esprit lumineux et fort de ma mère flotter au-dessus de moi.

Ça va aller, Lennie. Tout va bien à présent.

Et c'était vrai. Mon cauchemar s'arrêta. Le plus sombre de mes démons déploya ses ailes et s'envola à jamais.

— Lennie, à l'aide !

L'étranger était en train de défaire son pantalon et de le descendre jusqu'aux genoux. Il était en érection. Fin prêt.

Avant qu'il ne s'allonge sur Kitty, je me saisis du bidon de solvant. Le jet l'atteignit au visage et éclaboussa ses vêtements.

— Bordel de merde !

Alors qu'il se débattait, aveuglé, je l'arrosai d'une bonne dose supplémentaire de liquide nauséabond. Il hurla comme un dément, gesticulant dans ma direction pour tenter de s'emparer du bidon. Mais alors qu'il passait devant le coffre à jouets, il frôla la flamme de la lampe.

Il s'embrasa instantanément. Il hurla, essayant d'éteindre les flammes de ses mains. Mais elles continuaient à grossir, à le dévorer.

Imbibée de liquide inflammable, j'étais dans l'incapacité de lui porter secours. Par expérience, je savais que je me serais transformée à mon tour en torche humaine.

Je le contournai avec prudence et m'agenouillai à côté de Kitty.

— Viens, mon cœur. Allons-nous-en.

Figée, elle ne pouvait quitter des yeux la masse incandescente. Les flammes se propageaient, l'avalaient gloutonnement, anéantissaient le monstre vivant.

— Kitty ! Il faut que nous sortions d'ici ! *Maintenant !*

Le feu se rapprochait, projetait des étincelles, dégageant une chaleur intense. Si je ne m'en allais pas tout de suite, je serais sa prochaine victime.

Kitty gémissait mais ne bougeait toujours pas. Je vis le brasier se refléter dans ses yeux. Il rampait vers nous avec avidité. La chaleur devenait insupportable.

Je dissimulai de mon mieux la panique dans le ton de ma voix.

— Allez, ma chérie. On y va.

Je me penchai, la soulevai et la hissai sur mon épaule. Puis je fonçai vers la porte, le feu sur nos talons. Je pus sentir la chaleur de la combustion. Mes poumons me brûlaient, mon cœur était proche de l'explosion. Mais je continuai. Encore quelques pas, on y était presque.

Oui !

Une fois en sécurité hors de la maisonnette, je claquai la porte afin de laisser les démons derrière moi.

LENNIE

42

— Tout va bien maintenant, Kitty.

— Il... m'a attrapée, Lennie. Je venais te voir et il m'a obligée...

Elle fut prise d'un violent tremblement, qui la réduisit au silence. Je caressai ses cheveux emmêlés.

— Tout est fini, ma chérie. Il ne pourra plus jamais te faire de mal. Je te ramène à la maison.

Nous montâmes dans ma voiture. Mais alors que j'essayais de démarrer, le moteur hoqueta puis cala. Je ne pouvais me résoudre à conduire la jeep verte de l'étranger, garée à côté de la maisonnette. Même sa voiture était une copie conforme de celle de Jack. C'était vraiment trop bizarre.

— Viens, ma chérie. Nous allons dans la maison pour appeler de l'aide.

Alors que nous sortions des bois, j'aperçus des phares foncer vers nous dans le chemin. Me préparant à affronter Jack, je me surpris à rester étrangement calme. D'une certaine manière, ce qui m'était arrivé il y a longtemps était révolu. Je pouvais enfin m'en éloigner, et m'éloigner aussi de Jack.

La voiture s'arrêta. Une silhouette en sortit. Pas celle à laquelle je m'attendais.

— Red ?

— Lennie, Dieu soit loué ! Est-ce que ça va ?

— Oui.

Red se tourna vers Kitty.

— Hé, ma puce. Tu vas bien ? Tu es blessée ?

— Tout va bien, lui dis-je.

Red était fou de rage.

— Où est ce salaud ? Je vais m'occuper de lui !

Je me tournai vers Kitty.

— Il fait froid, ma chérie. Attends-moi dans la voiture, je te rejoins dans une minute.

Elle hésita puis m'obéit.

Une fois Kitty hors de portée, j'indiquais la direction des bois.

— Dieu merci, Red. Le salaud a déjà eu son compte.

Des flammes brûlaient encore dans la jolie maisonnette de Jack. L'air était empli de fumée.

— Mais qu'est-ce qui brûle comme ça ? Tu es allée voir ?

— Il n'y a plus rien à sauver. Comment as-tu fait pour nous trouver ?

Son visage se renfrogna.

— Je suis passé chez Mme O' pour te voir. Elle m'a dit que Jack avait emmené Kitty. Je n'arrive pas à croire que tu te sois lancée toute seule à leur poursuite. Qu'est-ce qui t'a pris ?

Sa colère alimenta la mienne.

— C'est d'avoir un imbécile comme toi dans ma vie, voilà mon problème.

Il renifla.

— Mais bon sang, avec quoi t'es-tu aspergée ? Tu pues !

— Toi aussi, mon pote. Et sans l'aide de produits chimiques !

Le feu gronda et cracha des volutes de fumée.

— Bon Dieu, Lennie ! Dis-moi ce qui brûle. Je ne plaisante pas.

— Je brûle, Red. À cause de toi.

À cet instant, deux autres voitures foncèrent vers nous dans l'allée. Des policiers en uniforme ainsi que Kresky bondirent de la première. Une femme et un homme descendirent de la suivante. Ils étaient trop loin pour que je puisse les identifier. Mais à l'allure aristocratique de la femme, j'étais sûre qu'il ne s'agissait pas de Clarissa Pratt.

Attiré par les flammes qui enflaient, Red se dirigea vers la petite maison. Je marchai en direction de Kresky et lui fit un rapide exposé de la situation.

Après quoi je montai dans la voiture pour parler à Kitty.

— Le sergent Kresky doit faire son rapport aux autres officiers de police. Ensuite, il te ramènera à la maison.

— Pourquoi ça n'est pas toi qui me ramènes ?

Il y avait une pointe d'hystérie dans sa voix. Je la serrai dans mes bras et repoussais une mèche de cheveux de son front.

— Pas dans cette voiture, mon cœur. Je passerai te voir demain. Je te le promets.

Pendant un instant, j'eus peur qu'elle refuse de partir. Mais elle acquiesça et sortit de la voiture. Kresky parlementa avec ses collègues durant quelques minutes. Lorsqu'il eut terminé, il fit signe à Kitty de le rejoindre. Elle m'embrassa et partit.

Red revint à mes côtés et renifla de nouveau.

— C'est du solvant, hein ?

— Fiche-moi la paix, Red !

— Au cas où ça t'échapperait, Lennie, ce truc est hautement inflammable. Qu'est-ce qui cloche chez toi ?

— Mais c'est *toi*, qui cloches, Red. Tu me rends dingue, je pourrais…

Et je le fis. Laissant libre cours à mes vieilles frustrations, je posai mes mains sur ses épaules et le bousculai.

Il recula de quelques pas en chancelant, reprit son équilibre et fonça sur moi, m'enlaçant tel un ours polaire. Je me débattis.

— Tu n'es vraiment rien qu'un emmerdeur, Red Snapper.

Je tentai de lui donner quelques coups de poings mais il était bien trop près pour qu'ils portent.

— Et toi tu es insupportable.

Sa main emprisonna mon poing.

— Pas autant que *toi* ! m'écriai-je

Je me dégageai, reculai et me préparai à l'attaquer.

— Tu es *deux fois* pire que moi ! rétorqua-t-il.

Il esquiva le coup, me laissant tournoyer sur moi-même.

— Non, c'est *toi* !

— Tu veux *rire* !

À bout de souffle et titubante, je levai les bras au ciel.

— Je ne sais pas comment je fais pour aimer un trou du cul de tête de cochon comme toi, Red Snapper.

— Et moi donc !

Cet échange me laissa momentanément sans voix. Avant que je retrouve l'usage de la parole, Red glissa ses bras autour de moi et m'embrassa. Son geste me procura une montée de sensations inattendues.

Je l'embrassai à mon tour. Ce n'était que justice.

Un raclement de gorge interrompit notre étreinte. La femme qui était sortie de la deuxième voiture se trouvait à côté de nous. Elle avait une allure imposante, incroyablement élégante et assurée. Et tellement familière. Je crus être victime d'hallucinations dues à la fumée.

— Dana Saunders ? dis-je d'une voix rauque.

J'étais tombée sur son talk-show à une ou deux reprises. Mme O', elle, était une grande admiratrice.

— Désolée de vous interrompre, mais le sergent Kresky m'a raconté ce que vous avez fait et je tenais à vous remercier personnellement.

Elle indiqua la maisonnette d'un signe de tête. Des flammes montaient vers le ciel. L'air était épaissi par la fumée.

— Cet homme a agressé ma fille.

Une nouvelle victime. Mon cœur se serra de douleur.

— Je suis vraiment désolée. Est-ce qu'elle va bien ?

— Elle s'en remettra. Surtout maintenant, je vais pouvoir la rassurer, il ne la poursuivra plus.

— Je suis ravie.

Elle me jaugea de la tête aux pieds. Je savais, à son regard, qu'elle n'était pas de celles qu'on osait contrarier. Elle avait une telle inflexibilité qu'elle devait écraser toute opposition comme s'il s'agissait d'une mouche.

— S'il y a quoi que ce soit que je puisse faire pour vous, mademoiselle Finn… tout ce que vous voulez… vous n'avez qu'un mot à dire.

— Non, ça ira.

— Je parle *sérieusement*.

— Eh bien, si cela ne vous ennuie pas, j'ai une amie qui adore votre émission…

— Elle sera la bienvenue, quand elle veut. Accompagnez-la si vous pouvez. Je serai ravie de vous emmener déjeuner toutes les deux après l'enregistrement.

— Ce serait merveilleux !

— Je suis impatiente de vous revoir.

Abasourdie, je regardai Dana Saunders s'en aller. Elle se glissa à l'arrière d'une limousine flambant neuve. Le chauffeur claqua la porte puis, d'une manière inattendue, me salua avec sa casquette.

Red enroula son bras autour de moi.

— Alors, Finn. Que dirais-tu de venir chez moi prendre un petit verre de champagne pour fêter ça ?

— Et ma voiture ?

— Je passerai un coup de fil pour la faire remorquer. Ils la répareront.

— Ça me va !

Il me tira vers lui. Mais cette fois, j'esquivai le baiser.

— Tu ferais mieux de te retenir, Red. Souviens-toi. Je suis inflammable.

— Tu parles !

Il m'embrassa encore. Lorsque nous retrouvâmes enfin notre respiration, il prit sa meilleure voix à la Bogart :

— Voilà qui nous sort d'un sale pétrin, dit-il.

Je le plaquai contre moi.

— Rejoue-le moi encore, Red.

— Oh… autant que tu le voudras, chérie. Encore, toujours, et à jamais !

Cet ouvrage a été réalisé par la
SOCIÉTÉ NOUVELLE FIRMIN-DIDOT
Mesnil-sur-l'Estrée
pour le compte des Éditions Payot & Rivages
en juillet 1998

Imprimé en France
Dépôt légal : août 1998
N° d'impression : 43421